Das Buch

Mit siebzehn verlieben sich Dawson und Amanda inein-
ander. Sie werden ein Paar – obwohl ihre Familien nicht
unterschiedlicher sein könnten und vor allem Amandas
Eltern die Beziehung nach Kräften bekämpfen. Ein wun-
derbares Jahr lang hält die Liebe dem Druck von außen
stand, dann trennen die widrigen Umstände und ein
Schicksalsschlag die beiden.
Fünfundzwanzig Jahre später stirbt ihr gemeinsamer Freund
Tuck. Anlässlich des Begräbnisses kehren Dawson und
Amanda erstmals in ihren Heimatort Oriental in North
Carolina zurück. Nervös sehen sie ihrem ersten Wieder-
treffen entgegen – und erneut sind sie von den Gefühlen
füreinander überwältigt. Sie wissen, dass ihre Herzen auf
ewig verbunden sind. Aber mit beiden hat es das Leben
nicht nur gut gemeint, und sie haben Entscheidungen getroffen, die sie noch weiter voneinander entfernt haben.
Kann ihre große Liebe, die schon einmal ihr Leben verändert hat, die Vergangenheit überwinden und Dawson
und Amanda eine gemeinsame Zukunft eröffnen?

Der Autor

Nicholas Sparks, 1965 in Nebraska geboren, lebt in North
Carolina. Mit seinen Romanen, die ausnahmslos die
Bestsellerlisten eroberten und weltweit in über 50 Spra-
chen erscheinen, gilt Sparks als einer der meistgelesenen
Autoren der Welt. Mehrere seiner Bestseller wurden er-
folgreich verfilmt. Alle seine Bücher sind bei Heyne er-
schienen, zuletzt: »Mein letzter Wunsch«.
Ein ausführliches Werkverzeichnis finden Sie am Ende
dieses Buches.
Große Autorenwebsite unter www.nicholas-sparks.de.

NICHOLAS SPARKS

MEIN WEG ZU DIR

ROMAN

Aus dem Amerikanischen
von Adelheid Zöfel

WILHELM HEYNE VERLAG
MÜNCHEN

Die Originalausgabe erschien unter dem Titel
THE BEST OF ME bei Grand Central Publishing/
Hachette Book Group USA, New York

Penguin Random House Verlagsgruppe FSC® N001967

2. Auflage
Vollständige deutsche Taschenbuchausgabe 03/2020
Copyright © 2011 by Nicholas Sparks
Copyright © 2012 der deutschen Ausgabe
by Wilhelm Heyne Verlag, München,
in der Penguin Random House Verlagsgruppe GmbH,
Neumarkter Str. 28, 81673 München
Printed in Germany
Umschlaggestaltung: zero-media.net, München,
unter Verwendung von STOCKSY/J. Márquez;
FinePic®, München
Satz: Leingärtner, Nabburg
Druck und Bindung: GGP Media GmbH, Pößneck
ISBN 978-3-453-42396-1

www.heyne.de
www.nicholas-sparks.de

Für Scott Schwimer,
einen wunderbaren Freund

Gleich nach der Explosion auf der Bohrinsel begannen die Halluzinationen. Es war der Tag, an dem Dawson Cole eigentlich hätte sterben sollen.

Seit vierzehn Jahren arbeitete er auf verschiedenen Ölplattformen, und eigentlich glaubte er, alles, was passieren konnte, schon erlebt zu haben. 1997 hatte er zum Beispiel gesehen, wie ein Hubschrauber bei der Landung die Kontrolle verlor, auf die Plattform krachte und sich in einen glühenden Feuerball verwandelte. Dawson erlitt Verbrennungen zweiten Grades auf dem Rücken, weil er versuchte, ein paar seiner Kollegen zu retten. Dreizehn Personen starben bei dem Unglück – die meisten im Helikopter. Vier Jahre später stürzte ein Kran um, und ein Stück Metall, so groß wie ein Basketball, sauste durch die Luft und hätte beinahe Dawsons Kopf zertrümmert. 2004 war er einer der wenigen Arbeiter, die auf der Bohrinsel blieben, als sich Hurrikan Ivan näherte, mit fast zweihundert Stundenkilometern. Die Wellen waren so gigantisch, dass Dawson überlegte, ob er sich vorsichtshalber schon mal einen Fallschirm schnappen sollte, falls die gesamte Bohrinsel zusammenbrach. Und auch in der Alltagsroutine lauerten überall Gefahren. Man konnte ausrutschen, das Gleichgewicht verlieren, von Bauteilen getroffen werden – ohne Schnittwunden und Prellungen kam kaum einer davon. Dawson war Zeuge von so vielen Knochenbrüchen gewesen, dass er sie nicht mehr zählen konnte. Zweimal war die gesamte Besatzung von einer schlimmen Lebensmittelvergiftung betroffen gewesen, und vor zwei Jahren, also 2007, musste Dawson zuschauen, wie ein Versorgungsschiff unterging, als es sich von der Ölplattform entfernte. Glücklicherweise wurde die Besatzung in letzter Minute von einem Kutter der Küstenwache gerettet.

Aber die Explosion war schlimmer als alles Bisherige. Weil kein Öl austrat – die Sicherheitsventile und andere Schutzmechanismen verhinderten eine größere Umweltkatastrophe –, wurde der Zwischenfall zwar in den Nachrichten nur beiläufig erwähnt und geriet nach ein paar Tagen schon wieder in Vergessenheit. Aber für diejenigen, die dabei waren, und zu ihnen gehörte Dawson, war es ein einziger Albtraum. Das Unglück geschah an einem ganz normalen Vormittag. Alles lief nach Plan. Dawson musste wie immer die Pumpen überwachen. Aus heiterem Himmel explodierte plötzlich einer der Speichertanks. Ehe Dawson begriff, was los war, wurde er von der Wucht der Detonation in einen Schuppen in der Nähe geschleudert. Und sofort begann es überall zu brennen. Weil die gesamte Bohrinsel mit verkrusteten Ölrückständen bedeckt war, verwandelte sie sich rasend schnell in eine Flammenhölle. Dadurch gab es zwei weitere Explosionen, welche die Bohrinsel noch heftiger erschütterten. Dawson erinnerte sich, wie er mehrere Verletzte aus den Flammen zerrte, doch dann kam die vierte Explosion, noch gewaltiger als die ersten drei, und er flog erneut durch die Luft. Was danach geschah, wusste er nicht mehr genau, es waren nur noch undeutliche Bilder, bruchstückhaft – irgendwie landete er im Wasser, und nach menschlichem Ermessen hätte ihn dieser Sturz das Leben kosten müssen. Als er wieder zu sich kam, trieb er im Golf von Mexiko, etwa hundertfünfzig Kilometer südlich von Vermilion Bay, Louisiana.

Wie fast alle anderen hatte er nicht genügend Zeit gehabt, seinen Rettungsanzug überzuziehen oder sich auch nur eine Schwimmweste zu greifen. Zwischen den Wellen erblickte er in der Ferne immer wieder einen dunkelhaarigen Mann, der ihm zuwinkte und ihm signalisierte, er solle nicht aufgeben, sondern in seine Richtung weiterschwimmen. Dawson folgte der Aufforderung. Zu Tode erschöpft kämpfte er gegen den Sog der Tiefe an. Seine Kleidung und die Stiefel zogen ihn nach unten, seine Arme und Beine wurden immer schwächer. Er hatte kaum noch Überlebenschancen. Zwar kam es ihm so vor, als würde er sich dem winkenden Mann nähern, aber weil das Wasser sehr unruhig war, konnte er die Entfernung nicht richtig einschätzen. Da fiel sein Blick auf einen Rettungsring, der nicht weit von ihm zwischen den Trümmern trieb. Mit letzter Kraft klammerte er sich daran. Viel später erst erfuhr er, dass ihn nach vier Stunden ein Versorgungsschiff aufgegriffen hatte, das zur Unfallstelle geeilt war. Zu diesem Zeitpunkt war er schon mehr als anderthalb Kilometer von der Bohrinsel entfernt. Er wurde an Bord gehievt und unter Deck getragen, wo sich noch andere Überlebende aufhielten. Von der Unterkühlung war er wie erstarrt, konnte nur verschwommen sehen und auch nicht klar denken – der Arzt stellte bei ihm eine ziemlich schwere Gehirnerschütterung fest –, aber eines war ihm durchaus bewusst: dass er großes Glück gehabt hatte. Er sah Männer mit grauenvollen Verbrennungen an Armen und Schultern, andere bluteten aus den Ohren oder hielten sich die gebrochenen Gliedmaßen. Die meisten von ihnen kannte er mit Namen. Auf einer Bohrinsel gab es nur eine begrenzte Anzahl von Orten, wo man sich aufhalten konnte – letztlich war so eine Insel eine Art kleines Dorf mitten im Ozean –, und jeder kam irgendwann in die Cafeteria, in den Aufenthaltsraum oder ins Fitnesscenter. Ein Mann allerdings erschien ihm nur vage bekannt. Und ausgerechnet dieser starrte ihn unverwandt an, obwohl er am anderen Ende des Raumes saß. Er hatte dunkle Haare, war etwa vierzig Jahre alt und trug eine blaue Windjacke, die ihm vermutlich jemand vom Schiff geliehen hatte. Und irgendwie wirkte er deplatziert – er sah aus wie ein Büromensch, nicht wie ein Bohrturmarbeiter. Dieser Fremde winkte Dawson zu, was ihn an den Typ erinnerte, den er vorhin im Wasser erspäht hatte – ja, genau, das war er, der Mann aus den Wellen, ganz bestimmt! Und auf einmal spürte Dawson, wie sich ihm die Nackenhaare sträubten. Doch bevor er genauer darüber nachdenken konnte, warum er so seltsam reagierte, legte ihm jemand eine Wolldecke um die Schultern und führte ihn zu dem Tisch, wo ihn ein Sanitätsoffizier erwartete, um ihn zu untersuchen.

Als er anschließend wieder an seinen Platz zurückkam, war der dunkelhaarige Mann verschwunden.

Im Verlauf der nächsten Stunde wurden noch weitere Überlebende an Bord gebracht. Aber wo war der Rest seiner Mannschaft?, fragte sich Dawson, während sich sein Körper langsam erwärmte. Mit manchen Kollegen arbeitete er seit Jahren zusammen, aber nun konnte er sie nirgends entdecken. Es dauerte ziemlich lange, bis er erfuhr, dass vierundzwanzig Menschen ums Leben gekommen waren. Die meisten Leichen wurden gefunden, aber nicht alle. Als Dawson im Krankenhaus lag, um wieder zu Kräften zu kommen, verging kein Tag, an dem er nicht daran denken musste, dass die Angehörigen dieser Toten nie die Möglichkeit haben würden, richtig Abschied zu nehmen.

Seit der Explosion litt er unter massiven Schlafstörungen. Nicht, weil ihn schlimme Träume quälten, sondern weil er ständig das Gefühl hatte, er würde beobachtet. Diese Wahnvorstellung konnte er einfach nicht abschütteln. Es kam ihm vor, als würde er … *verfolgt*, auch wenn das absolut albern erschien. Selbst tagsüber glaubte er immer wieder, aus dem Augenwinkel etwas zu sehen, was sich heimlich in seiner Nähe bewegte, aber wenn er sich umdrehte, konnte er nichts ausmachen. War er womöglich kurz davor durchzudrehen? Sein Arzt vertrat die Theorie, dass er wegen der Explosion an einer posttraumatischen Stressreaktion litt und dass sein Gehirn immer noch durch die Erschütterung beeinträchtigt war. Das klang logisch, und vom Verstand her leuchtete es Dawson auch ein, aber es überzeugte ihn doch nicht vollständig. Er nickte höflich und bekam ein Rezept für Schlaftabletten, das er nie einlöste.

Ein halbes Jahr lang sollte er bezahlten Urlaub nehmen, während sich die Räder der Justiz und der Bürokratie langsam in Bewegung setzten. Sein Arbeitgeber bot ihm nach drei Wochen einen Vergleich an, und Dawson unterschrieb die Dokumente ohne Zögern. In der Zwischenzeit war er bereits von mindestens zehn Anwälten kontaktiert worden, die ihn alle überreden wollten, sich einer Sammelklage anzuschließen, doch das ging Dawson gegen den Strich. Zu viel Ärger, zu viel Aufwand. Er akzeptierte lieber das Angebot seiner Firma, und als der Scheck eintraf, löste er ihn noch am selben Tag ein. Nun besaß er so viel Geld, dass manche Leute ihn als reich bezeichnet hätten. Den größten Teil transferierte er auf ein Konto auf den Cayman Islands. Von dort ging die Summe auf ein Gesellschaftskonto in Panama, das er mit minimalem bürokratischen Aufwand eröffnet hatte. Erst danach wurde das Geld an sein endgültiges Ziel weitergeleitet. Wie immer war es praktisch unmöglich, den ursprünglichen Besitzer aufzuspüren.

Dawson behielt nur so viel, dass er problemlos seine Miete zahlen und noch ein paar lebenswichtige Dinge finanzieren konnte. Er lebte in einem kleinen Trailer, am Ende einer ungeteerten Straße in einem Außenbezirk von New Orleans. Beim Anblick dieses »Mobilehome« dachten die Leute bestimmt vor allem daran, dass es erstaunlicherweise den Hurrikan Katrina im Jahr 2005 unbeschadet überstanden hatte und nicht fortgeschwemmt worden war – also konnte es nicht ganz schlecht sein. Die äußere Verkleidung war aus Plastik, das schon etwas rissig wurde und verblasste, und es stand auf Betonblöcken, die ursprünglich nur als provisorisches Fundament dienen sollten. Aber mit der Zeit waren sie zur Dauerlösung geworden. Es gab in diesem Trailer ein kleines Schlafzimmer, ein Bad, eine winzige Sitzecke und eine Küche, in der kaum Platz für den Minikühlschrank war. Die Wände waren so gut wie gar nicht isoliert, und im Laufe der Jahre hatte sich wegen der Feuchtigkeit der Boden so verzogen, dass man das Gefühl bekam, ständig auf einer schiefen Ebene zu gehen. Das Linoleum in der Küche bröckelte in den Ecken, der kleine Teppich war völlig abgetreten, und die spärlichen Möbel stammten alle aus irgendwelchen Secondhandläden. Kein einziges Bild hing an der Wand, kein Foto. Dawson wohnte zwar schon fast fünfzehn Jahre dort, aber für ihn war es immer noch nicht sein Zuhause, sondern der Ort, wo er aß und schlief und sich duschte.

Obwohl der Trailer schon so viele Jahre auf dem Buckel hatte, war er makellos gepflegt und sauber. Fast so wie die Häuser im Garden District. Dawson war seit jeher ein Ordnungs- und Sauberkeitsfanatiker gewesen. Zweimal im Jahr reparierte er alle Risse und verkittete die Ritzen, um kleine Nagetiere und Insekten fernzuhalten. Und bevor er zur Bohrinsel zurückkehrte, schrubbte er jedes Mal die Fußböden in Küche und Bad mit Desinfektionsmittel und räumte alles, was verderben oder verschimmeln konnte, aus den Schränken. Was nicht in einer Dose war, vergammelte erfahrungsgemäß in weniger als einer Woche, besonders im Sommer. Normalerweise arbeitete Dawson dreißig Tage hintereinander und hatte anschließend dreißig Tage frei. Wenn er zurückkam, putzte er den Trailer wieder und lüftete gründlich, um nur ja den abgestandenen Geruch loszuwerden.

Es war hier sehr ruhig, und diese Ruhe brauchte Dawson dringend. Er wohnte zwar fast einen halben Kilometer von der Hauptstraße entfernt, und sein nächster Nachbar war sogar noch weiter fort. Aber nach einem Monat auf der Bohrinsel sehnte er sich immer nach dieser Abgeschiedenheit. Er konnte sich einfach nicht an den dauernden Krach auf der Bohrinsel gewöhnen. Überall hämmerte, klirrte und schepperte es. Kräne, die Lieferungen und Vorräte umluden, Hubschrauber, die landeten oder abhoben, das endlose Klacken von Metall auf Metall. Ein dröhnendes Konzert, das nie verstummte. Rund um die Uhr wurde Öl gepumpt, was bedeutete, dass der Lärm auch nicht aufhörte, wenn man schlafen wollte. Dawson bemühte sich stets krampfhaft, ihn auszublenden, aber jedes Mal, wenn er in seinen Trailer zurückkehrte, staunte er über die wunderbar berauschende Mittagsstille, wenn die Sonne hoch am Himmel stand. Morgens konnte er in den Bäumen die Vögel zwitschern hören, und abends, nachdem die Sonne untergegangen war, zirpten die Grillen, die Frösche quakten, und manchmal verfielen Frösche und Grillen ein paar Minuten lang in denselben Rhythmus. Meistens fand Dawson diese Geräuschkulisse sehr beruhigend, doch es konnte auch passieren, dass sie ihn zu stark an seine Heimat erinnerte. Dann zog er sich ins Innere des Trailers zurück, um die Erinnerungen zu vertreiben.

Er aß. Er schlief. Er ging joggen, er trainierte mit Gewichten, und er schraubte an seinem Auto herum. Er unternahm lange Fahrten, ohne ein festes Ziel vor Augen. Hin und wieder angelte er. Abends las er, und gelegentlich schrieb er einen Brief an Tuck Hostetler. Das war alles. Er besaß keinen Fernseher, kein Radio, und in seinem Handy waren nur Nummern gespeichert, die mit der Arbeit zusammenhingen. Einmal im Monat fuhr er zum Supermarkt und kaufte Lebensmittel und Grundvorräte. Außerdem schaute er noch in der Buchhandlung vorbei. Sonst ging er nie ins Zentrum von New Orleans. In den fast fünfzehn Jahren, die er jetzt hier lebte, war er noch nicht einmal in der Bourbon Street gewesen, er war nie durch das French Quarter geschlendert, er hatte kein einziges Mal im Café du Monde einen Kaffee getrunken oder sich in Lafitte's Blacksmith Shop Bar einen Hurricane Cocktail genehmigt. Statt ins Fitnesscenter zu gehen, trainierte er lieber hinter seinem Trailer unter einer alten Abdeckplane, die er zwischen dem Wagen und den Bäumen aufgespannt hatte. Er ging nicht ins Kino, und selbst am Sonntagnachmittag schaute er nie bei irgendwelchen Freunden vorbei, um mit ihnen Football zu gucken, wenn die New Orleans Saints spielten. Er war zweiundvierzig, und seit seiner Teenagerzeit war er nie mehr mit einem Mädchen ausgegangen.

Die meisten Menschen hätten sicher verständnislos den Kopf geschüttelt, weil sie sich solch ein Leben nur schwer vorzustellen vermochten. Sie kannten Dawson nicht – sie konnten ja nicht ahnen, wie er früher gewesen war. Und Dawson legte größten Wert darauf, dass es so blieb.

Doch dann bekam er an einem warmen Nachmittag Mitte Juni einen Anruf, und die Erinnerung an die Vergangenheit wurde wieder wach. Dawson arbeitete seit knapp neun Wochen nicht mehr, und nach beinahe zwanzig Jahren würde er nun zum ersten Mal wieder in seine Heimat zurückkehren. Bei dem Gedanken daran fühlte er sich ziemlich unwohl, aber er wusste, dass ihm keine andere Wahl blieb. Tuck war für ihn mehr gewesen als ein Freund. Fast eine Art Vaterersatz. Und während Dawson über das Jahr nachdachte, das der große Wendepunkt in seinem Leben gewesen war, nahm er wieder einmal aus dem Augenwinkel eine huschende Bewegung wahr. Als er sich umdrehte, konnte er nichts sehen. Wurde er etwa doch verrückt?

Der Anruf kam von Morgan Tanner, einem Anwalt in Oriental, North Carolina. Mr Tanner teilte Dawson mit, dass Tuck Hostetler gestorben sei. »Es gibt verschiedene Dinge zu regeln, um die Sie sich am besten persönlich kümmern sollten«, erklärte der Anwalt. Nachdem Dawson aufgelegt hatte, beschloss er, einen Flug zu buchen, in einem Bed-and-Breakfast ein Zimmer zu reservieren und dann einen Floristen anzurufen, der Blumenschmuck schicken sollte.

Nachdem er am nächsten Morgen die Tür seines Trailers verriegelt hatte, ging er zu dem Blechschuppen, in dem er immer sein Auto unterstellte. Es war der 18. Juni 2009, ein Donnerstag. Dawson hatte den einzigen Anzug, den er besaß, dabei und einen Seesack, den er mitten in der Nacht gepackt hatte, weil er nicht schlafen konnte. Er öffnete das Vorhängeschloss und rollte die Tür hoch. Helle Sonnenstrahlen fielen auf den Wagen, an dem er seit einer halben Ewigkeit herummontierte. Im Grunde seit der Highschool. Es war ein Ford Mustang, Baujahr 1969, mit Fließheck, genannt Fastback. Ein Auto, nach dem sich die Leute schon umgedreht hatten, als Nixon Präsident war. Auch heute noch erregte es Aufsehen. Es glänzte, als käme es direkt vom Fließband, und im Laufe der Jahre hatten unzählige Leute, die Dawson gar nicht kannte, ihm jede Menge Geld dafür geboten. Doch er hatte immer höflich abgelehnt. »Dieser Fastback hier ist mehr als ein Auto«, sagte er jedes Mal, ohne seine Worte näher auszuführen. Tuck hätte sofort verstanden, was er meinte.

Er warf den Seesack auf den Beifahrersitz, legte den Anzug darüber und setzte sich hinters Steuer. Als er den Zündschlüssel drehte, sprang der Motor mit einem lauten

Rumpeln an. Vorsichtig fuhr Dawson aus dem Schuppen und stieg dann noch einmal aus, um das Schloss wieder anzubringen. Im Kopf ging er rasch seine Checkliste durch, ob er auch an alles gedacht hatte. Zwei Minuten später war er schon auf der Hauptstraße. Und nach einer halben Stunde stellte er den Wagen auf dem Langzeitparkplatz des Flughafens von New Orleans ab. Es fiel ihm sehr schwer, ihn dort stehen zu lassen, aber was hätte er sonst tun sollen? Er nahm sein Gepäck und begab sich zielstrebig zum Flughafengebäude, wo ihn am Schalter bereits sein Ticket erwartete.

In der Halle war viel Betrieb. Paare, Arm in Arm. Familien, die ihre Großeltern oder Disney World besuchen wollten. Studenten, die von der Uni nach Hause flogen. Geschäftsreisende zogen ihr Handgepäck hinter sich her und quasselten in ihre Handys. Dawson stand in einer Schlange, die sich extrem langsam bewegte. Als er endlich an die Reihe kam, zeigte er seinen Ausweis vor und beantwortete brav die Sicherheitsfragen, ehe man ihm die Bordkarte aushändigte. Zwischenlandung in Charlotte, in etwa einer Stunde. Ganz okay. In New Bern würde er sich einen Mietwagen nehmen. Dann musste er noch vierzig Minuten fahren. Falls es keine Verspätung gab, würde er am späten Nachmittag in Oriental eintreffen.

Als er auf seinem Platz saß, merkte er erst, wie müde er war. Er konnte sich nicht erinnern, wann er in der Nacht zuvor endlich eingeschlafen war – das letzte Mal hatte er kurz vor vier auf die Uhr geschaut und sich damit getröstet, dass er ja im Flugzeug schlafen konnte. Außerdem gab es für ihn in Oriental kaum Verpflichtungen. Er war ein Einzelkind – seine Mutter hatte sich aus dem Staub gemacht, als er drei Jahre alt war, und sein Dad hatte der Welt einen Gefallen getan, indem er sich systematisch zu Tode gesoffen hatte. Zu seinen übrigen Verwandten pflegte Dawson seit Jahren keinen Kontakt mehr, und auch jetzt wollte er am liebsten nichts mit ihnen zu tun haben.

Eine kurze Reise. Hin und wieder zurück, mehr nicht. Er würde erledigen, was erledigt werden musste, und keine Minute länger bleiben als unbedingt nötig. Klar, er war in Oriental aufgewachsen, aber richtig dazugehört hatte er nie. Die Stadt Oriental, die er kannte, hatte wenig Ähnlichkeit mit dem bunten, fröhlichen Bild, das vom Fremdenverkehrsamt entworfen wurde. Für die meisten Leute, die einen Nachmittag dort verbrachten, war Oriental ein eigenwilliges, interessantes kleines Städtchen, sehr beliebt bei Malern und Dichtern und bei Pensionären, die ihren Lebensabend damit verbringen wollten, auf dem Neuse River zu segeln. Es gab die übliche hübsche Altstadt mit Antiquitätenläden, Kunstgalerien und Cafés, und für einen Ort, der weniger als tausend Einwohner hatte, wurden dort unglaublich viele Festivals gefeiert. Aber das reale Oriental, das Dawson als Kind und Jugendlicher kennengelernt hatte, wurde dominiert von ein paar Familien, die schon seit der Kolonialzeit in dieser Gegend lebten. Menschen wie Richter McCall und Sheriff Harris, außerdem noch Eugenia Wilcox und die Familien Collier und Bennett. Ihnen gehörte das Land, sie bauten das Getreide an, verkauften das Holz und führten die Geschäfte. Sie waren mächtig und einflussreich und betrachteten die Stadt schon immer als ihr Eigentum, ohne dass dies je offiziell ausgesprochen werden musste. Und sie richteten alles so ein, wie es ihnen passte.

Das hatte Dawson ganz direkt zu spüren bekommen, als er achtzehn Jahre alt war. Und später noch einmal, mit dreiundzwanzig. Daraufhin war er für immer fortgegangen. Nirgends in Pamlico County war es leicht, ein Cole zu sein, aber am schlimmsten war es in Oriental. Soviel er wusste, hatte jeder Cole bis hin zu seinem Urgroßvater irgendwann wegen eines Delikts im Gefängnis gesessen. Die Coles waren wegen Körperverletzung und wegen Brandstiftung verurteilt worden, wegen Totschlags und auch wegen Mordes. Das steinige Grundstück mit den Bäumen, das die Großfamilie bewohnte, war wie ein Territorium mit eigenen Gesetzen: eine Handvoll baufällige Hütten, alte Wohnwagen und mehrere Schuppen voller Schrott. Wer konnte, mied dieses Gelände – selbst der Sheriff. Auch die Jäger machten einen großen Bogen um den Bereich, weil sie zu Recht vermuteten, dass das Schild mit der Aufschrift EINDRINGLINGE WERDEN ERSCHOSSEN ernst gemeint war und nicht nur als leere Warnung. Die Coles waren Schwarzbrenner und Drogenhändler, sie waren Alkoholiker und prügelten ihre Frauen, die Eltern misshandelten ihre Kinder. Sie waren Diebe und Zuhälter, und vor allem waren sie gewalttätig. In einem Artikel, der in einer inzwischen nicht mehr existierenden Zeitschrift veröffentlicht worden war, beschrieb man sie als »die brutalste, rachsüchtigste Familie östlich von Raleigh«. Dawsons Vater bildete da keine Ausnahme. Zwischen zwanzig und dreißig verbrachte er den größten Teil der Zeit im Gefängnis, und auch danach war er noch häufig dort anzutreffen, wegen aller möglichen Vergehen. Zum Beispiel attackierte er einmal einen Mann mit einem Eispickel, weil dieser ihm die Vorfahrt genommen hatte. Zweimal gab es eine Mordanklage, aber er wurde freigesprochen, nachdem mehrere Zeugen auf mysteriöse Weise verschwunden waren. Der Rest der Familie war klug genug, ihn nicht zu reizen. Wieso seine Mutter ihn geheiratet hatte, war Dawson unbegreiflich. Er nahm es ihr nicht übel, dass sie fortgelaufen war. Als Kind hätte er am liebsten ebenfalls die Flucht ergriffen. Mehr als einmal hatte er es versucht, aber vergeblich. Er machte seiner Mutter auch keine Vorwürfe, weil sie ihn nicht mitgenommen hatte. Die Männer der Familie Cole waren sehr besitzergreifend, was ihre Nachkommen anging, und Dawson zweifelte keinen Moment daran, dass sein Vater sie gnadenlos verfolgt hätte, um seinen Sohn zurückzuholen. Das hatte er ihm immer wieder versichert, und Dawson fragte ihn lieber nicht, was er getan hätte, wenn seine Mom ihn, den Sohn, nicht herausgerückt hätte. Er kannte die Antwort sowieso.

Wie viele Familienmitglieder lebten heute auf dem Gelände? Er wusste es nicht, aber als er von Oriental fortging, waren es außer seinem Vater und seinem Großvater noch vier Onkel, drei Tanten und sechzehn Cousins und Cousinen gewesen. Inzwischen waren diese natürlich längst erwachsen und hatten selbst Kinder. Nein, Dawson wollte das alles gar nicht so genau wissen. Er war in dieser Welt aufgewachsen, aber was für Oriental galt, das galt auch für die Coles: Er hatte nie richtig dazugehört. Vielleicht hatte es etwas mit seiner Mom zu tun, obwohl er sie ja gar nicht kannte, aber er war anders als die anderen. Seine Cousins gingen zwar in dieselbe Schule wie er, aber er war als Einziger nie in Schlägereien verwickelt, bekam gute Noten, nahm keine Drogen, trank keinen Alkohol, und er war auch nicht dabei, wenn sie abends mit dem Auto durch die Straßen fuhren, um die Innenstadt aufzumischen. Meistens gab er als Begründung an, er müsse die Destille beaufsichtigen. Oder helfen, einen Wagen auseinanderzunehmen, den irgendein Familienmitglied gestohlen hatte. Er verhielt sich immer möglichst zurückhaltend und bemühte sich, nirgends groß aufzufallen.

Doch es war eine Gratwanderung. Die Coles waren zwar eine kriminelle Sippe, aber dumm waren sie deshalb noch lange nicht. Dawson wusste intuitiv, dass er sein Anderssein verbergen musste, so gut es nur ging. Er war wahrscheinlich der einzige Junge in der Geschichte der Schule, der vor einer Klassenarbeit besonders viel lernte, um dann absichtlich eine schlechte Note zu schreiben, und der sein Zeugnis fälschte, damit es nicht so gut aussah, wie es eigentlich war. Er entwickelte Strategien, wie er eine Bierdose heimlich ausleeren konnte, wenn die anderen gerade nicht hinschauten, indem er sie mit einem Messer anstach. Und wenn er die Arbeit als Ausrede benutzte, um nicht mit seinen Cousins losziehen zu müssen, schuftete er oft bis spät in die Nacht. Eine Weile lang funktionierten diese Methoden, aber mit der Zeit bekam die Fassade Risse. Einer seiner Lehrer erwähnte zum Beispiel gegenüber einem Trinkkumpan seines Vaters, dass Dawson der beste Schüler seines Jahrgangs sei. Tanten und Onkel registrierten, dass er als Einziger der Familie nicht mit dem Gesetz in Konflikt kam. In einer Familie, für die Loyalität und Konformität die höchsten Werte waren, galt so etwas als Todsünde.

Besonders sein Vater war deswegen richtig sauer. Er hatte seinen Sohn schon immer geschlagen, seit seiner frühesten Kindheit – am liebsten mit dem Gürtel oder mit einem Riemen. Aber als Dawson zwölf wurde, ging sein Vater noch methodischer vor. Er schlug ihn, bis Rücken und Brust schwarz und blau waren, und kam dann eine Stunde später wieder, um sich den Beinen und dem Gesicht zu widmen. Die Lehrer wussten genau, was in dieser Familie los war, aber sie sagten nichts, weil sie Angst um ihre eigenen Angehörigen hatten. Wenn der Sheriff Dawson auf dem Heimweg von der Schule begegnete, tat er so, als würde er die blauen Flecken und Striemen nicht bemerken. Die Mitglieder der Familie Cole fanden das alles eh völlig normal. Abee und Crazy Ted, Dawsons ältere Cousins, fielen mehr als einmal über ihn her und verprügelten ihn mindestens so gemein wie sein Vater – Abee, weil er fand, dass Dawson es verdient hatte, Crazy Ted einfach so, ohne jeden Grund. Abee war groß und kräftig und hatte Fäuste wie Bärentatzen. Er war gewalttätig und unbeherrscht, aber klüger, als man dachte. Crazy Ted hingegen war einfach nur brutal. Schon im Kindergarten griff er einen anderen Jungen mit einem spitzen Bleistift an, als die beiden sich um einen Schokoriegel stritten, und ehe er in der fünften Klasse aus der Schule ausgeschlossen wurde, hatte er einen seiner Mitschüler krankenhausreif geschlagen. Es hieß, er habe einen Junkie umgebracht, als er noch keine zwanzig war. Dawson kam zu der Überzeugung, dass es besser war, sich gar nicht gegen ihn zu wehren, und lernte stattdessen, wie er sich gegen die Schläge schützen konnte, bis seine Cousins die Aktion langweilig fanden oder müde wurden – oder beides.

Er stieg allerdings nicht in die Familiengeschäfte ein und gab deutlich zu verstehen, dass er dies nie tun werde.

Mit der Zeit fand er heraus, dass sein Vater desto heftiger auf ihn eindrosch, je lauter er schrie, also hielt er lieber den Mund. Sein Vater war aggressiv, aber er war auch ein Tyrann, und Dawson spürte instinktiv, dass er wie alle Tyrannen nur an Auseinandersetzungen interessiert war, bei denen er im Voraus wusste, dass er sie gewinnen konnte. Irgendwann würde er, Dawson, stark genug sein, um sich wirkungsvoll zu widersetzen. Dann brauchte er keine Angst mehr vor seinem Vater zu haben. Während die Schläge auf ihn niederprasselten, rief er sich oft ins Gedächtnis, dass seine Mutter unglaublich viel Mut bewiesen hatte, als sie die Verbindung zu dieser Familie abbrach.

Er tat, was er konnte, um den Prozess zu beschleunigen und immer stärker zu werden. Systematisch trainierte er seine Muskeln. Jeden Tag band er einen mit Lumpen gefüllten Sack an einen Baum und boxte mehrere Stunden. Er wuchtete Steine und Maschinenteile hoch. Er machte Liegestütze, Klimmzüge und Sit-ups, konsequent mehrmals täglich. Als er dreizehn war, hatte er sich schon fünf Kilo Muskelmasse antrainiert, mit vierzehn waren es noch zehn mehr. Mit fünfzehn war er fast so groß wie sein Vater. Eines Abends, genau einen Monat nach seinem sechzehnten Geburtstag, kam sein Vater mit dem Gürtel zu ihm, nachdem er den ganzen Abend gesoffen hatte. Dawson baute sich vor ihm auf und riss ihm den Gürtel aus der Hand. »Wenn du mich noch einmal anfasst«, sagte er zu ihm, »bringe ich dich um.«

In jener Nacht suchte er Zuflucht in Tucks Werkstatt. Er wusste nicht, wohin, und etwas anderes fiel ihm nicht ein. Als Tuck ihn am nächsten Morgen dort fand, fragte Dawson ihn, ob er einen Job für ihn habe. Es gab eigentlich keinen Grund, weshalb Tuck ihm helfen sollte, denn er kannte Dawson nicht, und außerdem war sein Überraschungsgast ein Cole. Tuck wischte sich die Hände an seiner roten Bandana ab, dem kleinen, viereckigen Tuch, das er immer in der hinteren Hosentasche stecken hatte, zündete sich eine Zigarette an und dachte nach. Er war damals einundsechzig und seit zwei Jahren verwitwet. Als er anfing zu reden, konnte Dawson seine Alkoholfahne riechen, und die Stimme klang rau und heiser, weil Tuck seit seiner Kindheit Camel ohne Filter rauchte. Seine Aussprache verriet sofort, dass er vom Land kam – genau wie bei Dawson.

»Ich nehme mal an, du kannst Wagen auseinandernehmen, aber kannst du sie auch wieder zusammensetzen?«

»Jawohl, Sir«, antwortete Dawson.

»Musst du heute in die Schule?«

»Jawohl, Sir.«

»Dann komm gleich danach zu mir, damit ich sehe, wie du dich anstellst.«

Also ging Dawson nach der Schule wieder in die Werkstatt und gab sich alle Mühe, Tuck zu beweisen, dass er etwas taugte. Weil es anschließend den ganzen Abend regnete, wollte sich Dawson wieder im Werkstattschuppen verkriechen. Tuck erwartete ihn bereits.

Wortlos zog der alte Mann an seiner Zigarette und musterte den Jungen eingehend. Schließlich ging er ins Haus. Von da an schlief Dawson nie wieder bei seiner Familie. Tuck verlangte keine Miete von ihm, aber Dawson verpflegte sich selbst und kaufte seine eigenen Lebensmittel. Im Laufe der Monate begann er, sich zum ersten Mal in seinem Leben Gedanken über die Zukunft zu machen. Er sparte so viel Geld wie möglich. Nur etwas Luxus leistete er sich: den Fastback-Mustang, den er von einem Schrotthändler kaufte, und eine Vierliterflasche Eistee. Er reparierte den Wagen abends nach der Arbeit, trank seinen Tee und malte sich dabei aus, wie er aufs College ging, was noch kein Cole je getan hatte. Er überlegte, ob er zum Militär gehen oder sich lieber eine eigene Wohnung mieten sollte, aber ehe er eine Entscheidung treffen konnte, erschien plötzlich sein Vater in der Werkstatt, in Begleitung von Crazy Ted und Abee, die beide einen Baseballschläger in der Hand hielten. Außerdem konnte man in Teds Hosentasche die Umrisse eines Messers erkennen.

»Her mit dem Geld, das du verdient hast«, sagte sein Vater ohne lange Vorrede.

»Nein«, entgegnete Dawson.

»Ich wusste, dass du so reagierst, mein Junge. Deshalb hab ich Ted und Abee mitgebracht. Sie können das Geld aus dir rausprügeln – oder du kannst es einfach hergeben. Du schuldest es mir, weil du weggelaufen bist.«

Dawson schwieg. Sein Vater kaute auf einem Zahnstocher herum.

»Tja – ich kann dein mieses kleines Leben sofort beenden, wenn ich will. Dafür brauche ich nur irgendein Verbrechen außerhalb der Stadt, mehr nicht. Vielleicht ein Raubüberfall. Oder Brandstiftung – wer weiß? Dann müssen wir noch für die entsprechenden Beweismittel sorgen. Ein anonymer Anruf beim Sheriff genügt, und schon mahlen die Mühlen des Gesetzes. Du bist abends immer allein hier, niemand kann dir ein Alibi verschaffen, und von heute auf morgen bist du für den Rest deines Lebens umgeben von Beton und Gitterstäben. Dort kannst du meinetwegen vermodern, mich interessiert das kein Stück. Also – her mit der Kohle.«

Dawson wusste, dass sein Vater diese Drohung ernst meinte. Ohne eine Miene zu verziehen, holte er die Scheine aus dem Geldbeutel. Sein Vater zählte nach, spuckte den Zahnstocher auf den Boden und verkündete mit einem breiten Grinsen:

»Nächste Woche bin ich wieder da.«

Dawson schränkte sich von da an noch mehr ein. Er schaffte es trotzdem, eine minimale Summe abzuzweigen, um seinen Wagen weiter restaurieren und sich Eistee kaufen zu können, aber der größte Teil seines Verdienstes ging an seinen Vater. Zwar vermutete er, dass Tuck die Situation durchschaute, aber der alte Mann sprach ihn nie darauf an. Nicht, weil er Angst vor den Coles hatte, sondern weil er fand, dass ihn die Sache nichts anging. Stattdessen kochte er abends immer so viel, dass er nicht alles allein aufessen konnte. Dann kam er mit einem Teller zu Dawson in den Schuppen und sagte: »Ich hab ein paar Reste – falls du was möchtest.« Meistens ging er dann ohne ein weiteres Wort zurück ins Haus. Das war typisch für ihn und für seine Beziehung zu Dawson, und Dawson respektierte dieses Verhalten. Er respektierte Tuck. Der alte Mann war der wichtigste Mensch in seinem Leben geworden, und Dawson konnte sich nicht vorstellen, dass sich das je ändern würde.

Bis zu dem Tag, an dem Amanda Collier in sein Leben trat.

Er kannte Amanda schon lange – in Pamlico County gab es nur eine einzige Highschool, und Dawson war fast die ganze Zeit mit Amanda gemeinsam in die Schule gegangen. Doch erst im Frühling des vorletzten Schuljahrs wechselte er mehr als ein paar Worte mit ihr. Er hatte Amanda schon immer sehr hübsch gefunden, aber damit war er nicht allein. Sie war sehr beliebt, ein Mädchen, das in der Schul-Cafeteria immer von ihren Freundinnen umringt war, während die Jungs um ihre Aufmerksamkeit wetteiferten. Sie war nicht nur Klassensprecherin, sondern auch Cheerleader. Außerdem war sie reich und für Dawson so unerreichbar wie eine Schauspielerin im Fernsehen. Er hätte es nie gewagt, sie anzusprechen, doch dann wurde sie ihm als Partnerin bei den Experimenten im Chemieunterricht zugeteilt.

Nun kämpften sie also gemeinsam mit den Reagenzröhrchen und lernten mit vereinten Kräften für die Klausuren. Dawson merkte, dass Amanda ganz anders war, als er sie sich vorgestellt hatte. Es schien sie überhaupt nicht zu beeindrucken, dass sie eine Collier und er ein Cole war. Das wunderte ihn sehr. Außerdem lachte sie gern und ganz ungekünstelt, und oft grinste sie verschmitzt, als wüsste sie etwas, wovon sonst niemand etwas ahnte. Ihre Haare waren honigblond, ihre Augenfarbe erinnerte an den strahlend blauen Sommerhimmel. Manchmal, wenn sie und Dawson chemische Formeln in ihre Hefte notierten, legte sie ihm die Hand auf den Arm, um ihn auf eine besonders interessante Lösungsmöglichkeit hinzuweisen, und diese Berührung glaubte er noch Stunden später zu fühlen. Während er nachmittags in der Werkstatt arbeitete, musste er dauernd an sie denken. Doch erst im Frühjahr wagte er es, sie zu fragen, ob er sie zu einem Eis einladen dürfe – und danach verbrachten sie bis zum Schuljahresende fast jede freie Minute miteinander.

Das war 1984, und Dawson war siebzehn. Als die Sommerferien vorbei waren, merkte er, dass er sich ernsthaft verliebt hatte, und als die Luft kühler wurde und rote und gelbe Herbstblätter zu Boden schwebten, war er sich sicher, dass er den Rest seines Lebens mit Amanda verbringen wollte – auch wenn es noch so verrückt klang. Im nächsten Schuljahr wurde ihre Beziehung immer intensiver, und schließlich waren sie unzertrennlich. In Amandas Gegenwart fiel es Dawson leicht, an sich selbst zu glauben, und zum ersten Mal im Leben war er zufrieden und optimistisch.

Bis zum heutigen Tag musste er häufig an dieses letzte Jahr denken, das er mit ihr erlebt hatte.

Oder, genauer gesagt: Er dachte immer an sie. An Amanda.

Im Flugzeug suchte er seine Sitznummer. Ein Fensterplatz in der hinteren Hälfte, neben einer jungen Frau, groß, Mitte dreißig, rote Haare, lange Beine. Nicht unbedingt sein Typ, aber ziemlich attraktiv. Sie beugte sich etwas zu dicht zu ihm, als sie ihren Sicherheitsgurt suchte, und entschuldigte sich dann mit einem charmanten Lächeln dafür.

Dawson nickte, aber als er spürte, dass sie sich mit ihm unterhalten wollte, schaute er schnell aus dem Fenster. Er sah, wie sich der Wagen für das Gepäck von der Maschine entfernte – und wieder wanderten seine Gedanken zu Amanda. Die Erinnerungen lagen weit zurück, aber er sah alles noch genau vor sich: wie sie in jenem ersten Sommer im kalten Neuse River schwimmen gingen und wie kühl sich ihre Haut anfühlte, wenn sie sich danach zufällig berührten. Oft saß Amanda auf der Bank, während er in Tucks Werkstatt an seinem Wagen herumschraubte. Sie schlang dann die Arme um die angezogenen Knie, und Dawson wünschte sich nichts sehnlicher, als dass sie immer so bei ihm sitzen würde. Im August war der Wagen endlich fahrbereit, und als erste Unternehmung fuhr Dawson mit Amanda an den Strand. Dort lagen sie auf ihren Handtüchern, die Finger ineinander verschränkt, und unterhielten sich über ihre Lieblingsbücher und welche Filme sie am liebsten mochten. Sie vertrauten sich ihre größten Geheimnisse an und ihre schönsten Träume für die Zukunft.

Natürlich stritten sie sich auch gelegentlich, und Dawson lernte auf diese Weise Amandas temperamentvolle Seite kennen. Diese Auseinandersetzungen zogen sich nie lange hin, denn sie brausten beide ziemlich schnell auf, beruhigten sich jedoch genauso rasch wieder. Oft fingen sie wegen lächerlicher Kleinigkeiten an, sich heftig zu streiten – Amanda konnte ganz schön eigensinnig und stur sein. Ein falsches Wort, und schon flogen verbal die Fetzen. Aber selbst wenn Dawson echt in Wut geriet, bewunderte er sie, ob er wollte oder nicht, einfach weil sie so direkt und aufrichtig reagierte. Er wusste, dass diese Ehrlichkeit darauf beruhte, dass er für sie wichtiger war als sonst für irgendjemanden auf der Welt.

Außer Tuck verstand keiner, was Amanda an Dawson fand. Anfangs versuchten die beiden zwar noch, ihre Beziehung geheim zu halten, doch Oriental war eine typische Kleinstadt, und es wurde viel getratscht. Nach und nach zogen sich Amandas Freundinnen von ihr zurück, und es dauerte nicht lange, bis ihre Eltern alles herausfanden. Dawson war ein Cole, und Amanda war eine Collier – das reichte schon, um bei Mom und Dad Collier für schlechte Stimmung zu sorgen. Zuerst hofften sie noch, dass ihre Tochter nur eine rebellische Phase durchmachte, und beschlossen, die Angelegenheit zu ignorieren. Als das nichts half, ergriffen sie strenge Maßnahmen: Sie kassierten Amandas Führerschein ein und verboten ihr zu telefonieren. Im Herbst bekam sie oft wochenlang Hausarrest und durfte auch am Wochenende nicht ausgehen. Dawson war es sowieso nicht erlaubt, das Haus zu betreten, und als Amandas Vater mit ihm redete – was nur ein einziges Mal vorkam –, beschimpfte er ihn als »asozialen Gangster«. Mutter Collier flehte ihre Tochter immer wieder an, doch bitte mit Dawson Schluss zu machen, und im Dezember verkündete der Vater schließlich, er werde von nun an mit Amanda kein Wort mehr wechseln.

Aber alle Verbote und Vorwürfe halfen nichts, im Gegenteil, sie bewirkten nur, dass Amanda und Dawson noch enger zusammenrückten. Und wenn er in aller Öffentlichkeit ihre Hand nahm, drückte sie sie ganz fest, als wollte sie zeigen, dass keiner es wagen sollte, sie beide voneinander zu trennen. Aber Dawson war nicht naiv, und obwohl Amanda ihm unendlich viel bedeutete, hatte er trotzdem immer das Gefühl, dass ihre gemeinsame Zeit irgendwann zu Ende sein würde. Die ganze Welt hatte sich gegen sie verschworen. Seit Dawsons Vater von Amanda erfahren hatte, erkundigte er sich jedes Mal nach ihr, wenn er das Geld abholte. Sein Tonfall war nie offen bedrohlich, doch sobald Dawson hörte, wie er ihren Namen aussprach, lief es ihm kalt über den Rücken.

Im Januar wurde Amanda achtzehn. Obwohl ihre Eltern so strikt gegen ihre Beziehung mit Dawson waren, brachten sie es nicht übers Herz, ihre Tochter hinauszuwerfen. Was sie dachten, interessierte Amanda allerdings nicht mehr – jedenfalls sagte sie das Dawson gegenüber. Wenn sie sich wieder einmal furchtbar mit ihren Eltern gestritten hatte, kletterte sie mitten in der Nacht heimlich aus dem Fenster und floh zu Dawson in die Werkstatt. Da konnte es natürlich sein, dass er schon schlief – er rollte immer auf dem Fußboden des Bürobereichs seine Matte aus. Aber weil Amanda unbedingt mit ihm reden musste, rüttelte sie ihn wach, und sie gingen gemeinsam hinunter zum Fluss, um sich auf einen der niedrigen Äste der uralten Eiche zu setzen. Dawson schlang dann zärtlich den Arm um sie, und während die Rotbarben im Fluss sprangen, berichtete ihm Amanda im Mondlicht vom Streit mit ihren Eltern, oft mit zitternder Stimme. Sie war sehr rücksichtsvoll ihm gegenüber und wollte ihn nicht kränken, indem sie alles zitierte, was über ihn gesagt worden war. Dafür liebte er sie, aber er wusste natürlich trotzdem genau, was ihre Eltern von ihm hielten. Und als sie ihm eines Abends wieder einmal unter Tränen von einer Auseinandersetzung erzählte, fragte er sie leise, ob es nicht leichter für sie wäre, wenn sie sich nicht mehr treffen würden.

»Meinst du das ernst?«, fragte Amanda ihn mit erstickter Stimme.

Er zog sie noch enger an sich. »Ich möchte nur eins: dass du glücklich bist«, flüsterte er.

Amanda schmiegte sich an ihn und lehnte den Kopf an seine Schulter. Und während er sie so nahe bei sich spürte, wurde ihm wieder einmal bewusst, wie grausam es für ihn war, als ein Cole auf die Welt gekommen zu sein.

»Am glücklichsten bin ich, wenn ich mit dir zusammen bin«, murmelte sie.

Und an jenem Abend schliefen sie das erste Mal miteinander.

Seither waren mehr als zwei Jahrzehnte vergangen, doch Dawson trug die Erinnerung an diese Nacht und an Amandas Worte immer noch in seinem Herzen. Was sie gesagt hatte – dass sie am glücklichsten sei, wenn sie mit ihm zusammen sein konnte –, das galt umgekehrt auch für ihn. Sie hatte auch für ihn gesprochen.

Nach der Landung in Charlotte nahm Dawson seinen Seesack samt Anzug und durchquerte mit raschen Schritten die Ankunftshalle. Er merkte kaum, was sich um ihn herum abspielte, weil er so mit den Erinnerungen an die letzten Monate mit Amanda beschäftigt war. Im Frühjahr erhielt sie damals die Mitteilung, dass sie an der Duke University in Durham angenommen worden sei, wovon sie schon als kleines Mädchen geträumt hatte. Das Gespenst ihrer Abreise, verbunden mit der Tatsache, dass ihre Familie und ihre Freundinnen ihre Beziehung immer noch nicht akzeptierten – dies alles verstärkte bei Amanda und bei Dawson die Sehnsucht, möglichst viel Zeit gemeinsam zu verbringen. Sie amüsierten sich stundenlang am Strand und unternahmen tolle Autofahrten, immer mit lauter Radiomusik. Oder sie hingen einfach nur in Tucks Werkstatt herum. Sie schworen beide, dass sich zwischen ihnen nichts ändern werde, wenn Amanda fortging – entweder würde Dawson zu ihr nach Durham fahren, oder sie würde ihn besuchen kommen. Amanda zweifelte keine Minute daran, dass sie es irgendwie schaffen konnten.

Doch Amandas Eltern hatten ihre eigenen Pläne. An einem Samstagmorgen im August, eine gute Woche vor ihrer Abreise nach Durham, fingen sie ihre Tochter ab, ehe diese das Haus verlassen konnte. Ihre Mom war diejenige, die redete, aber Amanda wusste, dass ihr Vater alles, was sie sagte, uneingeschränkt unterstützte.

»Wir haben dieses Theater lange genug mit angesehen – jetzt reicht es«, begann ihre Mutter. Und mit verblüffend ruhiger Stimme eröffnete sie ihrer Tochter, falls sie die Absicht habe, sich weiterhin mit Dawson zu treffen, müsse sie im September ausziehen und von da an alle ihre Rechnungen selbst bezahlen. Auch das College würden sie Amanda nicht finanzieren. »Wir sehen nicht ein, wieso wir Geld für ein Studium ausgeben sollen, wenn du sowieso die Absicht hast, dein Leben wegzuwerfen.«

Als Amanda protestieren wollte, unterbrach ihre Mutter sie sofort.

»Er wird dich ruinieren, Amanda. Du bist noch zu jung, um das zu begreifen. Wenn du deine Entscheidungen selbstständig und unabhängig von uns treffen willst, dann musst du konsequent sein und die gesamte Verantwortung übernehmen. Mach dir deine Zukunft ruhig kaputt und bleib bei Dawson – wir werden dich nicht daran hindern. Aber wir wollen dich auch nicht dabei unterstützen.«

Ohne ein Wort zu erwidern, rannte Amanda aus dem Haus. Für sie gab es nur noch einen Gedanken: Sie musste mit Dawson sprechen, und zwar gleich. Als sie zur

Werkstatt kam, weinte sie schon so hemmungslos, dass sie kein Wort herausbrachte. Dawson drückte sie an sich und hörte sich geduldig ihr unzusammenhängendes Gestammel an, bis sie endlich aufhörte zu schluchzen.

Ihr Gesicht war nass von tausend Tränen. »Wir ziehen zusammen«, stieß sie hervor.

»Wo sollen wir wohnen? Hier? In der Werkstatt?«

»Keine Ahnung. Irgendwo. Uns wird schon etwas einfallen.«

Dawson schwieg für eine Weile, den Blick auf den Boden gerichtet. »Du musst aufs College gehen«, sagte er schließlich.

»Das College ist mir egal – es interessiert mich nicht!«, rief Amanda. »Das Einzige, was mich interessiert, bist du.«

Dawson ließ die Arme sinken. »Du bist mir auch wichtiger als alles andere. Und genau deswegen darf ich dir diese Chance nicht nehmen.«

Amanda schüttelte den Kopf. »Du nimmst mir doch nichts! Es sind meine Eltern, die mir alles wegnehmen! Sie behandeln mich wie ein kleines Mädchen.«

»Ja, aber sie tun es meinetwegen. Das wissen wir beide.« Er kickte den Staub auf. »Wenn man jemanden liebt, muss man auch loslassen können, nicht wahr?«

Jetzt blitzten ihre Augen wütend. »Und wenn man dann trotzdem wieder zusammenkommt, ist es vorbestimmt? Glaubst du das tatsächlich? Das ist doch nur ein blödes Klischee! Das sind doch nicht wir!« Sie grub die Finger in seinen Arm. »Wir finden eine Lösung, ganz sicher. Ich kann als Bedienung arbeiten oder irgendetwas, und wir mieten uns gemeinsam eine Wohnung.«

Dawson bemühte sich, ruhig zu bleiben. »Wie sollen wir das machen? Denkst du vielleicht, mein Vater hört auf mit seinen Schikanen?«

»Wir können in eine andere Stadt ziehen.«

»Wohin? Mit welchem Geld? Ich habe nichts! Willst du das denn nicht sehen?« Er wartete einen Moment lang, und als Amanda schwieg, fuhr er fort: »Ich bin doch nur realistisch. Wir sprechen über *dein* Leben. Und ... ich gehöre nicht mehr dazu.«

»Was redest du für einen Quatsch!«

»Ich sage nur, dass deine Eltern recht haben.«

»Aber das kannst du doch nicht ernst meinen!«

In ihrer Stimme schwang so etwas wie Furcht mit. Ach, wie gern hätte Dawson sie zärtlich in die Arme geschlossen, doch er trat ganz bewusst einen Schritt zurück. »Geh nach Hause«, sagte er.

Sie kam näher. »Dawson –«

»Nein!«, rief er und wich noch weiter zurück. »Du hörst mir nicht zu. Es ist aus! Wir haben alles versucht, aber es hat nicht funktioniert. Das Leben geht weiter.«

Amanda wurde totenblass, ihr Gesicht leer und ausdruckslos. »Soll das heißen, du machst mit mir Schluss?«

Statt zu antworten, zwang er sich, ohne einen Blick zurück in die Werkstatt zu gehen. Er wusste, wenn er Amanda anschaute, konnte er nicht konsequent bleiben. Und das durfte er ihr nicht antun. Das *wollte* er ihr nicht antun. Er steckte den Kopf unter die offene Kühlerhaube seines Autos, damit sie nicht seine Tränen sah.

Als Amanda endlich gegangen war, ließ sich Dawson auf den staubigen Betonfußboden neben seinem Wagen sinken und blieb viele Stunden reglos liegen, bis Tuck aus dem Haus kam und sich zu ihm setzte. Lange sagte der alte Mann kein Wort.

»Du hast dich von ihr getrennt«, murmelte er dann.

»Ich musste es tun.« Mehr brachte Dawson nicht über die Lippen.

Tuck nickte. »Verstehe.«

Die Sonne stieg immer höher, und außerhalb der Werkstatt lag über allem ein Schleier der Stille. Der Totenstille.

»Habe ich das Richtige getan?«

Tuck kramte umständlich eine Zigarette aus der Tasche, als wollte er Zeit gewinnen.

»Keine Ahnung. Zwischen euch beiden ist etwas Besonderes, das kann keiner leugnen. Etwas Magisches. Und wenn da was Magisches ist, kann man es schwer vergessen.« Tuck klopfte ihm auf den Rücken und ging. So viel am Stück hatte er noch nie gesprochen. Dawson kniff die Augen zusammen und blinzelte ins Sonnenlicht. Wieder kamen ihm die Tränen. Er wusste, dass Amanda für immer das Beste in seinem Leben gewesen sein würde, jener Teil seines Ichs, der ihm die Möglichkeit gab, der Mensch zu sein, der er sein wollte.

Was er nicht ahnen konnte, war, dass er Amanda nicht mehr sehen und kein Wort mehr mit ihr wechseln würde. Im Laufe der nächsten Woche zog sie nach Durham, in ein Studentenwohnheim der Duke University. Und einen Monat später wurde Dawson verhaftet.

Er verbrachte die nächsten vier Jahre hinter Gittern.

KAPITEL 2

Amanda stieg aus ihrem Auto und starrte wie gebannt auf das kleine Haus am Rand von Oriental, in dem Tuck gewohnt hatte. Nach drei Stunden Fahrt war es angenehm, sich ein bisschen die Beine zu vertreten. Gegen die Verspannungen im Nacken und in den Schultern half es allerdings nicht viel – ein Überbleibsel ihrer Auseinandersetzung mit Frank an diesem Morgen. Frank wollte einfach nicht kapieren, dass sie unbedingt zu dem Begräbnis fahren musste. Im Grunde konnte sie seine Reaktion ja verstehen. Sie war seit fast zwanzig Jahren mit ihm verheiratet, und in der ganzen Zeit hatte sie kein einziges Mal den Namen Tuck Hostetler erwähnt. An Franks Stelle hätte sie sich garantiert auch aufgeregt.

Aber bei dem Streit war es eigentlich gar nicht um Tuck oder um ihre Geheimniskrämerei gegangen. Auch nicht darum, dass sie wieder einmal ein langes Wochenende fern von der Familie verbrachte. Tief in ihrem Inneren wussten sie das beide. Nein, es war einfach eine Fortsetzung der ewig gleichen Debatte, die sie seit zehn Jahren führten und die jedes Mal nach demselben Schema ablief. Nicht laut, nicht gewalttätig – zum Glück war Frank dafür nicht der Typ –, aber aussichtslos. Am Ende hatte sich Frank kurz und schroff entschuldigt, bevor er zur Arbeit ging. Wie üblich verbrachte Amanda den Rest des Morgens und den ganzen Nachmittag damit, den Streit irgendwie abzuschütteln. Sie konnte nichts an der Situation ändern, und inzwischen hatte sie gelernt, sich gegen die Wut und die Angst, die seit Langem ihre Beziehung definierten, zu wappnen.

Während der Fahrt nach Oriental hatten sich zwei ihrer Kinder, Jared und Lynn, telefonisch bei ihr gemeldet, und für diese Ablenkung war sie sehr dankbar gewesen. Die beiden hatten gerade Sommerferien, und seit Wochen war das Haus erfüllt von dem ständigen Trubel, den die Anwesenheit von Jugendlichen mit sich brachte. Tucks Begräbnis passte von außen betrachtet ganz gut in Amandas Planung: Jared und Lynn wollten das Wochenende sowieso mit Freunden verbringen, Jared mit einem Mädchen namens Melody und Lynn mit einer Freundin von der Highschool – sie planten, auf dem Lake Norman, an dessen Ufer die Eltern der Freundin ein Haus besaßen, segeln zu gehen. Und Amandas Tochter Annette – der »wunderbare Unfall«, wie Frank sich immer ausdrückte – war zwei Wochen im Ferienlager. Bestimmt hätte sie auch schon längst angerufen, aber im Camp waren Handys verboten. Das war auch gut so, denn sonst hätte sich die kleine Schnatterente garantiert morgens, mittags und abends bei ihrer Mutter gemeldet.

Der Gedanke an ihre Kinder zauberte ein Lächeln auf Amandas Gesicht. Sie arbeitete zwar ehrenamtlich im Kinderkrebszentrum des Duke University Hospital, aber ihr Leben drehte sich doch zuerst und vor allem um ihren Nachwuchs. Seit Jareds Geburt war sie Hausfrau und Mutter. Im Grunde gefiel ihr diese Rolle, aber ein Teil von ihr ärgerte sich trotz allem gelegentlich über die Einschränkungen. War sie nicht doch ein bisschen mehr als

Ehefrau und Mutter? Sie hatte auf Lehramt studiert, und eine Weile hatte sie sogar daran gedacht zu promovieren, damit sie an einer der Universitäten im Umkreis lehren konnte. Nach dem College-Abschluss hatte sie angefangen, in einer Grundschule zu unterrichten ... doch dann hatte das Leben andere Pläne für sie gehabt. Heute, mit zweiundvierzig, sagte sie manchmal scherzhaft, sie könne es kaum erwarten, endlich erwachsen zu werden und sich zu überlegen, wie sie ihren Lebensunterhalt verdienen sollte.

Manche Leute hätten vielleicht von einer Midlife-Crisis gesprochen, doch Amanda glaubte nicht, dass diese Beschreibung auf sie zutraf. Sie verspürte ja nicht plötzlich den Wunsch, einen Sportwagen zu kaufen oder zum Schönheitschirurgen zu rennen oder sich auf eine Insel in der Karibik abzusetzen. Ihr war auch nicht langweilig – die Kinder und die Arbeit im Krankenhaus hielten sie auf Trab und sorgten für genug Abwechslung. Sie hatte nur immer wieder den Eindruck, dass sie die Person, die sie hätte werden sollen, aus den Augen verloren hatte, und sie war sich nicht sicher, ob sie je die Möglichkeit haben würde, diese Person wiederzufinden.

Lange Zeit hatte sie sich als Glückskind betrachtet, und dabei war Frank ein zentraler Faktor gewesen. Sie hatte ihn im zweiten Studienjahr bei einer Studentenparty an der Duke University kennengelernt. Obwohl das Fest furchtbar laut und chaotisch war, fanden Frank und sie ein ruhiges Plätzchen, wo sie bis in die frühen Morgenstunden saßen und redeten. Er war zwei Jahre älter als sie, ernst, intelligent, und gleich an diesem ersten Abend war ihr klar gewesen, dass Frank Erfolg haben würde – gleichgültig, für welchen Beruf er sich entschied. Das genügte, um ihr Interesse zu wecken. Im folgenden August begann Frank seine Fachausbildung als Zahnarzt, und zwar in Chapel Hill. Während der nächsten zwei Jahre besuchten sie sich regelmäßig, und es erschien ihnen selbstverständlich, dass sie zusammenbleiben würden. Sie verlobten sich, und im Juli 1989, nur wenige Wochen nach Amandas Examen, heirateten sie.

Die Hochzeitsreise ging auf die Bahamas, und danach begann Amanda zu unterrichten. Aber als im nächsten Sommer Jared geboren wurde, ließ sie sich beurlauben. Achtzehn Monate später kam Lynn, und aus der Beurlaubung wurde ein Dauerzustand. Frank hatte inzwischen genügend Geld zusammengeborgt, um eine eigene Praxis eröffnen und ein kleines Haus in Durham kaufen zu können. In diesen ersten Jahren lebten sie sehr sparsam und anspruchslos. Frank wollte es aus eigener Kraft schaffen und weigerte sich, von seiner oder ihrer Familie finanzielle Unterstützung anzunehmen. Nachdem alle Rechnungen bezahlt waren, konnten sie von Glück reden, wenn sie noch genug Geld übrig hatten, um sich am Wochenende einen Film auszuleihen. Sie gingen nur sehr selten in ein Restaurant, und als ihr Auto den Geist aufgab, saß Amanda einen ganzen Monat lang im Haus fest, bis sie sich endlich die Reparatur leisten konnten. Sie schliefen immer mit zwei Bettdecken, um Heizkosten zu sparen. Das war zwar alles ziemlich anstrengend und stressig, aber wenn Amanda an diese Phase zurückdachte, war ihr klar, dass es die glücklichsten Jahre ihrer Ehe gewesen waren.

Franks Praxis florierte, und in vielerlei Hinsicht entwickelte sich in ihrem Leben eine pragmatische Alltagsroutine. Frank arbeitete, Amanda kümmerte sich um Haus und Kinder. Ihr drittes Kind, Bea, kam zur Welt, als sie gerade das kleine Haus verkauften und in ein geräumigeres zogen, das sie sich in einem begehrteren Stadtviertel gebaut hatten. Danach waren sie extrem beschäftigt. Franks Praxis wuchs und wuchs. Amanda brachte Jared mit dem Auto in die Schule und holte ihn wieder ab, sie fuhr mit Lynn in den Park oder zu Verabredungen mit anderen Kindern, während Bea friedlich in ihrem Kindersitz hockte und plapperte. In diesen Jahren dachte Amanda darüber nach, ob sie noch einmal zur Universität gehen sollte, sie ließ sich sogar verschiedene Master-Programme schicken, weil sie erwog, die entsprechenden Kurse zu besuchen, wenn Bea in den Kindergarten kam. Aber als Bea starb, verschwand dieser Ehrgeiz. Ohne es je laut auszusprechen, schob Amanda die Unterlagen für die Universität beiseite und verstaute sie samt den Bewerbungsformularen ganz hinten in ihrer Schreibtischschublade.

Die unerwartete Schwangerschaft mit Annette bestärkte Amanda in ihrem Entschluss, nicht wieder zu studieren. Jetzt wollte sie sich erst recht dem Familienleben widmen. Sie konzentrierte sich voll und ganz auf die Aktivitäten und Verpflichtungen ihrer Kinder. Das half ihr, die Trauer in Schach zu halten. Für Jared und Lynn verblasste die Erinnerung an ihre kleine Schwester mit der Zeit, und das Leben konnte wieder seinen gewohnten Gang gehen. Dafür war Amanda außerordentlich dankbar. Und Annette war ein fröhliches Kind, sie brachte viel Freude ins Haus, und hin und wieder gelang es Amanda, sich einzubilden, dass sie eine ganz normale, liebevolle Familie waren, unberührt von allem Tragischen.

Was ihre Ehe mit Frank betraf, fiel es ihr allerdings sehr schwer, an Harmonie und Glück zu glauben.

Amanda hatte nie die Illusion gehabt, dass man als Ehepaar ständig im siebten Himmel schwebte. Wenn zwei Menschen zusammenlebten, gab es immer ein Auf und Ab, und dadurch kam es zwangsläufig zu Reibungen und auch zu heftigen Auseinandersetzungen, selbst wenn sich ein Paar noch so sehr liebte. Es konnte gar nicht anders sein. Die Zeit war ebenfalls ein wichtiger Faktor. Wenn man sich sehr gut und schon sehr lange kannte, war das zwar wunderbar, aber die Leidenschaft und die Spannung ließen unvermeidlich nach. Alles wurde berechenbar und vertraut, es gab eigentlich keine Überraschungen mehr, man hatte keine neuen Geschichten zu erzählen, und oft konnte man den Satz des anderen zu Ende führen, ohne viel zu überlegen. Sie und Frank waren an dem Punkt, an dem ein einziger Blick so viel mitteilte, dass Worte weitgehend überflüssig wurden. Doch Beas Tod hatte sie beide verändert. Für Amanda erwuchs aus dieser Erfahrung der Wunsch, sich noch stärker im Krankenhaus zu engagieren. Frank hingegen, der schon immer gern ein Glas Wein getrunken hatte, entwickelte sich zum Alkoholiker.

Amanda kannte den Unterschied. Sie hatte nichts dagegen, dass man ausgelassen feierte. Während des Studiums hatte auch sie das eine oder andere Mal ein paar Schluck zu viel getrunken, und einen guten Wein zum Abendessen wusste sie durchaus zu schätzen. Gelegentlich genehmigte sie sich sogar noch ein zweites Glas, aber das genügte ihr dann. Bei Frank war das anders. Ursprünglich wollte er nur den Schmerz mildern, aber inzwischen hatte er keine Kontrolle mehr über seinen Alkoholkonsum.

Im Rückblick dachte sie oft, sie hätte es merken müssen. Im College hatte er gern gemeinsam mit seinen Freunden Basketballspiele angeschaut und dazu gebechert. Bei der Vorbereitung auf das Zahnarztexamen trank er nach den Kursen zur Entspannung immer gern zwei, drei Bier. Aber in den dunklen Monaten während Beas Krankheit wurde aus zwei, drei Bier bald ein Sixpack am Abend. Und nach ihrem Tod wurden es zwei Sixpacks. Als sich Beas Todestag das zweite Mal jährte und Annette schon unterwegs war, trank Frank bis zum Exzess, selbst wenn er am nächsten Morgen arbeiten musste. Er kam oft nach Mitternacht völlig betrunken ins Schlafzimmer getorkelt und begann so laut zu schnarchen, dass Amanda im Gästezimmer schlafen musste. Der Alkohol war der wahre Grund, weshalb sie sich heute Morgen gestritten hatten. Nicht Tuck.

Amanda kannte längst die ganze Palette. Manchmal war nur Franks Aussprache beim Essen oder bei einem Grillabend etwas undeutlich. Es konnte allerdings auch vorkommen, dass er besoffen und bewusstlos im Schlafzimmer auf dem Fußboden lag. Doch er galt nach wie vor als erstklassiger Zahnarzt, fehlte nur ganz selten bei der Arbeit und bezahlte seine Rechnungen absolut pünktlich – deshalb glaubte er nicht, dass er ein Problem hatte. Er wurde durch den Alkohol weder ausfallend noch aggressiv – auch deshalb glaubte er nicht, dass er ein Problem hatte. Und er trank immer nur Bier – deshalb *konnte* er doch gar kein Problem haben!

Doch Frank hatte ein Problem und entwickelte sich

langsam, aber sicher zu einem Mann, den Amanda niemals geheiratet hätte. Sie vermochte nicht mehr zu zählen, wie oft sie seinetwegen schon geweint hatte. In regelmäßigen Abständen versuchte sie, mit ihm über das Thema zu sprechen, und sie ermahnte ihn, doch bitte an die Kinder zu denken. Sie flehte ihn immer wieder an, mit ihr zu einem Paartherapeuten zu gehen, um gemeinsam eine Lösung zu suchen. Sie tobte vor Wut, weil er so unglaublich egoistisch war. Dann wieder ignorierte sie ihn tagelang und zwang ihn, im Gästezimmer zu schlafen. Und wenn sie gar nicht mehr weiterwusste, betete sie zu Gott. Einmal im Jahr nahm sich Frank ihre Bitten zu Herzen und hörte für eine Weile auf zu trinken. Aber nach ein paar Wochen gönnte er sich doch wieder ein Bier zum Abendessen. Nur eins. Am ersten Abend blieb es dabei, und alles war okay. Vielleicht auch noch am nächsten. Doch er hatte die Tür aufgestoßen – der Dämon kehrte zurück. Die Spirale drehte sich unaufhaltsam. Und Amanda begann erneut zu bitten und zu flehen, genau wie vorher. Wieso konnte er dem Impuls nicht widerstehen? Und warum weigerte er sich, einzusehen, dass diese Sucht ihre Ehe zerstörte?

Amanda wusste nicht, was der Grund sein mochte. Sie wusste nur, dass es unendlich strapaziös war. Inzwischen hatte sie das Gefühl, dass ihre Kinder sich nur noch auf ihre Mom verlassen konnten, nicht auf ihren Dad. Die gesamte Verantwortung lastete auf ihren Schultern. Jared und Lynn waren alt genug, um Auto zu fahren, aber was würde geschehen, wenn einer von ihnen einen Unfall hatte, während Frank gerade sein Bier trank? Würde er ins Auto springen, Annette in ihren Kindersitz verfrachten und ins Krankenhaus rasen? Oder wenn jemand schwer krank wurde? Das war schon passiert. Nicht die Kinder hatte es erwischt, sondern sie selbst, Amanda. Vor ein paar Jahren, nachdem sie verdorbene Meeresfrüchte gegessen hatte. Sie musste sich permanent übergeben und verbrachte Stunden auf der Toilette. Jared machte damals gerade den Führerschein, durfte aber offiziell noch nicht fahren. Weil sie kurz davor war, zu dehydrieren, fuhr Jared sie schließlich um Mitternacht ins Krankenhaus. Frank hockte völlig schlaff auf dem Rücksitz und tat so, als wäre er nüchtern. Obwohl Amanda fast schon im Delirium war, merkte sie, dass Jared immer wieder in den Rückspiegel schaute, enttäuscht und wütend zugleich. Später dachte sie, dass ihr Sohn an jenem Abend einen großen Teil seines kindlichen Vertrauens verloren hatte, weil er die fürchterliche Schwäche seines Vaters erkennen musste.

Ständig machte sich Amanda Sorgen wegen Frank. Sie hatte Angst, was die Kinder dachten und fühlten, wenn sie ihren Vater durchs Haus torkeln sahen. Eines Tages würden sie allen Respekt vor ihm verlieren. Und es konnte natürlich auch geschehen, dass Jared oder Lynn oder Annette irgendwann ihren Vater nachahmten, sich mit Alkohol oder Tabletten oder Gottweißwas zudröhnten und dadurch ihr Leben ruinierten.

Und im Grunde vermochte ihr niemand zu helfen. Auch ohne die Anonymen Alkoholiker wusste sie, dass sie für Frank nichts tun konnte, um ihn zu ändern. Solange er nicht selbst einsah, dass er ein Problem hatte, welches er angehen musste, blieb er ein Alkoholiker. Doch was bedeutete das für sie? Sie musste eine Entscheidung treffen, ob sie sich weiterhin mit dieser Situation abfinden wollte oder nicht, und wenn sie es nicht wollte, musste sie die entsprechenden Konsequenzen ziehen. In der Theorie klang das einfach. Aber in der Praxis machte der Gedanke sie nur wütend. Wenn ihr Mann derjenige war, der Schwierigkeiten hatte, weshalb sollte sie dann die Verantwortung übernehmen? Und wenn Alkoholismus eine Krankheit war, hieß das doch, dass er ihre Hilfe brauchte oder zumindest ihren loyalen Beistand, nicht wahr? Sie konnte – als seine Frau, die geschworen hatte, ihm in guten wie in schlechten Tagen beizustehen – unmöglich die Ehe beenden und die Familie auseinanderreißen, nach allem, was sie schon miteinander durchgemacht hatten. Also war sie entweder eine Mutter und Ehefrau ohne Herz, oder sie war eine Co-Abhängige ohne Rückgrat. Dabei hatte sie doch nur einen Wunsch: Frank sollte wieder der Mann werden, der er einmal gewesen war.

Die ganze Problematik quälte Amanda sehr. Sie wollte sich nicht scheiden lassen, sie wollte die Familie nicht zerstören. Auch wenn ihre Ehe in einem kläglichen Zustand war, glaubte sie trotzdem nach wie vor an die Bindung durch das Ehegelöbnis. Sie liebte den Mann, der Frank früher einmal gewesen war, sie liebte den Mann, der er sein könnte – aber jetzt, hier vor Tuck Hostetlers Haus, fühlte sie sich elend und verlassen, so unendlich allein. Wie konnte es nur sein, dass sich ihr Leben dermaßen verändert hatte?

Sie wusste, ihre Mutter wartete schon auf sie, aber sie konnte noch nicht zu ihr nach Hause gehen. Sie brauchte noch ein paar Minuten. Es begann bereits zu dämmern, als sie durch den verwilderten Garten zur alten Werkstatt ging, wo Tuck immer seine Oldtimer restauriert hatte. Im Schuppen stand eine Corvette Stingray, ein Modell aus den Sechzigerjahren, vermutete Amanda. Sie strich mit der Hand über die Kühlerhaube. Irgendwie kam es ihr so vor, als müsste Tuck jeden Moment auftauchen, seine schiefe Gestalt ein Schattenriss vor der untergehenden Sonne. Wie immer trug er seinen fleckigen Overall, die schütteren Haare bedeckten kaum den kahlen Kopf, und die Falten im Gesicht waren so tief, dass sie schon fast wie Narben aussahen …

Frank hatte sie heute Morgen hartnäckig wegen Tuck ausgefragt, aber sie konnte kaum etwas antworten. Er sei ein alter Freund der Familie, sagte sie. Mehr nicht. Klar, das war nicht die ganze Wahrheit, aber was hätte sie sonst sagen sollen? Sie musste ja selbst zugeben, dass ihre Freundschaft mit Tuck sehr seltsam war. Sie kannte ihn seit ihrer Schulzeit, aber erst vor sechs Jahren, mit sechsunddreißig, hatte sie ihn wiedergesehen, als sie in Oriental war, um ihre Mutter zu besuchen. Sie saß damals in Irvin's Diner und trank eine Tasse Kaffee. Da hörte sie, wie sich am Nachbartisch eine Gruppe älterer Männer über Tuck unterhielt.

»Dieser Tuck Hostetler ist echt ein Genie, wenn's um Autos geht, aber sonst hat er einen Vogel«, sagte einer von ihnen und schüttelte lachend den Kopf. »Dass er mit seiner toten Frau redet, geht ja noch, aber wenn er schwört, dass sie ihm antwortet – das ist dann doch zu viel.«

Ein anderer der Männer schnaubte laut und behauptete: »Er war schon immer ein komischer Kauz, würde ich sagen.«

Es hörte sich in Amandas Ohren nicht so an, als sprächen sie über den Tuck von früher, und nachdem sie ihren Kaffee bezahlt hatte, stieg sie ins Auto und fuhr die holperige Straße entlang, die zu seinem Haus führte. Und blieb den ganzen Nachmittag bei ihm. Sie saßen in den Schaukelstühlen auf seiner baufälligen Veranda und redeten. Von dem Tag an machte sie es sich zur Gewohnheit, immer, wenn sie in der Stadt war, bei ihm vorbeizuschauen. Zuerst war es nur ein, zwei Mal im Jahr – sie konnte es nicht ertragen, ihre Mutter öfter zu sehen –, aber in letzter Zeit hatte sie Tuck sogar besucht, wenn ihre Mutter gar nicht da war. Meistens kochte sie noch ein Abendessen für ihn. Tuck wurde älter, das war nicht zu übersehen, und obwohl Amanda sich einzureden versuchte, dass sie sich nur ein bisschen um einen alten Mann kümmerte, wussten sie doch beide, was der eigentliche Grund ihres Kommens war.

Die Männer in dem Diner hatten mit ihrer Einschätzung teilweise recht gehabt: Tuck hatte sich verändert. Er war nicht mehr derselbe wortkarge, verschlossene und manchmal mürrische Mann wie damals. Aber verrückt war er nicht. Er konnte genau zwischen Wirklichkeit und Einbildung unterscheiden, und ihm war völlig klar, dass seine Frau schon seit langer Zeit tot war. Aber irgendwie schaffte er es, etwas, wonach er sich so sehr sehnte, Realität werden zu lassen. Zu dieser Erkenntnis kam Amanda im Laufe der Zeit. Für ihn war das alles real. Als sie ihn endlich nach den »Gesprächen« mit seiner toten Frau fragte, antwortete er, dass Clara immer noch da sei, und daran werde sich auch nichts ändern. Sie redeten nicht nur miteinander, sagte er, nein, er könne sie auch sehen.

»Wollen Sie damit sagen, sie ist ein Geist?«, fragte Amanda.

»Nein. Ich will nur sagen, sie möchte mich nicht allein lassen.«

»Ist sie jetzt gerade da?«

Tuck blickte über die Schulter. »Ich seh sie nicht, aber ich höre sie drinnen im Haus herumhantieren.«

Amanda spitzte die Ohren, vernahm aber nichts, außer dass die Dielen unter den Schaukelstühlen knarrten. »War sie – war sie früher auch schon da? Als ich öfter hierhergekommen bin?«

Tuck seufzte und schwieg lange. Als er zu reden begann, klang seine Stimme sehr müde. »Nein. Aber damals habe ich auch nicht versucht, sie zu sehen.«

Es war wirklich rührend, ja, ergreifend, zu erleben, wie fest er davon überzeugt war, dass er und seine Frau durch ihre tiefe Liebe eine Form gefunden hatten, auch nach dem Tod in Verbindung zu bleiben. Wer hätte das nicht romantisch gefunden? Alle Menschen wollen glauben, dass die Liebe nie zu Ende geht. Auch Amanda hatte das einmal geglaubt, vor vielen Jahren, damals, mit achtzehn. Aber sie wusste, dass die Liebe chaotisch war, genau wie das Leben. Die Liebe schlug Wege ein, welche die Menschen weder vorausahnen noch verstehen konnten. Oft hinterließ sie eine Spur der Verwüstung und des Bedauerns. Und dieses Bedauern führte fast immer dazu, dass sich die Betroffenen die berühmten »Was wäre, wenn«-Fragen stellten, auf die es keine Antwort gab. Was wäre, wenn Bea nicht gestorben wäre? Was wäre, wenn Frank kein Alkoholiker geworden wäre? Was wäre, wenn sie damals ihre große Liebe geheiratet hätte? Würde sie dann die Frau, die ihr heute aus dem Spiegel entgegenblickte, überhaupt erkennen?

An ihr Auto gelehnt fragte sich Amanda, wie Tuck auf diese Grübeleien reagiert hätte. Jeden Morgen hatte Tuck im Irvin's Rührei mit Maisbrei gegessen, typisch für die Südstaaten, und wenn er ein Glas Pepsi trank, warf er immer ein paar geröstete Erdnüsse hinein. Fast siebzig Jahre wohnte er im selben Haus, und nur ein einziges Mal war er außerhalb von North Carolina gewesen – im Zweiten Weltkrieg, als er aufgerufen wurde, seinem Vaterland zu dienen. Er hörte immer nur Radio oder Schallplatten, der Fernseher blieb ihm fremd. Im Gegensatz zu Amanda schien er die Rolle, die das Leben ihm zugewiesen hatte, bereitwillig anzunehmen. In dieser Begabung, das eigene Schicksal fraglos zu akzeptieren, steckte viel Weisheit, das wusste Amanda, doch sie selbst war dazu nicht immer fähig.

Klar, Tuck war mit Clara zusammen gewesen, und vielleicht lag da die Erklärung. Die beiden hatten mit siebzehn geheiratet und zweiundvierzig Jahre miteinander verbracht. Durch die Gespräche mit Tuck erfuhr Amanda allmählich die Einzelheiten seiner Lebensgeschichte. Mit leiser Stimme erzählte er von Claras drei Fehlgeburten. Bei der letzten gab es ernsthafte Komplikationen, und der Arzt eröffnete Clara, dass sie nie Kinder haben konnte. Woraufhin sie sich ein ganzes Jahr lang jeden Abend in den Schlaf weinte. Sie legte einen wunderbaren Gemüsegarten an, und einmal gewann sie bei einem Wettbewerb den ersten Preis, weil sie den größten Kürbis im ganzen Staat vorweisen konnte. Tuck zeigte Amanda das verblasste blaue Band, das immer noch am Spiegel im Schlaf-

zimmer hing. Nachdem er seine Werkstatt fertig einge-
richtet hatte, bauten sie sich ein Cottage auf einem klei-
nem Stück Land am Bay River, nicht weit von Vandemere, einer winzigen Ortschaft, im Vergleich zu der Oriental
schon fast wie eine Metropole wirkte, und jedes Jahr verbrachten sie mehrere Wochen dort, weil es für Clara kein
schöneres Fleckchen Erde gab. Sie summte zu der Radiomusik, während sie das Haus putzte, und hin und wieder
führte Tuck sie zum Tanzen aus, am liebsten in Red Lee's
Grill, wo auch Amanda als junges Mädchen oft gewesen
war. All dies erzählte ihr Tuck, und sie lauschte ihm wie
gebannt.

Es war ein Leben, das aus der Mitte heraus gelebt wurde und das im kleinsten Detail Zufriedenheit und Liebe
fand. Voller Würde und Stolz – nicht ohne Schmerz und
Leid, aber doch auf eine ganz eigene Art erfüllend.

»Mit Clara war es immer gut.« So fasste Tuck seine
Lebenserfahrung zusammen.

Vielleicht lag es am intimen Charakter dieser Geschichten, vielleicht auch an Amandas wachsender Einsamkeit – jedenfalls wurde Tuck mit der Zeit für sie eine
zentrale Vertrauensperson, ein echter Freund. Damit hätte sie nie gerechnet. Sie erzählte ihm von der Trauer nach
Beas Tod, und auf seiner Veranda konnte sie sogar ihrer
Wut auf Frank Luft machen. Sie erzählte von ihren Sorgen um die Kinder und gestand ihm, dass sie immer stärker das Gefühl bekam, an einem bestimmten Punkt in ihrem Leben die falsche Entscheidung getroffen zu haben.
Sie berichtete von den angsterfüllten Eltern und den unglaublich tapferen, optimistischen Kindern, die sie im
Krebszentrum kennenlernte, und auch wenn er es nie

ausdrücklich sagte, schien Tuck doch zu verstehen, dass sie aus dieser Arbeit Trost schöpfte. Meistens hielt er nur ihre Hand zwischen seinen krummen, ölgefleckten Fingern und beruhigte sie mit seinem Schweigen. Sie hatte das Gefühl, dass Tuck ihr wahres Ich kannte, besser als alle anderen Menschen in ihrem jetzigen Leben.

Und nun war dieser Freund und Vertraute von ihr gegangen. Sie vermisste ihn schon jetzt! Ihr Blick wanderte über den Stingray. Hatte Tuck geahnt, dass es der letzte Wagen war, an dem er arbeitete? Er hatte nie direkt mit ihr über sein Ende gesprochen, aber im Rückblick wurde ihr klar, dass er etwas gespürt haben musste. Bei ihrem letzten Besuch hatte er ihr einen Ersatzschlüssel für das Haus in die Hand gedrückt und sie mit einem Augenzwinkern ermahnt, ihn ja nicht zu verlieren, sonst müsse sie die Fensterscheiben einschlagen. Sie hatte den Schlüssel in die Tasche gesteckt und nicht weiter darüber nachgedacht. An jenem Abend sagte Tuck noch andere merkwürdige Sachen. Zum Beispiel, als sie in seinen Schränken kramte, auf der Suche nach etwas, woraus sie ein Abendessen zaubern konnte. Tuck saß am Tisch, rauchte eine Zigarette und fragte völlig unvermittelt:

»Magst du lieber Rotwein oder Weißwein?«

»Kommt darauf an«, antwortete sie, während sie die Dosen inspizierte. »Manchmal trinke ich ein Glas Rotwein zum Abendessen.«

»Ich hab eine Flasche Rotwein im Haus«, verkündete er. »Da hinten, im Schrank in der Ecke.«

»Soll ich sie aufmachen?«

»Ach nein, Wein ist nichts für mich. Ich bleibe lieber bei meiner Pepsi mit Erdnüssen.« Er klopfte die Zigarettenasche in eine kaputte Kaffeetasse. »Ich habe auch immer frische Steaks im Haus. Die bekomme ich jeden Montag vom Metzger geliefert. Sie sind ganz unten im Gefrierfach. Der Grill steht draußen.«

Sie ging zum Kühlschrank. »Soll ich ein Steak braten?«

»Nein. Ich esse das Fleisch erst in der zweiten Wochenhälfte.«

Amanda wurde unsicher, weil ihr nicht klar war, worauf er hinauswollte. »Heißt das ... ich soll einfach nur Bescheid wissen?«

Tuck nickte stumm. Bestimmt hat sein seltsames Verhalten mit seinem Alter und mit der allgemeinen Müdigkeit zu tun, dachte Amanda, bereitete ihm Rührei mit Speck zu und räumte anschließend noch ein bisschen auf. Tuck hockte währenddessen in seinem Sessel beim Kamin, eine Wolldecke um die Schultern, und hörte Radio. Wie verschrumpelt er aussah, viel, viel kleiner als der Mann, den sie als Mädchen gekannt hatte. Bevor Amanda ging, zupfte sie vorsichtig die Decke zurecht, weil sie dachte, er sei eingeschlafen. Sein Atem ging mühsam und keuchend. Sie beugte sich zu ihm hinunter und küsste ihn auf die Wange.

»Ich liebe dich, Tuck«, flüsterte sie.

Er bewegte sich ein bisschen, vermutlich im Traum, aber als sie sich zur Tür wandte, hörte sie ihn leise murmeln: »Du fehlst mir so, Clara.«

Das waren die letzten Worte, die sie von ihm vernahm. Der tiefe Schmerz der Einsamkeit schwang darin mit, und auf einmal begriff Amanda, warum Tuck bereit gewesen war, Dawson so lange bei sich aufzunehmen. Tuck war sehr allein gewesen.

Sie rief Frank an, um ihm zu sagen, dass sie gut angekommen sei. Er artikulierte die Wörter schon ziemlich schleppend. Deshalb legte sie nach ein paar kurzen Sätzen wieder auf. Nur gut, dass die Kinder an diesem Wochenende anderweitig beschäftigt waren.

Auf der Werkbank fand sie das Klemmbrett mit den Aufträgen. Was sollte sie nur mit dem Auto machen? Sie überflog die Notizen. Der Stingray gehörte offenbar einem Verteidiger des Eishockey-Teams Carolina Hurricanes. Amanda nahm sich vor, die Frage mit Tucks Nachlassverwalter zu besprechen, und legte die Unterlagen wieder fort. Ihre Gedanken wanderten zu Dawson. Auch er war ein Teil ihres Geheimnisses. Wenn sie Frank ausführlicher von Tuck erzählt hätte, wäre zwangsläufig auch Dawsons Name gefallen, und über ihn wollte sie auf keinen Fall sprechen. Tuck hatte natürlich gewusst, dass Dawson der eigentliche Grund war, weshalb sie zu ihm kam – vor allem am Anfang. Das störte ihn nicht, denn Tuck verstand besser als alle anderen Menschen, wie stark Erinnerungen sein konnten. Wenn zum Beispiel wie jetzt die Sonnenstrahlen schräg durch das Blätterdach fielen und Tucks Hinterhof in ein warmes Spätsommerlicht tauchten, vermochte Amanda Dawsons Anwesenheit fast zu spüren. Ach, warum war Tuck nicht mehr da? Mit ihm könnte sie jetzt darüber sprechen. Genau wie Claras Geist war auch Dawsons Geist hier überall.

Sie wusste vom Verstand her, dass es keinen Sinn hatte, sich zu überlegen, wie ihr Leben heute aussehen würde, wenn sie und Dawson zusammengeblieben wären. Trotzdem hatte sie in letzter Zeit immer häufiger den Wunsch gehabt, an diesen Ort hier zurückzukehren. Und je öfter sie zu Tuck kam, desto intensiver wurden die Erinnerungen. Erlebnisse und Gefühle, die sie eigentlich schon längst vergessen hatte, tauchten aus den Tiefen der Vergangenheit auf. Hier fiel es ihr leicht, sich wieder so stark zu fühlen wie früher in Dawsons Gegenwart – so einzigartig, so schön. Sie erinnerte sich deutlich daran, wie fest sie damals geglaubt hatte, dass Dawson der einzige Mensch auf der Welt war, der sie wirklich verstand. Aber vor allem fiel ihr wieder ein, wie zärtlich sie ihn geliebt hatte und mit welcher Intensität er ihre Liebe erwidert hatte.

Auf seine ruhige Art hatte Dawson ihr das Gefühl gegeben, dass alles möglich war. Und während sie jetzt durch die Werkstatt ging, in der es wie immer nach Benzin und Öl roch, spürte sie wieder das enorme Gewicht und die Bedeutung der vielen Hundert Abende, die sie hier verbracht hatte. Mit den Fingern strich sie über die Bank, auf der sie früher stundenlang gesessen hatte, während Dawson an seinem Fastback herumschraubte, den Kopf unter der offenen Kühlerhaube, die Fingernägel schwarz von der Schmiere. Schon damals hatte sein Gesicht nichts von der weichen, beinahe kindlichen Naivität gehabt, die sie von anderen jungen Männern in seinem Alter kannte, und wenn er nach einem anderen Werkzeug griff, sah sie an dem athletischen Spiel seiner Muskeln, dass er schon fast der Mann war, der er einmal sein würde. Wie alle Leute in Oriental wusste auch Amanda, dass sein Vater ihn regelmäßig verprügelt hatte, und wenn er ohne Hemd arbeitete, konnte sie Narben auf seinem Rücken erkennen, die ohne Zweifel von einer Gürtelschnalle stammten. War sich Dawson dieser Narben überhaupt noch bewusst?, fragte sie sich oft, und durch diese Überlegung wurde der Anblick sogar noch grausamer.

Er war groß und schlank, mit dunklen Haaren, die ihm manchmal in die noch dunkleren Augen hingen, und Amanda ahnte damals, dass er, wenn er älter war, noch viel besser aussehen würde, falls das überhaupt möglich war. Er hatte keinerlei Ähnlichkeit mit den anderen Coles. Einmal fragte sie ihn, ob er seiner Mutter ähnlich sehe. Sie saßen dicht nebeneinander in seinem Auto, während Regentropfen gegen die Windschutzscheibe klopften. Dawsons Stimme war tief und leise, wie die von Tuck. »Keine Ahnung«, sagte er und wischte die beschlagenen Scheiben ab. »Mein Dad hat sämtliche Fotos von ihr verbrannt.«

An einem anderen Abend, als sich ihr erster gemeinsamer Sommer langsam dem Ende entgegenneigte, gingen sie nach Sonnenuntergang zu der kleinen Anlegestelle unten am Fluss. Dawson hatte gehört, dass es in dieser Nacht viele Sternschnuppen geben sollte. Sie legten eine Wolldecke auf die Planken und beobachteten schweigend, wie die hellen Lichtpunkte über den Himmel sausten. Es war Amanda klar, dass ihre Eltern kochen würden vor Wut, wenn sie wüssten, wo sie sich gerade befand, aber für sie gab es nur die Sternschnuppen und Dawsons körperliche Nähe. Und dass er sie so unendlich zärtlich an sich drückte, als könnte er sich eine Zukunft ohne sie nicht vorstellen.

War die erste Liebe immer so? Irgendwie bezweifelte Amanda das. Selbst heute noch erschien ihr die Erfahrung mit Dawson realer als alles andere, was sie seither erlebt hatte. Der Gedanke, dass sie diese Gefühle nie wieder erleben würde, machte sie oft traurig. Aber so war nun einmal das Leben. Die Intensität der Leidenschaft verblasste. Sie hatte ja selbst nur zu deutlich erfahren müssen, dass Liebe allein nicht immer ausreichte.

Unwillkürlich fragte sie sich, während sie sich in Tucks Hinterhof umschaute, ob Dawson je wieder eine so tiefe Leidenschaft erlebt hatte. War er glücklich? Sie hätte es gern geglaubt, aber für einen ehemaligen Strafgefangenen war das Leben nie leicht. Saß er womöglich wieder im Gefängnis? Nahm er Drogen? Vielleicht war er ja schon tot. Nein, das konnte alles nicht sein. Diese Bilder passten nicht zu dem jungen Mann, den sie gekannt hatte. Das war einer der Gründe, weshalb sie Tuck nie nach Dawson gefragt hatte – sie hatte Angst davor, was er ihr mitteilen würde, und sein Schweigen hatte ihre Angst nur noch verstärkt. Die Ungewissheit, das Nichtwissen war ihr lieber, und sei es auch nur, weil sie sich ungestört ihren Erinnerungen hingeben konnte. Andererseits hätte sie natürlich furchtbar gern gewusst, was Dawson empfand, wenn er sich an ihre gemeinsame Zeit erinnerte. War das, was sie miteinander verbunden hatte, auch für ihn immer noch genauso bedeutungsvoll wie für sie? Dachte er überhaupt manchmal an sie?

KAPITEL 3

Dawsons Flugzeug landete in New Bern, als die Sonne schon nicht mehr ganz so hoch am Himmel stand. Er holte seinen Mietwagen ab und überquerte den Neuse River in Richtung Bridge Town, um dann in den Highway 55 einzubiegen. Rechts und links von der Straße lagen, ein Stück zurückversetzt, die Farmhäuser, und zwischendurch tauchte immer wieder eine alte Tabakscheune auf. Die flache Landschaft leuchtete im Glanz der Spätnachmittagssonne, und Dawson hatte das Gefühl, dass sich absolut nichts verändert hatte, seit er vor vielen, vielen Jahren von hier fortgegangen war. Wahrscheinlich hatte sich hier seit hundert Jahren nichts mehr verändert! Er fuhr durch Grantsboro und Alliance, durch Bayboro und Stonewall, lauter Ortschaften, die noch kleiner waren als Oriental. Auf einmal erschien ihm Pamlico County wie ein Teil der Welt, der aus der Zeit herausgefallen war, eine vergessene Seite in einem Buch, das niemand mehr aufschlug.

Doch für ihn bedeutete dieser Landstrich – Heimat. Viele Erinnerungen an diese Heimat taten weh, aber er hatte hier auch seinen Freund Tuck kennengelernt. Und Amanda. Nach und nach tauchten die verschiedenen geografischen Kennzeichen seiner Kindheit und Jugend auf. Und während er schweigend weiterfuhr, fragte er sich, wie sich sein Leben wohl entwickelt hätte, wenn er Tuck und Amanda nie begegnet wäre. Fast noch entscheidender erschien ihm allerdings die Frage, wie die Welt für ihn aussehen würde, wenn Dr. David Bonner am Abend des 18. September 1985 nicht seine Villa verlassen hätte, um joggen zu gehen.

Dr. Bonner war ein Jahr davor im Dezember mit seiner Frau und seinen zwei kleinen Kindern nach Oriental gezogen. Längere Zeit hatte es in dem Städtchen keinen Arzt gegeben. Der Vorgänger von Dr. Bonner war 1980 in den Ruhestand gegangen und nach Florida gezogen, und seither hatte sich die Stadtverwaltung bemüht, einen Nachfolger zu finden. Obwohl verlockende Angebote gemacht wurden, bewarben sich keine qualifizierten Kandidaten. Offenbar wollte niemand in die Provinz. Doch die Einwohner von Oriental hatten schließlich Glück: Dr. Bonners Frau Marilyn war hier in der Gegend aufgewachsen, und ähnlich wie Amanda gehörte sie zur hiesigen Oberschicht. Ihre Eltern, die Bennetts, besaßen am Stadtrand eine große Obstplantage mit Äpfeln, Pfirsichen, Trauben und Blaubeeren, und nach Beendigung seine Assistenzzeit zog David Bonner in die Heimatstadt seiner Frau, um dort eine Praxis zu eröffnen.

Von Anfang an war in seinem Sprechzimmer viel los. Die Einwohner hatten nämlich keine Lust mehr, immer eine Dreiviertelstunde nach New Bern zu fahren, und waren froh, dass sie bei dem neuen Arzt Rat suchen konnten. Allerdings wusste Dr. Bonner, dass er mit dieser Praxis nicht reich werden würde. In einer kleinen Stadt in einem armen Landkreis war das schlicht unmöglich, gleichgültig, wie viele Patienten man behandelte. Auch die familiären Beziehungen halfen nicht weiter. Niemand ahnte, dass die Obstplantage seiner Schwiegereltern mit

Hypotheken belastet war, und an dem Tag, als David nach Oriental zog, wurde er gleich von seinem Schwiegervater um ein Darlehen gebeten. Doch selbst nachdem er ihm Geld geliehen hatte, konnte er sich noch eine große Villa im Kolonialstil mit Blick über den Smith Creek kaufen, einfach weil die Lebenshaltungskosten dort so niedrig waren. Und seine Frau war überglücklich, dass sie wieder in ihrer alten Heimat lebte. Ihrer Meinung nach konnten ihre Kinder in Oriental in Ruhe und zufrieden groß werden, und im Grunde hatte sie damit auch recht.

Dr. Bonner machte gern draußen im Freien Sport. Er ging surfen und schwimmen, er fuhr Fahrrad, er joggte. Oft konnte man beobachten, wie er nach der Arbeit im Laufschritt die Broad Street hinunterrannte, bis zu der großen Kurve und dann bis zum Stadtrand. Die Leute hupten und winkten ihm zu, und Dr. Bonner nickte freundlich, ohne sein Tempo zu drosseln. Manchmal, nach einem besonders langen Tag, machte er sich erst kurz vor Einbruch der Dunkelheit auf den Weg. Und genau das war auch am 18. September 1985 der Fall gewesen – er verließ das Haus, als es bereits anfing zu dämmern. Was er nicht wusste: Die Straßen waren sehr glitschig. Am Nachmittag hatte es nämlich geregnet – lange genug, um das Öl aus dem Schotter nach oben zu holen, aber andererseits nicht stark genug, um es wegzuschwemmen.

Er schlug seine übliche Route ein, für die er normalerweise etwa eine halbe Stunde brauchte. Doch an diesem Abend kam er nicht bis nach Hause. Als der Mond aufging, wurde Marilyn unruhig. Sie bat eine Nachbarin, auf die Kinder aufzupassen, stieg in ihr Auto und machte sich auf die Suche nach ihrem Mann. Gleich hinter der großen Kurve, nicht weit von dem kleinen Wäldchen entfernt, sah sie einen Krankenwagen. Auch der Sheriff war da. Und eine neugierige Menschenmenge. Hier erfuhr Marilyn Bonner, dass ihr Mann ums Leben gekommen sei, weil der Fahrer eines Lastwagens die Kontrolle über das Steuer verlor und ins Schleudern geriet.

Dieser Lastwagen, so teilte man Marilyn mit, gehörte Tuck Hostetler. Der Fahrer sei achtzehn Jahre alt und würde wegen fahrlässiger Tötung vor Gericht gestellt werden. Man habe ihn bereits festgenommen.

Sein Name: Dawson Cole.

Zwei Meilen vom Stadtrand entfernt – und von der Kurve, die Dawson niemals vergessen würde – ging der alte Kiesweg ab, der zum Grundstück seiner Familie führte. Natürlich musste er an seinen Vater denken, ob er wollte oder nicht. Als er in der Untersuchungshaft auf den Prozess wartete, kam plötzlich ein Wärter herein, um ihm mitzuteilen, er habe Besuch. Gleich darauf stand sein Vater vor ihm, wie immer auf einem Zahnstocher kauend.

»Da haut einer von zu Hause ab, knutscht mit 'nem reichen Mädchen rum, hat großkotzige Pläne. Und wo endet das alles? Im Knast.«

Die Augen seines Vaters glitzerten böse, als er fortfuhr: »Du denkst, du bist was Besseres als ich. Aber da irrst du dich. Du bist genau wie ich.«

Von seiner Zellenecke aus starrte Dawson ihn nur an, stumm, hasserfüllt. Und in diesem Moment schwor er sich, nie wieder mit seinem Vater zu sprechen, gleichgültig, was geschah.

Gegen den Rat seines Pflichtverteidigers bekannte

Dawson sich schuldig und wurde zu vier Jahren Haft verurteilt. In der Strafvollzugsanstalt in Halifax, North Carolina, arbeitete er auf der Gefängnisfarm beim Anbau von Mais, Weizen, Baumwolle und Sojabohnen, schwitzend unter der sengenden Sonne während der Ernte oder frierend im eisigen Nordwind, wenn er den Boden umgrub. Er korrespondierte mit Tuck, bekam aber in den vier Jahren kein einziges Mal Besuch.

Nachdem er auf Bewährung entlassen worden war, kehrte er nach Oriental zurück und arbeitete wieder für Tuck. In der Stadt hörte er die Leute tuscheln, wenn er zum Beispiel im Autohandel Ersatzteile und Ähnliches kaufte. Er wusste, dass er eine Art Aussätziger war, ein Cole, der nicht nur den Schwiegersohn der Bennetts, sondern den einzigen Arzt in der Stadt getötet hatte. Die Schuldgefühle nahmen ihm die Luft zum Atmen. Er fuhr immer wieder in einen Blumenladen in New Bern und ging dann auf den Friedhof von Oriental, wo Dr. Bonner lag. Dort legte er die Blumen auf das Grab, entweder ganz früh morgens oder spät am Abend, wenn keine anderen Leute da waren. Manchmal blieb er eine Stunde da oder sogar noch länger und dachte an die Witwe und die Kinder von Dr. Bonner. Ansonsten verbrachte er das Bewährungsjahr zurückgezogen und ging allen Menschen konsequent aus dem Weg.

Aber seine Familie ließ ihm immer noch keine Ruhe. Als sein Vater in die Werkstatt kam, um wieder Dawsons Lohn zu kassieren, brachte er Ted mit. Und er hatte eine Flinte dabei. Ted einen Baseballschläger. Doch Abee fehlte, und das sollte sich als Fehler herausstellen. Dawson forderte seine Verwandten auf, Tucks Hinterhof zu verlassen, und sofort ging Ted auf ihn los – schnell, aber nicht schnell genug. Durch die vier Jahre Feldarbeit war Dawson kräftemäßig auf alles vorbereitet. Er zertrümmerte seinem Cousin das Nasenbein und den Kiefer mit einem Stemmeisen, riss seinem Vater die Waffe aus der Hand und brach ihm ein paar Rippen. Und als die beiden hilflos vor ihm auf dem Boden lagen, baute er sich mit der Flinte vor ihnen auf: Sie sollten sich nur ja nie wieder blicken lassen, warnte er sie. Ted drohte winselnd, er werde ihn umbringen, während sein Vater nur wütend um sich blickte. Von da an schlief Dawson immer mit einer Schusswaffe unter dem Kopfkissen und verließ nur noch selten Tucks Werkstatt. Er wusste, dass sein Vater jederzeit zurückkommen konnte. Aber das Schicksal war unberechenbar. Keine Woche nach dem Besuch bei Dawson erstach Crazy Ted in einer Bar einen Mann und landete im Gefängnis. Und aus irgendeinem Grund hielt sein Dad sich von ihm fern. Dawson dachte nicht weiter darüber nach. Er zählte die Tage, bis er endlich aus Oriental fortgehen konnte. Und sobald seine Bewährungsfrist abgelaufen war, wickelte er die Flinte in ein Stück Wachstuch, legte sie in eine Kiste und vergrub sie unter der uralten Eiche nicht weit von Tucks Haus. Anschließend packte er seine Sachen ins Auto, verabschiedete sich von Tuck und fuhr los. In Charlotte fand er einen Job als Automechaniker, und abends besuchte er Kurse am Community College, um später als Schweißer arbeiten zu können. Nach Abschluss der Kurse zog er weiter nach Louisiana, wo er in einer Ölraffinerie arbeitete, was dann zu den Bohrinseljobs führte.

Seit der Entlassung aus dem Gefängnis lebte er völlig isoliert. Die meiste Zeit war er allein. Er traf sich nicht mit Freunden, weil er keine hatte. Er verabredete sich auch nie mit einer Frau, weil er nur an Amanda denken konnte. Wenn er sich jemandem genähert hätte, dann hätte er diesem Menschen zwangsläufig von seiner Vergangenheit erzählen müssen, und vor dem Gedanken schreckte er zurück. Er war ein ehemaliger Strafgefangener, er stammte aus einer kriminellen Familie, und er war schuld am Tod eines Menschen. Zwar hatte er seine Strafe abgebüßt und bemühte sich, auf eine gewisse Weise Wiedergutmachung zu leisten, doch er wusste genau, dass er diese Tat sich selbst niemals verzeihen konnte.

Es war nicht mehr weit. Dawson näherte sich der Stelle, an der Dr. Bonner ums Leben gekommen war. Ohne es richtig zu registrieren, merkte er, dass anstelle der Bäume in der Nähe der Kurve jetzt ein flaches, klobiges Gebäude stand, mit einem gekiesten Parkplatz davor. Er hielt den Blick stur auf die Straße gerichtet. Nein, er wollte das alles gar nicht so genau sehen.

Kurz darauf erreichte er Oriental, fuhr durch das Stadtzentrum und überquerte die Brücke, die den Zusammenfluss von Greens Creek und Smith Creek überspannte. Als Junge hatte er oft in der Nähe dieser Brücke gehockt, um seiner Familie zu entkommen, hatte die Boote beobachtet und sich ausgemalt, wie sie zu fernen Häfen segelten und dass er selbst eines Tages lauter unbekannte Orte besuchen würde.

Er hielt kurz an. Der Ausblick faszinierte ihn noch genauso wie damals. Im Jachthafen war viel Betrieb. Leute eilten hin und her, schleppten Kühltaschen oder lösten gerade die Seile, mit denen ihre Boote befestigt waren.

Im Rückspiegel sah er das Bed-and-Breakfast, in dem er ein Zimmer gebucht hatte, aber er hatte noch keine Lust, sich anzumelden. Stattdessen stieg er aus und vertrat sich ein bisschen die Beine. Ob die bestellten Blumen schon angekommen waren? Na ja, er würde es früh genug erfahren. Er schaute zum Neuse River. Dieser Fluss war, wenn er den Pamlico Sound erreichte, der breiteste in den USA. Aber das wussten die wenigsten Leute. Dawson hatte schon einige Wetten gewonnen, vor allem auf den Bohrinseln, weil nahezu jeder glaubte, der breiteste Fluss sei der Mississippi. Sogar in North Carolina wussten es nicht alle. Er selbst hatte es das erste Mal von Amanda gehört.

Wie so oft fragte er sich, was sie jetzt wohl machte. Wo lebte sie, wie sah ihr Alltag aus? Dass sie verheiratet war, nahm er selbstverständlich an. Aber welche Art Mann hatte sie sich ausgesucht? Es fiel ihm bis heute nicht leicht, sich vorzustellen, dass sie mit einem anderen Mann am Tisch saß und gemeinsam mit ihm über irgendetwas lachte. Oder dass sie neben einem anderen im Bett lag und schlief. Nein, er musste aufhören – das war doch alles nicht mehr wichtig. Man konnte der Vergangenheit nur entkommen, wenn man sich etwas Besserem zuwandte, und er ging davon aus, dass Amanda genau das getan hatte. Alle Menschen schienen dazu fähig – alle, außer ihm. Jeder bedauerte irgendetwas, jeder hatte irgendwann einen Fehler gemacht. Aber bei ihm war es anders. Er würde die Last seines Fehlers niemals loswerden. Und wieder dachte er an Dr. Bonner und an seine Familie, die er, Dawson, zerstört hatte.

Während er aufs Wasser hinausblickte, bereute er plötzlich, dass er zurückgekommen war. Er wusste, Marilyn Bonner lebte immer noch in Oriental, aber er wollte ihr nicht begegnen, auch nicht zufällig. Genauso wenig wie seinen Angehörigen, die bestimmt erfahren würden, dass er in der Stadt war.

Eigentlich gab es für ihn keinen Grund, hier zu sein. Er verstand zwar, warum Tuck seinen Anwalt beauftragt hatte, ihn nach seinem Tod zu informieren, aber weshalb hatte Tuck ausdrücklich darauf bestanden, dass Dawson nach Oriental kam? Seit er die Nachricht erhalten hatte, grübelte er über diese Frage nach, fand aber keine logische Erklärung. In all den Jahren hatte Tuck ihn nie gebeten, zu Besuch zu kommen, und er wusste besser als alle anderen Menschen auf der Welt, was Dawson hier zurückgelassen hatte. Und sein Ersatzvater war auch nie nach Louisiana gekommen. Dawson hatte ihm regelmäßig geschrieben, doch nur spärliche Antworten von dem alten Mann erhalten. Bestimmt hatte Tuck seine Gründe gehabt, ihn hierherzurufen. Aber welche?

Dawson wollte gerade zu seinem Auto zurückgehen, als er aus dem Augenwinkel wieder einmal diese seltsame Bewegung wahrnahm. Was konnte das nur sein? Er drehte sich blitzschnell um – wie immer vergeblich. Doch zum ersten Mal seit seiner Rettung nach der Explosion sträubten sich ihm diesmal wieder die Nackenhaare. Da war etwas, das wusste er ganz genau – auch wenn er es nicht identifizieren konnte. Die untergehende Sonne glitzerte so hell auf dem Wasser, dass er die Augen zusammenkneifen musste. Schützend hielt er die Hand an die Brauen und ließ den Blick über den Jachthafen schweifen. Ein älterer Mann und seine Frau zogen ihr Boot an den Anlegeplatz, ein Stück weiter hinten starrte ein Mann, der nur

66

mit einem Unterhemd bekleidet war, in einen Motor-
raum. Ein Paar in den mittleren Jahren werkelte an Deck
eines Bootes herum, während eine Gruppe Jugendlicher
eine Kühlbox auslud, nachdem sie offensichtlich den Tag
auf dem Wasser verbracht hatte. Am anderen Ende des
Hafens legte gerade ein Boot ab, um die frische Brise des
Spätnachmittags noch auszukosten – alles nichts Unge-
wöhnliches. Dawson wollte sich schon wieder abwenden,
da entdeckte er einen dunkelhaarigen Mann in einer
blauen Windjacke, der wie gebannt in seine Richtung
starrte. Er stand unten am Anlegeplatz, und wie Dawson
überschattete er die Augen mit der Hand. Dawson trat
einen Schritt zurück, der Fremde machte das Gleiche.
Dawsons Atem stockte, sein Herz hämmerte wie verrückt.

Das ist unmöglich. Das kann nicht stimmen!

Die Sonne stand tief hinter dem Fremden, wodurch
man seine Gesichtszüge nicht richtig erkennen konnte,
aber trotz des schwindenden Lichts war sich Dawson sicher, dass es der Mann war, den er zuerst im Meer und
dann wieder auf dem Versorgungsschiff gesehen hatte. Er
blinzelte ein paarmal rasch hintereinander, um besser sehen zu können, doch sobald sein Blick klar war, sah er nur
noch die Umrisse eines Pfostens, der oben mit einem aus-
gefransten Seil umwickelt war.

Die Erscheinung rüttelte ihn auf, und in ihm erwachte
plötzlich der Wunsch, direkt zu Tucks Haus zu fahren, das
vor vielen Jahren seine Zuflucht gewesen war. Auf einmal
überkam ihn dasselbe Gefühl von innerem Frieden wie damals. Außerdem fand er die Vorstellung, in einem Bed-and-
Breakfast banale Gespräche führen zu müssen, alles andere

als verlockend. Er wollte allein sein und darüber nachdenken, was es bedeuten mochte, dass er wieder diesen
dunkelhaarigen Mann gesehen hatte. Entweder war die
Gehirnerschütterung doch schlimmer gewesen, als die
Ärzte gedacht hatten, oder es stimmte, dass der Stress sehr
lange nachwirkte. Dawson nahm sich vor, in Louisiana
noch einmal zum Arzt zu gehen, obwohl er vermutlich die
gleiche Auskunft bekommen würde wie bisher immer.

Er schob die Grübeleien beiseite, und während er die
kurvenreiche Straße entlangfuhr, ließ er das Fenster herunter und atmete den erdig-würzigen Geruch der Nadelbäume und des brackigen Wassers ein. Schon nach ein
paar Minuten bog er in die Zufahrt zu Tucks Werkstatt
ein. Der Wagen holperte über den unbefestigten Weg.
Nach der letzten Biegung konnte er das Haus sehen, und
zu seiner Überraschung parkte davor ein BMW. Dieses
Auto hatte auf keinen Fall Tuck gehört, so viel war klar.
Erstens war es zu sauber, zweitens hätte der alte Mann nie
ein ausländisches Modell gekauft – nicht, weil er der
Qualität misstraute, sondern weil er nicht das notwendi-
ge Material besaß, um solch einen Wagen zu reparieren.
Außerdem hatte Tuck immer eine besondere Vorliebe für
Lastwagen gehabt, vor allem für jene aus den frühen
Sechzigerjahren. Im Laufe der Zeit hatte er vermutlich
mehr als ein halbes Dutzend gekauft und wieder aufge-
peppt, um sie erst einmal selbst eine Weile zu fahren, be-
vor er sie an irgendjemanden verkaufte, der ihm ein gutes
Angebot machte.

Dawson parkte neben dem BMW und stieg aus. Erstaunlich, wie wenig sich das Haus verändert hatte. Es
war klein und wirkte nicht ganz fertig – wie seit jeher.

Man dachte immer, dass wichtige Renovierungsarbeiten anstanden, auch schon damals, als Dawson noch bei Tuck lebte. Amanda hatte Tuck einmal einen großen Blumentopf mit blühenden Pflanzen geschenkt, um für ein bisschen Farbe zu sorgen. Dieser Topf stand immer noch in einer Ecke der Veranda, aber die Blumen blühten natürlich nicht mehr. Dawson erinnerte sich genau an Amandas erwartungsvoll strahlendes Gesicht, als sie Tuck den Topf überreichte, auch wenn der Beschenkte nicht recht wusste, was er damit anfangen sollte.

Dawson schaute sich um. Ein Eichhörnchen kletterte den Stamm eines Hartriegelbaums empor. Ein Rotkardinal rief seine Warnung aus den Zweigen, aber sonst regte sich nichts. Dawson ging seitlich ums Haus herum, in Richtung Werkstatt. Hier, im Schatten der Nadelbäume, war es etwas kühler. Als er um die Ecke bog und in die Sonne trat, sah er eine Frau in der Werkstatt stehen. Sie betrachtete einen Oldtimer – vermutlich war es der letzte Wagen, an dem Tuck gearbeitet hatte. Kam sie vielleicht von der Anwaltskanzlei? Er wollte sich gerade dezent bemerkbar machen und sie begrüßen, da drehte sie sich um, und er brachte keinen Ton mehr heraus.

Sie war fast noch schöner als in seiner Erinnerung, selbst aus der Entfernung. Aber vielleicht hatte er ja wieder Halluzinationen. Er blinzelte ein paarmal, bewusst langsam. Nein, diese Frau war real. Und sie war hier, an seinem früheren Zufluchtsort.

Und während Amanda ihn fassungslos anstarrte – ein Blick über viele, viele Jahre hinweg –, wusste Dawson plötzlich ganz genau, warum Tuck Hostetler darauf bestanden hatte, dass er nach Hause kam.

KAPITEL 4

Stumm und reglos standen sie beide da, und erst nach einer Weile begriffen sie, dass das, was hier geschah, kein Traum war. Amanda wirkte noch viel lebendiger als in seiner Erinnerung. Das war Dawsons erster Gedanke. In ihren blonden Haaren verfingen sich goldene Sonnen-strahlen, und ihre blauen Augen glänzten zauberhaft. Doch er bemerkte auch die Veränderungen: Ihre Ge-sichtszüge hatten den weichen Schmelz der Jugend verlo-ren, die Wangenknochen traten deutlicher hervor, ihre Augen lagen tiefer und waren von feinen Fältchen um-rahmt. Aber insgesamt hatte die Zeit es gut mit ihr ge-meint. Seit ihrer letzten Begegnung war Amanda zu einer hinreißenden Schönheit gereift.

Auch Amanda versuchte zu erfassen, wen sie hier vor sich sah. Dawson trug ein sandfarbenes Hemd, lässig in den Bund seiner verwaschenen Jeans gesteckt, was seine immer noch schlanken Hüften und die breiten Schultern betonte. Er lächelte genauso wie damals, aber seine Haare waren länger, und an den Schläfen waren ein paar graue Einsprengsel. Seine dunklen Augen wirkten immer noch absolut faszinierend, aber sie blickten sehr wachsam, fast misstrauisch, was immer ein Zeichen dafür war, dass je-mand in seinem Leben härtere Schicksalsschläge hatte einstecken müssen. Und nun begegnete sie ihm hier an diesem Ort, mit dem sie und er unzählige Erinnerungen verbanden. Sie wusste nicht, was sie sagen sollte, weil so viele Gefühle gleichzeitig in ihr aufgewühlt wurden.

»Amanda?«, sagte Dawson schließlich und machte einen Schritt auf sie zu.

Sie bemerkte den staunenden Unterton in seiner Stimme. *Er ist hier*, dachte sie, *hier bei mir*. Und während er immer näher kam, spürte sie, wie die Jahre versanken, als würde sich die Zeit zurückdrehen. Was doch eigentlich unmöglich war! Dawson breitete die Arme aus, und sie schmiegte sich an ihn, ganz selbstverständlich, wie damals, vor unendlich langer Zeit. Er drückte sie an sich, als wären sie noch ein Liebespaar, und Amanda kuschelte sich in seine Arme. Sie fühlte sich plötzlich wieder wie mit achtzehn.

»Hallo, Dawson«, flüsterte sie.

So standen sie da, eng umschlungen. Einen Moment lang hatte Dawson das Gefühl, als würde Amanda zittern. Als sie sich schließlich losließen, glaubte Amanda, seine unausgesprochenen Emotionen geradezu spüren zu können. Sie musterte ihn aufmerksam. Natürlich, er hatte sich im Laufe der Jahre verändert. Dawson war ein Mann geworden. Seine Haut war von der Sonne gegerbt, wie bei Menschen, die viele Stunden am Tag im Freien arbeiteten. Aber seine Haare waren noch fast so dicht wie früher.

»Was tust du hier?«, fragte er und legte ihr die Hand auf den Arm, als wollte er sich noch einmal versichern, dass sie tatsächlich vor ihm stand.

Seine Frage half ihr, in die Gegenwart zurückzukehren und die Orientierung wiederzufinden. Sie trat einen kleinen Schritt zurück. »Ich nehme an, ich bin aus demselben Grund hier wie du. Wann bist du angekommen?«

»Gerade eben.« Aber was hatte ihn dazu veranlasst, als Erstes zu Tucks Werkstatt zu gehen? »Amanda, ich kann es nicht fassen, dass du hier bist. Du ... du siehst toll aus.«

»Danke.« Wider Willen wurde sie rot. »Und woher wusstest du, dass ich hier bin?«

»Ich habe es überhaupt nicht gewusst«, antwortete er. »Ich wollte nur kurz hier vorbeischauen, es war so eine Art Impulshandlung. Dann stand ein Wagen vor dem Haus, und ich beschloss, in die Werkstatt zu gehen, und da ...«

Weil er verstummte, vollendete Amanda den Satz für ihn: »Und da hast du mich gesehen.«

Er nickte. »Ja, genau.« Zum ersten Mal schaute er ihr direkt in die Augen. »Und da habe ich dich gesehen.«

Sein Blick war so durchdringend wie früher, und Amanda wich noch einen Schritt zurück, in der Hoffnung, dadurch die Atmosphäre ein bisschen zu entspannen. Sie wollte nicht, dass Dawson einen falschen Eindruck von ihr bekam. Mit einer raschen Handbewegung deutete sie zum Haus. »Hast du vor, hier zu übernachten?«

Er schaute zu den Fenstern, dann wandte er sich wieder Amanda zu. »Nein, ich habe ein Zimmer in einem Bed-and-Breakfast in der Innenstadt. Und du?«

»Ich wohne bei meiner Mutter.« Als sie seinen fragenden Blick bemerkte, fügte sie hinzu: »Mein Vater ist vor elf Jahren gestorben.«

»Das tut mir leid.«

Sie nickte stumm. Aus Erfahrung wusste Dawson, was diese Kopfbewegung bedeutete: Für sie war das Thema abgeschlossen, sie wollte nicht weiter darüber reden. Also fragte er: »Hättest du etwas dagegen, wenn ich mich ein bisschen umschaue? Ich war seit einer Ewigkeit nicht mehr hier.«

»Warum soll ich etwas dagegen haben? Lass dir Zeit.«

Er ging an ihr vorbei, und sie spürte plötzlich, wie sich ihre Schultern lockerten – dabei hatte sie gar nicht gemerkt, wie verkrampft sie war. Dawson spähte in den vollgestopften Bürobereich, fuhr mit der Hand über die Werkbank und inspizierte einen leicht verrosteten Montierhebel. Hoch konzentriert nahm er alles in sich auf: die Holzwände, die Decke mit den Balken, die Stahltonne in der Ecke, in der Tuck das alte Öl entsorgte. An der hinteren Wand standen ein hydraulischer Wagenheber und ein Werkzeugschrank, davor erhob sich ein Reifenstapel. Eine Schleifmaschine und das Schweißgerät befanden sich gegenüber der Werkbank. In der Ecke wartete ein staubiger Ventilator, gleich neben der Spritzpistole. Nackte Glühbirnen hingen von der Decke, und überall lagen Ersatzteile herum.

»Sieht aus wie früher«, murmelte er.

Amanda trat etwas näher. Ihre Knie zitterten noch ein bisschen, und sie bemühte sich, genügend Abstand zu Dawson zu halten.

»Ich glaube, es hat sich echt kaum etwas verändert. Tuck hat immer darauf geachtet, wo er sein Werkzeug hinlegt. Vor allem in den letzten Jahren. Wahrscheinlich hat er gemerkt, dass er ein bisschen vergesslich wird.«

»Wenn man bedenkt, wie alt er war, ist es ein Wunder, dass er überhaupt noch gearbeitet hat.«

»Ja, aber er hat viel weniger gemacht als früher. Vielleicht einen Wagen im Jahr. Oder höchstens zwei. Und auch nur, wenn er spürte, dass er es schaffen kann. Keine größeren Reparaturen oder so. Das ist seit einer ganzen Weile der erste Wagen, den ich hier sehe.«

»Klingt so, als wärst du häufiger bei Tuck gewesen.«

»Nicht besonders oft. Alle paar Monate vielleicht. Aber lange hatten wir gar keinen Kontakt.«

»In seinen Briefen an mich hat er dich nie erwähnt.«

Sie zuckte die Achseln. »Er hat auch nie mit mir über dich gesprochen.«

Dawson nickte nachdenklich, dann wandte er sich wieder der Werkbank zu. An einem Ende lag, sauber zusammengefaltet, eine von Tucks Bandanas. Er nahm sie in die Hand und deutete auf die Werkbank. »Meine Initialen sind noch da. Und deine auch.«

»Ich weiß«, erwiderte Amanda leise. Dass unter den Initialen *für immer* stand, erwähnten sie beide lieber nicht. Amanda verschränkte die Arme vor der Brust und nahm sich vor, nicht mehr so intensiv auf Dawsons Hände zu schauen. Sie wirkten stark, die Hände eines Mannes, der körperlich arbeitete. Aber trotzdem waren sie schmal und elegant.

»Ich kann es noch gar nicht glauben, dass Tuck nicht mehr da ist«, sagte Dawson.

»Mir geht es auch so.«

»Du hast angedeutet, dass er ein bisschen vergesslich wurde – stimmt das?«

»Ja, aber es waren immer nur Kleinigkeiten. Er war ja wirklich schon alt und hat viel geraucht – im Grunde war er noch verblüffend fit, als ich ihn das letzte Mal gesehen habe.«

»Wann war das?«

»Ende Februar, glaube ich.«

Dawson deutete auf den Stingray. »Weißt du etwas über diesen Wagen hier?«

Sie schüttelte den Kopf. »Nur dass Tuck an ihm gearbeitet hat. Jedenfalls habe ich das seinen Notizen entnommen. Ich kann den Namen des Besitzers entziffern, aber sonst verstehe ich nur Bahnhof. Das Klemmbrett liegt da drüben.«

Dawson sah es gleich und studierte die Inspektionsliste. Dann öffnete er die Kühlerhaube und beugte sich über den Motor. Amanda sah, wie sich das Hemd um seine Schultermuskulatur spannte, und wandte schnell den Blick ab. Nach einer Weile richtete sich Dawson wieder auf und widmete sich den kleinen Kisten auf der Werkbank. Ein paarmal nickte er verstehend, während er mit gerunzelter Stirn darin herumsuchte.

»Seltsam«, brummelte er.

»Was?«

»Es geht hauptsächlich um den Motor und um ein paar andere Details. Vergaser, Kupplung und so weiter. Ich vermute, auf die Ersatzteile hat Tuck noch gewartet. Bei diesen alten Kutschen dauert das manchmal ewig.«

»Und was heißt das?«

»Zum Beispiel, dass der Besitzer nicht mit dem Wagen von hier wegfahren kann.«

»Ich sage dem Anwalt, dass er sich an den Besitzer wenden soll.« Amanda strich sich eine Haarsträhne aus den Augen. »Ich muss mich sowieso mit ihm treffen.«

»Du triffst dich mit dem Anwalt?«

Sie nickte. »Ja. Er hat mich wegen Tuck angerufen und gesagt, ich soll unbedingt in sein Büro kommen.«

Dawson schloss die Kühlerhaube. »Der Anwalt heißt nicht zufällig Morgan Tanner?«

»Kennst du ihn?«

»Nein, nicht persönlich – aber ich soll mich ebenfalls mit ihm treffen. Morgen Vormittag.«

»Wann?«

»Um elf. Ich nehme an, du auch?«

Es dauerte ein bisschen, bis Amanda begriff, was Dawson schon längst durchschaute – dass Tuck dieses Wiedersehen geplant hatte. Wenn sie sich nicht hier getroffen hätten, wären sie sich spätestens morgen beim Anwalt begegnet. Als bei Amanda der Groschen fiel, wusste sie nicht recht, ob sie Tuck nachträglich einen Rippenstoß verpassen – oder ihm lieber einen Kuss auf die Wange drücken sollte.

Offensichtlich war ihr anzusehen, was sie fühlte, denn Dawson fragte sie: »Gehe ich recht in der Annahme, dass du nicht wusstest, was Tuck ausheckt?«

»Ich hatte keine Ahnung.«

Stare stiegen aus den Bäumen auf, ein ganzer Schwarm. Hoch in der Luft wechselten sie die Richtung und malten am Himmel abstrakte Muster. Fasziniert verfolgte Amanda das Schauspiel. Als sie wieder zu Dawson schaute, stand er noch an der Werkbank, das Gesicht halb im Schatten. Hier in der Werkstatt war ihre gemeinsame Vergangenheit so präsent, so lebendig – Amanda hätte schwören können, dass sie den jungen Mann vor sich sah, den jungen Dawson. Schnell rief sie sich zur Ordnung. Sie hatten sich beide verändert. Eigentlich waren sie zwei Fremde.

Dawson brach das Schweigen. »Es ist lange her.«

»Ja, das stimmt.«

»Ich habe tausend Fragen.«

Amanda zog ironisch eine Augenbraue hoch. »Wie bitte? Nur tausend?«

Er musste lachen. Doch Amanda glaubte, aus seinem Lachen eine leise Trauer herauszuhören. »Ich habe auch viele Fragen«, sagte sie. »Aber vorher muss ich dir sagen, dass ich … du solltest als Erstes wissen, dass ich verheiratet bin.«

»Ich weiß«, murmelte er. »Ich habe den Ehering gesehen.« Er steckte die Daumen in die Hosentaschen, lehnte sich zurück und überkreuzte die Beine. »Wie lange denn schon?«

»Nächsten Monat sind es zwanzig Jahre.«

»Wie viele Kinder?«

Sie zögerte für einen Moment. Wegen Bea wusste sie nie, wie sie diese Frage beantworten sollte. »Drei«, sagte sie schließlich.

Er bemerkte ihr Zögern, konnte sich aber natürlich nicht erklären, was es zu bedeuten hatte. »Und dein Mann? Meinst du, ich könnte ihn leiden?«

»Frank?« Sie dachte an die oft so anstrengenden Gespräche, die sie mit Tuck über Frank geführt hatte. Wie viel wusste Dawson? Diese Frage stellte sie sich nicht, weil sie glaubte, Tuck könnte etwas von dem, was sie ihm anvertraut hatte, ausgeplaudert haben. Nein, sie spürte instinktiv, dass Dawson es ihr nicht abnehmen würde, wenn sie ihm irgendwelche Lügengeschichten auftischte. »Wir sind schon seit einer halben Ewigkeit zusammen.«

Dawson schien über diese Antwort nachzudenken, sagte aber nichts, sondern stieß sich von der Werkbank ab und ging an Amanda vorbei in Richtung Haus. Wie mühelos und harmonisch er sich bewegte! Wie ein Athlet. »Ich nehme an, Tuck hat dir einen Schlüssel gegeben«, sagte er. »Stimmt's? Ich brauche nämlich dringend etwas zu trinken.«

Sie blinzelte überrascht.

»Moment mal!«, rief sie ihm hinterher. »Hat Tuck dir das erzählt?«

Dawson drehte sich um und ging rückwärts weiter. »Nein.«

»Woher weißt du es dann?«

»Weil er *mir* keinen Schlüssel geschickt hat, und einer von uns beiden muss einen haben.«

Amanda schüttelte ungläubig den Kopf. Was Dawson sagte, leuchtete ihr ein – aber wie war er so schnell zu diesem Schluss gekommen? Sie folgte ihm mit raschen Schritten.

Er ging die Stufen zur Veranda hinauf und blieb vor der Tür stehen. Amanda kramte den Schlüssel aus der Tasche und schob sich an Dawson vorbei, um aufzuschließen. Quietschend öffnete sich die Tür.

Im Inneren des Hauses war es angenehm kühl. Ähnlich wie im Wald, dachte Dawson. Alles aus Holz und Erde. Naturfarben. Die Bretterwände und die Bodendielen waren im Laufe der Jahre stumpf und rissig geworden, und die braunen Vorhänge konnten nicht verbergen, dass die Fenster undicht waren und oft Wasser eindrang. Das karierte Sofa war abgewetzt und durchgesessen. Der Mörtel am Kamin bröckelte, die Backsteine, die den Kamin umrahmten, waren pechschwarz – Spuren von unzähligen Feuern. Bei der Tür stand ein kleiner Tisch mit einem Stapel Fotoalben und mit einem Plattenspieler, der vermutlich älter war als Dawson und Amanda. Dazu ein klappriger kleiner Ventilator. Es roch nach kaltem Zigarettenrauch. Dawson öffnete ein Fenster und stellte den Ventilator an, der bedenklich wackelte und laut ratterte.

Amanda betrachtete das Foto auf dem Kaminsims: Tuck und Clara, am Tag ihrer Silberhochzeit.

Dawson trat neben sie. »Ich erinnere mich noch genau an den Moment, als ich das Bild zum ersten Mal gesehen habe«, sagte er. »Ich war schon einen ganzen Monat hier, als Tuck mich ins Haus einlud, und da habe ich ihn gefragt, wer die Frau ist. Ich wusste vorher gar nicht, dass er verheiratet war.«

Amanda spürte die Wärme, die sein Körper ausstrahlte, und bemühte sich, seine Nähe auszublenden. »Wieso hast du das nicht gewusst?«

»In Wahrheit habe ich Tuck am Anfang gar nicht gekannt. Bevor ich hier untergekommen bin, hatte ich noch kein Wort mit ihm gewechselt.«

»Aber warum bist du dann eigentlich ausgerechnet hierhergeflohen?«

»Das weiß ich selbst nicht.« Er schüttelte verwundert den Kopf. »Und ich weiß bis heute nicht, warum er mir erlaubt hat, hierzubleiben.«

»Er wollte dich bei sich haben.«

»Hat er das zu dir gesagt?«

»Nicht ausdrücklich. Aber Clara war ja noch nicht lange tot, als du zu ihm gekommen bist, und ich glaube, er hat jemanden wie dich gebraucht.«

»Und ich habe immer gedacht, er hat mich nur akzeptiert, weil er an dem Abend ziemlich viel getrunken hatte. Wie übrigens fast jeden Abend.«

»Aber Tuck war kein Alkoholiker, oder?«

Versonnen berührte Dawson das Foto in dem schlichten Holzrahmen, als könnte ihm das helfen, die Welt ohne Tuck zu begreifen. »Nein. Das mit dem Alkohol war, bevor du ihn kennengelernt hast. Er hatte damals eine große Schwäche für Jim Beam, und manchmal kam er in die Werkstatt getorkelt, eine halb leere Flasche in der Hand. Dann hat er sich das Gesicht mit seiner Bandana abgewischt und geknurrt, ich soll mir eine andere Unterkunft suchen. Ich glaube, das hat er jeden Abend gesagt, zumindest während der ersten sechs Monate, die ich hier war. Nachts lag ich oft wach und hoffte, dass er am nächsten Morgen alles wieder vergessen hat. So war's dann auch. Aber eines Tages hat er plötzlich aufgehört zu saufen, einfach so, und er hat nie wieder gesagt, dass ich gehen soll.« Dawson wandte sich zu Amanda, sein Gesicht dicht vor ihrem. »Tuck war ein guter Mensch«, sagte er, beinahe beschwörend.

»Das stimmt«, flüsterte sie. Sie konnte ihn riechen, eine Mischung aus Seife und Moschus, so nahe stand er jetzt bei ihr. Ach, viel zu nahe ... »Ich vermisse ihn auch.«

Sie ging zum Sofa und nahm eins der dünnen Kissen, um sich an irgendetwas festzuhalten. Sie brauchte unbedingt Distanz zu Dawson. Draußen verschwand jetzt die Sonne hinter den Bäumen, wodurch es in dem kleinen Zimmer noch dämmriger wurde. Dawson räusperte sich.

»Komm, wir holen uns etwas zu trinken. Tuck hat bestimmt Eistee im Kühlschrank«, sagte er.

»Aber Tuck hat doch nie Eistee getrunken! Immer nur Pepsi.«

»Auch gut.« Er ging in die Küche.

Wieder fiel ihr auf, wie geschmeidig er sich bewegte. Sie versuchte, mit einem Kopfschütteln ihre Gedanken und Sehnsüchte zu vertreiben, und folgte ihm. »Meinst du, wir können einfach an seinen Kühlschrank gehen?«

»Ich bin mir ziemlich sicher, dass Tuck genau das wollte«, erwiderte er über die Schulter.

Ähnlich wie das Wohnzimmer schien auch die Küche ein Raum aus einer vergangenen Epoche zu sein – die Einrichtung und die Geräte stammten alle aus den Vierzigerjahren. Der Toaster war so groß wie eine Mikrowelle, und der Kühlschrank sah aus wie eine klobige Kiste mit einer altmodischen Schnappklinke. Das Holz der Arbeitsfläche hatte sich vor allem neben der Spüle durch die Wasserflecken schwarz verfärbt, und an den Küchenschränken blätterte die weiße Farbe neben den Griffen unübersehbar ab. Die geblümten Vorhänge, die sicher noch aus Claras Zeit stammten, hatten längst ein schmuddliges Graugelb angenommen, vermutlich von Tucks Zigarettenrauch. In der Ecke stand ein kleiner Tisch, gerade groß genug für zwei Personen, und damit die Platte nicht wackelte, war sie durch eine mehrfach gefaltete Papierserviette gesichert. Dawson öffnete schwungvoll den Kühlschrank, holte einen Krug mit Tee heraus und stellte ihn auf den Tisch.

»Woher wusstest du, dass Tuck Eistee im Haus hat?«, fragte Amanda.

»Ich hab's eben gewusst – so wie ich auch gewusst habe, dass du den Schlüssel hast«, antwortete er und holte zwei Gläser aus dem Schrank.

»Was soll das heißen?«

Dawson füllte die Gläser. »Tuck hat darauf spekuliert, dass wir beide irgendwann hier ins Haus kommen. Und dass ich Eistee mag, hatte er garantiert nicht vergessen. Also hat er dafür gesorgt, dass welcher da ist.«

Tuck hatte also alles genauestens ausgetüftelt. So wie die Sache mit dem Anwalt. Doch ehe Amanda genauer darüber nachdenken konnte, bot ihr Dawson ein Glas Tee an und holte sie dadurch in die Gegenwart zurück. Als sie das Getränk entgegennahm, streiften sich kurz ihre Finger.

Dawson hob sein Glas. »Auf Tuck!«

Amanda stieß mit ihm an. Die Vielschichtigkeit der Situation – Dawsons Nähe, die unentrinnbare Präsenz der Vergangenheit, die Erinnerung daran, wie es sich angefühlt hatte, wenn er sie in den Armen hielt, und nun sie beide ganz allein in diesem Haus – das war zu viel für sie. In ihrem Inneren meldete sich warnend eine Stimme. *Sei vorsichtig*, flüsterte sie, *du hast einen Ehemann und Kinder*. Aber dadurch wurde alles nur noch verwirrender.

»Zwanzig Jahre, sagtest du?«, fragte Dawson nach einer Pause.

Er meinte ihre Ehe, aber weil sich Amanda nicht richtig konzentrieren konnte, brauchte sie einen Moment, um ihn zu verstehen. »Ja, fast. Und du? Bist du verheiratet?«

»Das war für mich nie ein Thema.«

Grinsend musterte sie ihn über den Glasrand hinweg. »Immer noch auf der Pirsch?«

»Ich lebe ziemlich zurückgezogen.«

Amanda war sich nicht sicher, was sie mit dieser Auskunft anfangen sollte. »Wo wohnst du denn jetzt?«

»In Louisiana. Nicht weit von New Orleans.«

»Gefällt es dir da?«

»Ja, es ist ganz okay. Bevor ich heute hierhergekommen bin, ist mir gar nicht aufgefallen, wie sehr mich die Landschaft dort an Pamlico County erinnert. Hier gibt's mehr Nadelbäume und dort mehr Spanisches Moos, aber sonst kann ich keine großen Unterschiede feststellen.«

»Außer den Alligatoren.«

»Ja, klar. Außer den Alligatoren.« Er lächelte etwas verlegen. »Aber jetzt bist du an der Reihe. Wo wohnst du?«

»In Durham. Ich bin dortgeblieben, als ich geheiratet habe.«

»Und ein paarmal im Jahr kommst du nach Hause, um deine Mutter zu besuchen?«

Sie nickte. »Als mein Dad noch lebte, haben meine Eltern meistens uns besucht, wegen der Kinder. Aber nach dem Tod meines Vaters wurde das sehr schwierig. Meine Mutter ist noch nie gern Auto gefahren. Also muss ich hierherkommen.« Sie trank einen Schluck Tee. Dann deutete sie mit einer Kopfbewegung zum Tisch. »Stört es dich, wenn ich mich hinsetze? Mir tun die Füße weh.«

»Mach es dir ruhig bequem. Ich will lieber noch eine Weile stehen, weil ich so lange im Flugzeug sitzen musste.«

Sie nahm ihr Glas und ging zum Tisch. Die ganze Zeit fühlte sie seinen Blick im Rücken.

»Was machst du in Louisiana?«, fragte sie und nahm am Tisch Platz.

»Ich arbeite als Derrickman auf einer Bohrinsel. Das ist die offizielle Jobbezeichnung. Das heißt, ich bin so etwas wie der Assistent des Drillers, also des Bohrgeräteführers. Statt Derrickman kann man auch Bühnenmann sagen, weil er oben am Turm auf einer Arbeitsbühne arbeitet. Ich steuere das Gerät beim Hinablassen ins Bohrloch und beim Herausziehen, ich kontrolliere, ob alle Verbindungen stimmen, und überwache die Pumpen. Wahrscheinlich kannst du dir darunter nicht besonders viel vorstellen, aber besser kann ich meine Arbeit nicht beschreiben. Ich müsste dir konkret vorführen, was ich da mache.«

»Das ist eindeutig etwas anderes, als ein Automechaniker zu sein.«

»Nein, eigentlich ist es gar nicht so anders. Im Grunde arbeite ich genauso mit Motoren und Maschinen. Und außerdem beschäftige ich mich auch mit Autos, aber nur in meiner Freizeit. Der Fastback läuft wie eine Eins.«

»Den hast du immer noch?«

Er grinste. »Ja, ich mag diesen Wagen.«

»Ach, Quatsch!«, rief Amanda. »Du *liebst* diesen Wagen. Ich musste dich immer von ihm wegzerren, wenn ich hierhergekommen bin. Und die Hälfte der Zeit waren meine Bemühungen erfolglos. Wahrscheinlich trägst du ein Foto von ihm mit dir herum – das würde mich nicht wundern.«

»Stimmt.«

»Wie – es stimmt?«

»Nein. Das war ein Witz.«

Sie lachte, so fröhlich und unbefangen wie früher. »Wie lange arbeitest du schon auf der Bohrinsel?«

»Seit vierzehn Jahren. Zuerst als Roustabout, dann als Roughneck und jetzt als Derrickman.«

»So nennt man diese Jobs?«

»Was soll ich machen? Wir haben da draußen auf dem Ozean eben unsere eigene Sprache. Du kannst natürlich auch Deckarbeiter, Bohrarbeiter und Bühnenmann sagen.« Gedankenverloren strich er über die Rillen in der alten Arbeitsplatte. »Und du? Was machst du? Früher hast du immer gesagt, du wirst Lehrerin.«

Amanda nickte und trank einen Schluck. »Ja, ich habe auch ein Jahr lang unterrichtet, aber dann ist Jared auf die Welt gekommen, mein ältester Sohn, und ich wollte bei ihm zu Hause bleiben. Dann kam Lynn und dann … danach hatten wir ein paar harte Jahre. In der Zeit ist auch mein Vater gestorben. Das war alles sehr schwer.« Sie schwieg, wohl wissend, wie viel sie ausließ. Aber jetzt war einfach noch nicht der richtige Zeitpunkt, über Bea zu sprechen. Um nicht die Fassung zu verlieren, setzte sie sich gerade hin und sprach mit ruhiger Stimme weiter. »Ein paar Jahre nach Lynn wurde Annette geboren, und dadurch gab es für mich endgültig nicht mehr die Möglichkeit, wieder zu arbeiten. Aber seit ungefähr zehn Jahren engagiere ich mich ehrenamtlich am Duke University Hospital. Ich organisiere auch oft Fundraising-Events für das Krankenhaus. Die Arbeit ist manchmal ziemlich strapaziös, aber sie gibt mir das Gefühl, dass ich etwas Sinnvolles mache.«

»Wie alt sind deine Kinder?«

Sie zählte mit den Fingern. »Also, Jared wird im August neunzehn und hat gerade sein erstes Jahr am College abgeschlossen. Lynn ist siebzehn, für sie beginnt jetzt das letzte Schuljahr. Annette, meine Neunjährige, kommt demnächst in die vierte Klasse. Sie ist ein süßes kleines Mädchen. Und Jared und Lynn sind gerade in einem

Alter, in dem sie denken, sie wissen alles – und ich weiß natürlich nichts.«

»Mit anderen Worten: Sie sind so, wie wir auch mal waren, oder?«

Amanda lächelte fast wehmütig. »Kann schon sein.«

Stumm schaute Dawson aus dem Fenster, und sie folgte seinem Blick. Der Fluss hatte inzwischen eine eisengraue Farbe angenommen, und in dem träge dahinfließenden Wasser spiegelte sich der Himmel, der sich immer mehr verdunkelte.

»Ach, Amanda, so viele Erinnerungen werden hier lebendig«, sagte er leise.

Vielleicht war es sein Tonfall – jedenfalls spürte sie, wie tief in ihrem Inneren etwas klickte, als würde ein Schlüssel in einem alten Schloss gedreht.

»Ja, du hast recht«, murmelte sie. Dann schlang sie die Arme um sich und schwieg. Man hörte nur noch das Brummen des Kühlschranks. Die Deckenbeleuchtung verbreitete einen gelblichen Lichtschein an den Wänden, wo ihre Profile als Schattenrisse erschienen.

»Wie lange willst du in Oriental bleiben?«, fragte Amanda schließlich.

»Mein Rückflug ist ganz früh am Montagmorgen.«

»Also auch nicht besonders lange. Ich habe Frank gesagt, dass ich am Sonntag wieder da bin. Wenn es nach meiner Mutter ginge, wäre ich gar nicht hergekommen. Sie findet, es ist keine gute Idee, dass ich zu Tucks Beerdigung gehen will.«

»Weshalb?«

»Weil sie Tuck nicht mochte.«

»Du meinst, weil sie *mich* nicht mochte.«

»Sie hat dich doch nie kennengelernt«, sagte Amanda. »Genaugenommen hat sie dir keine Chance gegeben. Und sie hatte eine ganz genaue Vorstellung davon, wie ich mein Leben leben soll. Was ich selbst möchte, hat sie nie interessiert. Und obwohl ich ja schon längst erwachsen bin, versucht sie immer noch, mir Vorschriften zu machen. Sie hat sich überhaupt nicht verändert.« Versonnen rieb Amanda über das Glas, das außen ganz feucht war. »Vor ein paar Jahren habe ich den großen Fehler gemacht und ihr erzählt, dass ich bei Tuck vorbeigeschaut habe. Man hätte denken können, das ist ein Kapitalverbrechen, so hysterisch hat sie reagiert. Sie hat mich nicht mehr in Ruhe gelassen, dauernd wollte sie mich ausfragen – warum ich ihn besucht habe, worüber wir geredet haben und so weiter. Sie hat richtig mit mir geschimpft, als wäre ich ein kleines Kind. Danach habe ich ihr nie mehr gesagt, wenn ich bei Tuck war. Ich habe lieber irgendetwas erfunden und gesagt, ich gehe shoppen oder treffe mich mit meiner Freundin Martha. Martha und ich, wir haben uns am College ein Wohnheimzimmer geteilt. Sie lebt jetzt in Salter Path, und wir telefonieren gelegentlich, aber ich habe sie seit Jahren nicht mehr gesehen. Aber ich will einfach nicht mehr von meiner Mutter verhört werden, da lüge ich ihr lieber was vor.«

Dawson schwenkte seinen Tee im Glas, während er über Amanda und ihre Mutter nachdachte. »Auf der Fahrt hierher«, begann er dann, »musste ich natürlich an meinen Vater denken, ob ich wollte oder nicht. Er wollte auch immer alles unter seiner Kontrolle haben. Ich möchte damit aber nicht sagen, dass es bei deiner Mutter ähnlich ist. Vielleicht will sie nur verhindern, dass du einen Fehler machst.«

»Findest du, es war ein Fehler, dass ich Tuck besucht habe?«

»Für Tuck auf keinen Fall«, antwortete er. »Aber wie war es für dich? Es kommt darauf an, was du dir von diesen Besuchen erhofft hast und was du bei ihm gesucht hast. Du bist der einzige Mensch, der das beantworten kann.«

Einen Moment lang hatte Amanda das Gefühl, sich verteidigen zu müssen, aber ehe sie diesem Impuls nachgab, erkannte sie das Muster, das sich auch früher oft zwischen ihr und Dawson bemerkbar gemacht hatte: Dawson sagte etwas, was sie sofort hinterfragte – oder umgekehrt –, und schon steckten sie mitten im schönsten Streit. Plötzlich spürte sie, wie sehr sie diese Art der Auseinandersetzung vermisste. Nicht, weil sie sich in die Haare bekommen hatten, sondern weil sich in solchen Diskussionen ein großes Vertrauen ausdrückte – und weil sie sich immer wieder versöhnt hatten. Am Ende war es ihnen jedes Mal gelungen, sich gegenseitig zu verzeihen.

Womöglich wollte er sie auf die Probe stellen. Sollte sie darauf eingehen? Sie entschied sich dagegen, und ohne lange zu überlegen beugte sie sich vor und sagte einen Satz, der sie selbst überraschte:

»Hast du Pläne fürs Abendessen?«

»Nein. Wieso fragst du?«

»Im Kühlschrank sind ein paar Steaks, falls du hier essen möchtest.«

»Was ist mit deiner Mom?«

»Ich rufe sie an und sage ihr, dass ich erst später losgefahren bin.«

»Denkst du, das ist eine gute Idee?«

»Nein, das denke ich nicht«, erwiderte sie. »Aber ich
weiß im Moment sowieso nicht, was ich denken soll.«

Dawson fuhr nun mit dem Daumen über sein Glas und
musterte Amanda schweigend. Dann sagte er: »Okay. Wir
essen Steaks. Vorausgesetzt, sie sind nicht verdorben.«

»Sie sind am Montag geliefert worden.« Das hatte
Tuck ihr ja erzählt. »Der Grill steht draußen, falls du ihn
schon mal anwerfen möchtest.«

Er ging hinaus. Aber sie spürte trotzdem noch seine
Gegenwart, während sie ihr Handy aus der Handtasche
fischte.

KAPITEL 5

Als die Kohlen glühten, ging Dawson ins Haus, um die Steaks zu holen, die Amanda schon eingefettet und gewürzt hatte. Als er eintrat, stand sie ratlos vor dem Küchenschrank, in der Hand eine Dose Bohnen.

»Was ist los?«

»Ich wollte sehen, ob es irgendetwas gibt, was zu dem Fleisch passt – aber es gibt nicht viel.«

»Was hast du denn zu bieten?«

»Na ja, erstens diese Bohnen, außerdem noch Mais-grütze, Spaghettisoße, Pfannkuchenmischung, eine halb leere Packung Penne-Nudeln. Außerdem Schokoladen-kekse. Im Kühlschrank hat er nur Butter und verschiedene Flaschen mit Soßen oder Dressing. Ach – und natürlich Eistee.«

»Die Kekse sind doch prima.«

Amanda verdrehte die Augen. »Ich glaube, ich würde mich eher für die Nudeln entscheiden«, sagte sie. »Und ganz nebenbei bemerkt – solltest du nicht draußen die Steaks grillen?«

»Ich glaube, ja«, erwiderte er, und sie musste ein Grin-sen unterdrücken. Aus dem Augenwinkel beobachtete sie, wie er die Servierplatte mit dem Fleisch nahm und wieder in den Hof ging. Leise fiel die Tür hinter ihm ins Schloss.

Der Himmel hatte inzwischen ein samtiges Dunkelviolett angenommen, und man konnte schon die ersten Sterne sehen. Hinter Dawson war der Fluss zu erkennen, ein schimmerndes Band, und den Baumkronen verlieh das Licht des aufgehenden Mondes einen matten Silberglanz.

Amanda gab Wasser in einen Topf, dazu eine Prise Salz, und stellte den Herd an. Dann holte sie die Butter aus dem Kühlschrank, und sobald das Wasser kochte, gab sie die Nudeln hinein. Die nächsten Minuten verbrachte sie damit, nach einem Abtropfsieb zu fahnden, das sie schließlich ganz hinten im Schrank neben dem Herd entdeckte.

Sobald die Nudeln gar waren, schüttete Amanda sie in das Sieb und dann wieder zurück in den Topf, jetzt mit etwas Butter und Knoblauchpulver sowie Salz und Pfeffer. Rasch machte sie die Dose mit den Bohnen warm und war genau in dem Moment mit allem fertig, als Dawson mit der Servierplatte hereinkam.

»Das riecht ja lecker.« Er klang fast überrascht.

»Butter und Knoblauch«, erklärte sie. »Funktioniert immer. Wie sind die Steaks?«

»Das eine ist innen noch roh, das andere medium. Ich mag beides, aber ich wusste nicht, wie du dein Fleisch möchtest. Ich kann es jederzeit noch ein paar Minuten auf den Grill legen.«

»Medium ist perfekt«, sagte sie.

Dawson stellte die Platte mit dem Fleisch auf den Tisch und suchte aus verschiedenen Schränken und Schubladen Teller, Gläser und Besteck zusammen. Amanda erspähte in einem offenen Schrank zwei Weingläser. Plötzlich fiel ihr ein, was Tuck bei ihrem letzten Besuch gesagt hatte.

»Hättest du gern ein Glas Wein?«, fragte sie.

»Nur, wenn du einen Schluck mittrinkst.«

Sie nickte und schaute in den Schrank, auf den Tuck an jenem Abend gezeigt hatte. Tatsächlich – zwei Flaschen Wein. Nach kurzem Zögern entschied sie sich für den Cabernet und öffnete ihn, während Dawson den Tisch deckte. Sie füllte zwei Gläser und reichte Dawson eins.

»Im Kühlschrank ist eine Flasche mit Steaksoße, falls du welche möchtest«, sagte sie.

Dawson nickte und holte sie sich. Amanda gab die Nudeln und die Bohnen jeweils in eine Schüssel. Fast andächtig standen sie dann nebeneinander am Tisch. Dawson atmete tief durch angesichts dieser intimen Szene, und um den Bann zu brechen, griff er nach der Flasche, die noch auf der Arbeitsplatte stand, doch Amanda schüttelte den Kopf und setzte sich hin.

Sie probierte einen kleinen Schluck Wein aus ihrem Glas und ließ den fruchtigen Geschmack eine Weile nachklingen. Nachdem sie sich beide bedient hatten, starrte Dawson gedankenversunken auf seinen Teller.

»Ist alles okay?«, fragte Amanda besorgt.

Ihre Stimme holte ihn zurück in die Gegenwart. »Ich habe mich nur gerade gefragt, wie lange es her ist, dass ich so gegessen habe.«

»Du meinst, so ein Steak?«, fragte sie und schnitt sich den ersten Bissen Fleisch ab.

»Nein – ich meine alles.« Er zuckte die Achseln. »Auf der Bohrinsel esse ich immer mit meinen Kollegen in der Cafeteria, und zu Hause bin ich allein. Da läuft es meistens darauf hinaus, dass ich mir etwas ganz Einfaches koche.«

»Und wenn du essen gehst? In New Orleans gibt es doch unheimlich tolle Restaurants.«

»Ich bin selten in New Orleans.«

»Nicht mal, wenn du mit jemandem ausgehst?«

»Ich gehe nie mit jemandem aus.«

»Nie?«, wiederholte sie ungläubig.

Er schnitt sich nun auch ein Stückchen Fleisch ab, bevor er antwortete: »Nie.«

»Warum nicht?«

Trotz seines gesenkten Blicks spürte er, dass ihre Augen auf ihm ruhten, während sie an ihrem Glas nippte. Unbehaglich setzte er sich anders hin.

»Es ist besser so.«

Sie hielt die Gabel in der Hand, ohne sie zum Mund zu führen. »Aber das hat nichts mit mir zu tun, oder?«

»Ich weiß nicht, was du von mir hören möchtest.« Er blieb betont ruhig.

»Du willst doch nicht behaupten, dass …«, begann sie, und als Dawson nichts sagte, nahm sie noch einmal Anlauf. »Du willst doch nicht allen Ernstes behaupten, dass du – dass du dich nie wieder mit einer Frau getroffen hast, seit … seit unserer Trennung?«

Dawson schwieg hartnäckig. Jetzt legte Amanda ihre Gabel ab. »Soll das heißen, ich bin der Grund dafür, dass du dich für diese Art zu leben entschieden hast?« Sie merkte selbst, wie streitlustig sie klang.

»Da kann ich wieder nur antworten, dass ich nicht weiß, was du hören möchtest.«

Amanda kniff die Augen zusammen. »Dann weiß ich auch nicht mehr weiter.«

»Wie meinst du das?«

»Nun, so wie du redest, bekommt man den Eindruck, dass du meinetwegen allein bist. Dass es ... dass es irgendwie meine Schuld ist. Kannst du dir vorstellen, wie ich mich jetzt fühle?«

»Ich habe es nicht gesagt, um dir wehzutun. Was ich sagen wollte, ist –«

»Ich weiß genau, was du sagen wolltest«, zischte Amanda. »Und weißt du was? Ich habe dich damals genauso geliebt wie du mich. Aber aus verschiedenen Gründen sollte es eben nicht sein. Deshalb war es eines Tages zu Ende – und das Leben ging weiter. Mein Leben. Und dein Leben ebenfalls. Wir haben beide weitergemacht.« Sie legte die Hände flach auf den Tisch. »Glaubst du, ich will von hier weggehen und dauernd denken, dass du den Rest deines Lebens allein verbringst? Meinetwegen?«

Er schaute ihr fest in die Augen. »Ich möchte kein Mitleid.«

»Warum sagst du dann so etwas?«

»Eigentlich habe ich gar nichts gesagt«, entgegnete er. »Ich habe deine Frage nicht beantwortet. Du hast aus meinen wenigen Wörtern das herausgehört, was du hören wolltest.«

»Heißt das, ich liege falsch?«

Statt zu antworten, griff er wieder zu Messer und Gabel. »Hat dir noch nie jemand gesagt, dass du eine bestimmte Frage nicht stellen darfst, wenn du die Antwort darauf nicht hören willst?«

Wieder einmal hatte er ihr mit einer Gegenfrage geantwortet – darin war er schon immer gut gewesen. Amanda konnte sich nicht mehr bremsen und rief empört: »Egal, was du sagst – es ist jedenfalls nicht meine

Schuld. Wenn du dein Leben ruinieren willst, nur zu! Ich werde dich nicht daran hindern.«

Zu ihrer Überraschung fing Dawson an zu lachen. »Es ist schön, dass du dich überhaupt nicht verändert hast.«

»Doch, ich habe mich verändert, glaub mir.«

»Kaum. Du sagst immer noch genau das, was du denkst, ohne Rücksicht auf Verluste. Selbst wenn du denkst, dass ich mein Leben ruiniere.«

»Irgendjemand muss es dir ja sagen.«

»Und wie wär's, wenn ich versuche, dich ein bisschen zu entlasten? Okay? Ich habe mich nämlich auch nicht verändert. Ich bin allein, weil ich schon immer allein war. Bevor ich dich kennengelernt habe, ging es mir vor allem darum, Distanz zu meiner schrecklichen Familie zu schaffen. Dann bin ich hierhergekommen, aber Tuck hat manchmal tagelang nicht mit mir gesprochen, und nachdem du fort warst, saß ich vier Jahre im Gefängnis. Nach meiner Entlassung wollte kein Mensch hier etwas mit mir zu tun haben, also bin ich woanders hingegangen. Von da an habe ich immer mehrere Monate am Stück auf einer Bohrinsel im Ozean gearbeitet – was für Beziehungen nicht besonders hilfreich ist. Das habe ich oft genug beobachtet. Klar, es gibt Paare, die solche Trennungsphasen überstehen, aber es gibt auch jede Menge gebrochene Herzen. Für mich ist es einfacher so, und außerdem bin ich es gewohnt.«

Amanda ließ seine Antwort auf sich wirken, bevor sie fragte: »Willst du wissen, ob ich glaube, dass das die ganze Wahrheit ist?«

»Nicht unbedingt.«

Gegen ihren Willen musste sie lachen. »Darf ich dich

dann etwas anderes fragen? Du brauchst nicht zu antworten, wenn du nicht darüber reden möchtest.«

»Du kannst mich fragen, was du willst«, sagte er und schob sich einen Bissen Steak in den Mund.

»Was ist an dem Abend des Unfalls passiert? Ich habe immer nur Andeutungen gehört, vor allem von meiner Mutter. Aber nie die ganze Geschichte. Deshalb weiß ich bis heute nicht, was ich glauben soll.«

Dawson kaute eine Weile lang schweigend, dann erwiderte er: »Es gibt nicht viel zu erzählen. Tuck hatte einen Satz Reifen bestellt, für einen Impala, den er restauriert hat, aber aus irgendeinem Grund wurden diese Reifen an eine Werkstatt in New Bern geliefert. Also hat er mich gebeten, sie dort abzuholen, und das habe ich getan. Nachmittags hatte es leicht geregnet, und als ich zurückkam, war es schon dunkel.«

Er machte eine kurze Pause, weil ihm der ganze Vorfall fast unwirklich erschien. »Mir kam ein Auto entgegen. Der Typ fuhr viel zu schnell. Vielleicht saß ja auch eine Frau am Steuer, das habe ich nie erfahren. Jedenfalls schlingerte der Wagen über die Mittellinie, und ich musste ausweichen. Er schoss an mir vorbei, und mein Lastwagen war nur noch halb auf der Fahrbahn. Ich habe Dr. Bonner gesehen, aber …« Die Bilder standen ihm jetzt wieder so klar und deutlich wie immer vor Augen – ein Albtraum, der nicht verblasste. »Es war wie in Zeitlupe. Ich bin auf die Bremse getreten und habe das Lenkrad herumgerissen, aber die Straße und das Gras … alles war nass und glitschig, und dann …«

Er verstummte. Amanda legte ihm die Hand auf den Arm. »Es war ein Unfall«, flüsterte sie.

Dawson reagierte nicht. Sie merkte nur, dass er nervös mit den Füßen scharrte. Leise stellte sie die Frage, die auf der Hand lag: »Aber warum warst du dann im Gefängnis? Du bist nicht zu schnell gefahren, und du warst auch nicht betrunken.«

Als er die Achseln zuckte, wurde ihr klar, dass sie die Antwort auf ihre Frage längst kannte. Sie war offensichtlich – wie wenn jemand seinen Nachnamen buchstabiert hätte.

»Es tut mir so leid«, murmelte sie, aber sie merkte selbst, dass ihre Worte nichts halfen.

»Ich weiß. Aber du brauchst wirklich kein Mitleid mit mir zu haben«, erwiderte er. »Hab Mitleid mit Dr. Bonners Familie. Meinetwegen ist er nie mehr nach Hause gekommen. Meinetwegen sind seine Kinder ohne Vater aufgewachsen. Meinetwegen lebt seine Frau immer noch allein.«

»Wer weiß? Vielleicht hat sie ja wieder geheiratet.«

»Nein, hat sie nicht.«

Amanda hätte ihn gern gefragt, woher er das wusste, aber er gab ihr deutlich zu verstehen, dass er nicht mehr darüber sprechen wollte, indem er abrupt fragte: »Aber was ist mit dir?« Es war, als würde er das Thema Bonner fortschieben und die Tür dorthin verschließen, und Amanda bedauerte es fast, dass sie ihn darauf angesprochen hatte. »Erzähl doch mal, was du so gemacht hast, seit wir uns das letzte Mal gesehen haben«, fügte er noch hinzu.

»Ich weiß nicht, womit ich anfangen soll.«

Nun griff er doch zur Weinflasche und goss ihnen noch einmal nach.

»Wie wär's mit dem College?«, schlug er vor.

Amanda kapitulierte und begann zu erzählen. Zuerst nur in groben Zügen. Dawson hörte aufmerksam zu, stellte immer wieder eine Frage, wollte mehr Einzelheiten erfahren. Mit der Zeit fiel Amanda das Reden leichter. Sie beschrieb die Mädchen, mit denen sie im Wohnheim zusammengewohnt hatte, berichtete von ihren Kursen und von den Professoren, die sie am meisten inspiriert hatten. Sie gab zu, dass ihr Jahr als Lehrerin ganz anders gewesen war, als sie es sich vorgestellt hatte, schon allein deswegen, weil sie es nicht fassen konnte, dass sie keine Studentin mehr war. Als sie erzählte, wie sie Frank kennenlernte, bekam sie ein seltsam schlechtes Gewissen und erwähnte deshalb seinen Namen nicht mehr, sondern sprach stattdessen von ihren Freunden und von den Reisen, die sie im Laufe der Jahre unternommen hatte. Vor allem aber erzählte sie von den Kindern, beschrieb ihre Persönlichkeiten, ihre Stärken und natürlich auch ihre problematischen Seiten, denn sie wollte auf keinen Fall zu sehr mit ihnen angeben.

Zwischendurch, wenn sie einen Gedanken zu Ende geführt hatte, erkundigte sie sich nach Dawsons Arbeit auf der Bohrinsel und wollte wissen, wie er seine freien Tage verbrachte, aber meistens lenkte er das Gespräch wieder zurück auf sie. Er schien sich wirklich für ihr Leben zu interessieren, und sie wunderte sich, wie normal es ihr nach einer Weile vorkam, einfach loszuplappern. Es schien fast so, als würden sie eine Unterhaltung weiterführen, die sie nur kurz unterbrochen hatten.

Später versuchte sich Amanda daran zu erinnern, wann sie und Frank das letzte Mal so miteinander gesprochen hatten. Selbst wenn sie ohne die Kinder ausgingen, kam das nicht mehr vor. Frank trank zu viel und führte dann mehr oder weniger nur noch Selbstgespräche. Wenn sie sich über die Kinder unterhielten, ging es immer nur um ihre Schulleistungen oder um irgendwelche Schwierigkeiten, die sie hatten – und wie man sie eventuell lösen könnte. Diese Diskussionen verliefen meistens effizient und zielgerichtet. Aber Frank erkundigte sich nur selten, wie ihr Tag gewesen sei. Ihm war es auch gleichgültig, wofür sie sich interessierte. Natürlich, teilweise war dieses Phänomen typisch für eine lange Ehe, das wusste Amanda. Da gab es einfach nicht mehr viel Neues zu besprechen. Aber sie hatte das Gefühl, dass ihre Beziehung zu Dawson anders war. Oder ob das Leben auch von ihnen seinen Tribut gefordert hätte?

Sie redeten bis spät in die Nacht. Durchs Küchenfenster konnte man die Sterne sehen. Der Wind frischte auf, die Bäume rauschten, wie die Wellen des Atlantiks. Die Weinflasche war leer. Amanda fühlte sich warm und entspannt. Dawson räumte den Tisch ab und spülte das Geschirr, während sie neben ihm stand und alles abtrocknete. Immer wieder spürte sie, dass er sie anschaute, wenn er ihr einen Teller reichte. Und obwohl sich in den Jahren, in denen sie sich nicht gesehen hatten, ihr Leben sehr verändert hatte, fühlte Amanda doch deutlich, dass die Verbindung zwischen ihnen nie ganz abgebrochen war.

Als die Küche aufgeräumt war, zeigte Dawson zur Hintertür und fragte: »Hast du noch ein paar Minuten Zeit?«

Amanda schaute auf die Uhr. Es wäre sicher vernünftiger gewesen, wenn sie jetzt zu ihrer Mutter gefahren wäre, doch sie entschied sich dagegen. »Okay. Aber nicht mehr lange.«

Der Mond stand inzwischen hoch am Himmel, und sein Silberglanz verlieh der Landschaft eine geheimnis- voll exotische Schönheit. Schimmernder Tau bedeckte den Boden, und da Amanda offene Sandalen trug, wur- den ihre Füße feucht. Ein intensiver Kieferngeruch erfüll- te die Luft. Nebeneinander traten sie und Dawson hinaus ins Freie, und das Geräusch ihrer Schritte wurde fast übertönt vom Zirpen der Grillen und den raschelnden Blättern.

Dicht am Ufer breitete eine uralte Eiche ihre tief hän- genden Äste aus, die sich im Wasser spiegelten. Der Fluss hatte einen Teil der Uferböschung fortgeschwemmt, wo- durch man unmöglich zu den Ästen gelangen konnte, ohne nass zu werden. Sie blieben stehen. »Da haben wir immer gesessen«, sagte Dawson.

»Ja, das war unser Platz«, stimmte Amanda ihm zu. »Wie oft sind wir hierhergekommen – vor allem, wenn ich mich mal wieder mit meinen Eltern gestritten hatte.«

»Na, so was! Du hast dich damals mit deinen Eltern gestritten?«, fragte Dawson mit gespieltem Erstaunen. »Es ging hoffentlich nicht um mich, oder?«

Sie schubste ihn. »Du Witzbold! Auf jeden Fall sind wir immer auf einen Ast geklettert, du hast den Arm um mich gelegt, und ich habe geweint und geschimpft und gezetert, und du hast mich einfach reden lassen – wie un- fair das alles ist und so weiter –, bis ich mich wieder beru- higt habe. Ich war ziemlich hysterisch, oder?«

»Ist mir nicht aufgefallen.«

Sie unterdrückte ein Lachen. »Weißt du noch, wie die

Fische gesprungen sind? Manchmal waren es so viele, dass man das Gefühl hatte, diese Rotbarben ziehen eine Show für uns ab.«

»Bestimmt springen sie heute Abend auch.«

»Ja – aber es ist nicht das Gleiche. Wenn wir früher hier waren, dann *wollte* ich sie immer unbedingt springen sehen. Es war so, als wüssten die Fische, dass ich etwas Besonderes sehen muss, damit es mir besser geht.«

»Ach, und ich dachte, ich war derjenige, der gemacht hat, dass es dir besser geht.«

»Nein, es waren eindeutig die Fische!«

Dawson grinste. »Bist du auch mit Tuck manchmal hierhergekommen?«

Sie schüttelte den Kopf. »Das Ufer war zu steil für ihn. Aber ich allein schon. Ich habe es zumindest einmal versucht.«

»Was heißt das?«

»Ich wollte ausprobieren, ob es sich hier noch so anfühlt wie damals, aber ich habe es nicht bis zur Eiche geschafft. Unterwegs ist irgendetwas passiert. Ich kann es gar nicht richtig erklären – es kam mir vor, als hätte sich jemand hier im Wald versteckt, und dann ist meine Fantasie mit mir durchgegangen. Ich habe plötzlich überdeutlich gespürt, wie allein ich bin und vor allem völlig wehrlos. Da habe ich lieber kehrtgemacht und bin ins Haus gegangen. Und ich habe nie wieder einen Versuch unternommen.«

»Bis heute.«

»Heute bin ich ja nicht allein.« Sie beobachtete die Wirbel im Wasser, in der Hoffnung, ein Fisch könnte springen, doch es tat sich nichts. »Ich kann es kaum glauben, wie lange das alles her ist«, murmelte sie. »Wir waren noch so jung.«

»Aber nicht zu jung.« Er sprach leise und sehr bestimmt.

»Wir waren doch noch Kinder, Dawson. Damals hat es sich natürlich nicht so angefühlt, aber wenn man selbst Mutter ist, verschiebt sich die Perspektive. Ich meine – Lynn ist siebzehn, und ich kann mir nicht vorstellen, dass sie die gleichen Gefühle haben könnte wie ich damals. Sie hat nicht mal einen Freund. Und wenn ich wüsste, sie klettert mitten in der Nacht heimlich aus dem Fenster, würde ich wahrscheinlich genauso reagieren wie meine Eltern damals.«

»Wenn du mit dem Freund nicht einverstanden wärst, heißt das?«

»Selbst wenn ich dächte, er ist der Richtige für sie.« Sie schaute Dawson in die Augen. »Was haben wir uns nur dabei gedacht?«

»Wir haben gar nichts gedacht«, entgegnete er. »Wir waren verliebt.«

Sie wandte den Blick nicht ab. Das Mondlicht spiegelte sich hell in ihren Augen. »Es tut mir leid, dass ich dich nie besucht habe und dir nicht mal geschrieben habe. Als du im Gefängnis warst, meine ich.«

»Ist schon okay.«

»Nein, es ist nicht okay. Ich habe daran gedacht ... ich habe an uns gedacht. Die ganze Zeit.« Sanft berührte sie die Rinde der Eiche, als könnte sie daraus Kraft ziehen. »Jedes Mal, wenn ich mich hingesetzt habe und dir schreiben wollte, war ich wie gelähmt. Ich wusste nicht, wie anfangen. Ich wusste nicht, ob ich dir von meinen Kursen und von meinen Mitbewohnerinnen erzählen oder dich fragen soll, wie dein Tagesablauf aussieht oder so. Wenn ich mein Geschreibsel durchgelesen habe, fand ich es immer blöd und unpassend. Also habe ich die Seite zerrissen und mir vorgenommen, es am nächsten Tag noch einmal zu versuchen. So ging es immer weiter. Und dann war zu viel Zeit vergangen und –«

»Ich bin nicht sauer«, sagte er. »Und ich war auch damals nicht sauer auf dich.«

»Weil du mich schon vergessen hattest?«

»Nein. Weil ich mich kaum selbst im Spiegel ansehen konnte. Es war mir extrem wichtig, zu wissen, dass du etwas *für dich* tust. Ich wollte, dass du genau das Leben lebst, das du dir wünschst – und das ich dir nie hätte geben können.«

»Das meinst du doch nicht ernst!«, rief sie.

»Doch. Ich meine es ernst.«

»Dann irrst du dich aber gewaltig. Alle Menschen machen im Leben Erfahrungen, die sie gern ändern würden, wenn sie könnten. Sogar ich. Mein Leben war – und ist – auch nicht perfekt.«

»Möchtest du darüber sprechen?«

Früher, vor vielen Jahren, konnte Amanda Dawson alles erzählen, und sie spürte, dass es nur eine Frage der Zeit war, bis das wieder möglich sein würde, auch wenn sie es jetzt noch nicht schaffte. Diese Erkenntnis machte ihr Angst, denn sie musste zugeben, dass Dawson etwas in ihr geweckt hatte, was sie schon lange nicht mehr empfunden hatte.

»Bist du mir böse, wenn ich sage, dass ich jetzt noch nicht darüber sprechen kann?«

»Nein, überhaupt nicht.«

Sie lächelte dankbar. »Dann lass uns doch einfach die Szenerie noch ein paar Minuten genießen, einverstanden? Wie früher. Es ist so friedlich hier draußen.«

Die ganze Umgebung lag jetzt im sanften Licht des Mondes. Am Himmel funkelten die Sterne, wie winzige Leuchtpunkte. Und während sie so nebeneinanderstanden, fragte sich Dawson, wie oft Amanda wohl in all den Jahren an ihn gedacht hatte. Bestimmt nicht so oft wie er an sie, da war er sich ziemlich sicher, doch er spürte, dass sie beide einsam waren, wenn auch auf unterschiedliche Art. Er war eine verlorene Gestalt in einer endlosen Weite, und sie war ein Gesicht in einer anonymen Masse. Aber war es nicht schon immer so gewesen, auch in ihrer Jugend? Die Einsamkeit hatte sie zusammengeführt, und gemeinsam hatten sie das Glück entdeckt.

Mit einem leisen Seufzer murmelte Amanda: »Ich glaube, ich sollte jetzt gehen.«

»Ich weiß.«

Seine Reaktion erleichterte sie, aber ein bisschen enttäuscht war sie trotzdem. Schweigend gingen sie zum Haus zurück, jeder in die eigenen Gedanken versunken. Drinnen knipste Dawson alle Lichter aus, Amanda schloss hinter ihnen die Tür ab, und mit langsamen Schritten schlenderten sie zu ihren Autos. Er hielt für Amanda die Wagentür auf.

»Dann sehe ich dich also morgen in der Anwaltskanzlei«, sagte er.

»Ja, um elf.«

Ihre Haare schimmerten im Mondschein, eine silberne Kaskade, und er musste sich zusammenreißen, um nicht mit den Fingern über die blonden Wellen zu streichen. »Hat mir gut gefallen, heute Abend«, sagte er. »Danke für das Essen.«

Sie stand reglos vor ihm. Plötzlich hatte sie das Gefühl, er würde sie gleich küssen. Zum ersten Mal seit dem College verschlug es ihr den Atem, und sie wandte sich rasch ab, um die Situation zu durchbrechen.

»Ja, es war sehr schön, dich wiederzusehen, Dawson.«

Sie setzte sich hinters Steuer und atmete erleichtert auf, als Dawson die Tür schloss. Dann startete sie den Motor und legte den Rückwärtsgang ein.

Dawson winkte, als sie den Kiesweg hinunterfuhr, und schaute den hüpfenden Rücklichtern ihres Wagens nach, bis sie um die Kurve bog und aus seinem Blickfeld verschwand.

Nachdenklich ging er zurück zur Werkstatt. Er knipste das Licht an, und im Schein der nackten Glühbirne setzte er sich auf einen Stapel Autoreifen. Es war jetzt ganz still hier, man hörte nur den Flügelschlag einer Motte, die das Licht umschwirrte. Ja, Amanda hatte sich weiterentwickelt, dachte Dawson. Gleichgültig, welche Sorgen, welchen Kummer sie vor ihm verbarg – dass es Probleme in ihrem Leben gab, wusste er, sie hatte es ja angedeutet –, sie hatte es trotzdem geschafft, sich die Art von Leben zu schaffen, die ihren Wünschen entsprach. Sie hatte einen Mann und Kinder, sie besaß Freunde und ein Haus in der Stadt. Dorthin gingen nun ihre Erinnerungen und Gedanken. Und genauso sollte es ja auch sein.

Was allerdings ihn selbst betraf, da hatte er sich etwas vorgemacht. Das musste er sich jetzt endgültig eingestehen, während er allein in Tucks Werkstatt saß. Er hatte sich nicht weiterentwickelt. Immer schon war er davon überzeugt gewesen, dass sich Amanda von ihm entfernen würde, doch nun hatte er die Gewissheit. Er spürte, wie sich tief in seinem Inneren etwas löste. Der Abschied von Amanda lag weit zurück, und seither hatte er sich immer eingeredet, dass er das Richtige getan, die einzig mögliche Entscheidung getroffen hatte. Aber hier und jetzt, im gelblichen Licht der alten Werkstatt, war er sich nicht mehr so sicher. Er hatte Amanda damals geliebt – und er hatte nie aufgehört, sie zu lieben. Diese schlichte, ergreifende Wahrheit war durch den heutigen Abend nicht widerlegt worden. Doch als er nach seinen Schlüsseln griff, wurde ihm noch etwas anderes bewusst, etwas, womit er nicht gerechnet hatte.

Er stand auf und löschte das Licht. Auf dem Weg zu seinem Auto fühlte er sich seltsam müde und ausgelaugt. Dass sich seine Gefühle für Amanda nicht verändert hatten, war keine große Überraschung für ihn. Doch nun wusste er mit unerschütterlicher Gewissheit, dass sich diese Gefühle auch in Zukunft niemals, *niemals* ändern würden.

KAPITEL 6

Die Vorhänge in seinem Zimmer waren sehr dünn, deshalb weckten die Sonnenstrahlen Dawson schon früh. Er drehte sich noch einmal auf die andere Seite, in der Hoffnung, wieder einschlafen zu können, aber es klappte nicht. Also stand er lieber auf, um sich ein paar Minuten zu dehnen und zu strecken. Morgens tat ihm oft alles weh, besonders Rücken und Schultern. Er fragte sich immer häufiger, wie lange er wohl noch auf der Bohrinsel weiterarbeiten konnte. Sein Körper zeigte deutliche Spuren der Strapazen, und von Jahr zu Jahr wurden die Beschwerden schlimmer.

Nach den Dehnübungen holte er seine Joggingsachen aus dem Seesack, zog sie an und schlich leise die Treppe hinunter. Das Bed-and-Breakfast war ungefähr so, wie er es sich vorgestellt hatte: oben vier Gästezimmer und unten die Küche, ein Esszimmer und ein paar Sitzgelegenheiten. Die Besitzer hatten offensichtlich eine Vorliebe für Segel-Motive. Kleine Holzschiffe verzierten die Tischchen beim Sofa, an den Wänden hingen lauter Bilder von Schonern, jemand hatte über dem Kamin ein altes Steuerrad angebracht, und an der Tür war mit Reißnägeln eine Karte des Flusses befestigt, auf der die Fahrrinnen eingetragen waren.

Die anderen Gäste schliefen noch. Bei der Anmeldung am Abend zuvor hatte man ihm mitgeteilt, der bestellte

Blumenschmuck befinde sich in seinem Zimmer. Frühstück um acht. Ihm blieb also vor dem Anwaltstermin noch genug Zeit, um alles Wichtige zu regeln.

Ein strahlender Morgen begrüßte ihn. Über dem Fluss lag noch ein feiner Nebelschleier, wie eine tief hängende Wolke, doch der Himmel leuchtete schon in einem herrlichen Blau. Die Luft war ziemlich warm, und man ahnte, dass es ein heißer Tag werden würde. Dawson rollte die Schultern ein paarmal, bevor er losjoggte. Es dauerte immer drei, vier Minuten, bis sich sein Körper wieder richtig geschmeidig anfühlte und er ohne Probleme laufen konnte.

Auf den Straßen war nichts los, auch als er sich dem Zentrum von Oriental näherte. Er kam an zwei Antiquitätenläden vorbei, an einer Eisenwarenhandlung und an mehreren Immobilienbüros. Irvin's Diner auf der anderen Seite war bereits geöffnet, und tatsächlich parkten dort auch ein paar Autos. Der Nebel über dem Fluss hob sich langsam, und Dawson atmete den würzigen Duft von Salz und Kiefernnadeln ein. Beim Jachthafen gab es einen relativ gut besuchten Coffeeshop neben einem rustikalen Laden mit Angelzubehör. An diesem Punkt fühlte sich Dawson bereits so entspannt, dass er sein Tempo beschleunigte. Möwen segelten durch die Luft und stießen heisere Schreie aus. Und wie immer trugen irgendwelche Leute ihre Kühlboxen auf die Segelboote.

Er lief an der Baptistenkirche mit den wunderschönen Buntglasfenstern vorbei. Hatte er sie früher überhaupt bemerkt? Erinnern konnte er sich jedenfalls nicht daran. In der Nähe der Kirche entdeckte er Morgan Tanners Büro. Ein kleines Backsteinhaus, flankiert von einer Drogerie und einem Münzhändler. Ein dezentes Schild wies auf die Kanzlei hin. Noch ein zweiter Anwalt war genannt, doch es schien kein Gemeinschaftsbüro zu sein. Warum hatte sich Tuck ausgerechnet für Tanner entschieden? Dawson hatte vor dem Anruf diesen Namen noch nie gehört.

Am anderen Ende des Zentrums bog er von der Hauptstraße ab und lief die kleineren Wohnstraßen entlang, ohne ein bestimmtes Ziel vor Augen.

Er hatte nicht gut geschlafen, weil seine Gedanken ständig um Amanda kreisten. Und um die Bonners. Auch im Gefängnis hatte er immer nur an Amanda gedacht – und an Marilyn Bonner. Sie war bei der Gerichtsverhandlung als Nebenklägerin aufgetreten, um mit ihrer Aussage zu unterstreichen, dass Dawson nicht nur ihren Ehemann und den Vater ihrer Kinder getötet, sondern ihr ganzes Leben zerstört hatte. Sie wisse nicht, wie sie von nun an ihre Familie ernähren solle, hatte sie mit brechender Stimme erklärt, es gebe keine Zukunft mehr für sie. Wie sich herausstellte, hatte Dr. Bonner es versäumt, eine Lebensversicherung abzuschließen.

Und tatsächlich konnte sie nach einer Weile die Villa nicht mehr halten. Sie zog zurück zu ihren Eltern auf die Obstplantage, doch ihr Leben blieb ein einziger Kampf. Ihr Vater war bereits im Ruhestand und litt an einem Lungenemphysem im Frühstadium, ihre Mutter hatte Diabetes. Das Darlehen, mit dem die Plantage belastet war, fraß so gut wie jeden Dollar auf, den der Betrieb einbrachte. Weil ihre Eltern beinahe rund um die Uhr gepflegt werden mussten, konnte Marilyn nur Teilzeit arbeiten. Ihr minimales Gehalt, kombiniert mit der Rente ihrer Eltern, deckte äußerst knapp die laufenden Kosten, und manchmal reichte das Geld nicht einmal dafür. Das alte Farmhaus, in dem sie lebten, wurde immer baufälliger, und so war es unvermeidlich, dass die Familie mit den Kreditraten in Verzug geriet.

Zu der Zeit, als Dawson aus dem Gefängnis entlassen wurde, herrschte bei den Bonners große Verzweiflung. Doch davon erfuhr er erst, als er ein halbes Jahr später zum Farmhaus ging, weil er um Verzeihung bitten wollte. Marilyn öffnete, aber Dawson erkannte sie kaum: Ihre Haare waren grau, ihre Haut hatte allen Glanz verloren. Sie wusste aber sofort, wer er war, und ehe er auch nur ein Wort herausbrachte, schrie sie ihn an, er solle augenblicklich verschwinden, er habe ihren Mann umgebracht und ihr Leben ruiniert, sie habe gerade nicht einmal genug Geld, um das undichte Dach zu reparieren und um die Arbeiter einzustellen, die sie im Betrieb brauche. Nie wieder dürfe er sich hier blicken lassen! Doch später am Abend kehrte Dawson noch einmal zurück, aber nur, um aus der Ferne das alte Haus und die langen Reihen mit Apfel- und Pfirsichbäumen zu betrachten. Als er am Ende der nächsten Woche sein Gehalt von Tuck erhielt, ging er zur Bank und stellte einen anonymen Scheck für Marilyn Bonner aus. Diesen Scheck ließ er an ihre Adresse schicken, ohne Absender, ohne Begleitschreiben.

In den folgenden Jahren verbesserte sich Marilyn Bonners Situation etwas. Ihre Eltern starben, und die Plantage gehörte nun ihr. Zwar kostete es sie einige Mühe, aber sie schaffte es, die offenen Kredite abzubezahlen und die notwendigen Renovierungsarbeiten am Haus vorzunehmen. Sie war schuldenfrei, und in der Zeit nachdem Dawson fortgezogen war, gelang es ihr, nach und nach einen

Versandhandel aufzubauen. Mithilfe des Internets wuchs dieses Unternehmen so schnell, dass sie sich keine Sorgen mehr zu machen brauchte und alle Rechnungen pünktlich bezahlen konnte. Sie war zwar nicht wieder verheiratet, hatte aber seit fast sechzehn Jahren einen Freund, einen Steuerberater namens Leo.

Auch die Kinder schlugen sich gut. Emily machte einen Abschluss an der East Carolina University und zog nach Raleigh, wo sie als Abteilungsleiterin in einem Kaufhaus arbeitete. Vermutlich bereitete sie sich darauf vor, eines Tages das Geschäft ihrer Mutter zu übernehmen. Alan lebte auf der Plantage, in einem großen Mobilehome, das seine Mom für ihn gekauft hatte. Er war nicht auf dem College gewesen, hatte aber einen festen Job, und auf den Fotos, die Dawson geschickt bekam, sah er immer glücklich und zufrieden aus.

Einmal im Jahr trafen die Fotos in Louisiana ein, mit einem kurzen Bericht über Marilyn, Emily und Alan. Der Privatdetektiv, den Dawson beauftragt hatte, arbeitete sehr zuverlässig, ohne bei seinen Nachforschungen zu weit zu gehen.

Manchmal hatte Dawson ein schlechtes Gewissen, weil er die Bonners beschatten ließ. Aber er musste unbedingt wissen, ob es ihm wirklich gelang, ihr Leben positiv zu beeinflussen. Das war seit dem Unfall sein größter Wunsch, und deswegen schickte er der Familie seit zwei Jahrzehnten jeden Monat einen Scheck, meistens über anonyme Offshore-Bankkonten.

Und während er jetzt durch die stillen Straßen joggte, dachte er, wie so oft, dass er alles tun würde, um seine Schuld wiedergutzumachen.

Abee Cole spürte, wie das Fieber stieg. Er fröstelte, trotz der Hitze. Vor zwei Wochen war er mit seinem Baseballschläger auf einen Kerl losgegangen, der ihn provoziert hatte, und dieser Typ hatte ihn mit einem Teppichmesser überrascht. Mit einem schmutzigen. Das Messer hinterließ in seinem Bauch eine breite Schnittwunde, die sich ziemlich übel entwickelte. Heute Morgen war gelblichgrüner Eiter herausgequollen. Was für ein ekelhafter Gestank! Dabei schluckte Abee doch Tabletten, die angeblich helfen sollten. Wenn das Fieber nicht bald abklang, musste er mit seinem Baseballschläger zu seinem Cousin Calvin gehen, weil der nämlich geschworen hatte, die Antibiotika, die er in der Tierarztpraxis gestohlen hatte, würden Wunder wirken.

Im Moment war er allerdings abgelenkt. Das war doch tatsächlich Dawson, der auf der anderen Straßenseite joggte! Musste man da nicht sofort etwas unternehmen?

Ted war noch in dem kleinen Supermarkt. Hatte auch er Dawson gesehen? Wahrscheinlich nicht, sonst wäre er nämlich schon aus dem Laden gerannt gekommen wie ein wild gewordener Eber. Seit Ted wusste, dass Tuck den Löffel abgegeben hatte, wartete er auf Dawson. Garantiert wetzte er schon die Messer, lud seine Pistole durch und zählte seine Handgranaten und Panzerfäuste – oder was er sonst noch an Waffen hortete in dem kleinen Rattenloch, in dem er mit Ella, dieser billigen kleinen Schlampe, wohnte.

Sein Bruder war wirklich nicht ganz richtig im Kopf. Noch nie gewesen. Im Grunde bestand er nur aus Wut und Hass. Neun Jahre Knast hatten daran nichts geändert, er hatte sich immer noch nicht im Griff. Seit Neues tem war es so schlimm, dass man ihn überhaupt nicht mehr unter Kontrolle halten konnte. Was allerdings auch seine Vorteile besaß, fand Abee. Ted sorgte dafür, dass jeder in der Familie, der irgendwie Mist baute oder Unruhe stiftete, sich schließlich doch seinen Regeln unterwarf. Er jagte allen eine wahnsinnige Angst ein, und Abee konnte das nur recht sein. Auf diese Weise steckte keiner die Nase in seine Angelegenheiten. Er hatte nicht viel für seinen jüngeren Bruder übrig, fand ihn aber oft nützlich.

Und jetzt war Dawson in Oriental. Wie Ted reagieren würde, konnte keiner vorhersagen. Abee hatte natürlich schon mit Dawsons Erscheinen gerechnet, aber er war hoffentlich nur gekommen, um sich angemessen von dem Toten zu verabschieden und dann wieder zu verschwinden – bevor gewisse Personen seine Anwesenheit erst registrierten. Jeder Mensch, der auch nur einen Funken Verstand besaß, würde sich so verhalten, und Dawson wusste unter Garantie, dass Ted jedes Mal, wenn er in den Spiegel schaute und seine kaputte Nase sah, ihn auf der Stelle umbringen wollte.

Was mit Dawson passierte, interessierte Abee eigentlich nicht die Bohne. Aber er wollte verhindern, dass Ted zu viel Ärger machte. Es war alles schon schwierig genug, auch ohne zusätzliche Probleme. Ständig schnüffelten irgendwo die Bullen herum. Es war nicht mehr wie früher, als die Vertreter des Gesetzes noch Angst vor den Coles hatten. Inzwischen verfügten die Cops über Hubschrauber und Hunde und Infrarot. Und an jeder Ecke lauerten Spitzel. Abee musste das immer im Auge behalten und mit einplanen, weil er als Einziger dazu fähig war.

Die Sache war die: Dawson war um einiges klüger als

die zugedröhnten Idioten, mit denen Ted normalerweise verkehrte. Man konnte über seinen Cousin sagen, was man wollte, aber er hatte es immerhin geschafft, Ted und seinen eigenen Daddy windelweich zu prügeln, obwohl die beiden bewaffnet waren – keine schlechte Leistung. Dawson hatte keine Angst vor Ted oder Abee, und er war bestimmt auf alles vorbereitet. Wenn's drauf ankam, konnte er gnadenlos sein, und das hätte eigentlich ausreichen müssen, um Ted zu bremsen. Nur dass Ted leider nicht logisch denken konnte.

Auf keinen Fall durfte Ted wieder im Knast landen. Abee brauchte ihn, weil sich die halbe Familie ständig irgendwelchen blöden Mist ausdachte. Aber wenn Abee nicht verhindern konnte, dass Ted wegen Dawson durchdrehte, stand sein idiotischer Bruder demnächst wieder vor dem Richter. Bei dem Gedanken krampfte sich sein Magen zusammen, dabei war ihm doch sowieso schon kotzübel.

Er beugte sich vor und übergab sich auf den Gehweg. Als er sich gerade den Mund mit dem Handrücken abwischte, sah er Dawson hinter der nächsten Ecke verschwinden. Ted war immer noch nicht aus dem Laden gekommen. Mit einem erleichterten Seufzer beschloss Abee, ihm nichts von seinem Cousin zu erzählen. Und schon überfiel ihn wieder dieser Schüttelfrost. Sein Bauch brannte wie Feuer. Guter Gott – er fühlte sich so was von beschissen! Wer hätte auch erwartet, dass der Typ ein Teppichmesser dabeihat?

Dabei hatte Abee gar nicht vorgehabt, ihn umzubringen – er wollte ihm nur deutlich zu verstehen geben, dass er es sich verkneifen sollte, wegen Candy auf dumme Gedanken zu kommen. Ihm und allen anderen musste das klar sein. Beim nächsten Mal würde Abee allerdings kein Risiko mehr eingehen. Wenn er mit seinem Baseballschläger ausholte, würde er nicht mitten im Schwung anhalten. Klar, Vorsicht war geboten – wenn es um Dinge mit juristischen Folgen ging, passte er immer sehr gut auf –, aber es durfte keinen Zweifel daran geben, dass seine Freundin tabu war. Keiner von diesen Typen hatte das Recht, sie anzusehen oder anzuquatschen. Oder ihr an die Wäsche zu gehen. Das war sowieso strengstens verboten. Candy wäre bestimmt sauer, wenn sie das hören würde, aber sie gehörte jetzt ihm, und das sollte sie langsam mal begreifen. Er wollte auf jeden Fall vermeiden, dass ihr hübsches Gesichtchen darunter zu leiden hatte, wenn er eine klare Ansage machte.

Candy hatte keine Ahnung, was sie mit Abee Cole anfangen sollte. Sie waren ein paarmal miteinander ausgegangen, und schon dachte er, jetzt könnte er sie herumkommandieren. Aber Abee war ein Mann, und Candy hatte schon vor langer Zeit durchschaut, was es mit den Männern auf sich hatte, selbst mit Holzköpfen wie Abee. Sie war zwar erst vierundzwanzig, aber seit ihrem achtzehnten Lebensjahr war sie auf sich selbst gestellt, und sie hatte gelernt, wenn sie ihre blonden Haare lang und offen trug und die Männer mit einem gewissen Augenaufschlag anschaute, dann bekam sie so ziemlich alles, was sie wollte. Sie wusste, wie sie einem Mann das Gefühl gab, er sei unwiderstehlich, auch wenn er in Wirklichkeit absolut langweilig und öde war. Und in den letzten sieben Jahren war sie mit dieser Strategie hervorragend durchgekommen. Sie besaß einen Mustang Cabrio, den sie einem älteren Herrn aus Wilmington zu verdanken hatte, und eine kleine Buddha-Statue auf ihrem Fenstersims, die angeblich aus echtem Gold war. Sie stammte von einem sehr netten Chinesen aus Charleston. Candy wusste, wenn sie beispielsweise zu Abee sagen würde, sie sei knapp bei Kasse, würde er ihr jede Menge Kohle anbieten und sich dabei vorkommen wie ein König.

Aber vielleicht war das keine gute Idee. Sie stammte nicht hier aus der Gegend und hatte, als sie vor ein paar Monaten nach Oriental kam, nicht wissen können, wer die Coles waren. Je mehr sie über die Familie erfuhr, desto größer wurden ihre Zweifel, ob sie sich noch länger auf Abee einlassen sollte. Nicht, weil er kriminell war. In Atlanta war sie ein paar Monate mit einem Drogenhändler zusammen gewesen, was ihr knapp zwanzigtausend Dollar eingebracht hatte, und er war mit ihrem Arrangement insgesamt genauso einverstanden gewesen wie sie selbst. Nein, die Probleme mit Abee hatten vor allem damit zu tun, dass sie sich in Teds Nähe extrem unwohl fühlte.

Die beiden kamen oft gemeinsam in die Bar, und Ted flößte ihr richtig Angst ein. Nicht nur wegen seiner pockennarbigen Haut oder wegen seiner braun verfärbten Zähne, sondern wegen der bedrohlichen Atmosphäre, die ihn umgab. Wenn er sie angrinste, wirkte er nur gemein und heimtückisch. Als könnte er sich nicht entschließen, ob er sie erwürgen oder sie lieber küssen sollte. Und als würde ihm beides gleich viel Spaß machen.

Ted war ihr unheimlich, und je länger sie Abee kannte, desto stärker wurde ihr Gefühl, dass er und sein Bruder aus demselben Holz geschnitzt waren. Abee wurde in letzter Zeit ziemlich … besitzergreifend, und das ängstigte sie. Wahrscheinlich sollte sie sich lieber aus dem Staub machen. Entweder nach Norden, nach Virginia, oder in den Süden, nach Florida. Die Richtung spielte eigentlich keine Rolle. Am liebsten wäre sie schon gleich morgen aufgebrochen, aber sie hatte noch nicht genug Geld. Sie konnte einfach nicht mit Geld umgehen, aber sie hatte sich ausgerechnet, wenn sie übers Wochenende die Gäste in der Bar entsprechend anflirtete und alle ihre Trümpfe ausspielte, müsste sie bis Sonntagabend genug Bares in der Tasche haben und konnte abdüsen, ehe Abee etwas merkte.

Der Lieferwagen schlingerte von der Mittellinie zur Böschung und wieder zurück. Das kam daher, dass Alan Bonner versuchte, eine Zigarette aus der Packung zu befreien, indem er diese gegen seinen Oberschenkel klopfte. Gleichzeitig musste er allerdings aufpassen, dass er aus dem Becher, den er zwischen die Knie geklemmt hatte, keinen Kaffee verschüttete. Im Radio war ein plärrender Countrysong zu hören – es ging um einen Mann, der seinen Hund verloren hatte oder sich einen Hund wünschte oder der am liebsten einen Hund aufessen wollte. Der Text war bei solchen Liedern sowieso nicht halb so wichtig wie der Rhythmus, und dieser Song hatte einen superguten Rhythmus. Außerdem war heute Freitag, was bedeutete, dass Alan nur noch sieben Stunden arbeiten musste, dann begann das lange, luxuriöse Wochenende. Da musste man doch bester Laune sein.

»Willst du das nicht ein bisschen leiser stellen?«, fragte Buster.

Buster Tibson war ein neuer Lehrling in der Firma. Nur deswegen saß er hier mit Alan im Lieferwagen, und die ganze Woche schon beschwerte er sich über alles Mögliche und stellte dauernd unpassende Fragen. Das genügt, um auch den lockersten Menschen in den Wahnsinn zu treiben.

»Was ist denn los? Passt dir der Song nicht?«

»Im Handbuch steht, wenn man das Radio zu laut aufdreht, wird man abgelenkt. Ron hat das bei meiner Einstellung sogar ausdrücklich erwähnt.«

Das nervte Alan ebenfalls ohne Ende: Buster wollte immer alles nach Vorschrift machen, komplett pedantisch. Vermutlich hatte Ron ihn deswegen eingestellt.

Alan hatte es endlich geschafft, eine Zigarette aus der Schachtel zu schütteln, und steckte sie sich jetzt zwischen die Lippen, während er nach seinem Feuerzeug tastete. Das blöde Ding steckte viel zu tief in seiner Hosentasche, und er durfte ja nicht den Kaffee aus den Augen verlieren.

»Keine Sorge – heute ist Freitag. Schon vergessen?«

Diese Antwort schien Buster gar nicht zu gefallen. Alan schaute kurz zu ihm hinüber – der Kerl hatte heute Morgen sein Hemd gebügelt! Garantiert hatte er dafür gesorgt, dass Ron das auch bemerkte. Und dann war er mit seinem Notizblock und einem Stift zu ihm ins Büro gerannt, um alles, was der Chef sagte, säuberlich aufzuschreiben und ihm gleichzeitig Komplimente wegen seiner Klugheit zu machen.

Und dieser Vorname! Unmöglich. Welche Eltern nannten ihr Kind schon Buster?

Der Lieferwagen schlingerte wieder zur Böschung, bis Alan es endlich schaffte, sein Feuerzeug herauszufischen.

»Was ich dich schon die ganze Zeit fragen wollte, Buster – wie kommst du eigentlich zu deinem Vornamen?«

»So heißen viele bei uns in der Familie mütterlicherseits. Wie viele Lieferungen haben wir heute?«

Diese Frage hatte Buster die ganze Woche über jeden Morgen gestellt, und Alan kapierte bis heute nicht, warum er die genaue Zahl so wichtig fand. Sie lieferten alkoholfreies Bier, Nüsse, Chips, Studentenfutter und Trockenfleisch-Snacks an Tankstellenshops und kleine Supermärkte, aber der Trick dabei war, dass man sich nicht zu sehr beeilen durfte, sonst packte Ron nur noch mehr Aufträge in den Arbeitstag. Das hatte Alan letztes Jahr am eigenen Leib erfahren, und den Fehler wollte er nicht noch einmal wiederholen. Er musste doch sowieso schon ganz Pamlico County beliefern, also endlos durch die langweiligsten Straßen der Menschheitsgeschichte fahren. Trotzdem war es mit Abstand der beste Job, den er je gehabt hatte. Wesentlich angenehmer als auf dem Bau oder beim Landschaftsgärtner oder in einer Autowaschanlage oder womit auch immer er sich seit dem Highschool-Abschluss sein Geld verdient hatte. Hier kam frische Luft durchs Fenster, er konnte laut Musik hören, und ihm hockte kein Vorgesetzter im Nacken. Die Bezahlung war auch nicht schlecht.

Alan steuerte mit den Ellbogen, während er sich die Zigarette anzündete. Den Rauch blies er durchs offene Fenster. Wie viele Lieferungen? »Mehr als genug. Wir können froh sein, wenn wir alle schaffen.«

Buster wandte sich zum Beifahrerfenster und brummte: »Vielleicht sollten wir dann lieber keine überlange Mittagspause machen.«

Dieser blöde kleine Hosenscheißer konnte einem echt die Laune vermiesen. Denn genau das war Buster, ein kleiner Hosenscheißer – auch wenn er in Wahrheit älter war als Alan. Aber auf jeden Fall musste verhindert werden, dass er ihn wegen Rumtrödelei bei Ron verpetzte.

»Es geht doch nicht um die Mittagspause.« Alan bemühte sich, seriös zu klingen. »Es geht um den Dienst am Kunden. Man kann da nicht einfach nur reinrennen und wieder rauslaufen. Man muss mit den Leuten reden. Unsere Aufgabe ist es, dafür zu sorgen, dass die Kundschaft zufrieden ist. Deshalb achte ich immer darauf, dass ich mich exakt an die Vorschriften halte.«

»Aber du rauchst! Dabei weißt du doch, dass man im Wagen nicht rauchen darf.«

»Na ja, ein kleines Laster hat jeder.«

»Und die laute Musik?«

Himmel! Dieser Affe hatte offenbar schon eine Liste angelegt! Alan musste sich schnell etwas einfallen lassen.

»Die ist für dich. Wir müssen feiern – heute ist deine erste Arbeitswoche zu Ende, und du hast deine Sache echt gut gemacht. Und wenn wir fertig sind, dann sorge ich dafür, dass Ron das auch weiß.«

Die Erwähnung von Ron bewirkte, dass Buster für ein paar Minuten den Mund hielt. Das war nicht viel, aber wenn man eine ganze Woche mit diesem Kerl im Auto gesessen hatte, war selbst eine kurze Pause Gold wert. Wäre der Tag nur schon vorbei! Ab Montag hatte er den Wagen wieder für sich allein. Gott sei Dank.

Und heute Abend? Das Wochenende musste angemessen eingeläutet werden. Und dafür war es wichtig, dass er Buster aus seinen Gedanken verbannte. Er wollte ins Tidewater gehen, eine ziemlich miese Bar am Stadtrand, aber ungefähr der einzige Ort, wo es hierzulande so etwas wie Nachtleben gab. Ein paar Bier, ein bisschen Billard, und wenn er Glück hatte, war die hübsche Bedienung da. Sie trug immer hautenge Jeans, die genau die richtigen Stellen betonten, und wenn sie ihm ein Bier servierte, beugte sie sich ganz weit vor – in ihrem knappen Top. Dann schmeckte das Bier gleich doppelt so gut. Am Samstagabend dieselbe Nummer. Und am Sonntag auch – vorausgesetzt, seine Mom hatte mit Leo, ihrem Freund, etwas vor und kam nicht plötzlich wieder auf die abgedrehte Idee, in seinem Mobilehome vorbeizuschauen, so wie gestern Abend.

Warum heiratete sie eigentlich ihren Leo nicht? Alan konnte sich das nicht erklären. Vielleicht hätte sie dann etwas Besseres zu tun, als hinter ihrem erwachsenen Sohn herzuspionieren. Und auf keinen Fall wollte er an diesem Wochenende ihre Gesellschaft ertragen müssen. Es war doch völlig egal, wenn er am Montag ein bisschen durchhing. Bis dahin hatte Buster seinen eigenen Lieferwagen, und schon allein deswegen lohnte es sich, am Wochenende wieder richtig abzufeiern.

Marilyn Bonner machte sich Sorgen um Alan.

Natürlich nicht unablässig, und sie gab sich große Mühe, ihre Sorgen unter Kontrolle zu halten. Alan war erwachsen und alt genug, eigene Entscheidungen zu treffen. Aber sie war seine Mutter, und ihrer Meinung nach war Alans Hauptproblem, dass er sich immer für den leichtesten Weg entschied, der aber nirgendwohin führte, statt für den strapaziöseren Weg, der ihm vielleicht mehr

Möglichkeiten eröffnet hätte. Es störte sie, dass er immer noch wie ein Jugendlicher lebte. Dabei war er schon sie-benundzwanzig. Als sie am Abend bei ihm vorbeischaute, spielte er gerade ein Computerspiel und fragte sie gleich, ob sie es auch mal versuchen wolle. Und während sie dort im Türrahmen stand, schoss ihr durch den Kopf, ob sie wohl einen Sohn großgezogen hatte, der sie gar nicht richtig kannte.

Natürlich, es konnte noch schlimmer sein. Das wusste sie. Viel schlimmer sogar. Im Grund war Alan ganz okay. Er war umgänglich und freundlich, er hatte einen Job und geriet nie in Schwierigkeiten, und das war heutzutage schon einiges. Immerhin las sie die Zeitung und hörte, was in der Stadt getratscht wurde. Viele seiner Freunde – junge Männer, die sie seit dem Kindergarten kannte – wa-ren in die Drogenszene abgerutscht oder tranken zu viel. Manche saßen sogar im Gefängnis. Auch Kinder aus bes-seren Familien. Irgendwie war das logisch, wenn man sich überlegte, wo sie lebten. Viel zu viele Leute glorifizierten das kleinstädtische Amerika und bildeten sich ein, es gehe dort zu wie auf einem Bild von Norman Rockwell, eine heile Welt, aber die Wirklichkeit sah vollkommen anders aus. Außer den Ärzten und Anwälten und den Leuten, die ihre eigene Firma hatten, verdiente niemand in Oriental richtig gutes Geld, und das galt auch für die Menschen in sämtlichen anderen Kleinstädten in den USA. Ein Ort wie Oriental war die ideale Umgebung, um Kinder großzuziehen, aber für junge Erwachsene gab es hier nichts zu tun. Keine geeigneten, anspruchsvollen Jobs, und an den Wochenenden war nichts los. Nirgends konnte man neue Leute kennenlernen. Marilyn fand es absolut unbegreiflich, dass Alan immer noch hier wohnen wollte, aber solange er glücklich und zufrieden war und Geld verdiente, war sie bereit, ihn ein wenig zu unterstützen, auch wenn das bedeutete, ihm ein Mobilehome zu finanzieren, das nur einen Katzensprung von ihrem Farmhaus entfernt lag.

Nein, sie machte sich keine Illusionen, was ihre Heimatstadt betraf. In der Hinsicht unterschied sie sich von den anderen Vertretern der hiesigen Oberschicht. Dadurch, dass sie als junge Mutter von zwei kleinen Kindern ihren Mann verloren hatte, besaß sie eine etwas andere Perspektive. Sie war eine Bennett, mit Universitätsabschluss, aber trotzdem hatten die Banken immer wieder versucht, sich die Plantage unter den Nagel zu reißen. Ihr Name und ihre gesellschaftlichen Beziehungen hatten es ihr nicht erleichtert, den Lebensunterhalt für ihre Familie zusammenzukratzen. Und nicht einmal ihr Studium der Wirtschaftswissenschaften war hilfreich gewesen.

Letzten Endes lief immer alles aufs Geld hinaus. Aber entscheidend war das, was jemand *tat*, nicht das, wofür er sich *hielt*, und deswegen konnte sie die Verhältnisse in Oriental nicht mehr ertragen. Sie stellte lieber fleißige Immigranten ein als irgendeine wohlhabende Tochter, die auf dem College war und glaubte, die Welt sei ihr einen hohen Lebensstandard schuldig. Schon der Gedanke, dass jemand bei der Besetzung einer Stelle solche Kriterien anwenden konnte, wäre Leuten wie Evelyn Collier oder Eugenia Wilcox bestimmt wie ein Frevel vorgekommen, doch in Marilyns Augen waren Evelyn, Eugenia und ihresgleichen wie Dinosaurier, die sich an eine längst untergegangene Welt klammerten. Neulich hatte sie bei einer Stadtversammlung eine Bemerkung in der Richtung gemacht. Das hätte früher für Aufruhr gesorgt, aber Marilyns Plantage gehörte zu den wenigen Unternehmen in Oriental, die expandierten, deshalb wagte niemand, etwas dagegen zu sagen – auch nicht Evelyn Collier und Eugenia Wilcox.

In den Jahren nach Davids Tod hatte Marilyn Bonner ihre hart erkämpfte Unabhängigkeit zu schätzen gelernt. Sie verließ sich auf ihre Instinkte, und wenn sie ehrlich war, musste sie zugeben, dass es ihr gut gefiel, ihr Leben selbst zu bestimmen. Keine fremden Erwartungen erfüllen zu müssen. Aus diesem Grund wies sie auch Leos Heiratsanträge immer wieder zurück. Leo war Steuerberater in Morehead City, ein kluger, wohlhabender Mann, und sie war gern mit ihm zusammen. Noch wichtiger war ihr allerdings, dass er sie respektierte und dass die Kinder ihn von Anfang an gemocht hatten. Emily und Alan verstanden beim besten Willen nicht, warum sie ihn nicht heiratete.

Aber Leo wusste, dass sie immer Nein sagen würde, und im Grunde war er damit einverstanden, denn sie fanden beide die Situation so, wie sie war, sehr angenehm. Morgen Abend wollten sie sich gemeinsam einen Film anschauen, und am Sonntag ging Marilyn in die Kirche und anschließend auf den Friedhof, zu Davids Grab. So hielt sie es seit fast einem Vierteljahrhundert. Später würde sie sich dann mit Leo zum Essen treffen. Auf ihre Art liebte sie ihn. Es war vielleicht nicht die Art von Liebe, die alle Leute nachvollziehen konnten, aber das spielte keine Rolle. Was sie und Leo verband, genügte ihnen beiden.

Am anderen Ende der Stadt saß Amanda am Küchentisch und trank Kaffee. Sie bemühte sich, das demonstrative Schweigen ihrer Mutter zu ignorieren. Als sie gestern Abend nach Hause gekommen war, hatte ihre Mutter sie im Salon erwartet, und noch ehe Amanda sich hinsetzen konnte, wurde sie schon mit Fragen bombardiert.

Wo warst du? Warum kommst du so spät? Weshalb hast du nicht angerufen?

»Ich habe doch angerufen«, hatte Amanda erwidert. Sie wollte sich nicht in ein Verhör hineinziehen lassen, also murmelte sie nur, sie habe Kopfschmerzen und müsse gleich ins Bett. Und mit ihrem Schweigen wollte ihre Mutter nun ganz offensichtlich demonstrieren, dass ihr dieses Verhalten nicht gefallen hatte. Außer einem knappen »Guten Morgen« hatte sie noch kein Wort gesagt. Sie ging gleich zum Toaster und steckte mit einem unüberhörbaren Seufzer die Brotscheiben in die Schlitze. Während sie wartete, seufzte sie erneut und diesmal noch lauter.

Ich verstehe, hätte Amanda am liebsten gesagt. Du bist sauer. Aber könntest du das bitte allmählich abstellen? Doch sie trank lieber stumm ihren Kaffee. Sie war fest entschlossen, sich nicht auf einen Streit einzulassen – ihre Mutter konnte so viele Knöpfe drücken, wie sie wollte.

Die Toastscheiben hüpften mit einem leisen Klicken nach oben. Amandas Mutter holte ein Messer aus der Schublade und schloss diese ziemlich geräuschvoll wieder. Dann begann sie, Butter auf ihr Brot zu streichen.

»Geht es dir besser?«, fragte sie schließlich, aber ohne Amanda anzuschauen.

»Ja, danke.«

»Bist du bereit, mich darüber zu informieren, was sich hier abspielt? Und wo du gestern warst?«

»Das habe ich dir doch schon gesagt – ich bin verspätet losgefahren.« Amanda bemühte sich, ruhig zu bleiben.

»Ich habe ein paarmal versucht, dich anzurufen, aber ich habe immer nur deine Mailbox erreicht.«

»Mein Akku war leer.« Diese Ausrede war ihr gestern Abend auf dem Weg nach Hause eingefallen. Ach, ihre Mutter war so berechenbar.

»Ist das der Grund, weshalb du dich auch nicht bei Frank gemeldet hast?«

»Ich habe gestern mit ihm gesprochen, etwa eine Stunde, nachdem er von der Arbeit nach Hause gekommen ist.« Amanda griff nach der Tageszeitung und überflog mit betonter Gelassenheit die Überschriften.

»Er hat hier angerufen.«

»Und?«

»Na ja, er fand es komisch, dass du noch nicht da bist. Seiner Meinung nach bist du schon um zwei aus dem Haus gegangen.«

»Ich musste noch ein paar Sachen erledigen.« Amanda wunderte sich, wie leicht ihr die Lügen über die Lippen kamen. Aber sie hatte ja genug Übung.

»Er klang beunruhigt.«

Nein, er klang betrunken, dachte Amanda. Und garantiert kann er sich heute schon nicht mehr an den Anruf erinnern. Sie stand auf und goss sich noch einmal Kaffee ein. »Ich werde mich nachher gleich einmal bei ihm melden.«

Endlich setzte sich ihre Mutter an den Tisch. »Ich

war gestern Abend eigentlich zum Bridge-Spielen eingeladen.«

Aha – darum ging es also. Oder zumindest teilweise.
Ihre Mutter war bridgesüchtig und spielte seit fast dreißig
Jahren mit denselben Frauen. »Du hättest ruhig hingehen
können.«

»Nein – ich wusste doch, dass du kommst, und ich
habe gehofft, wir könnten gemeinsam zu Abend essen.«
Sie seufzte wieder. »Eugenia Wilcox musste für mich ein-
springen.«

Eugenia Wilcox wohnte ein Stück die Straße hinunter, in einer älteren Villa, die genauso wunderschön war
wie Evelyns Palast. Eigentlich waren die beiden Frauen
Freundinnen, sie kannten sich schon ihr ganzes Leben,
aber seit jeher herrschte zwischen ihnen eine unausge-
sprochene Konkurrenz, die sich im Alltag auf allen Ge-
bieten zeigte: Wer hat das bessere Haus, wer hat den bes-
seren Garten, wer backt die bessere Käsesahnetorte.

»Es tut mir wirklich leid, Mom«, sagte Amanda. »Ich
hätte dich früher anrufen sollen.«

»Eugenia hat keine Ahnung, wie man reizt, und dadurch hat sie das ganze Spiel verdorben. Das weiß ich,
weil Martha Ann schon angerufen und sich bei mir
beschwert hat. Ich habe erwähnt, dass du hier bist, und
daraufhin hat sie uns für heute Abend zum Essen eingeladen.«

Amanda schaute ihre Mutter entsetzt an und stellte
die Kaffeetasse ab. »Du hast doch hoffentlich nicht zuge-
sagt, oder?«

»Doch, selbstverständlich.«

Kurz erschien Dawsons Gesicht vor ihrem inneren

Auge. »Ich weiß nicht, ob ich Zeit habe«, begann sie auf gut Glück. »Vielleicht ist heute Abend die Totenwache.«

»*Vielleicht* ist heute die Totenwache? Was soll das heißen? Entweder es gibt eine, oder es gibt keine.«

»Ja, das stimmt, aber ich weiß es eben noch nicht. Der Anwalt hat mir am Telefon noch nicht die Einzelheiten genannt.«

»Wieso nicht? Das ist doch ziemlich eigenartig, findest du nicht?«

Ja, schon, dachte Amanda. Aber es gibt noch viel eigenartigere Dinge, zum Beispiel, dass Dawson und ich gestern Abend gemeinsam in Tucks Haus gegessen haben, weil Tuck es so geplant hatte. »Ich bin mir sicher, dass er genau das macht, was Tuck sich gewünscht hat.«

Als sie den Namen nannte, begann Evelyn nervös an ihrer Perlenkette herumzufingern. Amanda hatte es noch nie erlebt, dass ihre Mutter ohne Make-up und Schmuck aus dem Schlafzimmer kam, und der heutige Vormittag bildete da keine Ausnahme. Mrs Collier verkörperte immer schon den Geist der traditionellen Südstaaten und würde es bis zu ihrem Lebensende tun.

»Ich begreife immer noch nicht, weshalb du unbedingt herkommen musstest. Du hast den Mann doch gar nicht richtig gekannt.«

»Doch, Mom, ich habe ihn gekannt.«

»Das ist schon Jahre her! Wenn du noch hier wohnen würdest, könnte ich es vielleicht verstehen. Aber deswegen extra hierherzufahren –«

»Ich will ihm die letzte Ehre erweisen.«

»Er hatte keinen besonders guten Ruf. Viele Leute haben ihn für verrückt gehalten. Wie soll ich meinen Freundinnen erklären, warum du hier bist?«

»Weshalb musst du es ihnen erklären?«

»Weil sie garantiert danach fragen.«

»Aber warum denn?«

»Weil sie sich für dich *interessieren*!«

Amanda hörte etwas in dem Tonfall ihrer Mutter, das sie nicht richtig zuordnen konnte. Um Zeit für ihre Erwiderung zu gewinnen, goss sie erst einmal Sahne in ihren Kaffee. »Ich wusste gar nicht, dass ich in euren Gesprächen eine zentrale Rolle spiele.«

»Na ja, so verwunderlich ist es auch wieder nicht. Du bringst Frank oder die Kinder nur noch selten mit. Wenn meine Freundinnen das seltsam finden, kann ich es auch nicht ändern.«

»Aber das haben wir doch schon so oft besprochen!« Amanda vermochte ihren Ärger nicht mehr zu überspielen. »Frank arbeitet, und die Kinder sind in der Schule – aber das heißt doch nicht, dass *ich* nicht kommen kann. Manchmal tun Töchter so etwas. Sie besuchen einfach ihre Mutter.«

»Und manchmal kommen sie her – und besuchen ihre Mutter *nicht*. Das ist nämlich der Punkt, für den sich die anderen besonders interessieren, wenn du's genau wissen willst.«

»Was soll das heißen?« Amanda kniff misstrauisch die Augen zusammen.

»Ich spreche davon, dass du auch nach Oriental kommst, wenn du genau weißt, dass ich nicht da bin. Du übernachtest hier, in meinem Haus, ohne mir Bescheid zu sagen.« Sie bemühte sich nicht, ihre Vorwurfshaltung zu kaschieren. »Dir war nicht klar, dass ich das weiß, nicht wahr? Zum Beispiel, als ich letztes Jahr auf der Kreuzfahrt war. Oder im Jahr davor, als ich meine Schwester in Charleston besucht habe. Ich lebe in einer Kleinstadt, Amanda. Die Leute haben dich gesehen. Meine Freundinnen haben dich gesehen. Ich verstehe nicht, warum du nicht daran gedacht hast, dass ich es sowieso erfahre.«

»Mom –«

»Fang nicht so an!« Sie hob abwehrend ihre perfekt gepflegte Hand. »Ich weiß doch, warum du hierhergekommen bist. Ich bin zwar nicht mehr die Jüngste, aber das heißt noch lange nicht, dass ich senil bin. Die Sachlage ist sonnenklar: Du bist gekommen, um dich mit ihm zu treffen. Und immer, wenn du gesagt hast, du gehst noch ein bisschen shoppen, ging es eigentlich um ihn. Habe ich recht? Oder wenn du behauptet hast, du besuchst deine Freundin am Strand. Du hast mich die ganze Zeit angelogen.«

Amanda senkte den Blick und schwieg. Was hätte sie auch sagen sollen? Ihre Mutter seufzte wieder laut, doch als sie weitersprach, klang sie nicht mehr ganz so streng.

»Soll ich dir etwas sagen, Amanda? Ich habe für dich gelogen, und dazu habe ich keine Lust mehr. Aber ich bin immer noch deine Mutter – du kannst mir alles sagen.«

»Ja, Mom.« Sie hörte selbst den bockigen Unterton in ihrer Stimme. Genau wie früher. Das fand sie ganz schrecklich.

»Ist etwas mit den Kindern, das ich wissen sollte?«

»Nein. Den Kindern geht es gut.«

»Liegt es an Frank?«

Amanda drehte die Tasse herum, sodass der Henkel in die andere Richtung zeigte.

»Möchtest du darüber reden?«

»Nein«, erwiderte Amanda tonlos.

»Kann ich irgendetwas tun?«

»Nein.«

»Was ist nur mit dir los, Amanda?«

Wieder sah sie Dawson vor sich: Sie stand mit ihm in Tucks Küche und genoss es, dass er ihr so viel Aufmerksamkeit schenkte. Ach, sie wünschte sich nichts sehnlicher, als ihn wiederzusehen – gleichgültig, welche Folgen es hatte.

»Ich weiß es selbst nicht«, murmelte sie schließlich. »Ich wollte, ich wüsste es, aber ich habe keine Ahnung.«

Nachdem Amanda nach oben gegangen war, um zu duschen, trat Evelyn Collier hinaus auf die hintere Veranda und schaute auf den feinen Nebelschleier, der noch über dem Fluss hing. Die Morgenstunden waren ihre liebste Tageszeit. Auch früher schon, als sie noch ein Mädchen war. Damals hatte sie nicht am Fluss gewohnt, sondern in der Nähe der Fabrik, die ihrem Vater gehörte, aber am Wochenende wanderte sie oft zu der großen Brücke und saß stundenlang dort, um zu beobachten, wie die Sonne ganz langsam aus dem Dunst aufstieg. Harvey hatte gewusst, dass sie gern am Fluss wohnen wollte, deshalb hatte er schon ein paar Jahre nach ihrer Hochzeit das Haus gekauft. Es war ein Schnäppchen gewesen, versteht sich – er hatte das Grundstück seinem Vater abgekauft, denn die Colliers besaßen damals sehr viele Immobilien –, das heißt, er musste sich nicht in unüberschaubare Schulden stürzen. Aber das war im Grunde gar nicht das Thema. Was zählte, war, dass er ihr eine Freude machen wollte. Wenn er doch jetzt hier wäre! Sie würde so gern mit ihm über Amanda sprechen. Was war nur mit ihrer Tochter los? Irgendwie war Amanda ihr schon immer ein Rätsel gewesen, auch als Mädchen. Sie hatte bei allem ihre eigene Meinung, und oft war sie so stur wie ein Maulesel. Wenn ihre Mutter sagte, sie solle in der Nähe bleiben, lief Amanda bei der erstbesten Gelegenheit weg. Und wenn ihre Mutter sie bat, etwas Hübsches anzuziehen, kam Amanda in irgendeinem Fähnchen aus der hintersten Ecke des Kleiderschranks die Treppe herunter. Als sie klein war, konnte man sie noch einigermaßen bändigen. Immerhin war sie eine Collier, und da hatten die Leute bestimmte Erwartungen. Aber dann, als Jugendliche – du lieber Gott, als ob plötzlich der Teufel in sie gefahren wäre! Erstens Dawson Cole – ein Cole! – und zweitens die ewigen Lügen. Sie war heimlich aus dem Fenster geklettert, ihre Launen waren unerträglich gewesen, und wenn man versuchte, sie mit Worten zur Vernunft zu bringen, hatte sie immer eine freche Antwort parat gehabt. Evelyns Haare waren von dem ganzen Stress grau geworden, und ohne die ständige Zufuhr von Bourbon hätte sie die grauenvollen Jahre gar nicht überstanden. Doch davon hatte Amanda natürlich keine Ahnung.

Nachdem sie es geschafft hatte, Amanda von diesem Cole-Jungen loszueisen und sie aufs College zu schicken, wurde es allmählich besser. Es folgten ein paar gute, ruhige Jahre. Und die süßen Enkelkinder! Die Sache mit dem kleinen Mädchen, diesem zauberhaften Wesen, war natürlich traurig, aber der Herr schenkte keinem Sterblichen ein Leben ohne Leid. In dem Jahr, bevor Amanda auf die Welt kam, hatte Evelyn selbst eine Fehlgeburt gehabt. Natürlich war sie froh gewesen, als sich ihre Tochter nach einiger Zeit wieder fing. Ihre Familie brauchte sie, so viel stand fest. Sie hatte dann angefangen, ehrenamtlich zu arbeiten. Evelyn hätte es besser gefunden, wenn sie sich etwas weniger Strapaziöses ausgesucht hätte, zum Beispiel die Junior League, aber das Krankenhaus der Duke University war durchaus eine respektable Institution, und Evelyn erzählte ihren Freundinnen voller Stolz von den Charity Events, die Amanda organisierte, und überhaupt von ihren ehrenamtlichen Aufgaben.

Seit einer Weile sah es aber so aus, als würde Amanda wieder in die alten Verhaltensmuster verfallen. Sie log wie damals in der Pubertät. Unmöglich! Sicher, Mutter und Tochter waren sich nie besonders nahe gewesen. Und Evelyn hatte sich schon seit langer Zeit damit abgefunden, dass das vermutlich immer so bleiben würde. Es war ein Mythos, dass Mutter und Tochter in jedem Fall gute Freundinnen sein konnten. Aber Freundschaft war sowieso viel weniger wichtig als die Familie. Freunde kamen und gingen, die Familie blieb. Sie und Amanda vertrauten sich zwar gegenseitig keine Geheimnisse an, aber andererseits war genau das oft nur ein anderes Wort dafür, dass man sich gegenseitig etwas vorjammerte. Und darin sah Evelyn nichts als Zeitverschwendung. Das Leben verlief chaotisch und unberechenbar. Das war schon immer so und würde bis in alle Ewigkeit so bleiben.

Man brauchte kein Genie zu sein, um zu erkennen, dass Amanda und Frank Probleme hatten. In den letzten Jahren hatte Evelyn ihren Schwiegersohn nur selten gesehen, weil Amanda meistens allein kam. Und dass er ein bisschen zu gern Bier trank, war ihr schon lange klar. Aber Amandas Vater hatte auch eine spezielle Vorliebe für Bourbon gehabt, und in keiner Ehe schwebte man immer auf Wolke sieben. Es hatte Jahre gegeben, in denen Evelyn den Anblick ihres Ehemannes kaum ertragen konnte. Damals hätte sie sich am liebsten scheiden lassen. Leider fragte Amanda sie nie danach. Evelyn wäre gern bereit gewesen, ihr davon zu erzählen, doch im selben Atemzug hätte sie ihre Tochter noch einmal darauf hingewiesen, dass das Gras auf der anderen Seite des Zauns immer grüner war und die Kirschen aus Nachbars Garten stets süßer schmeckten. Die jüngere Generation wollte einfach nicht begreifen, dass der Rasen dort am grünsten war, wo er am besten gegossen wurde! Wenn sie ihre Ehe retten wollten, mussten sich Amanda und Frank zusammenreißen. Aber ihre Tochter wollte das alles gar nicht wissen.

Sehr schade – denn Evelyn spürte genau, dass Amanda ihre Ehe immer tiefer in die Krise ritt. Das merkte sie vor allem daran, wie hemmungslos ihre Tochter sie jetzt wieder anlog. Daraus konnte man schließen, dass sie auch bei ihrem Ehemann schwindelte. Und wenn man damit erst einmal anfing, gab es bald kein Halten mehr. Oder? Ganz sicher war sich Evelyn natürlich nicht, aber dass Amanda völlig durcheinander war, das sah ein Blinder, und wenn Menschen verwirrt waren, machten sie Fehler. Deshalb musste sie als Mutter an diesem Wochenende doppelt aufpassen – gleichgültig, ob es Amanda gefiel oder nicht.

Dawson war hier.

Ted Cole stand auf den Stufen vor seiner Hütte, rauchte eine Zigarette und starrte auf die Fleischbäume. So sagte er immer zu den Bäumen, wenn die Jungs von der Jagd zurückkamen – jetzt hingen zwei Rehkadaver, ausgenommen und gehäutet, in den Ästen. Fliegen surrten um sie herum und krabbelten über das Fleisch, die Innereien lagen unten im Dreck.

In der morgendlichen Brise drehten sich die Gerippe ein bisschen, und Ted zog noch einmal kräftig an seiner Zigarette. Er hatte Dawson gesehen! Und er wusste genau, dass Abee ihn ebenfalls gesehen hatte. Doch Abee leugnete es, und das machte Ted fast genauso wütend wie die Tatsache, dass Dawson, die miese Ratte, einfach hier auftauchte.

Sein Bruder Abee nervte ihn sowieso. Er hatte keine Lust mehr, sich von ihm herumkommandieren zu lassen. Und da war ja auch noch die Frage, wo eigentlich das ganze Familiengeld immer blieb. Es wurde Zeit, dass Abee die Glock mal vom anderen Ende zu sehen bekam. Sein lieber Bruder entwickelte sich langsam zum Versager. Der Typ mit dem Teppichmesser hätte ihn fast abgemurkst. Vor ein paar Jahren wäre so etwas nicht vorgekommen. Und es wäre auch anders gelaufen, wenn er, Ted, dabei gewesen wäre, aber Abee hatte ihm nicht gesagt, was er vorhatte. Und das war wieder einmal ein Beweis dafür, dass er unvorsichtig wurde. Seine neue Freundin brachte ihn komplett durcheinander – diese Candy oder Cammie oder wie sie hieß. Okay, sie war superhübsch und hatte einen Körper, mit dem er selbst sich auch gern mal ein bisschen beschäftigen würde, aber sie war eine Frau, und da galten ganz simple Regeln: Wenn man etwas von ihnen wollte, bekam man das auch, und wenn sie fies wurden oder blöd rummeckerten, musste man ihnen zeigen, dass sie auf dem falschen Dampfer waren und dass es so nicht ging. Vielleicht dauerte es eine Weile, bis sie das verstanden, aber nach ein paar deftigen Lektionen kapierten es alle. Nur Abee schien das vergessen zu haben.

Und jetzt hatte er ihm einfach ins Gesicht gelogen. Ted schnippte die Zigarettenkippe vor die Veranda. Ja, er sollte sich seinen Bruder mal zur Brust nehmen, so viel stand fest. Aber das Wichtigste zuerst: Dawson musste weg. Auf diesen Moment hatte er, Ted, schon lange gewartet. Wegen Dawson war seine Nase krumm und schief, und sein Kiefer musste mit einem Draht repariert werden. Wegen Dawson hatte irgendein Kerl es gewagt, über Teds Zustand eine fiese Bemerkung zu machen, die kein Mensch ignorieren konnte, und schon waren neun Jahre seines Lebens futsch gewesen, weil er sie hinter Gittern verbrachte. Wer sich mit Ted anlegte, musste dafür bezahlen. Da gab's keine Ausnahme. Weder für Dawson noch für Abee. Für niemanden! Außerdem freute er sich schon sehr, sehr lange auf diesen Augenblick.

Er ging zurück in die Hütte. Sie war schon alt, und die nackte Glühbirne, die von der Decke herunterbaumelte, brachte kaum Licht in die trüben Räume. Tina, seine dreijährige Tochter, hockte auf der speckigen Couch vor dem Fernseher und schaute sich irgendeinen Disney-Scheiß an. Ella ging an ihr vorbei, ohne ein Wort zu sagen. Die Bratpfanne in der Küche hatte eine dicke Fettschicht. Ella fing jetzt an, den Kleinen zu füttern, der in seinem Hochstuhl saß und quengelte. Sein Gesicht war sofort über und über mit gelber Pampe bedeckt. Ella war zwanzig, mit schmalen Hüften, dünnen braunen Haaren und vielen Sommersprossen im Gesicht. Man konnte deutlich sehen, wie sich ihr Bauch unter dem geblümten Kleid wölbte. Sie war im siebten Monat und müde. Immer war sie müde.

Ted schnappte sich die Schlüssel, die auf dem Tisch lagen. Als Ella das Geräusch hörte, drehte sie sich um.

»Willst du weg?«

»Das geht dich nichts an«, knurrte er, tätschelte den Kopf des Babys und ging ins Schlafzimmer. Dort holte er die Glock, die er immer unter seinem Kopfkissen aufbewahrte, und steckte sie in den Hosenbund. Vorfreude überkam ihn, und er hatte das Gefühl, dass alles auf der Welt okay war.

Es war Zeit, gewisse Dinge ein für alle Mal zu erledigen.

KAPITEL 7

Als Dawson vom Joggen zurückkam, saßen mehrere Gäste des Bed-and-Breakfast unten in der Lobby, tranken Kaffee und lasen die kostenlosen Exemplare von USA Today. Aus der Küche drang der verlockende Duft von Speckeiern. Dawson ging hinauf in sein Zimmer. Dort duschte er, zog eine frische Jeans und ein Hemd mit kurzen Ärmeln an und begab sich dann nach unten zum Frühstück.

Die meisten anderen Gäste waren schon fertig, und er saß allein an einem Tisch. Obwohl er so lange gelaufen war, hatte er keinen großen Hunger, aber die Besitzerin – eine Frau namens Alice Russell, die vor acht Jahren, als sie in Rente ging, nach Oriental gezogen war – hatte seinen Teller bereits reichlich gefüllt. Bestimmt wäre sie enttäuscht, wenn er nicht alles aufaß, das spürte er. Sie wirkte wie eine liebe Großmutter, samt Schürze und kariertem Hauskleid.

Während er aß, erzählte sie ihm, dass sie und ihr Mann sich Oriental als Alterswohnsitz ausgesucht hatten, weil sie gern segeln wollten. Ihr Mann fing aber ziemlich schnell an sich zu langweilen, und deshalb hatten sie vor ein paar Jahren das Bed-and-Breakfast eröffnet. Sie redete Dawson mit »Mr Cole« an, aber der Name schien ihr seltsamerweise nichts zu sagen – selbst als Dawson erwähnte, dass er hier aufgewachsen sei. Offenbar war sie nicht besonders gut integriert.

Aber seine Familie lebte noch hier, das wusste Dawson. Er hatte nämlich Abee vor dem kleinen Supermarkt stehen sehen und war dann schnell um die nächste Ecke gebogen. Von da an hatte er die Hauptstraße lieber gemieden und war zwischen den Häusern hindurch zurück zu seiner Unterkunft gelaufen. Auf keinen Fall wollte er Probleme mit seiner Familie bekommen, schon gar nicht mit Ted und Abee. Trotzdem hatte er das beklemmende Gefühl, dass da noch etwas auf ihn zukam.

Vor dem Termin beim Anwalt musste er noch eine dringende Sache erledigen. Er holte das Blumenbouquet ab, das er schon von Louisiana aus bestellt hatte. Dann stieg er in seinen Leihwagen, schaute aber während der Fahrt immer wieder in den Rückspiegel, um sich zu vergewissern, dass ihm niemand folgte. Auf dem Friedhof eilte er mit raschen Schritten zwischen den Steinen hindurch – zu Dr. David Bonners Grab.

Er hatte gehofft, dass niemand da sein würde, und so war es auch. Behutsam legte er die Blumen vor den Grabstein und sprach ein stummes Gebet für die Familie. Nach ein paar Minuten fuhr er zurück zum Bed-and-Breakfast. Als er ausstieg, spürte er schon die Hitze des Tages. Der Himmel war tiefblau, nirgends ein Wölkchen. Bei diesem herrlichen Wetter hatte er keine Lust, noch länger im Auto zu sitzen, und beschloss, lieber zu Fuß gehen.

Die Sonne spiegelte sich im Wasser des Neuse River. Dawson setzte die Sonnenbrille auf und schaute sich um, bevor er die Straße überquerte. Obwohl die meisten Geschäfte inzwischen geöffnet hatten, waren kaum Leute unterwegs, und er fragte sich, wie die ganzen Läden finanziell über die Runden kamen.

Ein Blick auf seine Armbanduhr sagte ihm, dass ihm noch eine halbe Stunde bis zu dem Termin beim Anwalt blieb. Gleich da vorn war der Coffeeshop, den er vorhin beim Joggen gesehen hatte. Er brauchte zwar keinen Kaffee mehr, aber eine Flasche Wasser wäre nicht schlecht. Genau in dem Moment öffnete sich die Tür des Coffeeshops, und jemand kam heraus. Ein leuchtendes Lächeln erschien auf Dawsons Gesicht.

Amanda stand an der Theke des Bean und gab Sahne und Zucker in ihren Becher mit äthiopischem Kaffee. Das Bean war früher ein Privathaus gewesen, mit Blick auf den Hafen, doch inzwischen hatte jemand einen Coffeeshop daraus gemacht, der mindestens zwanzig verschiedene Sorten Kaffee und außerdem sehr feines Gebäck anbot. Wenn sie in Oriental war, ging sie immer gern hin. Hier trafen sich auch die Einheimischen und redeten über die neuesten Ereignisse. Genau wie im Irvin's. Hinter ihrem Rücken hörte sie das allgemeine Gemurmel. Der morgendliche Andrang war schon etwas abgeebbt, trotzdem herrschte viel mehr Betrieb hier, als sie erwartet hatte. Die junge Frau hinter der Theke – wie alt mochte sie sein? Anfang zwanzig? – war ständig in Bewegung, seit Amanda hereingekommen war.

Sie brauchte dringend einen Kaffee. Seit dem Gespräch mit ihrer Mutter heute Morgen war sie richtig schlechter Laune. Unter der Dusche hatte sie kurz darüber nachgedacht, ob sie doch noch einmal ernsthaft mit ihrer Mutter reden sollte. Aber während sie sich abtrocknete, überlegte sie es sich anders. Sie hatte sich immer so danach gesehnt, dass ihre Mom eine verständnisvolle, unterstützende, einfühlsame Mutter wäre. Aber wenn sie sich ausmalte, was passieren würde, wenn sie Dawsons Namen erwähnte, sah sie sofort das schockierte, enttäuschte Gesicht ihrer Mutter vor sich. Und danach würde Mom ihr eine Moralpredigt halten und voller Empörung die verächtlichen Sätze wiederholen, die Amanda als junges Mädchen ständig von ihr gehört hatte. Ihre Mutter dachte in klaren Gegensätzen: Entscheidungen waren entweder gut oder schlecht, Meinungen waren richtig oder falsch, und bestimmte Grenzen durfte man nicht überschreiten. Es gab Verhaltensvorschriften, die nicht verhandelbar waren. Vor allem in Bezug auf die Familie. Amanda kannte die Regeln selbstverständlich, sie wusste, was ihrer Mutter wichtig war. An erster Stelle kam das Verantwortungsbewusstsein. Und man musste konsequent sein. Außerdem war es verboten zu jammern. Diese Werte waren an und für sich nicht schlecht, fand Amanda. Ihren eigenen Kindern hatte sie sie zum Teil ebenfalls vermittelt, was ihnen gut bekommen war.

Der Unterschied bestand darin, dass ihre Mutter immer absolut kompetent und unerschütterlich wirkte. Sie wusste genau, wer sie war, und fand, dass sie selbst stets die korrekten Entscheidungen traf. Als wäre das Leben eine Melodie, und man musste nur im Takt marschieren, dann lief alles nach Plan. Ihre Mutter, dachte Amanda oft, bereute nichts.

Bei ihr selbst war es völlig anders. Und sie würde auch nie vergessen, wie herzlos ihre Mom auf Beas Krankheit und Tod reagiert hatte. Selbstverständlich hatte sie ihrer Tochter versichert, wie leid ihr das alles tue, und sie hatte sich um Jared und Lynn gekümmert, wenn Amanda in der

Kinderkrebsklinik war – und im Grunde war sie ja die ganze Zeit bei Bea gewesen. In den Wochen nach dem Begräbnis hatte Mom sogar ein paarmal für sie gekocht. Aber Amanda begriff bis heute nicht, dass ihre Mutter die Ereignisse mit einer derart stoischen Gelassenheit akzeptieren konnte. Drei Monate nach Beas Tod hatte sie Amanda ermahnt, sie solle »sich endlich zusammenreißen« und nicht mehr »in Selbstmitleid baden«. Als wäre Beas Tod nicht viel schlimmer als die Trennung von einem Freund. Wenn Amanda daran dachte, wurde sie heute noch wütend. Manchmal fragte sie sich, ob Evelyn überhaupt fähig war, so etwas wie echtes Mitgefühl zu empfinden.

Amanda seufzte tief auf. Ihre Mom lebte einfach in einer anderen Welt. Sie war nicht aufs College gegangen und hatte ihr ganzes Leben in Oriental gewohnt. Vielleicht war das ja der Grund, warum sie alles widerspruchslos hinnahm – sie hatte keine Vergleichsmöglichkeiten. Und sie war in einer nicht gerade liebevollen Umgebung aufgewachsen. So viel wusste Amanda, obwohl ihre Mutter kaum über ihre Kindheit redete. Und eines war für sie sonnenklar: Wenn sie sich ihrer Mutter anvertraute, gab es nur Probleme – und dafür hatte sie im Moment nicht die Kraft.

Sie drückte gerade den Deckel auf ihren Kaffeebecher, als ihr Handy klingelte. Auf dem Display erschien Lynns Nummer. Amanda trat hinaus auf die kleine Veranda und unterhielt sich für eine Weile mit ihrer Tochter. Anschließend meldete sie sich bei Jared, der im Halbschlaf irgendetwas schwer Verständliches brummelte. Ehe sie auflegte, sagte er noch, er freue sich darauf, sie am Sonntag wiederzusehen. Am liebsten hätte sie auch noch Annette angerufen, aber das ging ja leider nicht, und sie musste sich damit trösten, dass sich ihr Nesthäkchen im Ferienlager bestimmt sehr wohlfühlte.

Nach kurzem Zögern wählte sie Franks Nummer in der Praxis. Vorhin hatte es nicht geklappt, und auch jetzt musste sie wie immer warten, bis er zwischen zwei Patienten eine freie Minute fand.

»Hallo!«, rief er, als er endlich an den Apparat kam. Während des Gesprächs merkte Amanda, dass er sich tatsächlich nicht daran erinnern konnte, gestern Abend bei ihrer Mutter angerufen zu haben. Er schien sich aber zu freuen, Amandas Stimme zu hören, und erkundigte sich freundlich nach Evelyn. Amanda erzählte ihm, dass sie am Abend mit ihr bei einer Freundin zum Essen eingeladen sei. Frank plante, am Sonntagmorgen mit seinem Freund Roger zu golfen. Und vermutlich schauten sie sich anschließend im Countryclub das Baseballspiel mit den Atlanta Braves an. Aus Erfahrung wusste Amanda, dass bei solchen Gelegenheiten immer viel getrunken wurde, aber sie unterdrückte schnell die Wut, die automatisch in ihr hochstieg. Sie wusste ja, dass es nichts half, wenn sie das Thema ansprach. Frank fragte nach Tucks Beerdigung und wollte wissen, was sie sonst noch in Oriental vorhabe. Auf alle Fragen gab Amanda eine ehrliche Antwort – sie wusste schließlich selbst noch nichts Genaues –, aber sie vermied es, Dawsons Namen zu nennen. Frank schien nicht zu spüren, dass irgendetwas nicht ganz stimmte, und als sie das Gespräch beendeten, hatte Amanda ein schlechtes Gewissen. Verbunden mit ihrer Wut ergab das eine ziemlich unangenehme Gefühlsmischung, die sie gern irgendwie abgeschüttelt hätte.

Dawson wartete im Schatten einer Magnolie, bis Amanda ihr Handy wieder in die Tasche steckte. Er hatte kurz den Eindruck, dass etwas ihr Kummer bereitete, doch dann straffte sie sich, und ihre Miene wurde wieder undurchdringlich.

Genau wie er trug sie Jeans, und als er sich ihr näherte, fiel ihm auf, wie perfekt die türkisblaue Bluse ihre Augenfarbe unterstrich. Weil sie in Gedanken versunken war, zuckte sie zusammen, als sie ihn sah. Doch dann lächelte sie.

»Hallo!«, rief sie und fasste mit der Hand an ihren ordentlich frisierten Pferdeschwanz. »Dich habe ich hier wirklich nicht erwartet.«

Dawson trat zu ihr auf die Veranda. »Ich wollte mir vor unserem Anwaltstermin noch eine Flasche Wasser kaufen.«

»Keinen Kaffee? Hier gibt's den besten in ganz Oriental.«

»Ich habe schon gefrühstückt.«

»Im Irvin's? Da ist Tuck immer hingegangen.«

»Nein, in der Pension, in der ich wohne. Das Frühstück ist im Preis inbegriffen, und Alice hatte alles vorbereitet.«

»Alice?«

»Ja, Alice ist ein Topmodel für Bademoden und zufällig die Besitzerin des Bed-and-Breakfast. Aber kein Grund zur Eifersucht.«

Amanda lachte. »Na, wenn du meinst ... Wie war dein Vormittag bis jetzt?«

»Gut. Ich war joggen und habe mir unterwegs angeschaut, was sich hier alles verändert hat.«

»Und?«

»Irgendwie ist es eine Art Zeitmaschine. Ich kam mir vor wie Michael J. Fox in ›Zurück in die Zukunft‹.«

»Das gehört zum Charme von Oriental. Wenn man hier ist, kann man sich mühelos einreden, dass der Rest der Welt gar nicht existiert und dass es nirgends Probleme gibt.«

»Du hörst dich an, als würdest du für die Touristikbörse Werbung machen.«

»Ja, so was kann ich gut.«

»Neben vielen anderen Dingen.«

Amanda war abermals irritiert von der Intensität seines Blicks. Sie war es nicht gewohnt, so durchdringend angeschaut zu werden. Im Gegenteil – oft fühlte sie sich in all ihrer täglichen Routine regelrecht unsichtbar. Aber bevor sie länger über dieses Phänomen nachdenken konnte, deutete Dawson mit einer Kopfbewegung zur Tür des Coffeeshops. »Ich hole mir schnell eine Flasche Wasser, wenn du nichts dagegen hast.«

Er ging hinein. Amanda beobachtete, wie die hübsche Bedienung ihm mit den Augen zum Kühlschrank folgte und dann im Spiegel hinter der Theke heimlich ihr Aussehen überprüfte. Als Dawson an die Kasse kam, begrüßte sie ihn mit einem charmanten Lächeln. Dann drehte Amanda sich schnell um – ehe Dawson merken konnte, dass sie die Szene verfolgte.

Gleich darauf kam er wieder heraus, musste aber in der Tür noch ein paar Worte mit der Bedienung wechseln. Amanda bemühte sich, ein neutrales Gesicht zu machen, während sie, ohne es abzusprechen, zu einer Stelle gingen, von der aus man einen noch besseren Blick auf den Hafen hatte.

»Die Bedienung hat mit dir geflirtet«, sagte sie schließlich grinsend.

»Sie war doch nur freundlich.«

»Ich finde, sie war ganz schön direkt.«

Dawson zuckte die Achseln und schraubte die Wasserflasche auf. »Ist mir gar nicht aufgefallen.«

»Ehrlich?«

»Ich war mit meinen Gedanken anderswo.«

An der Art, wie er das sagte, merkte Amanda, dass sich
hinter dieser Bemerkung etwas Bestimmtes verbarg, also
wartete sie schweigend ab, was kommen würde. Mit zusammengekniffenen Augen blickte Dawson hinaus auf
die schaukelnden Boote.

»Ich habe Abee gesehen«, sagte er schließlich. »Heute
Morgen, beim Joggen.«

Amanda erstarrte, als er den Namen erwähnte. »Bist
du dir sicher, dass er's war?«

»Er ist mein Cousin, erinnerst du dich?«

»Und – was ist passiert?«

»Nichts.«

»Das ist doch gut, oder?«

»Keine Ahnung.«

Wieder erschrak Amanda. »Was willst du damit
sagen?«

Dawson antwortete nicht sofort, sondern trank erst
einen Schluck Wasser. Sie konnte fast hören, wie sich die
Rädchen in seinem Gehirn drehten. »Ich glaube, es heißt,
dass ich möglichst wenig sichtbar sein sollte. Und im Übrigen lasse ich die Dinge auf mich zukommen.«

»Vielleicht tun sie ja nichts.«

»Ja, vielleicht.« Er schraubte die Flasche wieder zu und

wechselte das Thema. »Hast du eine Ahnung, was Mr Tanner uns mitteilen will? Am Telefon klang er ziemlich geheimnisvoll. Er hat zum Beispiel kein Wort über das Begräbnis verloren.«

»Mir hat er auch kaum etwas erzählt. Genau darüber haben meine Mom und ich heute Morgen schon gesprochen.«

»Ja? Wie geht's denn deiner Mom?«

»Sie ist sauer, weil sie gestern nicht Bridge spielen konnte. Und um das wettzumachen, hat sie mich netterweise gezwungen, heute Abend mit ihr bei einer Freundin zu essen.«

Dawson grinste. »Also hast du Zeit bis zum Abendessen?«

»Wieso fragst du? Hast du irgendwelche Pläne?«

»Nicht konkret. Ich glaube, wir sollten erst mal in Erfahrung bringen, was Mr Tanner uns zu sagen hat. Apropos – wir müssen uns langsam auf den Weg machen. Sein Büro ist ein Stück die Straße runter.«

Amanda überprüfte noch einmal, ob der Deckel auf ihrem Kaffeebecher festsaß, dann gingen sie los, immer möglichst im Schatten.

»Weißt du noch, wie du mich das erste Mal gefragt hast, ob du mir ein Eis spendieren darfst?«, fragte sie Dawson.

»Ich weiß vor allem noch, dass ich lange darüber nachgedacht habe, warum du Ja gesagt hast.«

Diese Bemerkung überging Amanda. »Du bist mit mir in den Drugstore gegangen. Da gab es so eine altmodische Eismaschine und eine ewig lange Theke, und wir haben beide ein Vanille-Eis mit heißer Karamellcreme genommen. Sie haben das Eis dort selbst hergestellt, und ich habe bis heute kein besseres gegessen. Ich kann es immer noch nicht fassen, dass das Haus abgerissen wurde.«

»Wann war das eigentlich?«

»Ich weiß nicht mehr genau – vor sechs oder sieben Jahren? Als ich mal wieder zu Besuch bei meiner Mutter war, gab es das Haus plötzlich nicht mehr. Ich war richtig traurig. Ich bin nämlich oft mit meinen Kindern hinge-gangen, als sie noch klein waren, und sie fanden den Drugstore auch ganz toll.«

Dawson versuchte sich vorzustellen, wie die Kinder neben ihr an der Theke saßen. Sahen sie ihrer Mutter ähnlich oder eher dem Vater? Waren sie so temperament-voll, so großzügig wie die Mama?

»Glaubst du, deine Kinder wären gern hier aufgewach-sen?«, fragte er.

»Als sie noch kleiner waren, ganz bestimmt. Oriental ist schön für Kinder, man kann hier prima spielen und die Gegend erforschen. Aber später hätten sie sich wahr-scheinlich eingeengt gefühlt.«

»So wie du?«

»Ja, so wie ich. Ich konnte es kaum erwarten, endlich hier rauszukommen. Vielleicht erinnerst du dich – ich hatte mich in New York und in Boston an der Uni bewor-ben, damit ich endlich mal eine Großstadt erlebe.«

»Wie könnte ich das je vergessen? Und es war alles so weit fort«, sagte Dawson.

»Das stimmt, aber … mein Vater war auf der Duke University. Als Kind habe ich nur von der Duke gehört, und ich habe immer das Duke-Basketballteam im Fernse-hen gesehen. Ich glaube, es war in Stein gemeißelt, dass ich dahin gehe, wenn ich zugelassen werde. Und letzten

148

Endes war es wohl auch die richtige Entscheidung. Die Universität ist erstklassig. Ich habe viele Freundschaften geschlossen und bin dort erwachsen geworden. Keine Ahnung, ob es mir in New York oder Boston überhaupt gefallen hätte. Im Grunde meines Herzens bin ich eine Kleinstadtpflanze. Ich mag es, wenn ich beim Einschlafen die Grillen zirpen höre.«

»Dann würde es dir in Louisiana gefallen. So viele Grillen wie dort gibt's nirgends auf der Welt.«

Lächelnd trank sie einen Schluck Kaffee. »Weißt du noch, wie wir die Küste runtergefahren sind, als der Hurrikan Diana kam? Ich habe dich angefleht, mich hinzubringen, aber du wolltest es mir ausreden.«

»Ich habe gedacht, du spinnst.«

»Aber du bist trotzdem mit mir hingefahren. Wir konnten kaum aus dem Auto steigen, weil es so gestürmt hat, und das Meer war total … wild. Riesige Wellen, bis zum Horizont. Du hast mich festgehalten und mich wieder ins Auto geschoben.«

»Ich wollte nicht, dass dir etwas passiert.«

»Gibt es auf den Bohrinseln auch solche Stürme?«

»Nicht so oft, wie man denken würde. Wenn wir auf dem berechneten Weg eines heftigen Sturms oder Orkans liegen, werden wir in der Regel evakuiert.«

»In der Regel?«

Er zuckte die Achseln. »Bekanntlich irren sich die Meteorologen ja manchmal. Ich habe erlebt, dass wir die Ausläufer eines Hurrikans abbekamen, und das zerrt ganz schön an den Nerven. Man ist dem Wetter völlig ausgeliefert. Du musst dich irgendwo verkriechen, während die Insel hin und her schwankt, und du weißt genau, es kommt euch niemand zu Hilfe, wenn der Sturm über euch wegfegt. Ich habe erlebt, wie Leute vollständig die Nerven verlieren.«

»Das würde mir mit Sicherheit auch so gehen!«

»Aber beim Hurrikan Diana warst du topfit!«, sagte Dawson lachend.

»Nur, weil du bei mir warst.« Amanda verlangsamte ihren Schritt. Sie klang jetzt sehr ernst. »Ich wusste, dass du auf mich aufpasst. In deiner Gegenwart habe ich mich immer sicher und geborgen gefühlt.«

»Auch wenn mein Vater und meine Cousins in Tucks Werkstatt gekommen sind, um das Geld abzuholen?«

»Ja, auch dann. Deine Familie hat mir nie etwas getan.«

»Du hattest Glück.«

»Ich weiß nicht, ob ich das so sagen würde. Als wir zusammen waren, habe ich Ted oder Abee manchmal in der Stadt gesehen. Und ganz selten auch deinen Vater. Natürlich haben sie blöd gegrinst, aber sie haben mir nie Angst eingejagt. Und wenn ich später im Sommer immer hier war, nachdem Ted eingesperrt wurde, haben dein Vater und Abee Distanz gehalten. Ich glaube, sie wussten genau, was du tun würdest, wenn mir etwas zustößt.« Im Schatten eines Baumes blieb Amanda stehen und blickte Dawson fest in die Augen. »Du siehst – ich hatte nie Angst vor ihnen. Kein einziges Mal. Weil ich dich hatte.«

»Du überschätzt mich.«

»Echt? Willst du damit sagen, du hättest es geduldet, dass sie mir etwas antun?«

Er brauchte nicht zu antworten. Amanda konnte von

seinem Gesicht ablesen, dass er das niemals zugelassen hätte.

»Sie hatten immer Angst vor dir. Sogar Ted. Sie haben dich nämlich genauso gut gekannt wie ich.«

»Du hattest Angst vor mir?«

»So habe ich es nicht gemeint, das weißt du genau«, erwiderte sie. »Ich wusste, dass du mich liebst und alles für mich tun würdest. Und das war einer der Gründe, weshalb es mir so wahnsinnig wehgetan hat, als du Schluss gemacht hast, Dawson. Mir war schon damals klar, wie selten so eine Liebe ist. Nur Menschen, die vom Glück verwöhnt werden, erleben so etwas.«

Einen Moment lang war Dawson sprachlos. Dann murmelte er leise: »Es tut mir leid.«

»Mir auch.« Sie bemühte sich gar nicht, die alte Traurigkeit zu verbergen.

In Morgan Tanners Kanzlei warteten sie in einem kleinen Vorraum: zerkratzte Holzdielen, kleine Tischchen mit veralteten Zeitschriften, abgewetzte Polsterstühle. Die Sekretärin las einen Taschenbuchroman und sah aus, als müsste sie schon seit Jahren in Rente sein. Besonders viel zu tun hatte sie offensichtlich nicht. Während der zehn Minuten, die Dawson und Amanda warten mussten, klingelte kein einziges Mal das Telefon.

Endlich öffnete sich die Tür, und ein älterer Herr kam heraus. Er hatte dichte weiße Haare, dazu hellgraue Augenbrauen, die aussahen wie buschige Raupen, und er trug einen zerknitterten Anzug. Mit einem freundlichen Lächeln bat er Dawson und Amanda in sein Büro. »Ich nehme an, Sie sind Amanda Ridley und Dawson Cole, richtig?« Er schüttelte ihnen die Hand. »Ich bin Morgan Tanner, und als Erstes möchte ich Ihnen mein Beileid aussprechen. Ich weiß, das ist alles nicht leicht für Sie.«

»Vielen Dank«, murmelte Amanda. Dawson nickte nur.

Tanner deutete auf zwei Lederstühle mit hoher Rückenlehne. »Nehmen Sie doch bitte Platz. Wir brauchen sicher nicht sehr lange.«

In dem Büro sah es völlig anders aus als im Empfangsbereich. Hunderte von juristischen Büchern standen ordentlich aufgereiht in Mahagoni-Regalen. Der Schreibtisch war eine echte Antiquität mit kunstvoll verzierten Ecken, und in der Mitte stand ein Kästchen aus Nussbaumholz. Als Beleuchtung diente eine elegante Tiffanylampe. Vom Fenster blickte man hinaus auf die Straße.

»Ich muss mich bei Ihnen für meine Verspätung entschuldigen. Ich war noch am Telefon, um in letzter Minute ein paar dringende Dinge zu erledigen.« Mr Tanner ging um seinen Schreibtisch herum, sprach dabei aber die ganze Zeit weiter. »Wahrscheinlich wundern Sie sich über die Heimlichtuerei – aber Tuck wollte es so. Da war er sehr stur. Überhaupt hatte er ganz genaue Vorstellungen.« Unter den buschigen Augenbrauen musterte der Anwalt die beiden. »Aber ich vermute, das wissen Sie längst.«

Amanda schielte verstohlen zu Dawson hinüber, während Tanner auf seinem Schreibtischstuhl Platz nahm und die Akte ergriff, die vor ihm lag. »Ich bin sehr froh, dass Sie es einrichten konnten, hierherzukommen. An der Art, wie Tuck über Sie gesprochen hat, spürte man, dass es ihm sehr wichtig war. Sie haben bestimmt jede

Menge Fragen, deswegen fange ich jetzt einfach mal an.« Er lächelte und entblößte dabei eine überraschend regelmäßige Reihe schneeweißer Zähne. »Wie Sie wissen, wurde Tuck am Dienstagmorgen von Rex Yarborough gefunden.«

»Von *wem*?«, fragte Amanda.

»Yarborough ist der Postbote. Anscheinend hat er sich regelmäßig um Tuck gekümmert. Als er klopfte, machte niemand auf. Die Tür war nicht verschlossen, also trat er ins Haus. Tuck lag leblos im Bett. Der Postbote rief den Sheriff an, um überprüfen zu lassen, dass keine Fremdeinwirkung im Spiel war. Und daraufhin hat der Sheriff mich angerufen.«

»Warum hat der Sheriff Sie angerufen?«, wollte Dawson wissen.

»Weil Tuck ihn darum gebeten hatte. Tuck hat ihm mitgeteilt, dass ich sein Testamentsvollstrecker bin und dass man sich nach seinem Ableben an mich wenden möge.«

»So wie Sie das sagen, könnte man denken, Tuck wusste, dass er bald sterben wird.«

»Ja, ich glaube, er hat es irgendwie gespürt«, sagte Tanner. »Tuck Hostetler war ein alter Mann, und er hatte keine Angst, der Realität ins Gesicht zu sehen.« Er nickte nachdenklich. »Ich hoffe nur, dass ich auch einmal so gefasst bin und so methodisch vorgehen kann, wenn meine Zeit kommt.«

Amanda und Dawson schauten sich an, sagten aber nichts.

»Ich habe ihm nahegelegt, er soll Sie beide vorab wissen lassen, was seine letzten Wünsche und Pläne sind, aber aus irgendeinem Grund wollte er lieber alles geheim halten. Besser kann ich es Ihnen nicht erklären.« Tanner klang fast väterlich. »Er hat mir außerdem deutlich zu verstehen gegeben, dass er Sie beide sehr gern mochte.«

Dawson beugte sich vor und fragte: »Ich weiß, es ist nicht wichtig – aber wie haben Sie Tuck kennengelernt?«

Tanner nickte wieder, als hätte er die Frage erwartet. »Ich bin Tuck vor achtzehn Jahren das erste Mal begegnet, als ich mit einem alten Mustang zu ihm ging, der restauriert werden sollte. Damals war ich Partner in einer großen Kanzlei in Raleigh. Ich war Lobbyist, um ehrlich zu sein, und zwar im landwirtschaftlichen Sektor. Aber ich will nicht zu weit abschweifen – ich blieb damals ein paar Tage hier in Oriental, um den Fortschritt der Restaurierung zu beobachten. Ich kannte Tuck ja nur vom Hörensagen und wusste nicht, ob ich ihm in Bezug auf mein Auto wirklich vertrauen konnte. So haben wir einander näher kennengelernt, und ich merkte, dass mir die Lebensart hier gefällt. Als ich ein paar Wochen später meinen Wagen abholen wollte, hat Tuck nicht annähernd so viel Geld verlangt, wie ich erwartet hatte, und ich war absolut begeistert von seiner Arbeit. Und jetzt überspringen wir fünfzehn Jahre – ich war inzwischen kurz vor einem Burn-out und beschloss spontan, hierherzuziehen und in Rente zu gehen. Aber das hat nicht ganz funktioniert. Nach ungefähr einem Jahr machte ich eine private Kanzlei auf. Nichts Großes. Hauptsächlich Testamente und hin und wieder ein Immobiliengeschäft. Ich bräuchte eigentlich nicht mehr zu arbeiten, aber ich muss mich immer irgendwie beschäftigen. Und meine Frau ist froh, wenn ich ein paar Stunden in der Woche aus dem Haus bin. Jedenfalls bin ich Tuck eines Morgens im Irvin's begegnet und habe ihm gesagt, falls er mal Beistand braucht, bin ich gern bereit, ihn zu beraten. Vergangenen Februar ist er auf dieses Angebot zurückgekommen, was mich selbst am allermeisten überrascht hat.«

»Warum hat er sich an Sie gewandt und nicht an –«, begann Dawson.

»Und nicht an einen anderen Anwalt hier?«, beendete Tanner den Satz für ihn. »Ich hatte den Eindruck, dass er einen Anwalt suchte, der nicht so tief in der Stadt verwurzelt ist. Er hatte nicht allzu viel Vertrauen in die Schweigepflicht und das Anwaltsgeheimnis, obwohl ich ihm sagte, dagegen würde niemand verstoßen. Beantwortet das Ihre Frage, oder möchten Sie noch etwas wissen?«

Als Amanda den Kopf schüttelte, setzte der Anwalt seine Lesebrille auf und wandte sich wieder der Akte zu. »Gut, dann wollen wir mal. Tuck hat genaue Anweisungen hinterlassen, wie ich als sein Nachlassverwalter alles regeln soll. Dazu gehört auch, dass er kein traditionelles Begräbnis möchte. Er hat mich gebeten, die Einäscherung zu arrangieren, und nach dem von ihm gewünschten Zeitplan hat sie gestern stattgefunden.« Er deutete auf das Holzkästchen, das auf seinem Schreibtisch stand. Offenbar enthielt es Tucks Asche.

Amanda wurde blass. »Aber wir sind doch erst gestern gekommen!«

»Ich weiß. Er wollte, dass er vor Ihrer Ankunft kremiert wird.«

»Er wollte uns nicht dabeihaben?«

»Niemand sollte dabei sein.«

»Aber – warum nicht?«

»Ich kann Ihnen nur versichern, dass alle seine Instruktionen ganz eindeutig sind. Aber wenn ich eine Vermutung äußern sollte, würde ich sagen: Er dachte, wenn Sie die Organisation übernehmen müssen, regt Sie das zu sehr auf.« Bedächtig nahm Mr Tanner ein Blatt aus der Akte und hielt es hoch. »Er hat gesagt – und ich zitiere ihn wörtlich: ›Es gibt keinen Grund, warum mein Tod die beiden belasten soll.‹« Tanner nahm seine Brille wieder ab und lehnte sich in seinem Stuhl zurück, um Amanda und Dawson aufmerksam zu mustern.

»Mit anderen Worten – es gibt kein Begräbnis?«, fragte Amanda.

»Richtig. Jedenfalls keines im traditionellen Sinn.«

Sie schaute zu Dawson und dann wieder zu Tanner. »Wieso wollte er dann überhaupt, dass wir kommen?«

»Er hat mich gebeten, Sie beide zu kontaktieren, weil er hoffte, dass Sie etwas anderes für ihn tun könnten, etwas, das ihm wichtiger war als die Einäscherung selbst. Und zwar hat er sich gewünscht, dass Sie gemeinsam seine Asche an einem Ort verstreuen, der für ihn von besonderer Bedeutung war, den Sie aber wohl beide nicht kennen.«

Amanda wusste gleich, wovon er sprach. »Sie meinen, sein Cottage in Vandemere?«

Tanner nickte. »Genau. Morgen wäre ideal. Den konkreten Zeitpunkt können Sie selbst wählen. Aber natürlich nur, wenn Sie mit der ganzen Sache einverstanden sind. Sonst würde ich es übernehmen. Ich muss sowieso hinfahren.«

»Morgen ist kein Problem«, sagte Amanda.

Tanner hielt einen Zettel hoch. »Hier ist die Adresse.

Ich habe mir erlaubt, auch eine Wegbeschreibung auszudrucken. Es liegt ein bisschen ab vom Schuss, wie Sie sich wahrscheinlich denken können. Und da ist noch etwas: Er wollte, dass ich Ihnen das hier überreiche.« Er holte drei geschlossene Umschläge aus der Akte. »Sie sehen, zwei Briefe sind mit Ihren Namen beschriftet. Tuck hat mich gebeten, Ihnen zu sagen, dass Sie zuerst den Brief in dem Umschlag ohne Namen laut vorlesen sollen. Auf jeden Fall vor der Zeremonie.«

»Vor der Zeremonie?«, wiederholte Amanda.

»Vor dem Verstreuen der Asche, meine ich.« Der Anwalt reichte ihnen die Wegbeschreibung und die Umschläge. »Und wenn Sie dabei etwas sagen wollen, können Sie das natürlich gern tun.«

»Danke«, sagte Amanda und nahm alles entgegen. Die Umschläge waren verblüffend schwer. Das Gewicht des Geheimnisses? »Und was ist mit den anderen Briefen – wann sollen wir die öffnen?«

»Vermutlich danach.«

»Vermutlich?«

»Ja, dazu gibt es keine Angaben. Aber Tuck hat gesagt, dass Sie nach dem ersten Brief wissen werden, wann die anderen beiden an der Reihe sind.«

Amanda steckte die Umschläge in ihre Handtasche. Es fiel ihr nicht leicht, die Informationen zu verdauen. Dawson wirkte auch ziemlich angespannt.

Tanner ging noch einmal die Akte durch. »Haben Sie sonst noch Fragen?«

»Hat Tuck irgendetwas gesagt, wo wir in Vandemere die Asche verstreuen sollen?«

»Nein«, antwortete Tanner.

»Aber woher sollen wir es dann wissen? Wir waren ja noch nie dort.«

»Das habe ich ihn auch gefragt, aber er war fest davon überzeugt, dass Sie schon wissen werden, was zu tun ist.«

»Hatte er eine bestimmte Uhrzeit im Sinn?«

»Das wollte er ebenfalls Ihnen überlassen. Er fand es allerdings wichtig, dass es eine private Zeremonie ist. Auf keinen Fall soll etwas in der Zeitung stehen. Nicht einmal eine kleine Anzeige. Ich glaube, er wollte, dass außer uns dreien kein Mensch erfährt, dass er gestorben ist. Ich habe mich an seine Wünsche gehalten, soweit irgend möglich, und habe mir größte Mühe gegeben. Leider ist es trotzdem herausgekommen – aber Sie sollen wissen, wie sehr ich mich bemüht habe.«

»Hat er irgendeine Begründung dafür gegeben?«

»Nein«, antwortete Tanner. »Ich habe ihn allerdings auch nicht gefragt. Mir war ziemlich schnell klar, dass ich ihm keine Informationen entlocken kann, die er nicht freiwillig preisgeben will.« Als Amanda und Dawson keine weiteren Fragen stellten, fuhr er fort: »Gut. Nun kommen wir zum Thema Nachlass. Sie wissen beide, dass Tuck keine Nachkommen hat. Ich verstehe, dass die Trauer über seinen Tod es Ihnen nicht leicht macht, sein Testament ausgerechnet jetzt zu besprechen, aber Tuck meinte, ich soll Sie über seine Verfügungen in Kenntnis setzen, solange Sie beide hier sind. Sind Sie einverstanden?« Amanda und Dawson nickten stumm. »Tucks Vermögenswerte waren nicht unbeträchtlich. Er hat ziemlich viel Grundbesitz, außerdem mehrere Konten. Ich bin noch dabei, die Gesamtsumme zu ermitteln. Er hat mich gebeten, Ihnen zu sagen, dass Sie sich von seinem Privatbesitz nehmen sollen, was Sie haben möchten, selbst wenn es nur ein einziger Gegenstand ist. Und falls Sie sich bei etwas nicht einigen können, sollen Sie bitte versuchen, gemeinsam eine Lösung zu finden, solange Sie noch hier sind. Ich werde in den kommenden Monaten den Nachlass auswerten, aber letztlich wird alles, was übrig bleibt, verkauft, und das Geld geht dann an das Kinderkrebszentrum des Duke University Hospital.« Tanner lächelte Amanda zu. »Ich nehme an, Sie freuen sich, das zu hören.«

»Ich weiß gar nicht, was ich sagen soll.« Amanda spürte Dawson neben sich, ruhig und hellwach. »Das ist sehr großzügig von ihm.« Sie zögerte für einen Moment, weil sie merkte, dass sie sehr berührt war. »Er – ich glaube, er hat genau gewusst, wie viel mir das bedeutet.«

Tanner nickte, dann blätterte er die Seiten doch noch einmal durch, bevor er die Akte endgültig zuklappte. »Ich glaube, das wär's. Es sei denn, Ihnen fällt noch etwas ein.«

Sie schüttelten beide den Kopf und erhoben sich. Dawson nahm das Holzkästchen vom Schreibtisch. Tanner stand ebenfalls auf, machte aber keine Anstalten, sie zur Tür zu begleiten. Amanda sah Dawson an, dass ihn irgendetwas beschäftigte, und tatsächlich, bevor sie hinausgingen, drehte er sich noch einmal um.

»Mr Tanner?«

»Ja?«

»Sie haben etwas gesagt, was mich neugierig gemacht hat.«

»Und das wäre?«

»Sie haben gesagt, morgen wäre ideal. Ich nehme an, Sie wollten damit sagen: nicht heute.«

»Stimmt. Nicht heute.«

»Können Sie mir erklären, warum?«

Tanner schob die Akte beiseite. »Tut mir leid«, sagte er. »Aber das kann ich Ihnen nicht sagen.«

»Was hatte die Frage zu bedeuten?«, wollte Amanda wissen.

Sie gingen zu ihrem Auto, das immer noch vor dem Coffeeshop stand. Dawson steckte die Hand in die Hosentasche und stellte eine Gegenfrage:

»Hast du Pläne fürs Mittagessen?«

»Du willst nicht auf meine Frage antworten?«

»Ich weiß nicht, was ich sagen soll. Tanner hat es ja nicht begründet.«

»Aber wieso hast du die Frage überhaupt gestellt?«

»Weil ich ein neugieriger Mensch bin«, erwiderte er. »War ich schon immer.«

Sie überquerten schweigend die Straße. »Nein«, sagte Amanda schließlich. »Das finde ich nicht. Du lebst dein Leben mit einer fast stoischen Geduld, du akzeptierst Dinge so, wie sie sind. Aber ich durchschaue genau, was du gerade machst.«

»Und was mache ich?«

»Du willst ablenken und das Thema wechseln.«

Dawson gab sich nicht die Mühe, die Wahrheit zu leugnen, und klemmte das Kästchen unter den anderen Arm. »Du hast meine Frage auch nicht beantwortet.«

»Welche?«

»Ich habe dich gefragt, ob du Pläne fürs Mittagessen hast. Falls du Zeit haben solltest, möchte ich nämlich einen Vorschlag machen.«

Sie zögerte, weil sie an den Kleinstadttratsch dachte. Wie immer spürte Dawson sofort, was in ihr vorgingt.

»Vertrau mir«, sagte er. »Ich weiß genau, wo wir hingehen können.«

Eine halbe Stunde später waren sie bei Tucks Haus. Amanda holte eine Decke aus einem Schrank, und sie gingen hinunter ans Flussufer. Dawson hatte unterwegs im Bantlee's Village Restaurant ein paar Sandwiches und Wasser gekauft.

»Woher hast du das gewusst?«, fragte Amanda. Sie griff auf die verkürzte Form der Verständigung zurück, die sie beide noch von früher kannten. Bei Dawson merkte sie, wie wunderbar es war, wenn jemand ihre Gedanken lesen konnte, noch ehe sie diese aussprach. Vor vielen Jahren hatte oft ein Blick oder eine minimale Geste genügt, um ihre Überlegungen und Gefühle auszudrücken.

»Deine Mom und ihr ganzer Bekanntenkreis wohnen hier. Du bist verheiratet, und ich bin ein Kerl aus deiner Vergangenheit. Es war nicht allzu schwierig, daraus zu schließen, dass es nicht besonders gut wäre, wenn jemand mitbekommt, dass wir den Nachmittag gemeinsam verbringen.«

Wie gut er sie verstand! Trotzdem hatte Amanda ein schlechtes Gewissen. Sie sagte sich zwar, dass sie schließlich nur hier saßen, um etwas zu essen, doch das war nicht die ganze Wahrheit, und sie wusste es.

Dawson ging nicht weiter auf ihren inneren Konflikt ein, sondern holte die Sandwiches aus der Tüte. »Truthahn oder Geflügelsalat?«, fragte er.

»Ist mir beides recht«, sagte sie zuerst, aber dann verbesserte sie sich: »Geflügelsalat.«

Er reichte ihr das Sandwich und eine Flasche Wasser. Amanda blickte sich um. Diese himmlische Ruhe! Über ihnen zogen ein paar feine Wolkenschleier dahin, und drüben jagten sich zwei Eichhörnchen den Stamm einer Eiche hinauf, die mit Spanischem Moos bedeckt war. Eine Schildkröte sonnte sich reglos auf einem Baumstumpf am anderen Ufer des Flusses. In dieser Welt war sie aufgewachsen, und trotzdem erschien sie ihr fremd – es war eine völlig andere Umgebung als die, in der sie jetzt lebte.

»Wie fandest du den Anwalt?«, fragte Dawson.

»Ich glaube, Tanner ist integer.«

»Und hast du eine Vorstellung davon, was in Tucks Briefen stehen könnte?«

»Keine Ahnung.«

Dawson nickte. Dann wickelte er sein Sandwich aus. »Und das Kinderkrebszentrum?«

Natürlich musste Amanda gleich an Bea denken. Konnte sie schon über ihre Trauer sprechen? »Ich habe dir doch erzählt, dass ich ehrenamtlich am Duke University Hospital arbeite. Ich mache auch Fundraising für das Krankenhaus.«

»Ja, aber du hast nicht erwähnt, in welcher Abteilung du arbeitest«, erwiderte Dawson. Sie wusste, dass er eine Antwort auf seine indirekte Frage erwartete. Um Zeit zu gewinnen, schraubte sie umständlich ihre Wasserflasche auf, ehe sie zu erzählen begann.

»Frank und ich hatten noch ein Kind, ein Mädchen, drei Jahre nach Lynn.« Sie schwieg für einen Moment, um ihre Kräfte zu sammeln. Intuitiv wusste sie, dass sie sich Dawson anvertrauen konnte. Es würde nicht so unangenehm und quälend sein wie bei den meisten anderen Leuten.

»Als sie achtzehn Monate alt war, wurde bei ihr ein Gehirntumor entdeckt, der nicht entfernt werden konnte. Die Ärzte und Schwestern im Kinderkrebszentrum haben alles Menschenmögliche für sie getan, aber sie ist trotzdem ein halbes Jahr später gestorben.« Amandas Blick wanderte zum Fluss, und wieder spürte sie den alten Schmerz, diese abgrundtiefe Traurigkeit, die nie verschwinden würde.

Dawson nahm ihre Hand und drückte sie. »Wie hieß das Mädchen?«, fragte er leise.

»Bea.«

Lange schwiegen sie beide. Nur das Rauschen des Wassers und das Flüstern der Blätter über ihnen waren zu hören. Amanda wusste, dass sie nichts mehr zu sagen brauchte, weil Dawson keine weiteren Erklärungen erwartete. Sie wusste, dass er mit ihr litt. Und dass es ihn unendlich traurig machte, ihr nicht helfen zu können.

Nachdem sie gegessen hatten, packten sie die Sachen zusammen und gingen zurück ins Haus. Dawson schaute zu, wie Amanda die Decke wieder im Wohnzimmerschrank verstaute. Sie wirkte jetzt etwas zurückhaltend, als hätte sie Angst, eine unsichtbare Grenze überschritten zu haben. Schweigend ging er in die Küche, um zwei Gläser mit Eistee zu füllen. Als Amanda zu ihm kam, reichte er ihr ein Glas.

»Alles in Ordnung?«, fragte er.

»Ja, alles in Ordnung.«

»Es tut mir leid, wenn ich dir mit meiner Frage zu nahe getreten bin.«

»Aber du bist mir nicht zu nahe getreten!«, rief sie. »Es fällt mir nur immer noch sehr schwer, über Bea zu reden. Überhaupt war es für mich bis jetzt ein … ein Wochenende mit vielen Überraschungen.«

»Für mich auch.« Dawson lehnte sich an die Arbeitsplatte. »Wie willst du vorgehen?«

»Was meinst du?«

»Willst du dir hier ansehen, ob du irgendetwas haben möchtest?«

Amanda seufzte. Hoffentlich merkte er nicht, wie nervös sie war. »Keine Ahnung. Irgendwie kommt es mir nicht richtig vor.«

»Aber es ist richtig. Tuck wollte, dass wir ihn dadurch in Erinnerung behalten.«

»Ich werde ihn doch sowieso nie vergessen.«

»Wie wär's dann damit: Er möchte mehr sein als nur eine abstrakte Erinnerung. Er möchte, dass wir beide etwas Konkretes von ihm und aus diesem Haus besitzen.«

Amanda trank einen Schluck Tee. Vermutlich hatte Dawson recht. Doch der Gedanke, in Tucks Sachen herumzukramen, um etwas zu finden, was ihr gefiel, behagte ihr trotzdem nicht. »Ich würde gern noch ein bisschen warten. Bist du einverstanden?«

»Natürlich. Sag mir, wenn du so weit bist. Sollen wir uns eine Weile draußen hinsetzen?«

Amanda nickte zustimmend und ging hinter ihm hinaus auf die rückwärtige Veranda, wo Tucks alte Schaukelstühle standen. »Ich nehme an, dass Tuck und Clara das oft gemacht haben«, sagte Dawson. »Dass sie einfach hier saßen und die Welt vorüberziehen ließen.«

»Kann ich mir auch gut vorstellen.«

Er musterte sie nachdenklich. »Ich bin froh, dass du Tuck immer wieder besucht hast. Der Gedanke, dass er ständig ganz allein hier draußen rumsitzt, hat mich richtig gequält.«

Amanda drehte ihr Glas hin und her. »Wusstest du, dass er Clara gesehen hat? Als sie schon tot war, meine ich.«

»Wie bitte?«

»Er war fest davon überzeugt, dass sie noch da ist.«

Kurz musste Dawson an die Erscheinung denken, die er immer wieder aus dem Augenwinkel bemerkte. »Was heißt das, er hat sie *gesehen*?«

»Es heißt das, was ich sage. Er hat sie gesehen und mit ihr gesprochen.«

»Willst du damit sagen, Tuck hat an Geister geglaubt?«

»Hat er dir das nie erzählt?«

»Mit mir hat er nie über Clara geredet. Kein Wort.«

Amanda riss erstaunt die Augen auf. »Wirklich nicht?«

»Er hat mir nur einmal gesagt, wie sie heißt.«

Amanda stellte ihr Glas fort und erzählte ihm einige der Geschichten, die Tuck ihr im Laufe der Jahre anvertraut hatte. Mit zwölf schmiss er die Schule, um in der Werkstatt seines Onkels zu arbeiten. Als er Clara in der Kirche kennenlernte, war er gerade erst vierzehn Jahre alt, aber ihm war sofort klar, dass er sie heiraten wollte. Seine Familie zog während der großen Depression nach Norden, auf der Suche nach Arbeit, auch sein Onkel. Tuck blieb hier. Die anderen kamen nie zurück.

Die ersten Jahre mit Clara waren nicht leicht. Sie hatte eine Fehlgeburt. Tuck arbeitete tagsüber auf der Farm von Claras Vater, und abends baute er das Haus. Das war alles extrem anstrengend. Nach dem Krieg hatte Clara zwei weitere Fehlgeburten. Tuck errichtete die Werkstatt und begann dann Anfang der Fünfzigerjahre, Autos zu restaurieren, unter anderem einen Cadillac, der einem vielversprechenden jungen Sänger namens Elvis Presley gehörte.

Als Amanda von Claras Tod erzählte und davon, wie Tuck seither mit ihrem Geist sprach, hatte Dawson seinen Eistee längst ausgetrunken und starrte stumm in sein Glas. Es fiel ihm nicht leicht, Amandas Geschichten in Einklang zu bringen mit dem Mann, den er gekannt hatte.

»Ich kann es nicht fassen, dass er dir das alles nie erzählt hat«, sagte Amanda verwundert.

»Er hatte bestimmt seine Gründe. Vielleicht mochte er dich lieber als mich.«

»Das bezweifle ich«, sagte sie. »Es lag eher daran, dass er schon älter war, als ich ihn näher kennenlernte. Du hast hier gewohnt, als der Schmerz noch zu frisch war.«

»Kann sein.« Dawson klang nicht besonders überzeugt.

»Du warst ihm jedenfalls extrem wichtig. Immerhin hat er dich hier wohnen lassen, und nicht nur einmal, sondern zweimal.« Als Dawson nickte, stellte sie ihr Glas beiseite. »Darf ich dich etwas fragen?«

»Was du willst.«

»Worüber habt ihr euch eigentlich unterhalten?«

»Über Autos. Über Motoren. Über Getriebe. Und manchmal über das Wetter.«

»Das war garantiert superspannend!«, bemerkte Amanda spöttisch.

»Du kannst das vielleicht nicht nachvollziehen. Aber ich war damals auch nicht besonders gesprächig.«

Sie beugte sich vor. Plötzlich klang sie sehr entschlossen. »Also, jetzt wissen wir beide über Tuck Bescheid, und du weißt alles über mich. Aber ich habe immer noch nichts über dich erfahren.«

»Doch. Gestern habe ich dir alles gesagt. Ich arbeite auf einer Bohrinsel, wohne auf dem Land, nicht weit von New Orleans entfernt, fahre immer noch dasselbe Auto, habe keine Frauenbekanntschaften. Schon vergessen?«

Nachdenklich legte Amanda ihren Pferdeschwanz über die Schulter. Es war eine langsame, fast sinnliche Bewegung. »Erzähl mir etwas über dich, was ich nicht weiß«, versuchte sie ihn zu überreden. »Etwas, was kein Mensch weiß, außer dir selbst. Etwas, was mich überrascht.«

»Aber da gibt es nichts.«

Sie musterte ihn eindringlich. »Irgendwie glaube ich dir das nicht.«

Weil ich nie etwas vor dir verbergen könnte, dachte er.

Sie schwieg kurz, weil ihr noch ein anderer Gedanke durch den Kopf ging. »Gestern hast du etwas gesagt, was mich neugierig gemacht hat.« Als er sie fragend anschaute, fuhr sie fort: »Woher weißt du, dass Marilyn Bonner nicht wieder geheiratet hat?«

»Ich weiß es eben.«

»Hat Tuck es dir geschrieben?«

»Nein.«

»Aber wie kannst du's dann wissen?«

Er flocht die Finger ineinander und lehnte sich in seinem Schaukelstuhl zurück. Wenn er nicht antwortete, würde sie ihre Frage mit Sicherheit noch einmal wiederholen. In der Hinsicht hatte sie sich nicht verändert – sie war schon immer sehr hartnäckig gewesen. »Ich fange am besten ganz vorn an«, sagte er mit einem Seufzer, und dann erzählte er ihr von den Bonners – wie er damals zu Marilyns baufälligem Farmhaus gegangen war und dass die Familie jahrelang zu kämpfen hatte und dass er, nachdem er aus dem Gefängnis entlassen worden war, angefangen hatte, ihnen anonym Geld zu schicken. Er erwähnte sogar, dass er einen Privatdetektiv beauftragt habe, ihm über die Familie zu berichten. Amanda schwieg, und man merkte ihr an, dass sie ziemlich ratlos war.

Schließlich murmelte sie: »Ich weiß nicht, was ich sagen soll.«

»Mir war klar, dass du das sagst.«

»Ich meine es ernst, Dawson«, entgegnete sie sichtlich aufgebracht. »Ich finde das, was du tust, einerseits sehr edel, und für die Bonners war es bestimmt hilfreich, davon bin ich überzeugt. Aber ... es ist traurig, weil du dir selbst nicht verzeihen kannst. Dabei war es doch eindeutig ein Unfall. Das kann jedem passieren! Aber – wenn du jemanden dafür bezahlst, dass er die Familie beobachtet, damit du weißt, wie ihr Leben läuft – dann finde ich das schlimm und falsch.«

»Du hast nicht verstanden, was –«, begann er.

Aber sie ließ ihn nicht weiterreden. »Nein, *du* hast nicht verstanden! Meinst du nicht, dass die Bonners ein Recht auf Privatsphäre haben? Man kann doch nicht einfach jahrelang Fotos machen und in ihrem persönlichen Leben herumschnüffeln.«

»Aber so ist es gar nicht!«, protestierte er.

»Doch, so ist es!« Amanda schlug mit der Hand auf die Armlehne ihres Schaukelstuhls. »Was würdest du tun, wenn sie es merken? Kannst du dir vorstellen, wie schlimm das für sie wäre? Sie hätten das Gefühl, dass sie die ganze Zeit betrogen und ausspioniert wurden.« Zu seiner Verblüffung fasste sie ihn am Arm, ganz fest, als wollte sie sicher sein, dass er ihr zuhörte. »Was du mit deinem Geld anstellst, ist einzig und allein deine Sache. Aber der Rest? Dieser Detektiv? Damit musst du aufhören, Dawson. Bitte, versprich mir, dass du diesen Quatsch sein lässt, okay?«

Wie warm sich ihre Hand auf seinem Arm anfühlte ... »Okay«, sagte er. »Ich verspreche, dass ich damit aufhöre.«

Sie schaute ihm fest in die Augen, um sicher zu sein, dass er dieses Versprechen ernst meinte. Zum ersten Mal seit ihrem Wiedersehen sah er müde aus. Er wirkte erschöpft, erschlagen. Was wäre passiert, wenn sie in jenem Sommer damals nicht fortgegangen wäre? Oder wenn sie ihn im Gefängnis besucht hätte? Vielleicht wäre dann alles anders gekommen, und Dawsons Leben wäre nicht von der tragischen Vergangenheit bestimmt. Selbst wenn er vielleicht nie richtig glücklich geworden wäre, hätte er doch wenigstens Frieden mit sich selbst schließen können. Aber Frieden schien für ihn etwas Unerreichbares.

Andererseits war er nicht der einzige Mensch auf der Welt, der sich nach Frieden sehnte. War es nicht für alle der größte Wunsch im Leben?

»Ich muss noch ein Geständnis machen«, sagte er. »In Bezug auf die Bonners.«

Amanda unterdrückte einen Seufzer. »Und das wäre?«

Er rieb sich den Nasenrücken, wie um Zeit zu gewinnen. »Heute Morgen habe ich für Dr. Bonners Grab Blumen gekauft. Als ich aus dem Gefängnis entlassen wurde, habe ich damit angefangen, immer mal wieder Blumen auf sein Grab zu legen. Weil ich es oft einfach nicht mehr ausgehalten habe, verstehst du?«

Wieder musterte sie ihn fragend. Hatte er noch mehr Überraschungen auf Lager? Aber er schwieg. »Ich finde, das ist etwas anderes«, sagte sie.

»Ich weiß, aber ich wollte es trotzdem erwähnen.«

»Warum? Weil du meine Meinung dazu hören willst?«

Er zuckte die Achseln. »Kann sein.«

Amanda schwieg für einen Moment und überlegte. »Meiner Meinung nach ist ein Blumenstrauß eine angemessene Geste.«

»Findest du?«

»Ja. Blumen auf seinem Grab haben eine symbolische Bedeutung, ohne aufdringlich zu sein.«

Dawson nickte stumm, und Amanda beugte sich noch näher zu ihm. »Soll ich dir sagen, was ich denke?«

»Nach deinen bisherigen Reaktionen bin ich mir nicht ganz sicher, ob ich es hören will.«

»Ich glaube, du und Tuck, ihr seid euch ähnlicher, als du denkst.«

Er schaute sie fragend an. »Ist das gut oder schlecht?«

»Ich sitze immer noch neben dir, oder?«

Als die Hitze selbst im Schatten nahezu unerträglich wurde, schlug Amanda vor, lieber wieder ins Haus zu gehen. Mit einem leisen Klicken schloss sich die Fliegengittertür hinter ihnen.

Dawson schaute sich in der Küche um. »Bist du jetzt so weit?«, fragte er Amanda.

»Nein, eigentlich nicht. Aber ich befürchte, uns bleibt nichts anderes übrig – fürs Protokoll, sozusagen. Mir kommt es trotzdem nicht richtig vor. Ich habe auch keine Vorstellung, wo wir anfangen sollen.«

Er ging mit großen Schritten durch die Küche, dann drehte er sich zu Amanda um. »Pass auf, ich habe einen Vorschlag. Wenn du an deinen letzten Besuch bei Tuck denkst – was fällt dir als Erstes ein?«

»Es war genauso wie immer. Er hat von Clara gesprochen, und ich habe etwas für ihn gekocht«, antwortete sie mit einem hilflosen Achselzucken. »Und als er in seinem Sessel eingeschlafen ist, habe ich ihn mit einer Decke zugedeckt.«

Dawson ging mit ihr ins Wohnzimmer und deutete zum Kamin. »Vielleicht solltest du das Bild da nehmen.«

Doch Amanda schüttelte den Kopf. »Das kann ich nicht.«

»Ist es dir lieber, wenn es auf dem Müll landet?«

»Nein, natürlich nicht. Aber ich finde, es gehört dir. Du hast ihn viel besser gekannt als ich.«

»Stimmt doch gar nicht. Mit mir hat er nie über Clara geredet, wie du weißt. Wenn du das Foto anschaust, denkst du an die beiden, nicht nur an ihn, und deswegen hat er dir von ihr erzählt.«

Amanda konnte sich nicht recht entschließen, also trat Dawson an den Kamin, nahm das Bild und drückte es ihr in die Hand. »Er wollte, dass das hier für dich wichtig ist. Er wollte, dass er und Clara für dich wichtig sind.«

Unentschlossen starrte sie darauf. »Aber wenn ich es

nehme, was bleibt dann für dich? Hier gibt es nicht viele Sachen, die man mitnehmen kann.«

»Keine Sorge. Ich habe vorhin etwas gesehen, was mir gefallen hat.« Er ging zur Tür. »Komm mit.«

Amanda folgte ihm die Stufen hinunter, und als er zur Werkstatt strebte, dämmerte es ihr: Im Haus hatte sich ihre Beziehung zu Tuck entwickelt, während Dawson und Tuck durch die Werkstatt miteinander verbunden waren. In dem Moment wusste sie auch schon, was Dawson auswählen würde.

Er griff nach der verwaschenen Bandana, die sauber zusammengefaltet auf der Werkbank lag. »Für mich hat er das hier bereitgelegt«, murmelte er.

»Glaubst du wirklich?« Mit zusammengekniffenen Augen betrachtete Amanda das kleine quadratische Tuch. »Viel ist das nicht.«

»Ich sehe hier zum ersten Mal eine *saubere* Bandana, deshalb ist sie garantiert für mich.« Er grinste. »Da bin ich mir ganz sicher. Das hier ist Tuck. Ich glaube, ich habe ihn nie ohne Bandana gesehen. Und natürlich immer mit einer roten.«

»Stimmt. Wir reden über Tuck. Über Mr Immergleich, nicht wahr?«

Dawson steckte die rote Bandana in seine hintere Hosentasche. »Das ist gar nicht so übel. Veränderungen sind nicht unbedingt positiv.«

Dieser Satz hing schwer in der Luft. Sie schwiegen beide, und erst, als sich Dawson lässig an den Stingray lehnte, sagte Amanda nachdenklich: »Wir haben vergessen, Tanner zu fragen, was wir mit dem Wagen machen sollen.«

»Ich dachte, ich restauriere ihn zu Ende, und dann bitte ich Tanner, dem Besitzer Bescheid zu sagen, dass er ihn abholen kann.«

»Wirklich?«

»Soweit ich sehe, sind alle Ersatzteile hier. Und ich bin davon überzeugt, Tuck hätte gewollt, dass ich den Auftrag abschließe. Du gehst ja heute Abend mit deiner Mutter essen, deshalb passt es gut, weil ich sonst nichts weiter vorhabe.«

»Wie lange brauchst du dafür?« Amanda ließ ihren Blick über die Kisten mit den Ersatzteilen wandern.

»Keine Ahnung. Ein paar Stunden, nehme ich an.«

Sie ging langsam um den Wagen herum, dann wandte sie sich wieder Dawson zu. »Brauchst du Hilfe?«

»Hast du etwa gelernt, wie man Autos repariert, seit wir uns das letzte Mal gesehen haben?«, fragte er mit einem schiefen Grinsen.

»Nein.«

»Ich fange damit an, wenn du gehst«, sagte er. »Das ist keine große Sache. Aber jetzt sollten wir lieber wieder ins Haus zurück. Hier ist es wahnsinnig heiß.«

»Ich möchte aber nicht, dass du bis spät in die Nacht hier schuftest«, murmelte sie. Und dann setzte sie sich an den Platz, der früher ihr gehört hatte. Es war, als würde sie einer alten Gewohnheit folgen, ohne es richtig zu merken. Sie schob einen rostigen Montierhebel beiseite und machte es sich auf der Werkbank bequem. »Wir haben morgen einen anstrengenden Tag vor uns. Und außerdem habe ich dir schon immer gern bei der Arbeit zugeschaut.«

Dawson hatte das Gefühl, aus ihren Worten eine Art Versprechen herauszuhören, und plötzlich schienen sich die Jahre rückwärtszudrehen – als könnte er wieder an den Ort und in die Zeit gelangen, als er am glücklichsten war. Schnell wandte er sich ab. Er durfte nicht vergessen, dass Amanda verheiratet war! Wenn man versuchte, die Vergangenheit neu zu schreiben, gab es immer Komplikationen, und die konnte sie jetzt bestimmt nicht brauchen. Dawson atmete tief durch und griff am anderen Ende der Werkbank nach einer Kiste.

»Du langweilst dich garantiert. Es dauert wirklich eine Weile«, sagte er, um seine Emotionen zu verbergen.

»Mach dir keine Sorgen. Ich bin es gewohnt.«

»Du bist es gewohnt, dich zu langweilen?«

Sie zog die Beine an. »Ich habe doch früher auch stundenlang hier gesessen und gewartet, dass du endlich fertig bist und wir gemeinsam losziehen.«

»Du hättest ja etwas sagen können.«

»Wenn ich es nicht mehr ausgehalten habe, hab ich doch etwas gesagt! Aber mir war klar, wenn ich dich zu oft von der Arbeit abhalte, erlaubt Tuck mir nicht mehr, in die Werkstatt zu kommen. Deshalb habe ich mich beherrscht und auch nicht die ganze Zeit auf dich eingequasselt.«

Ihr Gesicht lag halb im Schatten, und der Klang ihrer Stimme hatte etwas sehr Verführerisches. So viele Erinnerungen ... Dawson wusste noch genau, wie es sich angefühlt hatte, wenn sie bei ihm saß und sich mit ihm unterhielt. Um sich in die Gegenwart zurückzuholen, nahm er den Vergaser aus der Kiste und untersuchte ihn. Ein Austauschteil, aber völlig in Ordnung. Er legte ihn beiseite, um den Arbeitsauftrag noch einmal zu überfliegen.

Dann öffnete er die Kühlerhaube und studierte den

Motor. Als er hörte, dass sich Amanda räusperte, schaute er kurz zu ihr hinüber.

»Angesichts der Tatsache, dass Tuck nicht hier ist, könnten wir uns vielleicht unterhalten, wenn du arbeitest?«, sagte sie.

»Okay.« Er richtete sich auf und ging zur Werkbank. »Worüber möchtest du reden?«

»Wie wär's damit: Was fällt dir als Erstes ein, wenn du an unseren letzten gemeinsamen Sommer denkst?«

Dawson überprüfte einen Satz Schraubenschlüssel, während er über die Frage nachdachte. »Nun, ich habe mich dauernd gewundert, dass du dich überhaupt mit mir abgibst.«

»Ich meine es ernst.«

»Ich auch. Ich hatte nichts – und du hattest alles. Du hättest jeden Jungen haben können. Und obwohl wir versucht haben, es geheim zu halten, war doch sonnenklar, dass unsere Beziehung dir nur Schwierigkeiten einbringt. Ich habe dein Verhalten nicht verstanden.«

Amanda stützte das Kinn auf die Knie, die sie mit den Armen umschlungen hielt. »Weißt du, woran ich mich erinnere? Daran, wie wir nach Atlantic Beach gefahren sind. Wir haben unzählige Seesterne gesehen. Man hatte den Eindruck, sie wären alle gleichzeitig ans Ufer gespült worden. Und wir sind den ganzen Strand entlanggegangen, um sie wieder ins Wasser zu werfen. Anschließend haben wir uns einen Hamburger mit Fritten geteilt und den Sonnenuntergang angeschaut. Ich glaube, wir haben zwölf Stunden ohne Pause geredet.«

Sie lächelte gedankenversunken, weil sie wusste, dass er sich genauso deutlich an diesen Tag erinnerte wie sie selbst. Dann fuhr sie fort: »Deshalb war ich so gern mit dir zusammen. Wir konnten ganz alltägliche Sachen tun, zum Beispiel Seesterne ins Wasser zurückwerfen und einen Hamburger essen oder einfach nur reden, und ich kam mir dabei immer vor wie ein absolutes Glückskind. Du warst der erste Junge, der nicht dauernd versucht hat, mir zu imponieren. Du hast dich akzeptiert, wie du warst. Und mich hast du auch so akzeptiert, wie ich war. Alles andere hat keine Rolle gespielt – weder meine Familie noch deine Familie noch sonst jemand auf der Welt. Es ging nur um uns, um dich und mich.« Sie schwieg einen Moment lang. »Ich weiß nicht, ob ich je wieder so glücklich war wie an dem Tag. Aber andererseits war dieses Gefühl immer da, wenn wir zusammen waren. Ich habe mir sehnlichst gewünscht, dass es nie zu Ende gehen würde.«

Sein Blick begegnete ihrem. »Vielleicht ist es ja nie zu Ende gegangen.«

In dem Augenblick begriff sie, mit der Abgeklärtheit, die Alter und Reife mit sich bringen, wie sehr er sie damals geliebt hatte. *Und wie sehr er dich immer noch liebt*, flüsterte eine Stimme tief in ihrem Inneren. Könnte es sein, dass all das, was sie früher miteinander verbunden hatte, nur das Anfangskapitel eines Buches war, dessen Ende noch geschrieben werden musste?

Eigentlich hätte dieser Gedanke ihr Angst einjagen müssen, aber sie erschrak nicht. Mit dem Finger fuhr sie die Initialen nach, die Dawson und sie vor vielen Jahren in die Werkbank geritzt hatten. »Ich bin hierhergekommen, als mein Vater gestorben ist.«

»Wohin? In die Werkstatt?« Als sie nickte, murmelte

er: »Ich dachte, du hast erst vor ein paar Jahren angefangen, Tuck zu besuchen.«

»Tuck wusste damals nichts von meinem Besuch. Ich habe es ihm auch später nie erzählt.«

»Warum nicht?«

»Ich konnte es nicht. Ich wollte allein sein, weil ich immer wieder Angst hatte, den Verstand zu verlieren. Weißt du – es war etwa ein Jahr nach Beas Tod, und ich war noch längst nicht darüber hinweg, da rief meine Mutter mich an, um mir zu sagen, dass Dad einen Herzinfarkt hatte. Mir kam das völlig unwirklich vor. Gerade noch waren er und Mom bei uns in Durham, und eine Woche später packten wir unsere Kinder ins Auto und fuhren zu seiner Beerdigung. Wir sind den ganzen Morgen gefahren. Dann komme ich zur Haustür rein, und meine Mutter ist tipptopp gekleidet und informiert mich als Erstes über unseren Termin beim Bestattungsinstitut, ohne jede Gefühlsregung. Ich hatte den Eindruck, für sie ist das Allerwichtigste, dass wir den richtigen Blumenschmuck haben und dass ich rechtzeitig die Verwandten anrufe. Ein echter Albtraum, und am Ende des Tages fühlte ich mich so … so mutterseelenallein! Also bin ich mitten in der Nacht aufgestanden und ziellos durch die Gegend gefahren. Ich habe gar nicht darüber nachgedacht, aber dann habe ich aus irgendeinem Grund unten an der Zufahrt geparkt und bin zu Fuß zu Tucks Haus gegangen. Ich kann dir nicht erklären, warum. Ich habe mich hierhergesetzt und geweint. Stundenlang, glaube ich.« Sie seufzte, weil die Erinnerungen sie überfluteten. »Ich weiß, mein Vater hat dir nie eine Chance gegeben, aber er war kein schlechter Mensch. Ich habe mich mit ihm viel besser verstanden als mit meiner Mutter, eigentlich immer schon, und je älter ich wurde, desto näher standen wir uns. Er liebte die Kinder. Vor allem Bea.« Sie schwieg, und der Schatten eines traurigen Lächelns huschte über ihr Gesicht. »Findest du das komisch? Ich meine – dass ich nach seinem Tod hierhergekommen bin?«

»Nein, überhaupt nicht. Nach meinem Gefängnisaufenthalt war ich auch hier.«

»Du konntest ja sonst nirgends hin.«

Dawson zog eine Augenbraue hoch. »Du etwa?«

Er hatte recht. Tucks Haus war einerseits ein Ort mit vielen wunderbaren Erinnerungen, aber es war auch der Ort, wohin sie sich immer geflüchtet hatte, um zu weinen.

Amanda flocht ihre Finger ineinander, als könne sie dadurch die Erinnerungen vertreiben. Sie wollte nicht in der Vergangenheit versinken, sondern Dawson zuschauen, wie er den Motor wieder zusammensetzte. Sie plauderten jetzt über alles Mögliche, über die Vergangenheit und die Gegenwart, sie erwähnten ab und zu ein Ereignis aus ihrem jetzigen Leben und unterhielten sich auch über Bücher und vor allem über Orte, an die sie immer mal gern gereist wären. Nebenbei staunte Amanda, wie gut sie noch die Geräusche kannte. Das Klicken des Steckschlüssels, wenn er einrastete. Sie sah, wie Dawson manchmal kämpfen musste, um eine Schraube zu lockern, wie sich sein Kiefer anspannte und wie er die Schraube dann achtsam beiseitelegte. Und genau wie früher, als sie noch jung waren, hielt er zwischendurch immer wieder inne, um ihr zu signalisieren, dass er ihr zuhörte. Auf seine unaufdringliche Art wollte er ihr zeigen, wie wichtig sie ihm war – auch heute noch. Diese Erkenntnis traf sie mit einer solchen Wucht, dass es fast wehtat. Als Dawson später eine Pause machte und ins Haus ging, um neuen Eistee zu holen, wagte es Amanda, sich für einen Moment lang, nur für einen kurzen Moment, vorzustellen, wie sie ein anderes Leben hätte führen können, und sie fragte sich, wie es sich wohl anfühlen würde, dieses Leben, nach dem sie sich immer gesehnt hatte.

Als die Spätnachmittagssonne langsam hinter den Bäumen verschwand, gingen sie zu Amandas Auto. In den letzten Stunden hatte sich die Atmosphäre zwischen ihnen verändert, was Amanda einerseits genoss, was sie andererseits jedoch in Panik versetzte. War es etwa eine fragile Wiedergeburt der Vergangenheit?

Dawson hätte so gern den Arm um sie gelegt, als sie nebeneinander die Zufahrt hinuntergingen, aber er hielt sich zurück, weil er ihre Verwirrung spürte.

Am Wagen angekommen, musterte Amanda ihn mit einem unsicheren Lächeln. Sie sah seine dichten, dunklen Wimpern, um die jede Frau ihn beneidet hätte.

»Ich wollte, ich müsste jetzt nicht gehen«, murmelte sie.

»Es wird sicher sehr nett mit deiner Mutter und ihrer Freundin«, versuchte er sie aufzumuntern.

Kann ja sein, dachte sie, aber ich wette eher, es wird langweilig. »Schließt du ab, wenn du gehst?«

»Klar«, erwiderte er. Wie schön sie war! Die letzten Sonnenstrahlen streichelten ihre zarte Haut, und ein paar widerspenstige Haarsträhnen bewegten sich in der sanften Brise. »Wie wollen wir das morgen machen? Treffen wir uns dort, oder möchtest du, dass ich hinter dir her fahre?«

Amanda wog die Alternativen ab, wusste aber nicht recht, was am praktischsten war. Doch dann fiel ihr eine gute Lösung ein. »Wie wäre es, wenn wir uns um elf hier treffen, und dann fahren wir gemeinsam hin? Was hältst du davon?«

Er nickte und schaute ihr tief in die Augen. Reglos standen sie beide da. Doch dann wich Dawson einen kleinen Schritt zurück, und der Bann war gebrochen. Amanda entspannte sich und atmete tief durch. Sie hatte gar nicht gemerkt, dass sie die ganze Zeit die Luft angehalten hatte.

Sie stieg ein, und Dawson schloss die Tür für sie. Im Gegenlicht sah sie nur noch seinen Umriss, und fast erschien er ihr wie ein Fremder. Plötzlich wurde sie verlegen und kramte hektisch in ihrer Handtasche nach dem Schlüssel. Erst da merkte sie, wie ihre Hände zitterten.

»Danke für das Mittagessen«, murmelte sie.

»Gern.«

Sie fuhr los, und als sie in den Rückspiegel schaute, sah sie, dass sich Dawson nicht vom Fleck rührte – als hoffte er, sie würde es sich anders überlegen und umdrehen. In ihrem Inneren spürte sie die Gefahr, die sie die ganze Zeit zu verdrängen versucht hatte.

Er liebte sie immer noch. Das wusste sie jetzt, und es war ein berauschendes Gefühl. Es durfte nicht sein, sie musste solche Gedanken so schnell wie möglich beiseiteschieben – aber die gemeinsame Vergangenheit mit Dawson war wieder aufgewacht. Und eines konnte sie nicht leugnen: Zum ersten Mal seit vielen Jahren fühlte sie sich, als wäre sie endlich nach Hause gekommen.

KAPITEL 8

Ted beobachtete, wie die kleine Miss Cheerleader mit dem Auto in die Straße bei Tucks Haus einbog. Für ihr Alter sah sie noch echt knackig aus. Aber sie war ja schon immer eine Granate gewesen, und früher hatte er sich mehr als einmal ausgemalt, wie's wäre, wenn er sie vernaschen könnte. Er wollte sie einfach ins Auto zerren, sie auslutschen bis aufs Letzte und sie dann irgendwo verscharren, wo keiner sie fand. Aber Dawsons Vater hatte sich immer wieder eingemischt und erklärt, das Mädchen sei tabu. Und damals hatte Ted noch gedacht, Tommy Cole wüsste, was er tat.

Dabei hatte dieser Tommy Cole in Wahrheit null Ahnung gehabt. Das war Ted allerdings erst im Knast aufgefallen, und als er wieder rauskam, hasste er Tommy Cole fast genauso wie seinen Cousin Dawson. Tommy hatte nichts gegen Dawson unternommen, obwohl der sie beide zu Witzfiguren gemacht hatte. Deshalb stand Tommy ganz oben auf Teds Liste, als er wieder in Freiheit war. Kein Problem, es so hinzudrehen, dass es aussah, als hätte sich Tommy an jenem Abend zu Tode gesoffen. Man musste ihn nur mit Hochprozentigem abfüllen, als er eh schon fast hinüber war, und wenig später war Tommy dann an seiner eigenen Kotze erstickt.

Und bald würde auch Dawson von der Liste gestrichen werden. Ted musste allerdings noch warten, bis Amandas

Wagen außer Sichtweite war. Was hatten die beiden eigentlich da drin veranstaltet? Wahrscheinlich alles nachgeholt, was sie in den letzten Jahren verpasst hatten, zwischen zerwühlten Laken stöhnend und laut ihre Namen schreiend. Garantiert war sie verheiratet, die kleine Nutte. Und ahnte der Ehemann, was hier abging? Kaum anzunehmen – Frauen tröteten solche Sachen nicht gern in die Öffentlichkeit hinaus, und schon gar nicht, wenn die betreffende Frau so einen Wagen fuhr. Ihr Mann war bestimmt irgendein reiches Arschloch, und die blöde Ziege verbrachte ihre Nachmittage im Schönheitssalon und ließ sich die Nägel machen, genau wie ihre Mama. Wenn er raten müsste, würde er sagen: Der Mann war Arzt oder Anwalt und viel zu eingebildet, um auf die Idee zu kommen, dass seine Frau hinter seinem Rücken mit einem anderen rummachte.

Ted wettete, dass sie Geheimnisse gut für sich behalten konnte. Das war bei den meisten Frauen so. Und er musste es schließlich wissen. Ob sie verheiratet waren oder nicht, das war ihm egal. Wenn sie sich anboten, griff er zu. Es störte ihn auch nicht, wenn sie zur Verwandtschaft gehörten. Er hatte mit der Hälfte der Frauen auf dem Gelände geschlafen, auch mit denen, die mit seinen Cousins verheiratet waren. Und mit ihren Töchtern. Er und Claire, die Frau von Calvin, trieben es seit sechs Jahren miteinander, im Durchschnitt zwei Mal in der Woche, und Claire hatte noch keiner Menschenseele etwas davon erzählt. Ella wusste wahrscheinlich, was los war, weil sie ja diejenige war, die seine Unterhosen wusch, aber sie hielt ebenfalls den Mund. War auch besser so. Das war nun echt Männersache.

Die Rücklichter des Autos leuchteten rot auf, als Amanda um die Kurve bog und verschwand. Sie hatte seinen Laster nicht bemerkt – was Ted nicht weiter überraschte, weil er ja nicht auf der Straße geparkt, sondern sich so gut wie möglich in die Büsche geschlagen hatte. Am besten wartete er noch ein paar Minuten ab, um sicherzugehen, dass sie nicht umdrehte und zurückkam. Er konnte keine Zeugen gebrauchen. Dabei hatte er noch keinen Plan, wie er vorgehen wollte. Wenn Abee Dawson heute Morgen gesehen hatte, dann hatte Dawson zweifellos auch Abee gesehen und machte sich jetzt so seine Gedanken. Womöglich hockte er da drin und lauerte, die Knarre im Schoß. Und hatte sich schon die tollsten Kampfstrategien ausgedacht, falls einer seiner Verwandten auftauchte.

Wie beim letzten Mal.

Ted klopfte sich mit der Glock auf den Oberschenkel. Er musste seinen Cousin überraschen, das war der Trick. Sich dicht genug ranschleichen, damit er ihn abknallen konnte, ehe Dawson etwas hörte. Dann die Leiche in den Kofferraum stopfen und den Mietwagen irgendwo draußen auf dem Gelände abstellen. Die Fahrzeugnummer abfeilen und das ganze Ding in Brand setzen, bis außer dem Rahmen nichts mehr davon übrig war. Ohne Leiche gab es keine Beweise dafür, dass jemand umgebracht worden war. Die kleine Miss Cheerleader und sogar der Sheriff konnten sich ausdenken, was sie wollten, aber ein Verdacht war noch lange kein Beweis. Klar, es würde voraussichtlich massenhaft Ärger geben, aber so etwas ging vorbei. Und anschließend mussten er und Abee mal die Lage zwischen sich regeln. Eins stand fest: Wenn Abee nicht aufpasste, würde er sich demnächst auf dem Grund des Flusses wiederfinden.

Endlich war es so weit. Ted stieg aus dem Truck und ging durch den Wald.

Dawson legte den Schraubenschlüssel fort und schloss die Kühlerhaube. Der Motor war fertig. Aber seit Amanda gegangen war, hatte er ständig das Gefühl, beobachtet zu werden. Als es anfing, hatte er unter der Kühlerhaube hervorgespäht, den Schraubenschlüssel griffbereit. Doch er entdeckte niemanden.

Jetzt begab er sich zum Eingang der Werkstatt und blickte sich aufmerksam um: Eichen und Kiefern, an deren Stämmen sich Kopoubohnen hochrankten. Die Schatten wurden länger. Ein Falke kreiste hoch in den Lüften, seine dunklen Umrisse huschten über die Zufahrt. Stare zwitscherten in den Zweigen. Sonst war alles ganz still.

Aber Dawson war davon überzeugt, dass er beobachtet wurde. Irgendwo da draußen wartete jemand auf ihn. Plötzlich sah er vor seinem inneren Auge das Gewehr, das er unter der alten Eiche vergraben hatte, vor vielen, vielen Jahren. Nicht besonders tief, in Wachstuch gewickelt, um es vor den Elementen zu schützen. Er nahm an, dass auch Tuck Waffen im Haus hatte. Vermutlich unterm Bett.

Ob er wohl daran gedacht hatte, sie anzumelden? Schon wollte sich Dawson entspannen, weil ihm nichts Verdächtiges auffiel, doch in dem Moment bemerkte er, dass sich bei den Bäumen am Ende der Zufahrt etwas bewegte.

Er konzentrierte sich nun ganz auf diese Stelle, blinzelte ein paarmal, um deutlicher zu sehen, und wartete. Hatte er es sich etwa nur eingebildet? Doch da spürte er, wie sich seine Nackenhaare sträubten.

Ted schlich näher. Er wusste, dass es dumm gewesen wäre, überstürzt zu handeln. Plötzlich wünschte er sich, er hätte Abee mitgenommen. Dann könnte sich Abee jetzt von der anderen Seite an das Haus heranpirschen. Auf alle Fälle musste Dawson noch da sein – oder hatte er womöglich beschlossen, zu Fuß abzuhauen?

Aber wo steckte Dawson? Im Haus, in der Garage oder irgendwo in der Umgebung? Hoffentlich nicht im Haus. Da konnte man nämlich nicht unbemerkt hinkommen. Tucks Haus lag auf einer kleinen Lichtung, dahinter war der Fluss. Es hatte nach allen Seiten Fenster, und Dawson hätte ihn gesehen. Das hieß, falls sich Dawson im Haus aufhielt, musste sich Ted verstecken und warten, bis er herauskam. Das Problem war nur, dass Dawson sowohl durch die Vordertür als auch durch die Hintertür gehen konnte, und an zwei Orten gleichzeitig zu sein, das überstieg nun wirklich Teds Fähigkeiten.

Also musste er sich ein Ablenkungsmanöver einfallen lassen. Und sobald Dawson rauskam, um nachzusehen, würde Ted einfach losballern. Mit der Glock traute er sich bis zu einer Entfernung von zehn Metern alles zu.

Aber was für ein Ablenkungsmanöver? Das war die große Frage.

Ted musste aufpassen, dass er keine lockeren Steine lostrat. Überall hier in dieser Gegend war Kalkmergelstein. Ja, genau, das war die Lösung – einfach, aber effektiv: Man musste nur ein paar aufs Auto werfen oder eine Fensterscheibe damit zertrümmern. Dann kam Dawson garantiert angerannt, und *peng*, erwartete ihn sein Cousin Ted.

Er steckte sich eine Handvoll Steine in die Tasche.

Dawson schlich ganz leise zu der Stelle, wo er die Bewegung wahrgenommen hatte. Natürlich musste er an die Halluzinationen denken, die ihn seit der Explosion auf der Bohrinsel verfolgten. Irgendwie kam ihm das, was er da zu sehen glaubte, bekannt vor. Am Rand der Lichtung angekommen, spähte er zwischen den Bäumen hindurch. Wenn nur sein Herz nicht so schnell schlagen würde!

Er blieb stehen. Laut pfiffen die Stare in den Zweigen, ein Schwarm von mindestens hundert Vögeln. Als Junge hatte er es immer faszinierend gefunden, dass der ganze Schwarm aufstieg, wenn man in die Hände klatschte – als wären sie alle zusammengetackert. Plötzlich begannen die Vögel seltsam zu schnalzen. Aber warum nur?

War das ein Warnruf?

Er wusste es nicht. Der Wald vor ihm war ein lebendiger Kosmos. Die Luft roch salzig und war gesättigt vom Aroma verfaulender Stämme. Die tief hängenden Äste der Eichen krochen über den Boden, ehe sie himmelwärts strebten. Und schon nach ein paar Metern verschleierten Kopoubohnen und Spanisches Moos die Welt.

Aus dem Augenwinkel sah Dawson wieder, dass sich etwas bewegte, und drehte sich blitzschnell um. Ihm stockte der Atem. Ein dunkelhaariger Mann in einer blauen Windjacke verschwand hinter einem Baum. Nein, dachte Dawson, das ist nicht möglich. Das *konnte* gar nicht möglich sein. Er bildete es sich nur ein.

Aber er drückte die Zweige beiseite und folgte dem Mann tiefer in den Wald.

Gleich war er am Ziel. Durch das Laub sah Ted schon den Schornstein. Er duckte sich, trat ganz vorsichtig auf. Nur ja keine Geräusche machen! Bei der Jagd war dies der Schlüssel zum Erfolg, und Ted war seit jeher ein guter Jäger.

Mensch oder Tier, das spielte keine Rolle, wenn der Jäger geschickt genug war.

Dawson kämpfte sich keuchend durchs Unterholz, um den Abstand zu verringern. Er hatte Angst, stehen zu bleiben, aber gleichzeitig wuchs mit jedem Schritt seine Beklemmung. Er erreichte den Baum, bei dem er den dunkelhaarigen Mann gesehen hatte, und eilte weiter, auf der Suche nach einer Spur. Der Schweiß lief ihm in Strömen herunter, sein Hemd klebte am Rücken. Am liebsten hätte er laut gerufen, aber er unterdrückte diesen Impuls. Wahrscheinlich hätte er sowieso keinen Ton herausgebracht, weil seine Kehle völlig ausgedörrt war und sich anfühlte wie Sandpapier.

Der Boden war trocken, die Kiefernnadeln und die kleinen Zweige knackten unter seinen Schuhen. Als er über einen umgestürzten Baum sprang, sah er den dunkelhaarigen Mann wieder, wie er sich zwischen den Zweigen hindurchzwängte und sich hinter einen Baum duckte, bevor er mit flatternder Windjacke loslief.

Da begann auch Dawson zu rennen.

Ted hatte sich bis zu dem Holzstoß am Rand der Lichtung vorgearbeitet. Dahinter lag das Haus. Von seinem Blickwinkel aus konnte er auch sehen, dass in der Werkstatt Licht brannte. Er wartete fast eine Minute lang, ob sich irgendetwas bewegte. Dawson hatte an dem Auto gearbeitet, so viel war sicher. Aber jetzt war er nicht mehr da.

Woraus man schließen konnte, dass er entweder in oder irgendwo hinter dem Haus war. Im Schutz der Bäume tappte Ted zur Rückseite des Hauses. Dort war Dawson auch nicht. Also – zurück zum Holzstoß. Immer noch kein Hinweis darauf, dass sein Cousin in der Werkstatt arbeitete. Garantiert genehmigte er sich einen Drink im Wohnzimmer. Oder er pinkelte gerade. Irgendwann würde er schon wieder aus dem Haus kommen.

Dem Jäger blieb nichts anderes übrig als zu warten.

Dawson erspähte den Mann zum dritten Mal, jetzt ein Stück näher bei der Straße. Er rannte so schnell hinter ihm her, dass ihm die Zweige ins Gesicht peitschten. Aber irgendwie schaffte er es trotzdem nicht, die Entfernung zu reduzieren. Hechelnd verlangsamte er das Tempo und blieb schließlich am Straßenrand stehen.

Der Mann war verschwunden. Falls er überhaupt je im Wald gewesen war. Auf einmal hätte Dawson es gar nicht mehr mit Sicherheit sagen können. Das irritierende Gefühl, beobachtet zu werden, war fort. Genauso wie die eisige Furcht. Er schwitzte nur noch und war todmüde und frustriert. Und natürlich kam er sich blöd vor.

Tuck hatte Clara gesehen, und Dawson sah in der frühsommerlichen Hitze einen dunkelhaarigen Mann in einer blauen Windjacke! War Tuck genauso verrückt gewesen wie er? Dawson blieb noch eine Weile lang stehen, bis sich sein Atem wieder beruhigt hatte. Dieser Mann folgte ihm, so viel war klar. Aber wer war er? Und was wollte er von ihm?

Je mehr er sich darauf konzentrierte, was er gerade gesehen hatte, desto mehr entglitten ihm die Bilder. Wie ein Traum oft schon Minuten nach dem Aufwachen verblasst, so verschwanden die Eindrücke, und er konnte nichts mehr mit Gewissheit darüber sagen.

Verwirrt schüttelte er den Kopf. Nur gut, dass er mit dem Stingray fast fertig war. Vielleicht sollte er in sein Bed-and-Breakfast zurückfahren, duschen und sich für einen Moment hinlegen, um ungestört nachdenken zu können. Der Mann mit den dunklen Haaren, Amanda … Seit der Katastrophe auf der Plattform war sein Leben auf den Kopf gestellt worden. Er schaute in die Richtung, aus der er gekommen war. Eigentlich wäre es Unsinn, sich wieder durch den Wald zu kämpfen. Es bot sich an, einfach die Straße hochzugehen und dann über die Zufahrt zurück zum Haus. Als er sich auf den Weg machte, sah er einen alten Kleinlaster, der hinter den Büschen am Straßenrand parkte.

Warum stand dieser Wagen hier? Außer Tucks Haus gab es nichts hier in der Gegend. Reifenpanne? Nein, das hätte er auf den ersten Blick festgestellt. Es konnte natürlich sein, dass der Motor nicht mehr funktionierte, aber dann wäre der Fahrer doch gekommen, um Hilfe zu erbitten. Dawson ging zwischen den Büschen hindurch. Der Wagen war abgeschlossen. Dann legte er die Hand auf die Kühlerhaube. Sie war noch warm, aber nicht heiß. Der Laster stand schätzungsweise seit ein, zwei Stunden hier.

Aber wieso parkte er hinter den Büschen, wo man ihn nicht richtig sehen konnte? Das war doch absurd. Falls er abgeschleppt werden sollte, müsste er doch direkt am Straßenrand stehen, für jeden sichtbar. Wollte der Fahrer etwa verhindern, dass man seinen Laster bemerkte?

Hatte jemand ihn hier versteckt?

Plötzlich ergaben verschiedene Puzzlestücke ein Ganzes. Angefangen damit, dass er heute Morgen Abee gesehen hatte. Das hier war zwar nicht Abees Wagen – an dem war Dawson am Vormittag vorbeigelaufen –, doch das hieß nicht viel. Vorsichtig schlich er seitlich um den Wagen herum. Dabei fielen ihm ein paar geknickte Zweige auf.

Na bitte.

Hier war jemand ausgestiegen und dann in Richtung Haus gegangen.

Ted hatte das Warten satt. Er nahm einen Stein. Wenn er eine Fensterscheibe zerbrach und Dawson noch im Haus war, konnte es natürlich passieren, dass er einfach drinnenblieb. Ein undefinierbares Geräusch war besser. Wenn etwas gegen die Hauswand knallte, kam man normalerweise nach draußen, um nachzusehen, was los war. Und dabei ging Dawson garantiert direkt an dem Holzstoß vorbei, nicht weit von Ted entfernt. Leichte Beute.

Zufrieden holte er den ersten Stein aus der Tasche und spähte über den Holzstoß. Niemand am Fenster. Mit Schwung warf er den Stein und duckte sich dann rasch wieder, während der Stein mit einem unüberhörbaren Knall gegen die Wand krachte und zersplitterte.

Hinter Ted stieg mit lautem Gekreische ein Schwarm Stare auf.

Dawson hörte ein Geräusch. Über ihm eine Wolke kreischender Stare, die sich bald wieder auf den Bäumen niederließen. Nein, ein Schuss war das nicht gewesen. Aber was dann? Mit geschmeidigen, unhörbaren Bewegungen näherte er sich dem Haus.

Dort war jemand. Das wusste er jetzt. Ohne Zweifel einer seiner Verwandten.

Ted wurde immer nervöser. Wo steckte dieser verdammte Dawson? Er musste den Knall doch gehört haben – aber wo war er? Weshalb kam er nicht heraus?

Er nahm einen zweiten Stein und schleuderte ihn mit aller Kraft gegen die Hauswand.

Dawson erstarrte bei dem zweiten Knall, den er viel klarer hören konnte. Doch er entspannte sich wieder und pirschte sich weiter vorwärts. Dann sah er, woher der Lärm kam.

Es war Ted, der hinter dem Holzstoß kauerte. Bewaffnet.

Ted wandte Dawson den Rücken zu und starrte über das gestapelte Holz hinweg zum Haus. Wartete er darauf, dass Dawson aus dem Haus kam? Machte er Lärm, um ihn ins Freie zu locken?

Wenn er doch nur das Gewehr ausgegraben hätte! Oder sonst irgendeine Waffe bei sich hätte. In der Werkstatt lag genug Werkzeug herum, doch dort konnte er unmöglich hingelangen, ohne dass Ted ihn bemerkte. Sollte er zurück zur Straße laufen? Ted würde allerdings garantiert nicht von hier fortgehen, es sei denn, er hatte einen guten Grund. An Teds Gezappel konnte Dawson ablesen, dass er schon ziemlich unruhig wurde. Gut so. Ungeduld war der Feind des Jägers.

Lautlos versteckte sich Dawson hinter einem Baum. Hoffentlich bot sich ihm eine Chance, die Sache zu erledigen, ohne dabei erschossen zu werden.

Fünf Minuten vergingen. Zehn. Ted hielt es kaum noch aus. Nichts rührte sich, absolut nichts. Keiner kam aus dem Haus, und nicht einmal hinter den Fenstern bewegte sich etwas. Aber in der Zufahrt parkte ein Mietwagen – er konnte den Aufkleber sehen –, und jemand hatte in der Werkstatt gearbeitet. Tuck konnte es nicht gewesen sein, so viel stand fest. Und Amanda auch nicht. Deshalb kam logischerweise nur Dawson infrage. Und wenn er weder vor noch hinter dem Haus war, musste er drinnen sein.

Aber warum kam er nicht raus?

Vielleicht sah er fern. Oder er hörte laute Musik ... oder er schlief. Unter der Dusche konnte er natürlich auch stecken. Oder er tat Gott weiß was – jedenfalls hatte er nichts gehört.

Ted blieb noch ein paar Minuten in seinem Versteck und wurde immer wütender. Dann beschloss er, dass es reichte, huschte seitlich am Haus vorbei und spähte nach vorn. Nichts. Niemand. Auf Zehenspitzen tappte er auf die Veranda und blieb dann zwischen Tür und Fenster stehen, fest an die Hauswand gepresst.

Er lauschte. Im Hausinnern war nichts zu hören. Kein plärrender Fernseher, keine wummernde Musik. Als er sicher war, dass ihn niemand gesehen hatte, griff er nach dem Türknauf und drehte ihn langsam.

Nicht verschlossen. Perfekt.

Die Waffe schussbereit.

Dawson beobachtete, wie Ted die Haustür öffnete. Sobald sie sich wieder geschlossen hatte, rannte er zur Werkstatt. Ihm blieb nur etwa eine Minute Zeit, vielleicht weniger. Er packte den rostigen Montierhebel und eilte dann zum Vordereingang des Hauses. Ted befand sich nach seiner Berechnung inzwischen in der Küche. Oder im Schlafzimmer. Hoffentlich stimmten seine Spekulationen.

Er sprang auf die Veranda und presste sich dann gegen die Hauswand, genau an derselben Stelle, an der Ted zuvor gestanden hatte. Mit beiden Händen umklammerte er den Hebel. Lange musste er nicht warten. Er hörte Ted im Haus fluchen und zur Vordertür stampfen. Die Tür ging auf – und dann sah er Teds schreckverzerrtes Gesicht, als dieser begriff, dass er Dawson eine Sekunde zu spät entdeckt hatte.

Mit dem Montierhebel holte Dawson aus. Er spürte die Vibration im Arm, als er seinem Cousin das Nasenbein zertrümmerte. Ted taumelte rückwärts, Blut schoss in einem roten Strahl aus seiner Nase. Dawson folgte ihm. Ted stolperte, fiel, und Dawson traf seinen ausgestreckten Arm, sodass die Waffe davonflog. Als Ted hörte, wie seine Knochen brachen, krümmte er sich jämmerlich schreiend auf dem Boden.

Dawson packte die Waffe und zielte auf ihn.

»Ich habe dir doch gesagt, du sollst dich hier nie wieder blicken lassen.«

Das waren die letzten Worte, die Ted hörte, bevor er die Augen verdrehte und vor Schmerzen das Bewusstsein verlor.

Auch wenn er seine Familie noch so hasste – Dawson brachte es nicht über sich, Ted zu töten. Was sollte er mit ihm tun? Natürlich, er konnte den Sheriff informieren. Er hatte sich allerdings fest vorgenommen, in Zukunft nie wieder hierherzukommen. Doch wenn er während der Ermittlungen nicht anwesend war, würde Ted nichts passieren. Außerdem müsste er jetzt stundenlang den Vorgang schildern, und man würde ihm zweifellos nicht ohne Weiteres glauben. Er war schließlich ein Cole und außerdem vorbestraft. Nein, diesen Ärger wollte er sich ersparen.

Andererseits konnte er Ted nicht einfach hier liegen lassen. Sein Cousin brauchte dringend einen Arzt. Wenn er ihn in die Klinik brachte, stand bestimmt auch ziemlich schnell der Sheriff auf der Matte. Das Gleiche galt, wenn er einen Krankenwagen rief.

Er kramte in Teds Taschen und fand ein Handy, drückte ein paar Tasten, bis er bei *Kontakte* landete. Nur einige Namen, und die meisten kannte Dawson. Er suchte noch den Schlüssel für den Kleinlaster, dann rannte er in die Werkstatt, um ein paar Gummiseile und Kabel zu holen, mit denen er Ted fesseln konnte. Nachdem die Sonne untergegangen war, warf er sich seinen Cousin über die Schulter und stapfte los.

Er trug ihn die Zufahrt hinunter und legte ihn auf die Ladefläche des Lastwagens. Dann kletterte er auf den Fahrersitz und fuhr zum Grundstück der Coles. Weil er keine unnötige Aufmerksamkeit erregen wollte, machte er die Scheinwerfer aus, sobald er die Grenze des Geländes erreichte. An dem ZUTRITT-VERBOTEN-Schild hielt er, zerrte Ted von der Ladefläche und lehnte ihn an den Pfosten.

Dann wählte er Abees Nummer. Das Telefon klingelte vier Mal, bevor sein Cousin an den Apparat ging. Im Hintergrund hörte man dröhnende Musik.

»Ted?«, brüllte Abee. »Wo steckst du denn, verdammt noch mal?«

»Hier ist nicht Ted. Aber du musst ihn abholen. Er ist schwer verletzt«, antwortete Dawson. Dann erklärte er noch schnell, wo Ted zu finden war, legte auf und warf das Handy auf den Boden, zwischen Teds Beine.

Anschließend fuhr er in rasendem Tempo mit dem Lastwagen davon und warf Teds Gewehr in den Fluss. Unterwegs beschloss er, auch noch beim Bed-and-Breakfast vorbeizufahren und seine Sachen zu holen. Danach würde er die Autos austauschen und Teds Laster wieder dort parken, wo er ihn entdeckt hatte. Als Letztes musste er sich dann ein Hotelzimmer außerhalb von Oriental suchen, um endlich duschen und einen Happen essen zu können.

Er war todmüde. Es war ein langer Tag gewesen. Nur gut, dass er vorbei war.

KAPITEL 9

Abee Coles Bauch fühlte sich an, als hätte ihn jemand mit einem heißen Brandeisen markiert. Und das Fieber ging immer noch nicht runter. Wahrscheinlich sollte er sich wegen der Wunde an den Arzt wenden, wenn der das nächste Mal ins Zimmer kam, um nach Ted zu sehen. Aber dann würden sie ihn auch dabehalten wollen, und das ging nicht. Man hätte ihm in dem Fall nämlich Fragen stellen können, die er lieber nicht beantworten wollte.

Es war schon spät, kurz vor Mitternacht, und im Krankenhaus kehrte allmählich Ruhe ein. Abee schaute in der dämmrigen Beleuchtung zu seinem Bruder hinüber. Dawson hatte ihn ganz schön zugerichtet. Genau wie beim letzten Mal. Zuerst dachte Abee, Ted sei tot: das Gesicht blutüberströmt, der Arm seitlich verdreht. Offenbar hatte er wieder einmal nicht aufgepasst. Oder hatte Dawson auf ihn gewartet? Womöglich schmiedete sein Cousin noch ganz andere Pläne.

Der Schmerz flammte wieder auf. Abee wurde richtig übel. Die Krankenhausumgebung machte alles nur noch schlimmer. Das war ja der reinste Backofen hier! Der einzige Grund, weshalb Abee immer noch hier herumsaß, war, dass er anwesend sein wollte, wenn Ted aufwachte. Er musste unbedingt herausfinden, was Dawson im Schilde führte. Langsam packte ihn nämlich der Verfolgungswahn, aber das lag vielleicht auch daran, dass er nicht mehr geradeaus denken konnte. Das Antibiotikum sollte endlich wirken, und zwar schnell!

Der Abend war sowieso beschissen gewesen. Nicht nur wegen Ted. Abee hatte vorgehabt, Candy einen Besuch abzustatten, aber als er ins Tidewater kam, war sie von der Hälfte der Gäste umlagert. Ein Blick genügte, und er wusste: Diese Frau hat etwas vor. Sie trug ein Top mit Neckholder, das alles zur Schau stellte, was sie vorzuweisen hatte, und dazu ein Jeanshöschen, das ihr kaum über den Hintern ging. Als sie ihn hereinkommen sah, wurde sie ganz zappelig, und selbst ein Blinder konnte sehen, dass sie sich nicht über seine Anwesenheit freute. Am liebsten hätte er sie vor die Tür gezerrt, doch es waren leider zu viele Leute da, deshalb ging das nicht. Aber später würde er sich mit ihr unterhalten, und dann würden Candy schon die Augen aufgehen, so viel stand fest. Aber im Moment wollte er lieber herausfinden, was dahintersteckte, dass sie so reagierte, als hätte sie ein schlechtes Gewissen. Oder genauer gesagt: *wer* hinter diesem schlechten Gewissen steckte.

Denn dass da ein Kerl mitmischte, war sonnenklar. Irgendein Typ in der Bar. Und obwohl Abees Kopf vom Fieber benebelt war und sein Bauch höllisch wehtat, würde er schon bald wissen, welcher.

Also blieb er im Tidewater und wartete. Und siehe da, nach kurzer Zeit hatte er den Übeltäter identifiziert. Ziemlich jung, dunkle Haare, und er übertrieb es echt mit seiner Anmache. Candy berührte seinen Arm und ließ ihn großzügig in ihren Ausschnitt glotzen, als sie ihm sein Bier brachte. Abee wollte gerade hingehen und für Ordnung sorgen, als sein Handy klingelt und sich Dawson am anderen Ende meldete.

Nicht lange danach saß er hinter dem Steuer seines Wagens und bretterte in Richtung Krankenhaus. Ted lag auf dem Rücksitz. Aber auch auf dem Weg nach New Bern sah er Candy mit diesem miesen Versager vor sich, wie sie ihr Top auszog und in seinen Armen vor Lust ächzte.

Genau jetzt ging ihre Schicht in der Bar zu Ende, und der Gedanke daran machte Abee über alle Maßen wütend. Er wusste, wer sie zum Auto begleitete, und konnte nichts dagegen unternehmen. Zuerst musste er nämlich erfahren, was Dawson vorhatte.

Die ganze Nacht hindurch war Ted halb wach, halb bewusstlos. Die Medikamente und die Gehirnerschütterung sorgten dafür, dass sein Kopf nie ganz klar wurde, selbst wenn er aufwachte, aber im Verlauf des nächsten Vormittags packte ihn so richtig die Wut. Abee nervte ihn, weil er dauernd fragte, ob Dawson hinter ihm her sei. Ella nervte ihn, weil sie pausenlos heulte, jammerte und schniefte. Beschissen war auch das Geflüster und Getuschel der Angehörigen auf dem Flur – es klang so, als würden sie sich fragen, ob sie überhaupt noch Angst vor ihm haben mussten. Am allerwütendsten aber war Ted auf Dawson. Was war eigentlich passiert? Das Letzte, woran er sich erinnerte, war, wie Dawson über ihm stand, und es dauerte eine ganze Weile, bis er kapierte, was Abee und Ella ihm erzählten. Schließlich mussten die Ärzte ihn ruhigstellen. Sie drohten schon damit, die Polizei zu alarmieren.

Seither verhielt er sich unauffällig, weil er es nur so schaffen konnte, hier wieder rauszukommen. Abee saß auf einem Stuhl und Ella auf der Bettkante. Sie zupfte ständig an ihm herum, und er musste sich beherrschen, um ihr nicht eine runterzuhauen, was er allerdings, selbst bei größter Anstrengung, gar nicht gekonnt hätte, weil er ja ans Bett gefesselt war. Also testete er immer wieder die Fesseln aus und dachte an seinen Cousin. Er musste sterben, daran gab es keinen Zweifel, und Ted interessierte es einen Scheiß, dass der Arzt ihm empfahl, noch eine Nacht zur Beobachtung im Krankenhaus zu bleiben. Oder dass er sagte, er dürfe sich nicht bewegen, das sei gefährlich. Dawson konnte jede Minute aus Oriental abhauen. Und als Ella vom vielen Geplärre anfing zu glucksen, zischte Ted durch zusammengebissene Zähne:

»Hau ab. Ich muss mit Abee reden.«

Ella trocknete sich die Tränen und verließ wortlos das Krankenzimmer. Ted musterte Abee. Sein Bruder sah echt beschissen aus. Feuerrot im Gesicht, schweißgebadet. Die Infektion. Abee müsste hier im Bett liegen, nicht er.

»Bring mich hier raus.«

Abee verzog das Gesicht und beugte sich vor. »Du willst ihn dir schnappen?«

»Die Sache ist noch nicht erledigt.«

Sein Cousin deutete auf den Gipsverband. »Und wie willst du das anstellen, mit dem kaputten Arm? Wenn du's schon gestern nicht geschafft hast – mit zwei gesunden Armen.«

»Weil du mitkommst. Zuerst fährst du mich nach Hause, damit ich noch eine Glock holen kann. Und dann beenden wir das Ganze.«

Abee lehnte sich zurück. »Und warum sollte ich das tun?«

Ted ließ seinen Blick nicht los und dachte an die ängstlichen Fragen, die Abee ihm vorher gestellt hatte.

»Ich werd's dir verraten: Ehe vor meinen Augen alles dunkel geworden ist, hat er gesagt, du bist der Nächste.«

KAPITEL 10

Dawson lief auf dem festen Sand am Ufer und jagte halb-
herzig die Meerschwalben, die zwischen den Wellen hin
und her schossen. Obwohl es noch früh am Morgen war,
tummelten sich schon ziemlich viele Leute am Strand:
andere Jogger, Hundebesitzer, die ihre Lieblinge ausführ-
ten. Hinter den Dünen sah man Paare auf ihren Veran-
den sitzen und Kaffee trinken. Die Füße aufs Geländer gelegt, genossen sie die wohltuende Frische des Morgens.

Mit dem Zimmer hatte er Glück gehabt. Um diese Zeit
waren die Hotels am Strand meistens vollkommen ausge-
bucht, aber nach mehreren Anrufen hatte er eines gefunden, in dem gerade ein Gast abgesagt hatte. Er wollte entweder hierher oder nach New Bern. Doch weil sich das
Krankenhaus in New Bern befand, erschien es ihm vernünftiger, auf Distanz zu gehen. Er musste den Ball flach
halten, denn Ted gab unter Garantie nicht so schnell auf.

Auch wenn er sich noch so bemühte, konnte Dawson
den Gedanken an den dunkelhaarigen Mann nicht abschütteln. Wenn er nicht hinter ihm hergelaufen wäre,
hätte er nicht gemerkt, dass Ted ihm auflauerte. Die Erscheinung – der Geist – hatte ihm gewinkt, und er war
ihm gefolgt, genau wie im Meer nach der Explosion auf
der Bohrinsel.

Die beiden Ereignisse gingen ihm pausenlos durch den
Kopf und jagten sich gegenseitig in einer Endlosschleife.

Dass ihm jemand *einmal* das Leben rettete, konnte man ja noch mit einer Illusion erklären, aber zweimal? Erst jetzt fragte sich Dawson, ob die Besuche des dunkelhaarigen Mannes vielleicht einem höheren Zweck dienten. Wurde er aus einem bestimmten Grund gerettet, ohne zu ahnen, welcher es sein könnte?

Schluss mit diesen Grübeleien! Um sie loszuwerden, steigerte Dawson sein Tempo. Sein Atem ging schwerer, er zog das Hemd aus, ohne langsamer zu werden, und wischte sich damit den Schweiß vom Gesicht. In der Ferne sah er den Pier und nahm sich vor, noch etwas schneller zu laufen, bis er dort war. Seine Beinmuskeln begannen zu brennen, aber er ließ nicht nach, versuchte, sich ganz auf seinen Körper zu konzentrieren und ihn bis zum Anschlag zu fordern – doch seine Augen wanderten trotzdem hin und her, weil er unbewusst unter den Strandgängern nach dem dunkelhaarigen Mann suchte.

Am Pier angekommen, drosselte er sein Tempo keineswegs, sondern rannte genauso schnell zurück zum Hotel. Zum ersten Mal seit vielen Jahren fühlte er sich nach dem Joggen schlechter als vorher. Er beugte sich nach vorn und versuchte, ruhig durchzuatmen. Einer Antwort auf seine Fragen war er keinen Millimeter näher gekommen. Seit er in Oriental war, hatte sich sein innerer Kosmos vollkommen verändert. Alles fühlte sich irgendwie anders an. Nicht wegen des dunkelhaarigen Mannes oder wegen Ted oder weil Tuck gestorben war. Nein, es lag an Amanda. Sie war jetzt mehr als nur eine Erinnerung, sie war eine greifbare Realität geworden – die lebendige, strahlende Version einer Vergangenheit, die nie wirklich vergangen war. Mehr als einmal hatte die jüngere Amanda ihn im Traum besucht. Ob sich seine Träume in Zukunft verändern würden? Wer würde ihn von nun an besuchen? Er hatte keine Ahnung. Er wusste nur, dass er in Amandas Gegenwart eine Art von Vollkommenheit empfand, wie nur wenige Menschen sie je erlebten.

Am Strand wurde es ruhiger. Die Frühaufsteher strebten zurück zu ihren Autos, und die Feriengäste hatten ihre Handtücher noch nicht ausgebreitet. In regelmäßigem Rhythmus rollten die Wellen ans Ufer, ein hypnotisches Geräusch. Dawson kniff die Augen zusammen und schaute zum Wasser. Der Gedanke an die Zukunft machte ihn sehr traurig. Es spielte keine Rolle, wie wichtig Amanda für ihn war – er musste akzeptieren, dass sie einen Mann und Kinder hatte. Die Beziehung damals zu beenden, war schon schlimm genug gewesen, der Gedanke, es noch einmal tun zu müssen, erschien ihm vollkommen unerträglich. Der Wind frischte auf und flüsterte ihm zu, seine Zeit mit ihr gehe dem Ende entgegen. Diese Erkenntnis lastete schwer auf ihm, und er wünschte sich von ganzem Herzen, dass alles anders wäre. Mit solchen Gedanken betrat er die Hotellobby.

Je mehr Kaffee Amanda trank, desto besser fühlte sie sich für das Gespräch mit ihrer Mutter gewappnet. Sie saßen auf der hinteren Veranda, mit Blick über den Garten. Ihre Mom in einem weißen Rohrsessel, in makelloser Haltung und perfekt gekleidet, als würde sie den Gouverneur zu Besuch erwarten. Sie ging gerade alles noch einmal durch, was sich am vergangenen Abend beim Essen und während des Bridge-Spiels ereignet hatte. Anscheinend machte es ihr Spaß, bei ihren Freundinnen im Tonfall und in der Wortwahl schreckliche Verschwörungen und versteckte Vorwürfe aufzuspüren.

Weil ewig lange Bridge gespielt wurde, dauerte der Besuch bis halb elf, während Amanda höchstens mit ein, zwei Stunden gerechnet hatte. Und selbst um halb elf wollte außer ihr eigentlich niemand nach Hause fahren. Doch Amanda hatte schon längst angefangen zu gähnen und konnte sich jetzt beim besten Willen nicht an die Sachen erinnern, die ihre Mutter noch einmal durchkaute. Soweit sie als Tochter das beurteilen konnte, verliefen die Gespräche nicht anders als früher. Oder als in anderen Kleinstädten. Man sprach über Nachbarn und Enkelkinder und darüber, wer die letzte Bibelstunde gehalten hatte und wie man am besten Gardinen aufhängte. Oder auch über den astronomischen Preis von Bratenfleisch. Alles gewürzt mit einer guten Prise Tratsch, aber harmlos. Prosaischer Alltag, würde man sagen, aber bei ihrer Mutter wurde daraus eine Sache von nationaler Bedeutung, denn sie witterte überall dramatische Verwicklungen, und Amanda war froh, dass sie schon ihre erste Tasse Kaffee getrunken hatte, als Mom ihr Klagelied begann.

Amandas Konzentrationsfähigkeit war eingeschränkt, weil sie dauernd an Dawson denken musste. Sie versuchte sich einzureden, sie habe alles unter Kontrolle – aber warum sah sie dann dauernd vor sich, wie seine dichten Haare über den Hemdkragen fielen oder wie gut er in seinen Jeans aussah oder wie normal es sich angefühlt hatte, als sie sich gleich am Anfang umarmten? Sie war lange genug verheiratet, um zu wissen, dass diese Dinge weniger wichtig waren als bewährte Freundschaft und Vertrauen. Ein paar gemeinsam verbrachte Tage nach mehr als zwanzig Jahren reichten nicht aus, um diese Art von Verbundenheit zu schaffen. Es dauerte lange, bis wahre Freundschaft entstand, und Vertrauen bildete sich nur ganz allmählich. Ihrer Erfahrung nach hatten viele Frauen die Tendenz, in den Männern immer nur das zu sehen, was sie sehen wollten, jedenfalls zu Beginn. Aber vielleicht machte sie selbst ja auch diesen Fehler. Und während sie über solche Fragen grübelte, auf die es keine Antwort gab, merkte sie gleichzeitig wieder einmal, dass ihre Mutter einfach nicht schweigen konnte: Sie redete ohne Punkt und Komma.

»Hörst du mir überhaupt zu?«, fragte Evelyn sie auf einmal.

Amanda stellte ihre Tasse ab. »Ja, natürlich.«

»Ich habe gesagt, du musst lernen, besser zu reizen.«

»Es ist ewig lange her, dass ich Bridge gespielt habe.«

»Deshalb solltest du in einen Club gehen, das sage ich dir schon die ganze Zeit. Oder selbst einen gründen. Hast du das gar nicht mitbekommen?«

»Entschuldige. Ich bin ein wenig geistesabwesend.«

»Verstehe – die kleine Zeremonie, hab ich recht?«

Amanda ignorierte den spitzen Unterton, weil sie keine Lust hatte, zu streiten. Denn genau darauf legte ihre Mutter es an, sie bereitete ihren Angriff schon seit Minuten vor und benutzte die angeblichen Gefechte und Plänkeleien von gestern Abend als Rechtfertigung für die unvermeidliche Invasion.

»Tuck wünscht sich, dass seine Asche verstreut wird«, erwiderte Amanda mit ruhiger Stimme. »Seine Frau Clara wurde auch eingeäschert. Vielleicht hat er gedacht, auf diese Weise könnten sie wieder zusammen sein.«

Ihre Mutter schien sie gar nicht zu hören. »Was zieht man denn zu so etwas an? Es klingt so ... schmutzig.«

Amanda schaute zum Fluss. »Keine Ahnung, Mom. Darüber habe ich noch nicht nachgedacht.«

Das Gesicht ihrer Mutter war starr und ausdruckslos wie das einer Schaufensterpuppe. »Und die Kinder? Wie geht's ihnen?«

»Ich habe heute Morgen noch nicht mit Jared oder Lynn gesprochen. Aber soviel ich weiß, ist alles in Ordnung.«

»Und Frank?«

Amanda trank einen Schluck Kaffee, um Zeit zu gewinnen. Sie hatte keine Lust, über Frank zu reden. Nicht nach dem Krach gestern Abend. Es war die gleiche Auseinandersetzung gewesen wie immer, die für sie beide längst Routine geworden war und die er sicher schon vergessen hatte.

»Alles in Ordnung.«

Ihre Mutter nickte und wartete auf mehr. Amanda schwieg.

Schließlich strich Evelyn die Serviette auf ihrem Schoß glatt und fuhr fort: »Dann erzähl doch mal, wie das heute läuft. Du kippst die Asche einfach nur an der Stelle aus, die er dafür bestimmt hat?«

»So ungefähr.«

»Braucht man dafür nicht eine Genehmigung? Ich finde den Gedanken, dass man so etwas ungestraft tun darf, sehr unerfreulich.«

»Der Anwalt hat nichts davon gesagt, deshalb nehme ich an, dass alles geregelt ist. Ich empfinde es als Ehre, dass Tuck mich dabeihaben wollte.«

Ihre Mutter beugte sich ein Stück vor. »Ach ja, stimmt«, sagte sie mit einem spöttischen Lachen. »Ihr wart ja befreundet.«

Amanda wandte sich ab. Auf einmal konnte sie das alles nicht mehr ertragen – ihre Mutter, Frank, diese ewigen Schwindeleien, die inzwischen kennzeichnend waren für ihr ganzes Leben. »Ja, Mom, wir waren befreundet. Ich habe mich in seiner Gesellschaft sehr wohlgefühlt. Tuck war einer der warmherzigsten Menschen, die ich kenne.«

Zum ersten Mal schien ihre Mutter verunsichert. »Wo findet die Zeremonie denn statt?«

»Warum fragst du? Du bist doch sowieso mit dem Ganzen nicht einverstanden.«

»Ich mache nur Konversation.« Sie schniefte. »Kein Grund, unhöflich zu sein.«

»Vielleicht klinge ich unhöflich, weil mir innerlich alles wehtut. Oder weil du immer noch keinen Satz gesagt hast wie ›Es tut mir leid, denn ich weiß ja, er war dir sehr wichtig‹. So etwas sagt man normalerweise zu seinen Freunden, wenn jemand, der ihnen nahestand, stirbt.«

»Vielleicht hätte ich das getan, wenn ich wirklich über diese Beziehung Bescheid gewusst hätte. Aber du hast mich ja die ganze Zeit nur angelogen.«

»Bist du schon einmal auf den Gedanken gekommen, dass du der Grund bist, warum ich immer lügen muss?«

Ihre Mutter verdrehte die Augen. »Mach dich doch nicht lächerlich, Amanda. Ich habe dir die Sätze nicht in den Mund gelegt. Ich bin nicht diejenige, die heimlich weggeschlichen ist. *Du* hast dich dafür entschieden, nicht ich, und jede Entscheidung hat Konsequenzen. Du musst lernen, für das, was du tust, die Verantwortung zu über-nehmen.«

»Glaubst du, das weiß ich nicht?« Amanda schoss das Blut ins Gesicht.

»Ich glaube«, erwiderte ihre Mutter betont langsam, »dass du manchmal ein wenig zu egozentrisch bist.«

»Ich?« Amanda traute ihren Ohren nicht. »Du denkst, *ich* bin egozentrisch?«

»Selbstverständlich. Jeder Mensch ist bis zu einem ge-wissen Grad ichbezogen. Ich sage nur, dass du gelegent-lich ein bisschen zu weit gehst.«

Amanda starrte sie über den Tisch hinweg an. Sie war sprachlos. Dass Evelyn, *ausgerechnet Evelyn*, solch eine Be-hauptung aufstellte, machte sie doppelt wütend. In der Welt ihrer Mutter waren andere Menschen doch nie et-was anderes gewesen als ein Spiegel. Ein Spiegel für sie. Amanda wählte ihre Worte sehr sorgfältig, als sie antwor-tete: »Ich glaube, es ist nicht sehr fruchtbar, über dieses Thema zu sprechen.«

»Das sehe ich anders«, entgegnete ihre Mutter.

»Weil ich dir nichts von Tuck erzählt habe?«

»Nein. Weil ich glaube, es hat etwas mit den Proble-men zwischen dir und Frank zu tun.«

Bei dieser Bemerkung zuckte Amanda innerlich zu-sammen. Sie musste sich sehr zusammenreißen, um nicht die Beherrschung zu verlieren. »Wie kommst du darauf, dass wir Probleme haben?«

Auch ihre Mom sprach mit betont neutraler Stimme, ohne jede Spur von Wärme. »Ich kenne dich besser, als du denkst, und die Tatsache, dass du es nicht abstreitest, beweist mir, dass ich recht habe. Es stört mich nicht, dass du nicht darüber sprechen möchtest. Im Grunde geht es nur dich und Frank etwas an, und ich kann sowieso nichts sagen oder tun, um euch zu helfen. Das wissen wir beide. Die Ehe ist eine Partnerschaft, keine Demokratie. An diesem Punkt stellt sich natürlich die Frage, was dich all die Jahre mit Tuck verbunden hat. Ich vermute, dass du ihn nicht einfach besuchen wolltest. Du hattest vielmehr das Bedürfnis nach seiner Nähe, weil euch gewisse Gemeinsamkeiten verbanden.«

Ihre Mutter redete nicht weiter, sondern ließ diese indirekte Frage im Raum stehen. Mit hochgezogenen Augenbrauen musterte sie ihre Tochter. Amanda versuchte schweigend den Schock zu verdauen, während Evelyn wieder an ihrer Serviette herumzupfte und dann fortfuhr: »Ich nehme an, du bist heute Abend zum Essen wieder zurück. Möchtest du lieber hierbleiben oder ins Restaurant gehen?«

»Das war's?«, stieß Amanda hervor. »Du kommst mit deinen Unterstellungen und Vorwürfen daher, und dann wechselst du das Thema?«

»Ich habe keineswegs das Thema gewechselt«, sagte ihre Mutter, die Hände im Schoß gefaltet. »Du bist doch diejenige, die sich weigert, darüber zu sprechen. Aber wenn ich du wäre, würde ich mir genau überlegen, was ich wirklich will. Denn sobald du wieder zu Hause bist, musst du Entscheidungen in Bezug auf deine Ehe treffen. Entweder eine Ehe funktioniert, oder sie funktioniert nicht. Und das hängt zum großen Teil von dir ab.«

Diese Worte enthielten die grausame Wahrheit. Und es ging ja nicht nur um Frank, sondern auch um die Kinder. Amanda war plötzlich sehr erschöpft. Sie stellte ihre

Tasse ab und spürte, wie die Wut aus ihr wich und durch das Empfinden einer Niederlage ersetzt wurde.

»Erinnerst du dich noch an die Otterfamilie, die früher immer an unserer Anlegestelle gespielt hat?«, fragte sie, wartete aber keine Antwort ab, sondern fuhr gleich fort: »Als ich noch klein war, hat Dad mich oft auf den Arm genommen und mich hinausgetragen, wenn die Otter gekommen sind. Dann saßen wir im Gras und haben zugeschaut, wie sie herumplantschten und sich gegenseitig jagten. Ich habe damals gedacht, sie sind die glücklichsten Tiere auf der ganzen Welt.«

»Ich verstehe nicht ganz, was das mit unserem Gespräch zu tun hat.«

Amanda sprach weiter, aber eigentlich nicht an ihre Mutter gerichtet. »Ich habe die Otter wiedergesehen«, sagte sie. »Letztes Jahr, als wir Ferien am Strand gemacht haben, waren wir in dem großen Aquarium in Pine Knoll Shores. Ich habe mich so darauf gefreut, die Otter dort zu sehen. Annette habe ich bestimmt zehnmal von der Familie hinter unserem Haus erzählt, und sie konnte es kaum erwarten, aber als wir dann endlich da waren, kam mir alles ganz anders vor als früher. Sicher, die Otter waren da, aber sie haben auf dem Steinvorsprung geschlafen. Wir sind stundenlang im Aquarium herumgelaufen, aber sie haben sich keinen Millimeter bewegt. Auf dem Weg nach draußen hat mich Annette gefragt, warum die Otter nicht gespielt hätten, und ich wusste nicht, was ich antworten sollte. Ich war traurig, weil mir sonnenklar war, wieso die Otter keine Lust hatten zu spielen.«

Sie strich mit dem Finger über den Rand ihrer Kaffeetasse. Dann schaute sie Evelyn in die Augen.

»Sie waren nicht glücklich. Die Otter wussten genau, dass sie nicht in einem echten Fluss lebten. Ich glaube, ihnen war bewusst, dass sie eingesperrt waren und nicht rauskonnten. Das war für sie nicht die richtige Umgebung, so wollten sie nicht leben, aber sie konnten nichts daran ändern.«

Zum ersten Mal hatte Amanda den Eindruck, dass ihre Mutter keine Antwort parat hatte. Sie schob ihre Tasse fort, stand auf und wandte sich zum Gehen. Als Evelyn sich räusperte, drehte sie sich noch einmal um.

»Ich vermute, du wolltest mir mit dieser Geschichte etwas mitteilen?«, sagte ihre Mutter.

Amanda lächelte müde. »Ja«, antwortete sie mit leiser Stimme, »das wollte ich.«

KAPITEL 11

Dawson öffnete das Verdeck des Stingray und lehnte sich an den Kofferraum. Er wartete auf Amanda. Die Luft war schwer und schwül, und man ahnte, dass am Nachmittag ein Gewitter kommen würde. Ob Tuck irgendwo im Haus einen Regenschirm herumstehen hatte? Dawson bezweifelte es, weil er sich Tuck genauso wenig mit einem Schirm vorstellen konnte wie in einem Rock. Andererseits war Tuck immer für eine Überraschung gut, das hatte er spätestens jetzt begriffen.

Ein Schatten schwebte über den Boden, und Dawson erblickte hoch am Himmel einen Fischadler, der gemächlich seine Kreise zog. Endlich hörte er Amandas Wagen die Zufahrt herauffahren. Der Kies knirschte unter den Reifen. Sie parkte an der schattigen Stelle direkt neben seinem Mietauto und stieg aus.

Als sie Dawson in seiner schwarzen Hose und dem frisch gebügelten weißen Hemd sah, machte sie ein verdutztes Gesicht. Diese Kombination stand ihm hervorragend! Das Jackett trug er lässig über der Schulter. Er sah so gut aus, dass sie es kaum glauben konnte. Wodurch ihr das, was ihre Mom vorhin gesagt hatte, nur noch hellsichtiger erschien. Sie atmete tief ein, weil sie nicht wusste, wie sie sich verhalten sollte.

»Komme ich zu spät?«, fragte sie und ging auf Dawson zu.

Er konnte den Blick nicht von ihr wenden. Selbst aus der Entfernung ließ die Morgensonne ihre blauen Augen funkeln, glasklar, wie ein Bergsee. Sie trug einen schwarzen Hosenanzug, mit einer ärmellosen Seidenbluse und einem silbernen Medaillon um den Hals.

»Nein, gar nicht«, antwortete er. »Ich war zu früh dran, weil ich sichergehen wollte, dass der Wagen auch wirklich fährt.«

»Und?«

»Der Mechaniker, der ihn repariert hat, wusste genau, was er tut.«

Sie grinste, und aus einem Impuls heraus küsste sie ihn auf die Wange. Dawson wurde verlegen, und überhaupt war er anscheinend mindestens so verwirrt wie sie selbst, stellte Amanda fest. Und wieder hörte sie im Kopf die Worte ihrer Mutter. Um sie zu vertreiben, ging sie zu dem Sportwagen. »Du hast das Verdeck runtergelassen?«

Ihre Frage brachte Dawson in die Gegenwart zurück. »Ja, ich dachte, wir fahren damit nach Vandemere.«

»Der Wagen gehört uns doch nicht!«

»Stimmt. Aber ich muss sowieso eine Probefahrt machen, damit ich überprüfen kann, ob alles in Ordnung ist. Glaub mir, der Besitzer will sich darauf verlassen, dass sein Auto einwandfrei funktioniert, ehe er damit die erste Spritztour unternimmt.«

»Und was ist, wenn wir eine Panne haben?«

»Das wird nicht passieren.«

»Bist du dir sicher?«

»Ganz sicher.«

Ein Lächeln spielte um ihre Lippen. »Warum müssen wir dann eine Probefahrt machen?«

Sie hatte ihn durchschaut, und er breitete ergeben die Arme aus. »Okay – vielleicht will ich einfach ein bisschen damit fahren. Im Wahrheit ist es eine Sünde, solch einen Wagen in der Werkstatt herumstehen zu lassen. Der Besitzer wird es nie rausbekommen, und ich habe den Schlüssel.«

»Darf ich raten? Wenn wir wieder hier sind, bocken wir ihn auf und lassen ihn im Rückwärtsgang laufen, damit der Kilometerzähler rückwärts läuft.«

»Das funktioniert doch nicht.«

»Ich weiß. Ich hab's nur in dem Film ›Ferris macht blau‹ gesehen.« Sie grinste frech.

Er lehnte sich ein bisschen zurück und betrachtete sie eingehend. »Du siehst übrigens toll aus.«

Amanda spürte, wie ihr von seinen Worten heiß wurde. Warum wurde sie in seiner Gegenwart immer rot? »Danke«, murmelte sie und strich sich eine Haarsträhne hinters Ohr. Nun musterte sie ihrerseits ihn aufmerksam, achtete aber gleichzeitig darauf, dass sie die nötige Distanz wahrte. »Ich glaube, ich habe dich noch nie in einem Anzug gesehen. Ist der neu?«

»Nein, aber ich trage ihn nicht besonders oft. Nur zu ganz speziellen Anlässen.«

»Ich glaube, Tuck wäre einverstanden«, sagte sie. »Was hast du denn gestern Abend noch gemacht?«

Dawson dachte an Ted und das ganze Drama und dass er danach beschlossen hatte, in ein Hotel am Strand zu ziehen. »Nicht viel. Und wie war das Abendessen mit deiner Mom?«

»Es lohnt sich nicht, darüber zu reden.« Amanda griff in den Wagen und strich mit der Hand über das Lenkrad.

»Aber heute Morgen haben wir ein interessantes Gespräch geführt, meine Mom und ich.«

»Und?«

»Ich muss die ganze Zeit über die letzten Tage nachdenken, über mich und dich – und über das Leben im Allgemeinen. Auf der Fahrt hierher ist mir klar geworden, wie froh ich bin, dass Tuck dir nie von mir erzählt hat.«

»Warum?«

»Gestern, in der Werkstatt ...« Sie zögerte, weil sie die passenden Worte suchte. »Ich glaube, ich habe mich nicht richtig verhalten. Dafür möchte ich dich um Entschuldigung bitten.«

»Wofür denn?«

»Es ist schwer zu erklären ...«

Sie verstummte. Dawson musterte sie ratlos und trat dann einen Schritt näher. »Ist alles in Ordnung, Amanda?«

»Ich weiß nicht. Im Grunde weiß ich überhaupt nichts mehr. Als wir jung waren, kam mir das Leben viel einfacher vor.«

»Was willst du damit sagen?«

Endlich schaute sie ihn an. »Du musst wissen, dass ich nicht mehr das Mädchen von früher bin. Ich bin verheiratet, ich habe Kinder, und wie alle Menschen auf dieser Welt bin ich nicht perfekt. Ich kämpfe mit den Entscheidungen, die ich getroffen habe, ich mache Fehler, und die Hälfte der Zeit frage ich mich, wer ich eigentlich bin und was ich tue und ob mein Leben einen Sinn hat. Ich bin nichts Besonderes, Dawson. Das muss dir klar sein. Bitte, versteh mich richtig – ich bin einfach nur ... normal.«

»Aber du bist nicht ›normal‹! Du bist etwas Besonderes!«

Ihr Blick war gequält, aber entschlossen. »Ich weiß, dass du das glaubst, aber es stimmt nicht. Und das Problem ist, dass das hier nicht ›normal‹ ist. Es passt alles nicht zu mir. Ich wollte, Tuck hätte mir von dir erzählt, damit ich besser auf dieses Wochenende vorbereitet gewesen wäre.« Ohne es zu merken, tastete sie nach dem silbernen Medaillon. »Ich möchte keinen Fehler machen.«

Dawson verlagerte sein Gewicht auf den anderen Fuß. Er verstand genau, warum sie das alles sagte. Es war einer der Gründe, warum er sie liebte, selbst wenn er wusste, dass er das nicht laut aussprechen durfte. Also sagte er nur leise: »Wir haben geredet, wir haben zu Abend gegessen, wir haben uns an Geschichten von früher erinnert. Mehr nicht. Du hast nichts Verbotenes getan.«

»Doch.« Sie lächelte, konnte aber ihre Traurigkeit nicht verbergen. »Ich habe meiner Mutter nicht gesagt, dass du hier bist. Meinem Mann auch nicht.«

»Und – möchtest du es ihnen sagen?«, fragte Dawson.

Das war die entscheidende Frage, nicht wahr? Ohne es zu wissen, hatte ihre Mutter ihr genau die gleiche Frage gestellt. Amanda wusste, was sie hätte antworten müssen, aber hier und jetzt wollten diese Worte ihr einfach nicht über die Lippen kommen. Stattdessen schüttelte sie den Kopf und flüsterte: »Nein.«

Dawson schien zu spüren, dass es ihr Angst machte, dies zuzugeben. Er nahm ihre Hand. »Komm, wir fahren nach Vandemere«, sagte er. »Und erweisen Tuck die letzte Ehre.« Amanda nickte und ergab sich dem sanften Druck seiner Berührung. Sie merkte, wie ihr erneut ein

Teil ihres Ichs entglitt. Allmählich begann sie zu akzeptieren, dass sie nicht mehr die Kontrolle darüber hatte, was als Nächstes geschehen würde.

Dawson führte sie um den Wagen herum und öffnete die Tür für sie. Amanda nahm Platz. Ihr war ein bisschen schwindelig. Aus seinem Mietwagen holte Dawson das Kästchen mit Tucks Asche und klemmte es in den Zwischenraum hinter dem Fahrersitz, legte sein Jackett darauf und stieg dann ein. Amanda kramte die Wegbeschreibung aus ihrer Tasche, die sie dann ebenfalls hinter dem Sitz verstaute.

Dawson pumpte das Pedal, ehe er den Zündschlüssel ins Schloss steckte. Der Motor sprang sofort mit einem satten Brummen an. Dawson brachte ihn ein paarmal auf Touren, und der Wagen vibrierte leicht. Als der Leerlauf stabil war, fuhr Dawson rückwärts aus der Werkstatt heraus und dann ganz langsam in Richtung Hauptstraße, immer die Schlaglöcher meidend. Das Motorengeräusch wurde etwas leiser, als sie durch Oriental und zum Highway fuhren.

Amanda lehnte sich zurück und stellte fest, dass sie alles, was sie brauchte, aus dem Augenwinkel sehen konnte. Dawson hatte nur eine Hand am Lenkrad, eine Haltung, die ihr von ihren ziellosen Spazierfahrten früher so vertraut war, dass es fast wehtat. Wenn er ganz gelöst war, fuhr er so. Und trotzdem war er vollkommen konzentriert, als er in den nächsten Gang schaltete, wobei sich die Muskulatur seines Arms anspannte und dann wieder lockerte.

Amandas Haare wehten im Fahrtwind, als Dawson das Tempo beschleunigte, und sie raffte sie schnell zu einem

Pferdeschwanz zusammen. Es war zu laut für eine Unterhaltung, aber das störte sie nicht. Sie war froh, ihren Gedanken nachgehen zu können, hier, allein mit Dawson. Und nach und nach schwand ihre Angst, als würde der Wind sie davontragen.

Dawson fuhr nicht besonders schnell, obwohl auf dem Highway kaum Betrieb war. Sie hatten es nicht eilig. Amanda saß neben dem Mann, den sie einmal sehr geliebt hatte, und sie fuhren an einen unbekannten Ort. Vor ein paar Tagen wäre ihr diese Vorstellung noch völlig abwegig vorgekommen. Es war ja auch wirklich verrückt und undenkbar, doch es hatte etwas unglaublich Spannendes, Aufregendes. Für ein paar Stunden würde sie weder Ehefrau noch Mutter oder Tochter sein, und zum ersten Mal seit Jahren fühlte sie sich beinahe frei.

Aber bei Dawson hatte sie sich immer so gefühlt. Sie schaute zu ihm hinüber. Kannte sie eigentlich jemanden, der ihm auch nur im Entferntesten glich? Er stützte lässig den Ellbogen ins offene Fenster. Die Falten um seine Augen waren ein Beweis für schmerzhafte und traurige Erfahrungen, aber in ihnen zeigte sich auch seine Intelligenz. Was für ein Vater wäre er wohl geworden?, fragte sie sich. Bestimmt ein guter. Sie konnte sich vorstellen, dass er stundenlang einen Baseball hin- und zurückwarf und dass er versuchen würde, seiner Tochter Zöpfe zu flechten, auch wenn er keine Ahnung hatte, wie das ging. Die Bilder in ihrem Kopf hatten etwas seltsam Verlockendes und zugleich Verbotenes an sich.

Als Dawson kurz zu ihr herüberschaute, wusste sie, dass es ihm ähnlich ging und dass er über sie nachdachte. Wie oft tat er das, nachts auf dieser Bohrinsel? Genau wie

Tuck gehörte Dawson zu den seltenen Menschen, die nur einmal liebten und deren Gefühle durch eine Trennung nur noch stärker wurden. Vor zwei Tagen noch war ihr diese Erkenntnis unheimlich gewesen, aber jetzt begriff sie, dass es für Dawson keine andere Wahl gegeben hatte. Die Liebe sagte über diejenigen, die liebten, viel mehr aus als über die, die geliebt wurden.

Ein leichter Südwind erhob sich und trug den Duft des offenen Wassers zu ihnen. Amanda schloss die Augen und gab sich ganz dem Moment hin. Als sie die Peripherie von Vandemere erreichten, entfaltete Dawson den Zettel mit der Wegbeschreibung, den Amanda ihm gegeben hatte, warf einen kurzen Blick darauf und nickte.

Vandemere war eigentlich gar keine Kleinstadt, sondern ein Dorf, in dem nur ein paar Hundert Menschen lebten. Ein Stück von der Straße entfernt sah Amanda einige verstreute Häuser und einen kleinen Laden mit einer einzigen Zapfsäule. Gleich darauf bog Dawson in einen ausgefahrenen Feldweg ein, der direkt vom Highway abging. Wie hatte er ihn überhaupt bemerkt? Von der großen Straße aus konnte man ihn wegen des Gestrüpps kaum sehen. Sie fuhren langsam, bogen um eine Kurve, dann um noch eine, wichen den vermodernden Stämmen sturmgefällter Bäume aus und folgten dem leichten Anstieg. Auf dem Highway hatte der Motor noch laut geröhrt, jetzt klang er fast gedämpft. Das Geräusch wurde absorbiert von der üppig grünen Landschaft, die sie von allen Seiten umgab. Der Feldweg wurde immer schmaler, und die tief hängenden Zweige mit dem Spanischen Moos streiften den Wagen im Vorüberfahren. Azaleen, deren schon langsam verblühende Blüten immer noch üppig leuchteten, stritten mit den Kopou um das Sonnenlicht und versperrten ihnen manchmal nach beiden Seiten die Sicht.

Dawson beugte sich dichter übers Lenkrad und musste immer wieder kleine Korrekturen vornehmen, während er behutsam vorwärtsschlich. Schließlich wollte er vermeiden, dass die Lackierung des Stingray einen Kratzer abbekam. Kurz verschwand die Sonne hinter einer Wolke, und das Grün der Umgebung wurde dunkler und satter.

Noch eine Kurve, und der Weg wurde wieder etwas breiter, doch es kündigte sich bereits die nächste Biegung an.

»Das ist doch verrückt!«, rief Amanda. »Glaubst du, wir sind hier richtig?«

»Nach der Karte auf jeden Fall.«

»So weit fort von der Hauptstraße?«

Dawson zuckte die Achseln, genauso unsicher wie sie, doch nach der nächsten Kurve bremste er instinktiv, und plötzlich wussten sie beide die Antwort.

KAPITEL 12

Der Weg führte zu einem kleinen Cottage, das von mehreren Eichen umgeben war. Der Verputz blätterte schon etwas ab, die Fensterläden waren an den Rändern dunkel. Die schmale Steinveranda an der Vorderseite war mit weißen Säulen verziert, und an einer der Säulen rankte eine Weinrebe empor, bis hinauf zum Dach. Ganz links stand ein Metallstuhl, und ein kleiner Topf mit blühenden Geranien verlieh der grünen Welt einen hübschen Farbtupfer.

Doch Amandas und Dawsons Blicke galten vor allem der Blumenwiese: Tausende von Blumen blühten dort, ein kunterbuntes Feuerwerk, das sich beinahe bis zu den Verandastufen erstreckte, ein Meer aus Rot und Orange und Violett und Blau und Gelb, fast hüfthoch wogten die Blüten in der sanften Brise. Unzählige Schmetterlinge flatterten umher, das Ganze war ein fantastischer Farbenzauber im Glanz der milden Sonne. Begrenzt wurde die Wiese von einem niedrigen Lattenzaun, den man hinter den Lilien und Gladiolen aber kaum sehen konnte.

Amanda schaute Dawson an, dann wieder den Garten, der ihr vorkam wie ein Bild aus einer Märchenwelt. Sie fragte sich, wie und wann Tuck dieses Paradies angelegt hatte, und sofort wurde ihr klar, dass er es für Clara geschaffen hatte. Er hatte die Blumen gepflanzt, um auszudrücken, was Clara für ihn bedeutete.

»Das ist unglaublich«, flüsterte sie.

»Hast du davon gewusst?« Dawsons Stimme war ganz heiser.

»Nein«, antwortete sie. »Ich glaube, dieses Paradies hier war nur für die beiden bestimmt.«

Unvermittelt sah sie Clara auf der Veranda sitzen, während Tuck an eine Säule gelehnt bei ihr stand, beide erfüllt von der berauschenden Schönheit ihres Blumengartens. Dawson nahm endlich den Fuß von der Bremse, und der Wagen rollte näher zum Haus. Im Vorbeifahren verschwammen die Farben zu bunten Tupfern, die zur Sonne strebten.

Sie parkten neben dem Haus und stiegen aus. An dieser herrlichen Szene konnte man sich nicht sattsehen. Ein schmaler Pfad war zwischen den Blumen zu erkennen. Wie verzaubert traten sie in die Farbenflut. Die Sonne kam wieder hinter einer Wolke hervor, und ihre wärmenden Strahlen verstärkten den üppigen Duft.

Dawson ging neben Amanda, und als er nach ihrer Hand griff, ließ sie es bereitwillig zu. Wie natürlich es sich anfühlte! An seinen Schwielen spürte sie die vielen arbeitsreichen Jahre. Winzige Wunden hatten seine Handfläche vernarbt, doch die Berührung fühlte sich trotzdem unglaublich sanft an, und auf einmal wusste Amanda, dass Dawson sofort bereit gewesen wäre, ihr solch einen Garten zu schenken, wenn sie ihn sich gewünscht hätte.

Für immer. Diese Worte hatte er in Tucks Werkbank geritzt. Das Versprechen eines Jugendlichen, nicht mehr und nicht weniger, aber ihm war es gelungen, dieses Gelöbnis lebendig zu halten. Während sie jetzt zwischen den Blumen umherwanderten, spürte Amanda die Kraft dieser Worte, durch die sie miteinander verbunden waren. In der Ferne hörte man Donnergrollen, und Amanda hatte das eigenartige Gefühl, als würde es sie rufen und sie ermahnen, aufmerksam zu sein.

Als ihre Schulter seine streifte, beschleunigte sich ihr Puls. »Ich wüsste gern, ob die Blumen jedes Jahr wiederkommen oder ob er sie immer neu aussäen musste«, sagte Dawson.

Der Klang seiner Stimme holte Amanda aus ihren Träumen. »Beides, glaube ich. Einige Arten kenne ich.«

»Heißt das, er ist dieses Jahr hier rausgefahren, um Blumen zu pflanzen?«

»Anders kann es gar nicht sein. Da drüben sehe ich zum Beispiel Wilde Möhren. Meine Mutter hat sie auch in ihrem Garten, und sie sind nicht winterhart.«

Die nächsten Minuten verbrachte Amanda damit, auf alle einjährigen Blumen zu zeigen, die sie kannte: Schwarzäugige Susanne, Mentzelien, Prunkwinden und Prärieastern. Dazwischen die mehrjährigen wie Vergissmeinnicht, Mexican Hats und Orientalischer Mohn. Der Garten schien keine genau geplante Struktur zu haben. Es war, als hätten Gott und die Natur sich einfach behauptet, ganz unabhängig von Tucks Plänen. Aber irgendwie verstärkte diese Wildheit nur noch die Schönheit des Gartens. Amanda war sehr froh, dass Dawson bei ihr war und sie dies zusammen erleben durften.

Der Wind wurde stärker, die Luft kühlte ab, und es zogen dunkle Wolken auf. Dawson blickte zum Himmel. »Es regnet bald«, sagte er. »Ich mache mal lieber das Verdeck hoch.«

Amanda nickte, ließ ihn aber nicht los. Ein Teil von

ihr hatte Angst, dass er sie nicht wieder an der Hand nehmen würde, wenn sich keine Gelegenheit mehr ergab. Andererseits hatte er natürlich recht mit dem Verdeck, denn der Himmel verdüsterte sich zusehends.

Er schien genauso unentschlossen wie sie und löste nur zögernd seine Finger aus ihren. »Ich komme dann ins Haus«, sagte er.

»Meinst du, die Tür ist gar nicht abgeschlossen?«

»Wollen wir wetten?« Er grinste. »Ich bin gleich wieder da.«

»Könntest du bitte meine Tasche mitbringen?«

»Ja, klar.«

Während Amanda Dawson nachschaute, fiel ihr wieder ein, wie verknallt sie in ihn gewesen war, ehe sie sich richtig in ihn verliebte. Es hatte angefangen als mädchenhafte Schwärmerei – sie hatte immer wieder seinen Namen auf ihre Hefte gekritzelt, wenn sie eigentlich Hausaufgaben machen musste. Niemand, nicht einmal Dawson, wusste, dass es kein Zufall gewesen war, als sie ihm im Chemieunterricht als Partnerin zugeteilt wurde. Sobald der Lehrer die Schüler aufforderte, sich jemanden für die Experimente zu suchen, rannte Amanda aufs Klo, und als sie zurückkam, war Dawson, wie üblich, als Einziger übrig geblieben. Ihre Freundinnen warfen ihr mitleidige Blicke zu, aber sie selbst war insgeheim glücklich, dass sie mit diesem schweigsamen, rätselhaften Jungen, der viel klüger und erfahrener wirkte als seine Altersgenossen, zusammenarbeiten durfte.

Wiederholte sich die Geschichte? Fast schien es so, denn sie empfand die gleiche innere Erregung. Dawson hatte etwas an sich, was nur sie ansprach. Zwischen ihnen gab es eine Verbundenheit, die Amanda in den Jahren ohne ihn immer vermisst hatte. In gewisser Weise hatte sie genauso auf ihn gewartet wie er auf sie.

Sie konnte es sich nicht vorstellen, ihn nie wieder zu sehen. Dawson durfte nicht fortgehen und abermals nur zu einer Erinnerung werden. Das Schicksal – in Gestalt von Tuck – hatte eingegriffen. Dafür musste es einen Grund geben. Was hier geschah, besaß eine tiefe Bedeutung. Die Vergangenheit war vergangen, und alles, was ihnen blieb, war die Zukunft.

In Gedanken versunken ging sie zum Cottage.

Wie Dawson vorhergesagt hatte, war die Haustür nicht verschlossen. Amanda trat ein, und sie wusste sofort: Das hier war Claras Zufluchtsort gewesen.

Der abgetretene Holzfußboden, die Wände aus Zedernholz und überhaupt die ganze Ausstattung erinnerten zwar stark an das Haus in Oriental, aber hier lagen bunte Kissen auf dem Sofa, und an den Wänden hingen kunstvoll arrangierte Schwarz-Weiß-Fotos. Die Wandbretter waren glatt geschmirgelt und hellblau gestrichen, und durch die großen Fenster strömte das Tageslicht herein. Es gab zwei eingebaute weiße Bücherregale, und zwischen den Büchern standen kleine Porzellanfigürchen, die Clara offensichtlich im Laufe der Jahre gesammelt hatte. Eine handgemachte Patchworkdecke hing über der Rückenlehne eines Sessels, und auf den rustikalen kleinen Couchtischchen war kein bisschen Staub zu sehen. Stehlampen standen an beiden Enden des Zimmers, und neben dem Radio in der Ecke entdeckte Amanda eine kleinere Version des Silberhochzeitfotos.

Sie hörte, dass Dawson hereinkam. Er blieb stumm im Türrahmen stehen, mit seinem Jackett und ihrer Tasche. Offenbar war er sprachlos, genauso überwältigt wie sie selbst.

»Unfassbar, was?«, sagte Amanda.

Dawson schaute sich um. »Meinst du, ich habe uns zum falschen Haus gebracht?«

»Keine Sorge!« Amanda zeigte lächelnd auf das Foto. »Es ist garantiert das richtige. Aber man sieht auf den ersten Blick, dass es vor allem Claras und nicht Tucks Haus war. Und dass er es nie verändert hat.«

Dawson hängte sein Jackett über eine Stuhllehne und stellte Amandas Tasche ab. »Ich glaube, bei Tuck war es nie so sauber wie hier. Bestimmt hat er jemanden beauftragt, hier alles für uns vorzubereiten.«

Natürlich, dachte Amanda. Tanner hatte erwähnt, dass er hierherkommen wolle, und sie gebeten, erst am Tag nach ihrem Termin bei ihm zum Cottage zu fahren. Die unverschlossene Tür stützte ihre Theorie.

»Hast du dir schon die anderen Räume angeschaut?«, fragte Dawson.

»Nein, noch nicht. Ich überlege die ganze Zeit, wo sich Tuck wohl mit Claras Erlaubnis hinsetzen durfte. Und ich wette, sie hat ihm strengstens verboten, hier drin zu rauchen.«

Mit dem Daumen deutete er über die Schulter zur offenen Tür. »Deshalb steht der Stuhl auf der Veranda. Er musste raus, um zu paffen.«

»Meinst du, er ist auch rausgegangen, als sie nicht mehr lebte?«

»Wahrscheinlich hatte er Angst, ihr Geist könnte

kommen und mit ihm schimpfen, wenn er sich im Haus eine Zigarette anzündete.«

Amanda lächelte. Gemeinsam machten sie nun eine Hausbesichtigung und berührten sich im Gehen immer wieder leicht. Genau wie bei Tucks Haus in Oriental befand sich die Küche im hinteren Teil des Cottages, mit Blick auf den Fluss. Auch hier deutete alles auf Clara hin, von den weißen Schränken bis zu den hübschen Schneckenverzierungen an den Leisten und den blau-weißen Kacheln hinter den Arbeitsplatten. Auf dem Herd stand eine Teekanne, und eine der Arbeitsplatten zierte eine Vase mit Wiesenblumen, die offensichtlich aus dem Garten vor dem Haus stammten. Unter dem Fenster ein kleiner Tisch mit zwei Weinflaschen, rot und weiß, dazu zwei blinkende Gläser.

»Das hätte man sich schon denken können«, brummelte Dawson mit Blick auf die Flaschen.

Amanda zuckte die Achseln. »Es gibt Schlimmeres.«

Schweigend schauten sie hinaus auf den Bay River. Amanda genoss das Gefühl der Vertrautheit zwischen ihnen, die keine Worte brauchte. Sie spürte, wie Dawsons Brust sich beim Atmen leicht hob und senkte, und hätte am liebsten wieder seine Hand genommen, aber diesen Wunsch unterdrückte sie. In unausgesprochenem Einvernehmen wandten sie sich vom Fenster ab und setzten ihre Besichtigungstour fort.

Gegenüber der Küche befand sich das Schlafzimmer, das von einem gemütlichen Himmelbett dominiert wurde. An den Fenstern blütenweiße Vorhänge. Die Kommode hatte, anders als Tucks Möbel in Oriental, keinerlei Dellen und Kratzer. Auf jedem Nachttisch stand ein

Lämpchen mit Kristallschirm, und an der Wand gegenüber des Schranks hing eine impressionistische Landschaft.

Zum Schlafzimmer gehörte ein Badezimmer mit einer
Krallenfüße-Badewanne, wie sie sich Amanda schon immer gewünscht hatte. Ein antiker Spiegel hing über dem
Waschbecken, und plötzlich erblickte sie sich darin, neben Dawson – es war zum ersten Mal seit ihrer Ankunft in
Oriental, dass sie sich mit ihm gemeinsam sah, sozusagen
von außen. Da erst fiel ihr auf, dass sie, als sie jung waren,
nie als Paar fotografiert wurden. Sie hatten es immer mal
geplant, aber es war nie dazu gekommen.

Heute bedauerte sie es. Aber was wäre, wenn sie ein
Foto von ihnen beiden besessen hätte? Hätte sie es in
einer Schublade verstaut und alle paar Jahre wieder entdeckt? Oder hätte sie es an einem besonderen Platz auf-
bewahrt, den nur sie kannte? Sie vermochte es nicht zu
sagen – aber als sie jetzt ihr Gesicht neben Dawson im
Badezimmer betrachtete, fand sie, dass der Anblick etwas
sehr Intimes ausstrahlte. Es war lange her, dass jemand ihr
das Gefühl gegeben hatte, attraktiv zu sein – doch jetzt
kam sie sich so vor. Sie wusste, dass sie sich zu Dawson
hingezogen fühlte, und fand es toll, wie intensiv er sie immer musterte. Vor allem aber genoss sie die stillschwei-
gende, fast elementare Form der Verständigung zwischen
ihnen. Obwohl sie ihn so lange nicht gesehen hatte, vertraute sie ihm instinktiv und wusste, dass sie ihm alles sagen konnte. Sicher, gleich an ihrem ersten Abend hatten
sie sich beim Essen gestritten und dann noch einmal wegen der Bonners, aber in allem, was sie sagten, lag eine
unverstellte Ehrlichkeit. Es gab keine Doppeldeutigkei-

ten, keine heimlichen Vorwürfe, und ihre Meinungsverschiedenheiten verschwanden genauso schnell wieder, wie sie aufgetaucht waren.

Sie konnte ihre Augen nicht von dem Spiegelbild nehmen. In dem Moment begegnete ihr Dawsons Blick. Ohne wegzuschauen, strich er ihr sanft eine Haarsträhne aus der Stirn, und Amanda wusste: Was auch immer geschehen mochte – ihr Leben hatte sich unwiderruflich verändert, auf eine Art, die sie niemals für möglich gehalten hätte.

Nachdem sie ihre Tasche aus dem Wohnzimmer geholt hatte, ging sie zu Dawson in die Küche. Er hatte eine Flasche geöffnet und zwei Gläser gefüllt, von denen er nun eins Amanda reichte. Schweigend traten sie hinaus ins Freie und setzten sich auf die Veranda. Die dunklen Wolken am Horizont zogen näher, und die Luft wurde schon etwas diesig. Die Bäume an der leicht abschüssigen Uferböschung rauschten.

Amanda stellte ihr Weinglas kurz ab und kramte in ihrer Tasche nach den Umschlägen. Sie gab Dawson den Brief mit seinem Namen, den mit ihrem steckte sie wieder zurück. Den dritten, den sie laut Testament vor der Zeremonie lesen sollten, legte sie sich auf den Schoß. Dawson faltete seinen Brief zusammen und verstaute ihn in der hinteren Hosentasche.

Dann reichte sie ihm den Umschlag, der keine Aufschrift trug. »Bist du bereit?«

»Einigermaßen.«

»Möchtest du ihn öffnen? Wir sollen ihn doch vor der Zeremonie lesen.«

»Nein, mach du das lieber«, sagte er und rückte mit seinem Stuhl näher zu ihr. »Ich lese von hier aus mit.«

Amanda öffnete den Umschlag, zog vorsichtig den Brief heraus und entfaltete ihn. Sie war verblüfft, als sie die krakelige Schrift sah: Immer wieder hatte Tuck Wörter ausgestrichen, und die Buchstaben waren sehr unregelmäßig. Typisch für einen alten Mann. Drei Blätter, vorn und hinten beschriftet – bestimmt hatte er ewig dafür gebraucht. Datiert war der Brief vom 14. Februar dieses Jahres, dem Valentinstag. Wie passend.

»Soll ich?«, fragte sie.

Dawson nickte, und sie begannen beide zu lesen.

Amanda und Dawson,
danke, dass Ihr gekommen seid. Und danke, dass Ihr das für mich tut. Ich weiß nicht, wen ich sonst hätte bitten sollen.

Ich bin kein Schriftsteller, im Gegenteil, deshalb sage ich Euch am besten gleich, dass jetzt eine Liebesgeschichte kommt: die Liebesgeschichte von mir und Clara. Ich könnte Euch natürlich mit den Details unserer Anfangszeit und mit den ersten Jahren unserer Ehe langweilen, aber unsere eigentliche Geschichte begann 1942. Damals waren wir drei Jahre verheiratet, und Clara hatte schon ihre erste Fehlgeburt hinter sich. Das war sehr schlimm für sie, und ich habe mit ihr gelitten, vor allem, weil ich nichts für sie tun konnte. Leid treibt manche Menschen auseinander. Andere, wie wir, rücken dadurch noch enger zusammen.

Aber ich schweife ab. Das passiert übrigens oft, wenn man älter wird. Wartet nur ab.

An unserem Hochzeitstag 1942 gingen wir ins Kino und haben uns »For Me and My Gal« angeschaut, mit Gene Kelly und Judy Garland. Es war für uns beide der erste Film, und wir mussten dafür nach Raleigh fahren. Als die Vorführung zu Ende war und das Licht wieder anging, saßen wir da und wussten gar nicht, was wir sagen sollten. Ich nehme nicht an, dass Ihr den Film kennt, und ich will Euch nicht mit Einzelheiten belästigen, aber es geht um einen Mann, der sich selbst eine Verletzung zufügt, um nicht in den Krieg ziehen zu müssen, aber dann muss er die Frau, die er liebt, wieder für sich gewinnen, weil die nämlich glaubt, dass er ein Feigling ist. Ich hatte gerade meinen Einberufungsbescheid zur Armee bekommen, deshalb war der Film besonders aktuell für uns, weil ich natürlich auch nicht mein Mädchen verlassen und in den Krieg ziehen wollte. Aber wir hatten in der Situation keine Lust, an diese Probleme zu denken, sondern redeten lieber über den Titelsong, der genauso heißt wie der Film. Solch eine flotte, hübsche Melodie hatten wir beide noch nie gehört. Auf der Heimfahrt sangen wir den Song immer wieder. Und eine Woche später ging ich zur Marine.

Das ist seltsam, denn, wie gesagt, eigentlich sollte ich zur Armee, und wenn man bedenkt, was ich arbeite, hätte ich dort auch garantiert besser hingepasst, weil ich mich mit Motoren auskenne und außerdem nicht schwimmen kann. Ich wäre vielleicht beim Fuhrpark gelandet und hätte dafür gesorgt, dass die Lastwagen und Jeeps besser durch Europa fahren konnten. Armeen bewirken nicht viel, wenn die Fahrzeuge nicht funktionieren, oder? Aber obwohl ich nur ein Junge vom Land war, wusste ich, dass die Armee dich dahin schickt, wo sie dich haben will, und nicht dahin, wo du am liebsten sein möchtest, und damals war schon klar, dass es nur noch eine Frage der Zeit sein konnte, bis wir definitiv in Europa kämpfen würden. Ich war zwar gegen Hitler, aber der Gedanke, zur Infanterie zu müssen, gefiel mir gar nicht.

Im Musterungsamt hing ein Plakat an der Wand. ›Für die Marine. An die Kanonen!‹, stand da. Zu sehen war ein Marinesoldat ohne Oberhemd, der ein Geschütz lädt. Irgendetwas an diesem Plakat sprach mich an. Das kann ich auch, sagte ich mir und ging zum Tisch der Marine, nicht zu dem der Armee, und meldete mich dort. Als ich nach Hause kam, weinte Clara stundenlang. Dann sagte sie, ich müsse ihr versprechen, dass ich zu ihr zurückkomme. Ich versprach es.

Ich absolvierte die Grundausbildung, und im November 1943 wurde ich dann auf die USS Johnston geschickt, einen Zerstörer draußen auf dem Pazifik. Es soll nur keiner behaupten, es sei bei der Marine weniger gefährlich als bei der Armee. Oder weniger schlimm. Man ist auf Gedeih und Verderb dem Schiff ausgeliefert, der eigene Verstand hilft da nicht weiter. Wenn das Schiff untergeht, ist man tot. Wenn man über Bord geht, stirbt man, weil keines der Geleitschiffe es riskieren würde anzuhalten. Man kann nicht weglaufen, man kann sich nirgends verstecken, und man weiß die ganze Zeit, dass man keinerlei Kontrolle über die Lage hat. Ich habe im Leben nie so viel Angst gehabt wie bei der Marine. Bomben und Rauch überall, Feuer an Deck, die Kanonen donnerten – der Krach ist unbeschreiblich. Ähnlich wie normaler Donner, nur zehnmal lauter, aber selbst das trifft es nicht richtig. Bei den großen Schlachten attackierten uns die japanischen Zeros, diese Kampfflugzeuge, pausenlos, und die Geschosse prallten überall ab, man konnte jederzeit von einem Querschläger erwischt werden. Und gleichzeitig sollte man seine Pflicht erfüllen, als wäre nichts.

Im Oktober 1944 waren wir in der Nähe von Samar und bereiteten uns darauf vor, bei der Landungsoperation auf den Philippinen mitzuhelfen. Zu unserer Gruppe gehörten dreizehn Schiffe, was viel klingt, aber abgesehen von dem Flugzeugträger waren es hauptsächlich Zerstörer und Begleitschiffe, das heißt, wir hatten nicht viel Feuerkraft. Und dann sahen wir am Horizont etwas auf uns zukommen, das aussah wie die gesamten japanischen Seestreitkräfte. Vier Schlachtschiffe, acht Kreuzer, elf Zerstörer, und alle fest entschlossen, uns auf den Grund des Meeres zu bomben. Später habe ich gehört, wie jemand sagte, es war David gegen Goliath, aber wir hatten ja nicht einmal eine Steinschleuder. Und das trifft den Sachverhalt ziemlich gut. Unsere Waffen konnten die japanischen Schiffe gar nicht erreichen, als diese das Feuer eröffneten. Wir wussten, dass wir keine Chance hatten. Was blieb uns anderes übrig, als einen Gegenangriff zu starten? Heute spricht man immer von der Schlacht im Golf von Leyte. Wir fuhren einfach auf die gegnerischen Schiffe zu, eröffneten das Feuer, schossen Torpedos ab und nahmen sowohl einen Kreuzer als auch ein Schlachtschiff ins Visier. Dabei haben wir sogar einigen Schaden angerichtet. Aber weil wir die Vorhut bildeten, waren wir auch die Ersten, die dran glauben mussten. Zwei feindliche Kreuzer kamen näher, begannen zu feuern, und wir sanken. 327 Mann waren an Bord, 186 sind an dem Tag gestorben. Die meisten waren Freunde von mir. Ich gehörte zu den 141, die überlebten.

Ich wette, Ihr fragt Euch, warum ich das alles erzähle – vielleicht denkt Ihr, ich schweife abermals ab. Deshalb will ich jetzt zum zentralen Punkt kommen. Auf dem Rettungsfloß, umgeben von dem grauenhaften Kampfgetöse, merkte ich auf einmal, dass ich keine Angst mehr hatte. Plötzlich wusste ich: Mir kann nichts zustoßen, weil meine Beziehung zu Clara noch nicht zu Ende ist. Ein tiefes Gefühl von innerem Frieden überkam mich. Klar, man kann sagen, ich stand unter Schock, aber ich weiß, was ich weiß, und während die Luft erfüllt war von dunklem Rauch, dachte ich daran, wie wir vor zwei Jahren unseren Hochzeitstag gefeiert hatten, und fing an, »For Me and My Gal« zu singen, so wie Clara und ich damals auf der

Heimfahrt von Raleigh. Ich sang, so laut ich nur konnte, als wäre alles auf der Welt in bester Ordnung und als hätte ich keine Sorgen. Ich wusste nämlich, dass Clara mich hören konnte und dass ihr dadurch klar wurde, sie braucht sich nicht zu ängstigen. Ich hatte ihr ja ein Versprechen gegeben. Und nichts, nicht einmal eine Schlacht im Pazifik, bei der unser Schiff versenkt wurde, konnte mich daran hindern, dieses Versprechen zu halten.

Verrückt, ich weiß. Aber, wie gesagt, ich wurde gerettet und dann einem Mannschaftsschiff zugewiesen. Im nächsten Frühjahr transportierte ich Soldaten nach Iwo Jima, und wenig später war der Krieg zu Ende und ich wieder zu Hause. Nach meiner Heimkehr habe ich nie über den Krieg gesprochen. Kein Wort. Ich konnte es nicht. Es war zu schmerzhaft, und Clara verstand das. Nach und nach waren wir imstande, wieder unser altes Leben zu leben. 1955 fingen wir an, dieses Cottage zu bauen. Ich habe fast alles selbst gemacht. An einem Nachmittag, als ich mit meinem Tagewerk fertig war, ging ich hinüber zu Clara, die im Schatten saß und strickte. Und ich hörte, dass sie leise vor sich hin sang. Sie sang »For Me and My Gal«.

Ich erstarrte, und plötzlich kamen die Erinnerungen an die Schlacht zurück. Seit Jahren hatte ich nicht mehr an diesen Song gedacht, und ich hatte Clara auch nie erzählt, was ich an jenem Tag auf dem Rettungsfloß erlebt hatte. Aber sie muss mir angesehen haben, dass irgendetwas los war, denn sie musterte mich fragend.

»Das ist der Song von unserem Hochzeitstag«, sagte sie, bevor sie weiterstrickte. »Ich hab's dir nie erzählt, aber während du bei der Marine warst, hatte ich einen Traum. Ich stand auf einer Blumenwiese, und obwohl ich dich nicht sehen konnte, habe ich gehört, dass du dieses Lied für mich singst, und als ich aufgewacht bin, hatte ich keine Angst mehr. Bis zu dem Traum habe ich nämlich immer wieder gedacht, du kommst vielleicht nicht zurück.«

Ich war fassungslos. »Es war kein Traum«, sagte ich schließlich.

Sie lächelte, und ich hatte den Eindruck, dass sie genau mit dieser Antwort gerechnet hatte. »Ich weiß. Wie gesagt – ich habe dich gehört.«

Danach habe ich oft gedacht, dass Clara und mich etwas sehr Großes – etwas Spirituelles – verbindet. Der Gedanke hat mich nie losgelassen. Ein paar Jahre später fing ich dann mit dem Garten an, und an unserem Hochzeitstag bin ich mit Clara hierhergefahren, um ihn ihr zu zeigen. Damals war er noch ziemlich unscheinbar, längst nicht so üppig wie heute, aber sie rief ganz begeistert: »So etwas Schönes gibt es sonst nirgends auf der Welt!« Also habe ich im nächsten Jahr noch mehr Boden umgegraben und noch mehr Blumen gepflanzt. Und dabei die ganze Zeit unser Lied gesummt. So habe ich es jedes Jahr gemacht, bis Clara dann von mir gegangen ist. Schließlich verstreute ich ihre Asche dort – an dem Ort, den sie so sehr liebte.

Aber ich war ein gebrochener Mann, nachdem sie gestorben war. Ich war innerlich so wütend, ich habe gesoffen und mich immer mehr selbst verloren. Ich habe aufgehört zu graben und zu pflanzen und zu singen, weil Clara nicht mehr da war und ich keinen Sinn darin sah, weiterzumachen. Ich hasste die Welt, ich wollte nicht mehr. Immer wieder habe ich an Selbstmord gedacht, aber dann ist Dawson gekommen. Es war gut, ihn bei mir zu haben. Durch ihn wurde mir bewusst, dass ich immer noch zu dieser Welt gehörte, dass meine Arbeit hier noch nicht getan war. Aber dann wurde auch er weggeholt. Danach bin ich hierhergefahren und sah das Cottage nach vielen Jahren zum ersten

Mal wieder. Der Sommer war vorbei, aber ein paar Blumen blühten noch, und als ich unser Lied sang, stiegen mir Tränen in die Augen. Ich weinte um Dawson, denke ich, aber ich weinte auch um mich selbst. Vor allem aber weinte ich um Clara.

Damals hat es angefangen. Als ich später am Abend nach Hause kam, sah ich Clara durchs Küchenfenster. Und ich hörte sie unser Lied summen. Ganz leise. Aber ihr Bild war verschwommen, nicht richtig da, und sobald ich ins Haus trat, verschwand sie. Also fuhr ich zum Cottage und arbeitete wieder im Garten. Ich bereitete alles vor, sozusagen, und danach habe ich sie wiedergesehen, diesmal auf der Veranda. Nach ein paar Wochen streute ich die Samen aus, und von da an kam sie regelmäßig, vielleicht einmal in der Woche, und ich konnte näher zu ihr treten, bevor sie wieder verschwand. Als die Wiese blühte, kam ich hierher und wanderte zwischen den Blumen hin und her. Und wenn ich dann nach Hause kam, sah ich sie jedes Mal ganz deutlich und konnte sie genau hören. Sie stand auf der Veranda und wartete auf mich, als hätte sie sich schon gefragt, warum ich so spät dran bin. Und so ist es seither immer.

Sie ist ein Teil der Blumen, versteht Ihr? Ihre Asche trug dazu bei, dass die Blumen wuchsen und gediehen, und je schöner sie blühten, desto lebendiger wurde Clara. Und solange ich die Wiese pflegte, fand Clara einen Weg, zu mir zurückzukommen.

Deshalb seid Ihr jetzt hier. Deshalb habe ich Euch gebeten, diesen letzten Dienst für mich zu tun. Das ist unser Ort – ein kleiner Winkel auf dieser Welt, wo die Liebe alles möglich macht. Ich glaube, dass Ihr zwei das besser versteht als alle anderen Menschen.

Aber jetzt ist für mich die Zeit gekommen, Clara zu folgen. Es ist Zeit, dass wir wieder miteinander singen. Das ist gut so, und ich bereue nichts. Ich bin wieder bei ihr, und nur da will ich

sein. Verstreut meine Asche im Wind und zwischen den Blu-
men, und weint nicht um mich. Ich möchte viel lieber, dass Ihr
lächelt und Euch freut, für uns beide, »for me and my gal«.
    Tuck

Dawson beugte sich nach vorn, die Unterarme auf die
Schenkel gestützt. Er stellte sich vor, wie Tuck den Brief
geschrieben hatte. Die Zeilen klangen gar nicht nach
dem wortkargen, ungehobelten Alten, der ihn damals bei
sich aufgenommen hatte. Dies hatte ein Mann geschrieben, den Dawson nie kennengelernt hatte.

    Mit einem gerührten Lächeln auf dem Gesicht faltete
Amanda den Brief zusammen und steckte ihn in den Umschlag.

    »Ich kenne den Song«, sagte sie leise, nachdem sie den
Umschlag wieder in ihrer Handtasche verstaut hatte.
»Einmal habe ich auch mitbekommen, wie Tuck in seinem Schaukelstuhl saß und ihn leise vor sich hin gesun-
gen hat. Ich habe ihn gefragt, warum er dieses Lied singt,
aber er hat mir nicht geantwortet, sondern hat mir das
Stück auf dem Plattenspieler vorgespielt.«

    »Im Wohnzimmer?«

    Sie nickte. »Ich dachte damals, das ist ja ein ganz schö-
ner Ohrwurm. Tuck hatte die Augen geschlossen und
wirkte wie weggetreten. Als der Song zu Ende war, räumte
er die Platte wieder fort, und ich hatte natürlich keine
Ahnung, was das alles bedeutet. Aber jetzt weiß ich es.«
Sie schaute Dawson an. »Er hat Clara gerufen.«

    Dawson drehte sein Weinglas zwischen den Fingern.
»Glaubst du das? Ich meine – die Sache mit Clara?«

    »Ich konnte mir nicht vorstellen, dass er sie sieht. Jedenfalls nicht richtig. Inzwischen bin ich mir nicht mehr sicher.«

In der Ferne hörte man wieder Donner grollen. »Ich denke, es wird langsam Zeit«, sagte Dawson.

Amanda stand auf, strich ihre Hose glatt, und sie traten gemeinsam nach draußen. Es windete, und der Nebel wurde dichter. Der kristallklare Vormittag war vorüber, aber das Wetter jetzt passte gut zu der schicksalhaften Last der Vergangenheit.

Nachdem Dawson das Kästchen geholt hatte, gingen sie den Pfad entlang, der zum Mittelpunkt des Gartens führte. Amandas Haare wehten im Wind, obwohl sie versuchte, sie mit den Händen zu bändigen.

Mitten in der Wiese blieben sie stehen.

Das Kästchen lag schwer in Dawsons Hand. »Wir sollten irgendetwas sagen«, murmelte er. Als Amanda stumm nickte, begann er über den Mann zu sprechen, der ihm ein Zuhause und seine Freundschaft geschenkt hatte. Amanda wiederum dankte Tuck dafür, dass er ihr Vertrauter geworden war. Er sei für sie so wichtig geworden wie ein Vater, sagte sie. Als sie schwieg, wurde, wie auf ein Stichwort hin, der Wind stärker, und Dawson öffnete das Kästchen.

Schwerelos flog die Asche davon, wirbelte über die Blumen hinweg. Tuck sucht seine Clara, dachte Amanda, und ruft ein letztes Mal nach ihr.

Anschließend gingen sie zurück ins Haus und sprachen über Tuck. Doch hin und wieder schwiegen sie auch. Draußen hatte es zu regnen begonnen, gleichförmig, nicht heftig. Ein feiner Sommerregen, der sich anfühlte wie ein Segen.

Als sie Hunger bekamen, fuhren sie mit dem Stingray nach New Bern, das in der entgegengesetzten Richtung von Oriental lag. Nicht weit von der historischen Innenstadt entfernt fanden sie ein Restaurant namens Chelsea. Es war bei ihrer Ankunft fast leer, aber als sie gingen, waren alle Tische besetzt.

Es hatte aufgehört zu regnen. Amanda und Dawson schlenderten durch die stillen Straßen und gingen in die Geschäfte, die noch geöffnet hatten. Während sich Dawson in einer antiquarischen Buchhandlung umschaute, nahm Amanda die Gelegenheit wahr, von der Straße aus zu Hause anzurufen. Sie redete mit Jared und Lynn, und auch Frank kam kurz an den Apparat. Dann meldete sie sich noch bei ihrer Mutter, das heißt, sie hinterließ eine Nachricht auf dem Anrufbeantworter. Es könne sein, dass sie erst spät nach Hause komme, sagte sie und bat ihre Mom, die Haustür nicht abzuschließen. Als sie auflegte, kam Dawson gerade aus der Buchhandlung. Bei dem Gedanken, dass ihr gemeinsamer Tag bald zu Ende ging, wurde Amanda plötzlich traurig. Als könnte er Gedanken lesen, bot Dawson ihr seinen Arm an, und sie hakte sich bei ihm unter. Langsam gingen sie zurück zum Auto.

Auf dem Highway fing es wieder an zu regnen. Und sobald sie den Neuse River überquerten, wurde der Nebel sehr dicht. Wie riesige Geisterfinger drangen weiße Schwaden aus den Wäldern. Die Scheinwerfer halfen nicht viel, es war, als würden die Bäume das Licht verschlucken. Dawson drosselte das Tempo, weil er in der nassen, nebligen Dunkelheit kein Risiko eingehen wollte.

Der Regen trommelte unablässig auf das Verdeck. Es klang, als würde in der Ferne irgendwo ein Zug vorüberrattern. Amanda dachte über den Tag nach. Beim Essen war ihr aufgefallen, dass Dawson sie immer wieder nachdenklich musterte. Seine Blicke hatten sie aber nicht in Verlegenheit gebracht. Sie hatte sich sogar gewünscht, dass er nie aufhören würde, sie anzuschauen.

Richtig war das natürlich nicht – ihr Leben verbot solche Sehnsüchte. Und auch die Gesellschaft billigte sie nicht. Doch Amanda wusste, dass sie ihre Gefühle deshalb nicht als flüchtig und oberflächlich abtun konnte. Dawson war ihre erste, ihre große Liebe. Eine Liebe, die dauerhafter war als alles andere.

Frank wäre bestimmt niedergeschmettert gewesen, wenn er das alles gewusst hätte. Trotz aller Probleme liebte sie Frank. Und doch würde Dawson sie innerlich nicht mehr loslassen, selbst wenn heute nichts passierte – selbst wenn sie jetzt zu ihrer Mutter nach Hause ging. Ihre Ehe war zwar seit Jahren nicht die glücklichste, aber sie suchte ja nicht einfach irgendwo Trost. Dass alles, was geschah, so natürlich und zugleich unvermeidlich erschien, lag an Dawson – und an dem *Wir*, das entstand, wenn sie mit ihm zusammen war. Die Geschichte zwischen ihnen war noch nicht abgeschlossen, das spürte sie. Sie warteten beide darauf, das Ende zu schreiben.

Nachdem sie durch Bayboro gefahren waren, verlangsamte Dawson das Tempo. Gleich kam die Abfahrt zum Highway nach Süden, nach Oriental. Geradeaus ging es nach Vandemere. Dawson würde abbiegen, aber je näher die Abfahrt kam, desto mehr wollte Amanda ihn bitten, weiter geradeaus zu fahren. Sie wollte sich nicht morgen

früh beim Aufwachen fragen müssen, ob sie ihn je wiedersehen würde. Dieser Gedanke war entsetzlich! Aber irgendwie kamen die Worte nicht über ihre Lippen.

Außer ihnen war niemand unterwegs. Das Wasser
strömte vom Asphalt in die flachen Rinnen auf beiden
Seiten des Highways. Als sie die Abfahrt erreichten,
bremste Dawson vorsichtig, und zu Amandas Überraschung brachte er den Wagen zum Halten.

Die Scheibenwischer schoben das Wasser hin und her.
Die Regentropfen glitzerten im Licht der Scheinwerfer,
der Motor tuckerte im Leerlauf. Dawson wandte sich zu
ihr. Sein Gesicht lag im Schatten.

»Ich nehme an, deine Mom erwartet dich.«

Amanda spürte, wie sich ihr Herzschlag beschleunigte.
Sie nickte.

Dawson schaute sie lange an, versuchte, ihren Gesichts-
ausdruck zu deuten, sah die Hoffnung, die Angst und das
Verlangen in ihren Augen. Dann, mit dem Hauch eines
Lächelns, blickte er wieder zur Straße, und langsam, ganz
langsam, setzte sich der Wagen in Bewegung. In Richtung
Vandemere.

Als sie das Cottage betraten, war bei beiden keine Spur
von Verlegenheit zu spüren. Dawson knipste das Licht an,
während Amanda in die Küche ging und die Weingläser
wieder füllte. Nervös war sie schon, aber gleichzeitig auch
glücklich.

Im Wohnzimmer suchte Dawson im Radio einen Sender mit traditionellem Jazz. Dann zog er eins der Bücher
aus dem Regal über dem Radio und blätterte darin, bis

Amanda mit dem Wein auf ihn zukam. Er stellte das Buch wieder an seinen Platz, nahm das Glas entgegen und folgte ihr zur Couch.

Amanda streifte ihre Schuhe ab. »Es ist so still hier«, sagte sie, stellte das Glas auf den Couchtisch, zog die Beine an und schlang die Arme um die Knie. »Ich kann verstehen, warum Tuck und Clara gern hier waren.«

Das gedämpfte Licht des Wohnzimmers ließ ihre Gesichtszüge fast geheimnisvoll erscheinen. Dawson räusperte sich. »Denkst du, dass du mal hierher zurückkommen wirst?«, fragte er sie. »Nach diesem Wochenende, meine ich.«

»Kann ich nicht sagen. Wenn ich wüsste, dass alles hier so bleibt, wie es ist – auf jeden Fall. Aber ich weiß ja, dass es nicht so bleiben wird, weil nichts für die Ewigkeit ist. Und ein Teil von mir möchte das Cottage so in Erinnerung behalten, wie es heute ist, mit den Blumen in voller Blüte.«

»Nicht zu vergessen die blitzsauberen Zimmer.«

»Ja, die natürlich auch.« Sie nahm ihr Glas wieder zur Hand und schwenkte den Wein. »Als vorhin die Asche davongeschwebt ist, habe ich an den Abend gedacht, als wir auf dem Anlegesteg saßen und den Sternschnuppenregen beobachteten. Keine Ahnung, warum, aber plötzlich hatte ich das Gefühl, ich bin wieder dort, auf dem Steg. Ich habe uns vor mir gesehen, wie wir auf der Decke liegen und leise miteinander flüstern und auf die Grillen horchen, dieses perfekte musikalische Echo unserer Gefühle. Und der Himmel über uns, er war so ... so lebendig!«

»Warum erzählst du mir das?« Dawsons Stimme war sehr sanft.

Ein Schatten von Melancholie lag auf ihrem Gesicht. »Weil es der Abend war, an dem mir klar wurde, dass ich dich liebe. Und dass es eine wahre, tiefe Liebe ist. Ich glaube, meine Mom wusste das auch.«

»Woran hast du das gemerkt?«

»Sie hat mich am nächsten Morgen nach dir gefragt, und als ich ihr von meinen Gefühlen erzählte, fing sie sofort an zu schimpfen, und wir hatten den schlimmsten Streit aller Zeiten. Sie hat mir sogar eine Ohrfeige gegeben – ich war so schockiert, dass ich gar nicht wusste, wie ich reagieren soll. Und sie hat immer wieder gesagt, mein Verhalten sei albern und ich hätte keine Ahnung, was ich da mache. Damals dachte ich, sie sei deinetwegen so wütend, aber wenn ich jetzt darüber nachdenke, weiß ich, dass sie sich auf jeden Fall aufgeregt hätte, egal, wer's gewesen wäre. Es ging nicht um dich oder um uns, nicht um deine Familie – nein, es ging nur um sie selbst. Sie hat gemerkt, dass ich erwachsen werde, und bekam Angst, sie könnte die Kontrolle über mich verlieren. Sie hatte keine Idee, wie sie damit umgehen soll – das wusste sie damals nicht, und sie weiß es bis heute nicht.« Amanda trank einen Schluck Wein. »Heute Morgen hat sie behauptet, ich sei furchtbar egozentrisch.«

»Stimmt nicht.«

»Finde ich auch. Oder genauer gesagt – heute Morgen habe ich gedacht, dass es nicht stimmt. Jetzt bin ich mir nicht mehr so sicher.«

»Wieso?«

»Nun, ich verhalte mich im Moment nicht unbedingt rücksichtsvoll, was meinen Ehemann angeht, oder?«

Dawson betrachtete sie schweigend und ließ ihr Zeit,

über das, was sie gerade gesagt hatte, noch einmal nachzudenken. Schließlich fragte er sie: »Möchtest du, dass ich dich nach Oriental bringe?«

Nach kurzem Zögern schüttelte sie den Kopf. »Nein«, sagte sie. »Das ist es ja. Ich möchte hier sein, hier mit dir. Obwohl ich weiß, dass es nicht richtig und egoistisch ist.« Sie senkte den Blick, und ihre dunklen Wimpern berührten die Wangen. »Verstehst du, was ich sagen will?«

Er strich mit dem Finger sanft über ihren Handrücken. »Möchtest du wirklich, dass ich diese Frage beantworte?«

»Nein«, erwiderte sie. »Eigentlich nicht. Aber es ist … kompliziert. Ich meine, die Ehe.« Sie spürte, wie er zarte Muster auf ihre Haut zeichnete.

»Bist du gern verheiratet?«, fragte Dawson vorsichtig.

Statt gleich zu antworten, nippte Amanda erst an ihrem Glas, um sich zu sammeln. »Frank ist ein guter Mensch. Jedenfalls meistens. Alle wollen immer glauben, dass jede Ehe ein perfektes Gleichgewicht ist, aber das stimmt nicht. Der eine liebt immer stärker als der andere. Ich weiß, Frank liebt mich, und ich liebe ihn auch … nur nicht so wie er mich. Und ich habe ihn nie so geliebt wie er mich.«

»Warum nicht?«

»Das weißt du doch genau. Deinetwegen!« Sie schaute Dawson in die Augen. »Selbst als wir in der Kirche kurz davor waren, das Ehegelübde zu sprechen, habe ich mir gewünscht, du würdest neben mir stehen und nicht er. Weil ich dich immer noch geliebt habe, und – meine Liebe zu dir war so groß, und ich hatte schon damals den Verdacht, dass ich für Frank niemals solche Gefühle empfinden würde.«

Dawsons Mund war trocken. »Warum hast du ihn dann geheiratet?«

»Weil ich dachte, die Gefühle zwischen mir und Frank reichen aus. Und ich hoffte, mich verändern und mit der Zeit für ihn das Gleiche empfinden zu können wie für dich. Aber ich konnte es nicht, und im Laufe der Jahre hat Frank das gemerkt, glaube ich. Und es hat ihm wehgetan. Ich habe es gespürt, aber je mehr er sich bemühte, mir zu zeigen, wie wichtig ich für ihn bin, desto mehr nahm er mir die Luft zum Atmen. Und das habe ich ihm übel genommen.« Sie zuckte zusammen, als sie diesen Satz aussprach. »Das klingt, als wäre ich ein schrecklicher Mensch.«

»Aber du bist nicht schrecklich«, sagte Dawson. »Du bist ehrlich.«

»Ich bin noch nicht fertig. Du sollst alles hören. Du musst wissen, dass ich ihn liebe und dass mir die Familie, die wir geschaffen haben, sehr am Herzen liegt. Frank liebt unsere Kinder über alles. Sie sind der Mittelpunkt seines Lebens. Deswegen war es so schlimm für uns, dass wir Bea verloren haben. Du kannst dir nicht vorstellen, was für eine Qual es ist, wenn man zuschauen muss, wie das eigene Kind kränker und immer kränker wird, und man kann ihm nicht helfen. Es ist eine Achterbahn der Gefühle, man ist wütend auf Gott, man fühlt sich betrogen, und gleichzeitig glaubt man, versagt zu haben, und ist am Boden zerstört. Doch irgendwann war ich fähig, den Schmerz zu überwinden. Frank jedoch hat sich nie davon erholt. Unter allen anderen Problemen liegt immer diese abgrundtiefe Verzweiflung, die ihn aushöhlt. Dort, wo vorher die Freude war, ist jetzt ein schwarzes

Loch. Bea war das Glück unseres Lebens. Wir haben manchmal gesagt: Sie ist mit einem Lächeln auf dem Gesicht zur Welt gekommen. Schon als Baby hat sie kaum geweint. Und das hat sich nie geändert. Sie lachte immer, für sie war das Leben ein einziges spannendes Abenteuer, alles Neue hat sie begeistert begrüßt und erforscht. Jared und Lynn haben sich immer um sie bemüht und wollten, dass sie mit ihnen spielt. Kannst du dir das vorstellen?«

Amanda schwieg für einen Moment, und als sie weitersprach, war ihre Stimme heiser. »Und dann fingen die Kopfschmerzen an, und sie ist dauernd irgendwo angestoßen. Wir waren bei tausend Spezialisten, und alle haben uns gesagt, dass sie nichts für Bea tun können.« Sie schluckte. »Und dann ... es wurde immer schlimmer. Aber Bea blieb, wie sie war – fröhlich, glücklich. Selbst am Schluss, als sie sich nicht mehr ohne Hilfe aufsetzen konnte, lachte sie noch. Immer, wenn ich dieses Lachen hörte, hatte ich das Gefühl, mir bricht das Herz.« Amanda schaute gedankenversunken zum dunklen Fenster. Dawson wartete, stellte keine Fragen.

»Ich lag oft stundenlang bei ihr im Bett und hielt sie in meinen Armen, während sie schlief, und wenn sie aufgewacht ist, haben wir einander nur angeschaut. Ich konnte die Augen nicht von ihr nehmen, weil ich mir genau einprägen wollte, wie sie aussieht: ihre Nase, ihr Kinn, die kleinen Löckchen. Und wenn sie dann endlich wieder eingeschlafen war, habe ich sie an mich gedrückt und leise geschluchzt, weil mir das alles so furchtbar ungerecht vorkam.«

Sie blinzelte und schien gar nicht zu merken, dass ihr die Tränen übers Gesicht liefen. Jedenfalls machte sie keinerlei Anstalten, sie fortzuwischen. Dawson, der ihr wie gebannt zuhörte, rührte sich nicht.

»Als sie starb, ist auch ein Teil von mir gestorben. Und lange konnten Frank und ich einander kaum in die Augen schauen. Nicht, weil wir wütend waren, sondern weil es so wehtat. Ich sah Bea in Frank, und er sah sie in mir, und es war … es war unerträglich. Wir schafften es nur mit Mühe und Not, unser Leben einigermaßen zusammenzuhalten. Das war wichtig, weil Jared und Lynn uns ja brauchten – mehr denn je sogar. Ich fing an, jeden Abend zwei oder drei Glas Wein zu trinken, um den Schmerz zu betäuben, aber Frank trank noch mehr. Mit der Zeit habe ich gemerkt, dass der Alkohol nichts hilft. Also habe ich damit aufgehört. Für Frank war es nicht so einfach.« Sie verstummte wieder und presste den Finger auf den Nasenrücken. Dawson kannte diese Geste von früher, es war ihr Versuch, Kopfschmerzen zu vertreiben. »Er schaffte es nicht, mit dem Trinken aufzuhören. Ich habe gedacht, es würde ihm helfen, wenn wir noch ein Kind bekommen, aber diese Hoffnung hat sich nicht erfüllt. Frank ist Alkoholiker, und in den letzten zehn Jahren hat er eigentlich nur halb gelebt, sozusagen auf Sparflamme. Ich habe keine Ahnung, wie ich ihm die andere Hälfte seines Lebens zurückgeben kann.«

Dawson schluckte. »Ich weiß nicht, was ich sagen soll.«

»Oft denke ich, wenn Bea nicht gestorben wäre, hätte sich Frank anders entwickelt. Aber ich frage mich auch, ob es nicht teilweise mit mir zu tun hat, dass er den Boden unter den Füßen verlor. Denn ich habe ihm wehgetan, schon vor Beas Tod. Weil er wusste, dass ich ihn nicht so liebe wie er mich.«

»Das ist nicht deine Schuld«, sagte Dawson, aber er wusste, dass diese Worte nicht genügten.

Amanda schüttelte den Kopf. »Es ist sehr lieb von dir, dass du das sagst, und auf eine gewisse Weise hast du recht. Aber wenn Frank trinkt, um allem zu entfliehen, will er auch vor mir flüchten. Er weiß, dass ich wütend und ent-täuscht bin und dass er die letzten zehn Jahre nicht unge-schehen machen kann, egal, was er tut. Und wer würde da nicht am liebsten weglaufen? Vor allem, wenn der Vorwurf von jemandem kommt, den man liebt. Man hat doch eigentlich immer nur einen Wunsch, und zwar, dass der Mensch, den man liebt, diese Liebe genauso erwidert.«

»Tu das nicht«, sagte Dawson und hielt ihren Blick fest. »Du darfst nicht die ganze Verantwortung auf dich nehmen und seine Probleme zu deinen machen.«

»So etwas kann nur jemand sagen, der nie verheiratet war.« Amanda schenkte ihm ein schiefes Lächeln. »Je länger ich verheiratet bin, desto klarer wird mir, dass nur wenige Dinge schwarz-weiß sind. Und ich will ja auch gar nicht behaupten, dass die Schwierigkeiten in unserer Ehe ausschließlich auf mein Konto gehen. Ich sage nur, dass es Grauzonen gibt. Wir sind beide nicht vollkommen.«

»So würde es auch ein Therapeut ausdrücken.«

»Kann sein. Ein paar Monate nach Beas Tod habe ich eine Therapie angefangen, zweimal in der Woche bin ich hingegangen. Ich weiß nicht, wie ich ohne meine Therapeutin überlebt hätte. Jared und Lynn waren auch bei ihr, aber nicht so lange wie ich. Kinder sind wider-standsfähiger.«

»Das glaube ich dir.«

Sie stützte das Kinn auf die Knie, und ihre Miene spiegelte den inneren Aufruhr. »Ich habe Frank nie von uns erzählt.«

»Wirklich nicht?«

»Er weiß, dass ich in der Highschool einen Freund hatte, aber wie ernst es war, habe ich ihm nie gesagt. Ich glaube, ich habe ihm nicht einmal erzählt, wie du heißt. Und meine Eltern haben dich natürlich auch immer verschwiegen. Sie behandelten unsere Freundschaft wie ein dunkles Familiengeheimnis. Meine Mutter hat einen Seufzer der Erleichterung ausgestoßen, als ich ihr mitteilte, dass Frank und ich uns verloben werden. Sie war aber auch davon nicht begeistert, das kannst du mir glauben. Meine Mutter ist nie von irgendetwas begeistert. Wahrscheinlich findet sie das unter ihrer Würde. Stell dir vor, anfangs musste ich sogar öfter wiederholen, wie Frank heißt. Wohingegen dein Name ...«

Dawson musste lachen, wurde aber gleich wieder ernst. Amanda nippte an ihrem Glas, der Wein brannte ein bisschen in der Kehle. Dass im Hintergrund leise Musik spielte, merkte sie kaum. »Es ist viel passiert, seit wir uns das letzte Mal gesehen haben, was?«

»Unser Leben ist uns passiert.«

»Ja, aber auch noch mehr.«

»Was meinst du damit?«

»Dass ich hier bin, zusammen mit dir. Es lässt mich an die Zeit denken, als ich noch geglaubt habe, dass alle meine Träume wahr werden. Nun, das ist sehr lange her.« Sie drehte sich zu ihm, sodass ihr Gesicht ganz dicht vor seinem war. »Denkst du, wir hätten es schaffen können? Wenn wir von Oriental weggegangen wären und anderswo ein gemeinsames Leben begonnen hätten?«

»Das kann niemand sagen.«

»Aber – was denkst du?«

»Ja, ich denke, wir hätten es schaffen können.«

Sie spürte, wie sich bei dieser Antwort in ihrem Inneren etwas löste. »Ich denke das auch.«

Draußen trieb eine Sturmbö den Regen gegen die Fensterscheiben. Es klang wie lauter kleine Kieselsteine. Das Radio spielte Melodien aus einer anderen Ära, der regelmäßige Rhythmus des Regens trug das Seine zu diesem Gefühl der Zeitlosigkeit bei. Im Zimmer war es warm und gemütlich, wie in einem Kokon. Amanda kam es fast so vor, als gäbe es außer ihnen nichts auf der ganzen Welt.

»Du warst so schüchtern«, murmelte sie. »Als wir im Chemieunterricht zusammenarbeiten mussten, hast du am Anfang nicht mit mir geredet. Ich habe immer Andeutungen gemacht und darauf gewartet, dass du vorschlägst, wir könnten doch mal zusammen ausgehen oder so. Irgendwann fürchtete ich, du machst nie den Mund auf.«

Dawson zuckte die Achseln. »Du warst wunderschön. Ich war ein Niemand. Das hat mich nervös gemacht.«

»Und – mache ich dich immer noch nervös?«

»Nein«, erwiderte er, doch nach kurzem Überlegen fügte er grinsend hinzu: »Vielleicht ein bisschen.«

Sie zog eine Augenbraue hoch. »Kann ich irgendetwas dagegen tun?«

Er nahm ihre Hand und spürte, wie perfekt sie in seine passte. Ach, was hatte er damals alles verloren … Aber bis vor einer Woche war er mit seinem Leben einigermaßen zufrieden gewesen. Vielleicht nicht glücklich, vielleicht ein bisschen einsam, aber zufrieden. Er hatte gewusst, wer er war und wohin er gehörte. Er war allein gewesen, aber das war eine bewusste Entscheidung, und auch jetzt bedauerte er es nicht. Weil niemand Amandas Platz einnehmen konnte. Kein Mensch würde je dazu fähig sein.

»Tanzt du mit mir?«, fragte er schließlich.

Ein Lächeln huschte über ihr Gesicht, als sie antwortete: »Ja.«

Er erhob sich vom Sofa und reichte ihr die Hand. Amanda hatte weiche Knie, als sie zur Mitte des kleinen Zimmers gingen. Die Musik erfüllte den Raum mit wehmütiger Sehnsucht, und einen Moment lang wussten sie beide nicht, wie sie sich verhalten sollten. Amanda wartete, bis Dawson sich ihr zuwandte. Sein Gesichtsausdruck war undurchdringlich. Dann umschlang er ihre Hüfte und zog sie an sich. Sie schmiegte sich an ihn, spürte die durchtrainierten Muskeln seiner Brust, als seine Arme sie umschlossen. Langsam begannen sie, sich im Takt zu wiegen.

Wie wunderbar sich das alles anfühlte! Amanda atmete seinen Geruch ein, frisch und gegenwärtig – und gleichzeitig genau wie in ihrer Erinnerung. Sie genoss die Nähe seines Körpers, seine Schenkel an ihren Schenkeln. Mit geschlossenen Augen lehnte sie den Kopf an seine Schulter und wurde von einem tiefen Verlangen erfasst. Sie musste an die Nacht denken, als sie das erste Mal miteinander geschlafen hatten. Sie hatte gezittert damals – genau wie jetzt.

Die Musik war zu Ende, aber sie ließen sich nicht los, bis das nächste Stück begann. Sein heißer Atem streifte ihre Wange, und sie hörte ihn leise seufzen. Es war ein Seufzer der Erleichterung, des Glücks. Immer näher kam sein Gesicht, und sie legte den Kopf in den Nacken, hingebungsvoll. Wenn sie doch immer so weitertanzen könnten ... Wenn sie doch immer zusammenbleiben könnten!

Seine Lippen berührten zart ihren Nacken, dann ihre Wange, und obwohl sie tief in ihrem Innern eine warnende Stimme hörte, kostete sie die Berührung aus. Ein Hauch, wie der Flügelschlag eines Schmetterlings.

Dann küssten sie sich, vorsichtig zuerst, dann leidenschaftlicher, als wollten sie all die Jahre, die sie getrennt gewesen waren, nachholen. Amanda spürte seine Hände auf ihrer Haut, überall, und als sie sich endlich losließen, konnte sie nur einen Gedanken denken: So lange hatte sie sich genau danach gesehnt. Nach ihm! Mit halb geschlossenen Lidern schaute sie ihn an, und sie begehrte ihn heftiger, als sie je einen Menschen begehrt hatte, sie wollte ihn, hier und jetzt, nur ihn. Sie wusste, dass er sie auch begehrte, und mit einer Bewegung, die fast vorherbestimmt schien, küsste sie ihn noch einmal, bevor sie ihn ins Schlafzimmer führte.

KAPITEL 13

Was für ein beschissener Tag. Vom Morgen bis zum Abend. Sogar das Wetter war beschissen. Abee hatte das Gefühl, bald sterben zu müssen. Seit Stunden regnete es, sein Hemd war durchnässt, und sosehr er sich auch bemühte, er konnte nichts dagegen machen, dass er abwechselnd fror und schwitzte.

Ihm war klar, dass es Ted nicht viel besser ging als ihm. Auf dem Weg von der Klinik zum Auto vermochte er sich kaum aufrecht zu halten. Was ihn allerdings nicht daran hinderte, sofort ins Hinterzimmer seiner Hütte zu gehen, wo er seine Waffen aufbewahrte. Bevor sie zu Tuck fuhren, luden sie den Laster voll.

Nur leider war bei Tuck keiner. Vorn standen zwar zwei Autos, aber von ihren Besitzern weit und breit keine Spur.

Abee wusste, dass Dawson und das Mädchen wieder hierherkommen würden. Irgendwann mussten sie ja ihre Wagen holen. Also teilten er und Ted sich auf, legten sich auf die Lauer und warteten.

Und warteten.

Nach gut zwei Stunden fing es an zu regnen. Wieder ging es los mit dem Schüttelfrost. Abee sah weiße Blitze, weil sein Bauch so wehtat. Verdammt noch mal, er fühlte sich sterbenselend, im wahrsten Sinn des Wortes. Er versuchte, an Candy zu denken, um sich aufzuheitern, aber stattdessen sah er dauernd diesen Kerl vor sich. War der heute Abend wieder in der Bar?, fragte er sich, und schon wurde er furchtbar wütend, was den Schüttelfrost noch verschlimmerte, und dann ging's wieder von vorne los mit der Kälte und der Hitze. Wo steckte nur dieser blöde Dawson? Was machte er überhaupt hier? Abee wusste nicht mal genau, ob er Ted wegen Dawson glauben sollte – eher nicht –, aber als er Teds Gesicht sah, beschloss er, lieber den Mund zu halten. Ted wollte sich nicht geschlagen geben. Und zum ersten Mal im Leben hatte Abee Angst davor, was passieren würde, wenn er jetzt zu Ted rüberginge, um ihm vorzuschlagen, lieber wieder nach Hause zu gehen.

Candy und dieser Typ waren bestimmt schon in der Bar, lachten über irgendetwas und grinsten sich vielsagend an. Er brauchte nur daran zu denken, schon raste sein Puls. Er musste diesen Kerl umbringen. Das schwor er sich. Wenn er ihm das nächste Mal begegnete. Und danach würde er Candy die Spielregeln einbläuen. Vorher musste er aber noch diese Familienangelegenheit erledigen, damit Ted ihm dann dabei half. Allein schaffte er es nämlich nicht.

Eine weitere Stunde verging. Die Sonne stand schon ziemlich tief. Ted glaubte, gleich kotzen zu müssen. Sobald er sich bewegte, fühlte sich sein Kopf an, als würde er platzen, und sein Arm juckte so wahnsinnig unter dem Gips, dass er das Scheißding am liebsten abgerissen hätte. Seine Nase war zugeschwollen, er bekam nicht richtig Luft. Aber er hatte nur einen Wunsch: dass Dawson endlich auftauchte und er die Sache abhaken konnte.

Es interessierte ihn nicht einmal, ob die kleine Miss Cheerleader bei ihm war. Gestern hatte er sich noch Sorgen gemacht, wegen möglicher Augenzeugen, aber das war ihm inzwischen ganz egal. Er würde ihre Leiche einfach auch irgendwo verscharren. Vielleicht dachten die Leute dann, dass die beiden zusammen durchgebrannt waren.

Aber wo steckte dieser Dreckskerl von Dawson? Wo trieb er sich den ganzen Tag rum? Noch dazu bei diesem Regen. Damit hatte Ted echt nicht gerechnet. Drüben hockte Abee und sah aus, als würde er gleich tot umfallen. Sein Gesicht war schon ganz grün, aber Ted konnte die Sache nicht allein erledigen. Nicht mit nur einer Hand und mit einem Gehirn, das in seinem Schädel von einer Seite zur anderen schwappte. Jeder Atemzug tat weh, Himmelherrgott! Und sobald er sich ein bisschen bewegte, wurde ihm so schwindelig, dass er sich irgendwo festhalten musste, um nicht umzufallen.

Als es dunkel wurde und der Nebel stieg, sagte sich Ted immer wieder, dass die beiden jede Minute kommen würden. Aber er glaubte bald selbst nicht mehr daran. Seit dem Vortag hatte er nichts gegessen, und die Schwindelgefühle wurden immer schlimmer.

Zehn Uhr. Immer noch nichts. Elf Uhr. Mitternacht. Die Sterne zwischen den Wolken lauter blinkende kleine Lichter.

Ted verkrampfte sich, er fror, und der Würgereiz setzte wieder ein. Er begann zu zittern und konnte nichts dagegen machen.

Ein Uhr nachts. Und immer noch keine Spur von den beiden. Um zwei kam Abee schließlich zu ihm gestolpert.

Inzwischen hatte sogar Ted kapiert, dass die beiden heute Nacht nicht mehr zurückkehren würden. Die Brüder gingen zum Laster. Sie mussten sich aneinander festhalten, während sie den Weg hinauftorkelten. Als Ted später ins Bett fiel, überschwemmte ihn wieder diese maßlose Wut, dann wurde alles schwarz.

KAPITEL 14

Als Amanda am Sonntagmorgen aufwachte, brauchte sie ein paar Sekunden, um zu begreifen, wo sie war. Draußen hörte sie die Vögel singen. Sonnenlicht strömte durch den schmalen Schlitz zwischen den Gardinen. Vorsichtig drehte sie sich auf die andere Seite. Der Platz neben ihr war leer. Zuerst war sie nur enttäuscht, aber dann wurde sie unruhig.

Sie richtete sich auf und schaute zum Bad. Wo war Dawson? Seine Kleider lagen nicht mehr da. Sie erhob sich, wickelte sich in ein Laken, ging zur Schlafzimmertür und spähte um die Ecke – und da saß er, auf den Stufen der vorderen Veranda. Schnell zog sie sich an und ging kurz ins Bad, um sich wenigstens die Haare zu kämmen. Dann tappte sie zur Haustür. Sie musste mit ihm reden. Unbedingt.

Dawson hörte das Quietschen der Tür und drehte sich um. Er lächelte ihr zu. Die dunklen Bartstoppeln gaben seiner Erscheinung etwas Verwegenes. »Hallo!«, sagte er und hob den Styroporbecher hoch, der neben ihm stand. Einen zweiten hielt er im Schoß. »Ich dachte, du könntest vielleicht einen Kaffee brauchen.«

»Wo hast du den her?«

»Aus dem Mini-Supermarkt, ein Stück die Straße runter. Soweit ich das beurteilen kann, ist es der einzige Laden in Vandemere, wo es Kaffee gibt. Wahrscheinlich nicht ganz so gut wie der, den du am Freitagmorgen ge-trunken hast.«

Er musterte sie eingehend, während sie den Becher entgegennahm und sich neben ihn setzte. »Hast du gut geschlafen?«, fragte er.

»Ja«, antwortete sie. »Und du?«

»Nicht so sehr gut.« Er zuckte die Achseln und schau-te dann wieder zu den Blumen. »Endlich hat es aufgehört zu regnen.«

»Das habe ich auch schon gemerkt.«

»Ich muss das Auto wahrscheinlich waschen, wenn wir wieder bei Tuck sind«, sagte er. »Wenn du willst, rufe ich Morgan Tanner an.«

»Ich mach das schon«, sagte Amanda. »Ich muss so-wieso mit ihm sprechen.« Sie wusste, dass sie beide mit diesem Geplauder nur Zeit gewinnen wollten, um nicht gleich über das Offensichtliche reden zu müssen. »Irgend-etwas stimmt nicht mit dir, hab ich recht?«

Er ließ die Schultern sinken, sagte aber nichts.

»Du bist durcheinander«, flüsterte sie, und das Herz tat ihr weh.

»Nein«, erwiderte er zu ihrer Überraschung und legte ihr den Arm um die Schulter. »Überhaupt nicht. Warum soll ich durcheinander sein?« Er beugte sich zu ihr und küsste sie zärtlich, zog sich dann aber wieder zurück.

»Hör zu«, begann sie, »wegen gestern Abend –«

»Weißt du, was ich hier draußen gefunden habe?«, un-terbrach er sie.

Sie schüttelte verblüfft den Kopf.

»Ein vierblättriges Kleeblatt«, sagte er. »Direkt hier neben den Stufen. Es war nicht zu übersehen.« Er zeigte ihr das feine grüne Kunstwerk, das er zwischen zwei Seiten aus einem Notizblock gelegt hatte. »Angeblich bringt es ja Glück, und darüber habe ich heute Morgen sehr viel nachgedacht.«

Amanda glaubte, einen gequälten Unterton in seiner Stimme zu hören. Sie hatte eine ungute Vorahnung. »Was willst du damit sagen, Dawson?«, fragte sie leise.

»Glück«, antwortete er. »Geister. Schicksal.«

Diese rätselhaften Worte trugen nicht gerade dazu bei, ihre Unsicherheit aufzulösen.

Dawson trank einen Schluck Kaffee, stellte dann den Becher beiseite und blickte in die Ferne. »Ich bin fast gestorben«, sagte er schließlich. »Ich glaube, unter normalen Bedingungen wäre ich gestorben, schon der erste Sturz hätte tödlich sein müssen. Oder die nächste Explosion. Und vor zwei Tagen hätte ich eigentlich auch sterben müssen ...«

Stumm hing er seinen Gedanken nach.

»Du machst mir Angst«, flüsterte Amanda nach einer Weile.

Dawson richtete sich auf und kehrte aus seinen Grübeleien in die Gegenwart zurück. »Im Frühjahr hat es auf der Bohrinsel gebrannt«, begann er und erzählte ihr dann alles: wie sich das Feuer in ein Inferno verwandelte, wie er ins Wasser stürzte und dort den schwarzhaarigen Mann sah, der ihn zum Rettungsring winkte und dann in einer blauen Windjacke plötzlich auf dem Versorgungsschiff erschien, nur um gleich wieder zu verschwinden. Er berichtete ihr auch, was in den Wochen danach passiert war – von seinem Gefühl, beobachtet und verfolgt zu werden, und dass er den Mann am Jachthafen erneut gesehen

habe. Und schließlich beschrieb er noch das Zusammen-
treffen mit Ted am Freitag und dass auch da der dunkelhaarige Mann aufgetaucht und dann im Wald verschwunden sei.

Amanda merkte, wie ihr Herz immer schneller klopfte.
Was hatte Dawsons Geschichte zu bedeuten? »Willst du
damit sagen, dass Ted dich umbringen wollte? Dass er mit
einer Waffe zu Tucks Haus gegangen ist und dort auf dich
gewartet hat? Und davon hast du mir gestern kein Wort
erzählt?«

Dawson schüttelte den Kopf, beinahe so, als wäre ihm
das alles gleichgültig. »Es ist vorbei. Ich habe alles geregelt.«

»Du schleppst ihn auf euer Grundstück und rufst Abee
an? Dann nimmst du seine Pistole und wirfst sie ins Wasser? Und du meinst, damit ist alles ›geregelt‹?« Amandas
Stimme wurde lauter.

Dawson war anscheinend zu müde, um sich zu streiten.
»Das ist meine Familie«, sagte er. »So gehen wir mit Problemen um.«

»Aber du bist anders als die anderen.«

»Ich bin einer von ihnen. Ich bin ein Cole, erinnerst
du dich? Sie kommen, wir prügeln uns, sie kommen wieder. So läuft das bei uns.«

»Was willst du damit sagen? Dass es doch noch nicht
vorbei ist?«

»Für sie bestimmt nicht.«

»Hast du einen Plan?«

»Ich werde mich so verhalten wie immer. Das heißt,
ich versuche, mich rauszuhalten und ihnen möglichst aus
dem Weg zu gehen. Das dürfte nicht allzu schwierig sein.

Eigentlich muss ich nur noch den Wagen waschen und vielleicht kurz auf den Friedhof. Ansonsten habe ich keinen Grund, noch länger hierzubleiben.«

Plötzlich kam Amanda ein Gedanke, verschwommen zuerst, doch er wurde immer klarer und löste dann eine leise Panik in ihr aus. »Ist das etwa der Grund, warum wir gestern Abend nicht zurückgefahren sind?«, wollte sie wissen. »Weil du dachtest, sie warten bei Tuck auf dich?«

»Sie haben garantiert dort auf mich gewartet«, erwiderte Dawson. »Aber deshalb sind wir nicht hier. Ich habe überhaupt nicht an die beiden gedacht. Stattdessen habe ich einen wunderbaren Tag mit dir erlebt.«

»Bist du nicht wütend auf sie?«

»Nicht besonders.«

»Wie machst du das nur? Wie kannst du das einfach so beiseiteschieben?« Amanda spürte, wie ihr Adrenalinspiegel stieg. »Du denkst, es ist dein Schicksal, weil du ein Cole bist – stimmt's?«

»Nein.« Er schüttelte kaum merklich den Kopf. »Ich habe nicht an meine Cousins gedacht, weil ich nur an dich gedacht habe. Und so ist es, seit du in mein Leben getreten bist. Ich denke nicht an die anderen, weil ich dich liebe – und da ist für nichts anderes Platz.«

Einen Moment lang verschlug es ihr die Sprache. »Dawson, ich …«

»Du brauchst es nicht zu sagen.«

»Doch.« Sie beugte sich zu ihm, und ihre Lippen begegneten sich. Als sie sich wieder trennten, kamen die Wörter so selbstverständlich aus ihr heraus wie ihr Atem. »Ich liebe dich, Dawson Cole.«

»Ich weiß«, murmelte er leise und schlang den Arm um ihre Taille. »Ich liebe dich auch.«

Das Unwetter hatte die schwüle Luft vertrieben und sie durch blauen Himmel und einen wunderbar aromatischen Blumenduft ersetzt. Vom Dach tropfte es, und die Tropfen landeten auf dem Efeu und den Farnblättern, sodass diese im hellen Licht glänzten. Dawson hielt Amanda umschlungen, sie kuschelte sich an ihn und genoss seine körperliche Nähe.

Nachdem sie das vierblättrige Kleeblatt wieder zwischen das Papier gelegt und in ihre Tasche gesteckt hatte, standen sie auf und gingen Arm in Arm im Garten spazieren. Der Pfad zwischen den Blumen hindurch war jetzt natürlich matschig, also schlenderten sie außen herum und dann hinters Haus. Weil es auf einer kleinen Anhöhe lag, konnte man dahinter gut den Bay River sehen. Er war hier fast so breit wie der Neuse River. Am Ufer entdeckten sie einen blauen Reiher, der durch das flache Gewässer stakste. Ein Stück weiter hinten sonnte sich eine Gruppe Schildkröten auf einem alten Baumstamm.

Eine ganze Weile standen sie da und ließen die Szene auf sich wirken, dann gingen sie langsam zurück zum Haus. Auf der Veranda zog Dawson Amanda noch einmal an sich und küsste sie, und sie erwiderte seinen Kuss, erfüllt von dem Wissen, dass sie ihn immer, immer lieben würde. Als sie sich schließlich losließen, klingelte leise irgendwo ein Telefon. Es war Amandas Handy, und sein Klingeln erinnerte sie daran, dass sie noch ein anderes Leben hatte. Sie senkte sie Kopf, genau wie Dawson, und lehnte mit geschlossenen Augen ihre Stirn gegen seine. Das Klingeln nahm und nahm kein Ende – es kam ihr vor wie eine halbe Ewigkeit. Als es endlich verstummte, öffnete sie die Augen wieder und schaute Dawson an, auf sein Verständnis hoffend.

Er nickte und hielt ihr die Haustür auf. Sie ging hinein, und Dawson nahm wieder draußen auf den Verandastufen Platz. Im Schlafzimmer angelte Amanda das Handy aus ihrer Tasche und sah nach, wer angerufen hatte.

Auf einmal wurde ihr übel, und ihre Gedanken begannen zu rasen. Auf dem Weg zum Badezimmer warf sie ihre Kleider ab. Instinktiv erstellte sie im Kopf eine Liste: was sie tun musste, was sie sagen wollte. Sie drehte die Dusche auf und kramte in dem Schränkchen nach Shampoo und Seife, was zum Glück beides zu finden war. Dann ließ sie das warme Wasser auf sich niederregnen und versuchte, so die Panikgefühle fortzuschwemmen. Anschließend trocknete sie sich ab, zog sich wieder an und rubbelte sich die Haare trocken, so gut es eben ging. Sorgfältig trug sie ihr Make-up auf – eine Notfallration hatte sie immer dabei.

Mit schnellen Bewegungen brachte sie das Schlafzimmer einigermaßen in Ordnung, machte das Bett, schüttelte die Kissen auf, nahm die fast leere Flasche Wein und goss den Rest fort, entsorgte die Flasche im Mülleimer unter der Spüle und überlegte, ob sie den Müll mitnehmen sollte, entschied sich aber dagegen. Die halb vollen Gläser, die noch auf dem Couchtischchen gestanden hatten, spülte sie mit lauwarmem Wasser, trocknete sie ab und stellte sie in den Schrank. Alle Spuren beseitigt, alles erledigt.

Bis auf die Anrufe. Die verpassten Anrufe. Die *Nachrichten.*

Sie musste lügen. Frank alles zu gestehen, erschien ihr völlig unmöglich. Wie würden die Kinder reagieren? Nicht auszudenken! Oder ihre Mutter ... Sie musste alles wieder ins Lot bringen. Aber mit penetranter Hartnäckigkeit meldete sich in regelmäßigen Abständen eine leise Stimme, die flüsterte: *Ist dir überhaupt klar, was du getan hast?*

Ja. Aber ich liebe ihn, entgegnete eine andere Stimme in ihr.

Während sie in der Küche stand, überschwemmt vom Chaos der Gefühle, hätte sie am liebsten hemmungslos geweint. Vielleicht wäre das gut für sie gewesen, aber einen Moment später kam Dawson herein, der ihren inneren Aufruhr vorausgeahnt hatte. Er schloss sie in die Arme und flüsterte ihr abermals ins Ohr, dass er sie liebe. Und auch wenn es noch so unmöglich erschien, glaubte Amanda einen Augenblick lang ganz fest: *Alles wird gut.*

Sie waren beide auf der Fahrt nach Oriental nicht besonders gesprächig. Dawson spürte Amandas Anspannung. Er wusste, dass es besser war, wenn er schwieg, aber er umklammerte das Lenkrad so fest, als wollte er es nie mehr loslassen.

Amanda hatte leichte Halsschmerzen – das waren die Nerven, sie wusste es. Dass Dawson neben ihr saß, war der einzige Grund, weshalb sie nicht zusammenklappte. Alles überschlug sich in ihrem Kopf – Erinnerungen, Pläne, Ängste, es war ein Kaleidoskop der Empfindungen, das sich ständig veränderte. Sie war derart in Gedanken versunken, dass sie kaum merkte, wie die Meilen an ihnen vorbeisausten.

Kurz vor Mittag erreichten sie Oriental. Sie fuhren am Jachthafen entlang, und ein paar Minuten später bogen sie in die Zufahrt zu Tucks Haus ein. Dawson wurde immer unruhiger, das merkte Amanda. Seine Augen suchten den Wegrand ab, während er sich dicht über das Lenkrad beugte. Wachsam. Wegen seiner Cousins. Und dann drosselte er das Tempo – mit fassungsloser Miene.

Amanda folgte seinem Blick. Alles schien unverändert, ihre Autos standen noch an derselben Stelle. Und als sie sah, was Dawson schon vor ihr bemerkt hatte, blieb sie innerlich verblüffend ruhig. Im Grunde hatte sie die ganze Zeit damit gerechnet.

Lächelnd schaute sie Dawson an, um ihm zu versichern, dass sie mit dieser Situation durchaus umgehen könne.

»Sie hat drei Nachrichten auf meinem Handy hinterlassen«, sagte sie mit einem Achselzucken. Dawson nickte. Er wusste so gut wie sie, dass er ihr jetzt nicht helfen konnte. Amanda holte tief Luft, öffnete die Wagentür und stieg aus. Dass sich ihre Mutter für den Anlass in Schale geworfen hatte, wunderte sie nicht.

KAPITEL 15

Amanda ging direkt zum Haus. Evelyn schien unschlüs-
sig, ob sie hinter ihrer Tochter hergehen sollte. Offenbar
war sie noch nie bei Tuck gewesen. Für eine Dame in
einem cremefarbenen Kostüm mit Perlenkette war sein
Haus nicht gerade der passende Aufenthaltsort, schon gar
nicht nach einem heftigen Regen. Sie schaute zu Dawson
hinüber, stumm und mit ausdrucksloser Miene, als wäre es
unter ihrer Würde, auf seine Gegenwart zu reagieren.

Dann drehte sie sich um und betrat die Veranda.
Amanda saß bereits in einem der Schaukelstühle.

Dawson legte den Gang ein und fuhr den Stingray
langsam in den Schuppen. Dort stieg er aus und lehnte
sich an die Werkbank. Er konnte Amanda von hier aus
nicht sehen. Was würde sie zu ihrer Mutter sagen? Er ahnte es nicht. Und dann fiel ihm etwas ein, was Morgan
Tanner gesagt hatte, als er und Amanda bei ihm waren:
dass sie beide genau wissen würden, wann sie ihren persönlichen Brief von Tuck lesen mussten. Plötzlich war
ihm sonnenklar, dass für ihn dieser Moment gekommen
war. Tuck hatte anscheinend vorausgeahnt, wie sich alles
abspielen würde.

Er zog den Umschlag aus seiner hinteren Hosentasche.
Mit dem Finger strich er über seinen Namen. Die Schrift
war genauso wackelig wie bei dem Brief, den er und
Amanda gemeinsam gelesen hatten. Er drehte den Um-

schlag um und öffnete ihn. Es war nur ein einziges Blatt, vorn und hinten beschrieben. In der Stille der Werkstatt, die einmal seine Heimat gewesen war, begann er zu lesen.

Dawson,

ich weiß nicht, womit ich anfangen soll. Vielleicht am besten damit, Dir zu sagen, dass ich in den letzten Jahren Amanda näher kennengelernt habe. Ich glaube, sie hat sich nicht verändert, seit ich sie das erste Mal sah, aber mit Sicherheit kann ich das natürlich nicht sagen. Damals seid Ihr zwei ja die meiste Zeit für Euch geblieben, und wie das bei jungen Menschen üblich ist, habt Ihr aufgehört zu reden, sobald ich auftauchte. Ich hatte damit übrigens kein Problem – es war bei mir und Clara genauso. Keine Ahnung, ob ihr Vater vor unserer Hochzeit je meine Stimme gehört hat, aber das ist eine andere Geschichte.

Was ich damit sagen will: Ich weiß eigentlich gar nicht, wer Amanda damals war – aber ich weiß, wer sie jetzt ist, und ich verstehe, warum Du nie über sie hinweggekommen bist. Sie hat sehr viel Güte in sich, diese Frau. Viel Liebe, viel Geduld, und dazu ist sie blitzgescheit. Und sie ist schlicht und ergreifend das hübscheste Ding, das je durch diese Stadt spaziert ist, so viel ist sicher. Aber es ist ihre Güte, die ich am meisten schätze, weil ich lange genug auf der Welt bin, um zu wissen, wie selten so etwas ist.

Ich sage Dir damit wahrscheinlich nichts Neues, aber in den letzten Jahren ist Amanda für mich wirklich eine Art Tochter geworden. Das heißt, ich muss mit Dir so reden, wie es ihr Daddy getan hätte, weil Väter nur dann etwas wert sind, wenn sie sich ein wenig Sorgen um ihre Töchter machen. Bei Amanda gilt das ganz besonders. Denn eins musst Du wissen: Amanda leidet, und ich glaube, sie leidet schon ziemlich lange. Ich habe es gleich gemerkt, als sie das erste Mal zu mir gekommen ist. Damals habe ich noch gehofft, dass es vielleicht nur eine Phase ist, aber je öfter sie kam, desto schlechter ging es ihr. Hin und wieder bin ich nachts aufgewacht und habe gesehen, dass sie in der Werkstatt herumwanderte. Da habe ich begriffen, dass sie sich zum großen Teil Deinetwegen so elend fühlt. Die Vergangenheit lässt sie nicht los. Du lässt sie nicht los. Aber glaub mir, wenn ich sage, Erinnerungen sind eine seltsame Erfindung. Manchmal entsprechen sie der Realität, aber andere Male formen wir sie nach unseren sehnlichsten Wünschen. Ich glaube, Amanda versucht immer noch, zu begreifen, was die Vergangenheit eigentlich für sie bedeutet. Deshalb habe ich dieses Wochenende für Euch geplant. Ich habe den Verdacht, sie kann nur einen Ausweg aus der Dunkelheit finden, wenn sie Dich wiedersieht, egal, wie das letztlich endet.

Aber, wie gesagt, sie leidet, und wenn ich im Leben irgendetwas gelernt habe, dann ist es Folgendes: Menschen, denen es nicht gut geht, sehen die Dinge oft nicht so klar, wie es nötig wäre. Amanda befindet sich an einem Punkt in ihrem Leben, an dem sie verschiedene Entscheidungen treffen muss. Und da beginnt Deine Rolle bei dem Ganzen. Ihr müsst gemeinsam klären, was Ihr als Nächstes tun wollt. Aber vergiss dabei nicht, dass Amanda vermutlich mehr Zeit braucht als Du. Sie ändert sicher ein paarmal ihre Meinung. Wenn die Entscheidung dann gefallen ist, müsst Ihr sie beide akzeptieren. Und falls es irgendwie nicht klappt zwischen Euch, dann musst Du begreifen, dass Du nicht mehr zurückblicken darfst. Denn das würde Dich vernichten. Und Amanda ebenfalls. Ihr solltet beide nicht mit einem Gefühl des Bedauerns weiterleben, weil es alle Lebensenergie aus Euch heraussaugt, und mir bricht das Herz, wenn ich nur daran denke. Schließlich habe ich Amanda als meine Tochter

adoptiert – und Dich als meinen Sohn. Wenn ich einen letzten
Wunsch äußern dürfte, dann lautet er: Ich möchte, dass es Euch
zweien, meinen beiden Kindern, gut geht.

Tuck

Amanda sah, wie ihre Mutter kritisch die modrigen Bo-
denbretter der Veranda in Augenschein nahm. Wahrscheinlich hatte sie Angst, einzubrechen. Vor dem Schaukelstuhl blieb sie zögernd stehen, als würde sie sich fragen,
ob sie tatsächlich Platz nehmen musste.

Und als sich ihre Mutter endlich hinsetzte, nur ganz
vorn auf den Stuhlrand natürlich, überkam Amanda eine
Müdigkeit, die sie nur zu gut kannte.

Evelyn musterte sie kritisch und erwartete allem An-
schein nach, dass ihre Tochter zuerst etwas sagte. Doch
Amanda schwieg, weil sie nichts sagen konnte, was die
Situation entspannt hätte. Deshalb wandte sie bewusst
den Blick ab und beobachtete das Spiel der Sonnenstrahlen, die durch das Blätterdach tanzten.

Nach einer Weile verdrehte ihre Mutter die Augen.
»Nun komm schon, Amanda. Benimm dich nicht so
kindisch. Ich bin nicht deine Feindin. Ich bin deine
Mutter.«

»Ich weiß doch genau, was du sagen willst«, erwiderte
Amanda tonlos.

»Das mag ja stimmen, aber es gehört nun mal zu den
elterlichen Pflichten, die Kinder zurechtzuweisen, wenn
sie einen Fehler machen.«

»Und du denkst, ich mache einen Fehler?« Mit zusammengekniffenen Augen funkelte Amanda ihre Mutter
böse an.

»Wie würdest du es denn nennen? Du bist eine verheiratete Frau.«

»Glaubst du, das weiß ich nicht?«

»Auf jeden Fall verhältst du dich nicht so. Du bist nicht die erste Frau auf der Welt, die in ihrer Ehe unglücklich ist. Und du bist auch nicht die erste, die entsprechend handelt. Der Unterschied ist nur, dass du immer noch denkst, die anderen sind daran schuld.«

»Was redest du da?« Um nicht die Beherrschung zu verlieren, umklammerte Amanda die Armlehnen ihres Schaukelstuhls.

»Du machst dauernd anderen Menschen deswegen Vorwürfe, Amanda.« Ihre Mutter seufzte. »Mir machst du Vorwürfe, und Frank machst du Vorwürfe, und nach Beas Tod hast du sogar Gott Vorwürfe gemacht. Du schaust überallhin, um herauszufinden, warum du diese Probleme hast – nur nicht in den Spiegel. Und dabei fühlst du dich wie eine Märtyrerin. ›Die arme kleine Amanda, ganz allein gegen den Rest der Welt – gegen eine harte, grausame Welt.‹ Aber in Wirklichkeit ist das Leben für uns alle kein Zuckerschlecken. Das war schon immer so und wird immer so bleiben. Wenn du ehrlich zu dir selbst wärst, würdest du einsehen, dass du an dem Ganzen nicht ganz unschuldig bist.«

Amanda biss die Zähne zusammen. »Ich habe gehofft, du bringst mir wenigstens einen Funken Verständnis oder Mitgefühl entgegen. Aber da habe ich mich offensichtlich getäuscht.«

»Glaubst du das im Ernst?« Evelyn zupfte eine imaginäre Fluse von ihrer Kostümjacke. »Gut, dann erkläre mir doch bitte, was ich deiner Meinung nach hätte sagen sollen. Erwartest du, dass ich deine Hand nehme und dich frage, wie du dich fühlst? Soll ich dir etwas vorschwindeln und behaupten, dass alles gut wird? Dass es ohne Konsequenzen bleiben wird, falls du es irgendwie schaffst, Dawson zu verstecken?« Sie schwieg für einen Moment, ehe sie fortfuhr: »Nichts, was wir tun, bleibt ohne Konsequenzen. Du bist alt genug, um das zu wissen, Amanda.«

Amanda gab sich große Mühe, mit ruhiger Stimme zu antworten. »Du verstehst nicht, was ich meine.«

»Und du verstehst nicht, was *ich* meine. Du kennst mich längst nicht so gut, wie du denkst.«

»Ich kenne dich, Mom.«

»Ach ja, stimmt. Deiner Ansicht nach bin ich unfähig, dir auch nur das geringste Mitgefühl entgegenzubringen.« Sie fasste kurz an den kleinen Diamantstecker in ihrem Ohrläppchen. »Was zu der Frage führt, wieso ich dich dann gestern Abend gedeckt habe.«

»Wie bitte?«

»Frank hat angerufen. Beim ersten Anruf habe ich so getan, als hätte ich keine Ahnung, wo du steckst, ehe er endlos davon erzählte, dass er für den nächsten Tag irgendein Golfspiel plant, mit einem Freund namens Roger. Und als er sich später noch mal gemeldet hat, habe ich ihm gesagt, dass du bereits schläfst, obwohl mir völlig klar war, was du machst. Ich wusste, dass du mit Dawson unterwegs bist, und als es Zeit fürs Abendessen war, habe ich begriffen, dass du nicht nach Hause kommst.«

»Woher hast du das mit Dawson gewusst?« Amanda versuchte, den Schock zu überspielen.

»Ist dir schon mal aufgefallen, wie klein Oriental ist? Als Erstes habe ich Alice Russell vom Bed-and-Breakfast angerufen. Ein sehr angenehmes Gespräch, nebenbei bemerkt. Sie hat mir gesagt, Dawson habe bereits ausgecheckt, aber so wusste ich schon mal, dass er in Oriental ist. Deswegen bin ich jetzt hier und warte nicht zu Hause auf dich. Ich dachte, wir könnten vielleicht die Lügerei überspringen und dadurch unser Gespräch ein wenig vereinfachen.«

Amanda wurde fast schwindelig. »Danke«, murmelte sie. »Dass du Frank nichts gesagt hast, meine ich.«

»Es ist nicht meine Aufgabe, Frank über irgendetwas zu informieren, was womöglich die Probleme in eurer Ehe noch verschärfen würde. Was du Frank erzählst, ist allein deine Sache. Soweit es mich betrifft, ist nichts passiert.«

Amanda schluckte. Sie hatte einen bitteren Geschmack im Mund. »Warum bist du dann hier?«

»Weil du meine Tochter bist.« Evelyn seufzte. »Du willst vermutlich nicht mit mir reden, aber ich erwarte von dir, dass du mir zuhörst.« Ihre Stimme hatte jetzt einen leicht enttäuschten Unterton. »Ich habe keine Lust, irgendwelche kitschigen Details über gestern Nacht zu erfahren. Oder zu hören, wie gemein es deiner Meinung nach war, dass ich Dawson damals nicht akzeptiert habe. Ich möchte auch nicht über deine Probleme mit Frank sprechen. Stattdessen will ich dir einen guten Rat geben. Als Mutter. Auch wenn du das manchmal nicht sehen willst – du bist meine Tochter, und du bist mir wichtig. Die Frage ist nur, ob du bereit bist, auf meinen Rat zu hören.«

»Ja«, flüsterte Amanda leise. »Was soll ich tun?«

Das Gesicht ihrer Mutter verlor plötzlich alle Starrheit

und Härte, und sie sprach ganz sanft. »Es ist im Grunde ganz simpel: Höre nicht auf meinen Rat.«

Amanda wartete, weil sie dachte, es würde noch mehr folgen, doch ihre Mutter schwieg. Was hatte das zu bedeuten?

»Sagst du, ich soll Frank verlassen?«, flüsterte sie schließlich.

»Nein.«

»Soll ich versuchen, zu Hause alles wieder in Ordnung zu bringen?«

»Das habe ich nicht gesagt.«

»Ich verstehe dich nicht.«

»Interpretiere nicht so viel hinein.« Ihre Mutter stand auf, strich ihre Jacke glatt und ging auf die Stufen zu.

Amanda traute ihren Augen nicht. Was war hier los? »Warte ... willst du schon gehen? Du hast doch gar nichts gesagt!«

Ihre Mutter drehte sich noch einmal um. »Im Gegenteil. Ich habe *alles* gesagt.«

»Dass ich nicht auf deinen Rat hören soll?«

»Ganz genau. Hör nicht auf meinen Rat. Oder auf sonst irgendeinen Rat. Verlass dich nur auf dich selbst. Gut oder schlecht, glücklich oder unglücklich – es ist dein Leben. Und was du damit machst, ist allein deine Sache.« Mit ihren glänzend polierten Highheels betrat sie die erste Stufe. Ihr Gesicht war wieder zur Maske erstarrt. »Nun – ich nehme an, wir sehen uns später? Wenn du nach Hause kommst, um deine Sachen zu holen?«

»Ja.«

»Dann werde ich Sandwiches und ein bisschen Obst vorbereiten.« Sie ging die Stufen hinunter. Bei ihrem

Auto angekommen, blickte sie kurz zu Dawson, der noch in der Werkstatt stand, dann stieg sie ein, startete den Motor und war verschwunden.

Dawson legte den Brief fort und trat aus der Garage. Sein Blick wanderte zu Amanda. Sie starrte zum Wald hinüber und wirkte gefasster, als er erwartet hätte, aber er konnte ihr nicht ansehen, was in ihr vorging.

Sie lächelte ihm müde zu, als er näher kam, und wandte sich dann wieder ab. Irgendwo in der Magengegend regte sich bei ihm so etwas wie Angst.

Schweigend setzte er sich in den Schaukelstuhl und beugte sich vor, die Hände gefaltet.

»Willst du mich nicht fragen, wie's gelaufen ist?«, fragte Amanda nach einer Weile.

»Ich nehme an, du wirst es mir früher oder später erzählen«, sagte er. »Falls du überhaupt darüber sprechen möchtest, heißt das.«

»Bin ich so berechenbar?«

»Nein.«

»Doch, ich bin berechenbar. Aber meine Mutter ...« Amanda fasste sich ans Ohr, eine ihrer typischen Gesten, wenn sie Zeit gewinnen wollte. »Falls ich mal wieder behaupte, dass ich meine Mutter kenne und durchschaue, musst du mich daran erinnern, was heute passiert ist.«

Er nickte. »Wird gemacht.«

Amanda atmete tief durch, und als sie anfing zu reden, klang sie seltsam distanziert. »Anfangs habe ich genau vorausgesehen, wie unser Gespräch verläuft. Ich dachte, sie will wissen, was los ist, und mir dann sagen, dass ich einen schrecklichen Fehler mache. Anschließend würde sie einen Vortrag über Pflichten und Verantwortungsbewusstsein halten. Dabei würde ich sie unterbrechen und ihr vorhalten, dass sie mich nicht versteht. Ich wollte ihr sagen, dass ich mein ganzes Leben lang immer nur *dich* geliebt habe und dass Frank mich nicht mehr glücklich macht. Und dass ich deshalb mit dir zusammen sein will.« Sie schaute Dawson an, um Verständnis bittend. »Aber dann ...« Dawson beobachtete, wie sich ihr Gesichtsausdruck veränderte. »Sie weiß genau, wie sie mich dazu bringen kann, alles infrage zu stellen.«

»Du meinst, alles, was uns betrifft«, sagte er. Die Angst in ihm wurde größer.

»Nein, ich meine, was mich betrifft«, flüsterte sie. »Aber – natürlich meine ich damit auch uns. Ich wollte ihr all das sagen, was ich jetzt gerade gesagt habe, denn es ist die Wahrheit.« Sie schüttelte verwirrt den Kopf. »Aber dann hat meine Mom angefangen zu reden. In dem Moment kam plötzlich mein wirkliches Leben zurück, mein Alltag, und ich hörte mich selbst etwas ganz anderes sagen. Es war so, als wären zwei Radios auf verschiedene Frequenzen eingestellt, und jeder Sender spielte eine eigene Variante desselben Stücks. In dem zweiten Sender hörte ich mich sagen: Ich will nicht, dass Frank etwas erfährt, ich habe Kinder, die zu Hause auf mich warten. Und gleichgültig, was ich ihnen sage, gleichgültig, wie ich ihnen alles zu erklären versuche – es wäre letztlich doch immer nur egoistisch.«

Sie schwieg und drehte geistesabwesend ihren Ehering, was Dawson nicht entging.

»Annette ist noch klein«, fuhr sie fort. »Ich kann mir nicht vorstellen, sie zu verlassen. Und ich kann mir auch nicht vorstellen, dass ich sie von ihrem Vater trenne. Wie sollte ich ihr diese Entscheidung verständlich machen? Sie würde es nicht begreifen. Und was wäre mit Jared und Lynn? Sie sind fast erwachsen, aber könnten sie mich deshalb verstehen? Wenn sie erführen, dass ich die Familie auseinanderreiße, um mit dir zusammen zu sein?« Man sah Amanda an, wie sehr das alles sie quälte. »Ich liebe meine Kinder, und es würde mir das Herz brechen, immer die Enttäuschung in ihren Augen zu sehen.«

»Sie lieben dich«, murmelte Dawson und versuchte den Kloß in seiner Kehle hinunterzuschlucken.

»Ich weiß. Aber ich möchte ihnen das alles ersparen.« Sie kratzte an der Farbe herum, die von der Armlehne ihres Schaukelstuhls abblätterte. »Ich will nicht, dass sie mich hassen oder dass sie sich von mir im Stich gelassen fühlen. Und Frank ...« Zitternd holte sie Luft. »Ja, er hat Probleme, und ja, meine Gefühle für ihn sind ein ständiger Kampf. Aber er ist kein schlechter Mensch, und ich weiß, ein Teil von mir wird ihn immer gern haben. Manchmal denke ich, dass ich der Grund bin, weshalb er überhaupt noch fähig ist, einigermaßen zu funktionieren. Aber er würde sich nie davon erholen, wenn ich ihn wegen eines anderen Mannes verlasse. Das musst du mir glauben. Es würde ihn ... zugrunde richten. Und was dann? Würde er noch mehr trinken? Oder in eine tiefe Depression fallen, aus der er keinen Ausweg mehr findet? Ich glaube nicht, dass ich ihm das antun darf.« Sie ließ die Schultern sinken. »Und dann gibt es natürlich noch dich.«

Dawson ahnte, was kommen würde.

»Das Wochenende war wunderbar, aber es ist nicht das wirkliche Leben. Eher wie in den Flitterwochen. Und nach einer Weile geht bekanntlich der Reiz verloren. Wir können uns natürlich einreden, dass uns das nicht passiert, wir können einander alles Mögliche versprechen, aber irgendwann kehrt unausweichlich der Alltag ein, und dann wirst du mich nicht mehr so ansehen wie jetzt. Ich bin dann nicht mehr die Frau, von der du träumst, oder das Mädchen, das du früher einmal geliebt hast. Und du bist auch nicht mehr meine große Liebe, die ich so lange vermisst habe. Du wirst jemand sein, den meine Kinder ablehnen, weil du die Familie zerstört hast, und du siehst mich so, wie ich tatsächlich bin. In ein paar Jahren bin ich nur noch eine Frau, die auf die fünfzig zugeht, eine Mutter mit drei Kindern, von denen sie gehasst wird – oder auch nicht. Eine Frau, die sich am Ende vielleicht sogar selbst deswegen hasst. Und schließlich wirst auch du sie hassen.«

»Das ist nicht wahr«, entgegnete Dawson mit fester Stimme.

Amanda bemühte sich, tapfer zu bleiben. »Doch, es ist wahr«, behauptete sie. »Irgendwann gehen die schönsten Flitterwochen zu Ende.«

Da streckte er die Hand nach ihr aus, zögerte kurz und legte sie dann auf ihren Oberschenkel. »Wenn wir zusammen sind, geht es nicht um Flitterwochen. Es geht um dich und mich, in der Wirklichkeit, im Alltag. Ich möchte neben dir aufwachen. Ich möchte dir beim Abendessen gegenübersitzen und dich anschauen. Ich möchte jede noch so banale Kleinigkeit meines Tages mit dir teilen und jedes Detail aus deinem Leben erfahren. Ich möchte mit dir lachen, ich möchte dich in meinen Armen halten, wenn ich einschlafe. Weil du nicht *irgendein Mädchen* bist, das ich früher einmal geliebt habe. Du warst meine beste

Freundin, der beste Teil meines Ichs, und ich kann mir nicht vorstellen, dieses Glück je wieder aufzugeben.« Er schwieg für einen Augenblick, um nach den richtigen Worten zu suchen. »Vielleicht verstehst du es nicht, aber ich habe dir das Beste von mir gegeben, und nachdem du fort warst, konnte nichts mehr so sein wie vorher.« Er spürte, dass seine Handflächen feucht wurden. »Ich weiß, dass du Angst hast. Ich habe auch Angst. Aber wenn wir das, was uns verbindet, nicht festhalten, wenn wir jetzt so tun, als wäre es nie geschehen, dann werden wir nie wieder eine Chance bekommen.« Zärtlich strich er ihr wieder einmal eine Haarsträhne aus der Stirn. »Wir sind noch jung. Wir haben genug Zeit, um alles richtig zu machen.«

»Aber so jung sind wir auch nicht mehr –«

»Doch. Wir haben noch den gesamten Rest unseres Lebens vor uns.«

»Ich weiß«, flüsterte sie. »Deshalb musst du etwas für mich tun.«

»Alles, was du willst.«

Sie presste den Nasenrücken zusammen, um die Tränen zu unterdrücken. »Bitte ... bitte sag nicht, ich soll mit dir gehen, denn wenn du das tust, gehe ich mit dir. Bitte sag nicht, ich soll Frank von uns erzählen, denn wenn du es sagst, werde ich auch das tun. Bitte sag nicht, ich soll meine Pflichten verleugnen und meine Familie zerstören.« Sie holte so verzweifelt Luft, als würde sie ertrinken. »Ich liebe dich, und wenn du mich ebenfalls liebst, darfst du mich nicht bitten, diese Dinge zu tun. Weil ich weiß, dass ich nicht Nein sagen kann.«

Sie sprach nicht weiter. Auch Dawson schwieg. Obwohl er es nicht zugeben wollte, wusste er, dass an dem, was sie sagte, sehr viel Wahres war. Wenn ihre Familie zerbrach, änderte sich alles. Auch sie selbst würde sich verändern. Das machte ihm Angst, aber er dachte an Tucks Brief. *Vielleicht braucht Amanda mehr Zeit*, hatte Tuck geschrieben. Oder war es wirklich vorbei, und er musste weiterziehen?

Aber das war unmöglich. So viele Jahre hatte er davon geträumt, sie wiederzusehen. Er hatte sich eine Zukunft ausgemalt, aber immer geglaubt, dass sie diese Zukunft nie miteinander verbringen würden. Doch nun konnte er ihr nicht noch mehr Zeit lassen – er wollte, dass sie sich hier und jetzt für ihn entschied. Und trotzdem wusste er, dass sie genau diese Zeit brauchte, vielleicht dringender als alles andere. Er seufzte, in der Hoffnung, dass ihm dadurch das Sprechen leichter fallen würde.

»Okay«, flüsterte er. Mehr brachte er nicht über die Lippen.

Jetzt brach Amanda in Tränen aus. Auch Dawson wurde von heftigen Gefühlen ergriffen. Um nicht die Beherrschung zu verlieren, stand er auf. Amanda erhob sich ebenfalls. Zärtlich zog er sie an sich und spürte, wie sie sich an ihn schmiegte. Er atmete ihren Duft ein, und tausend Bilder erschienen vor seinem inneren Auge: ihre Haare im Sonnenlicht, als sie bei ihrem ersten Wiedersehen aus der Werkstatt trat, die natürliche Anmut, mit der sie durch die Blumenwiese in Vandemere schlenderte, der stumme, hungrige Moment, als sich ihre Lippen berührten, in diesem wunderbar warmen Cottage, von dessen Existenz er nichts geahnt hatte. Und nun sollte das alles zu Ende sein? Es war, als würde er in einem dunklen, endlosen Tunnel den letzten Lichtschimmer sehen.

Lange standen sie eng umschlungen auf der Veranda. Amanda hörte sein Herz schlagen. Nie wieder würde sich etwas so *richtig* anfühlen, das wusste sie. Wie sehr sie sich danach sehnte, noch einmal ganz von vorn anfangen zu können – auch wenn es nicht möglich war. Denn diesmal würde sie alles richtig machen. Sie würde bei ihm bleiben, ihn nie mehr loslassen. Sie waren füreinander bestimmt, sie gehörten zusammen. *Wir haben noch genug Zeit.* Als sie seine Hände auf ihren Haaren fühlte, wollte sie das alles sagen. Aber sie konnte es nicht. Stattdessen flüsterte sie nur: »Ich bin so froh, dass ich dich noch einmal wiederfinden durfte, Dawson Cole.«

Wie seidig und weich sich ihre Haare anfühlen, dachte Dawson und murmelte: »Vielleicht haben wir irgendwann eine weitere Chance?«

»Vielleicht.« Sie wischte sich eine Träne von der Wange. »Wer weiß? Vielleicht komme ich zur Vernunft und tauche einfach eines Tages in Louisiana auf. Mit den Kindern, versteht sich.«

Er zwang sich zu lächeln. Eine verzweifelte Hoffnung wuchs in seiner Brust. »Und ich koche dann ein Abendessen«, sagte er. »Für uns alle.«

Es war für Amanda Zeit zu gehen. Dawson nahm ihre Hand, als sie gemeinsam die Verandastufen hinuntergingen, und sie drückte seine Hand so fest, dass es fast wehtat. Sie holten ihre Sachen aus dem Stingray und gingen langsam zu Amandas Auto. Dawsons Sinne waren hellwach – die Morgensonne wärmte seinen Nacken, es wehte eine federleichte Brise, und die Blätter raschelten. Aber nichts schien real. Alles ging zu Ende.

Amanda klammerte sich an seine Hand. Wie immer

öffnete er die Autotür für sie und küsste sie dann zart auf den Mund, ehe er seine Lippen über ihre Wange wandern ließ, dem Pfad der Tränen folgend. Und wieder dachte er an Tucks Brief. Doch plötzlich wusste er mit absoluter Gewissheit, dass er niemals weiterziehen würde, auch wenn Tuck das von ihm verlangt hatte. Amanda war die einzige Frau, die er je lieben konnte. Die einzige Frau, die er je lieben wollte.

Schließlich zwang sich Amanda, ihn loszulassen und einzusteigen. Sie startete den Motor, schloss die Tür und ließ das Fenster herunter. In Dawsons Augen glänzten Tränen, genau wie in ihren. Widerstrebend legte sie den Rückwärtsgang ein. Dawson trat einen Schritt zurück, wortlos, und er sah seinen eigenen Schmerz in ihrem Gesicht gespiegelt.

Sie wendete und fuhr los. Durch ihre Tränen sah sie die Welt nur verschwommen. Vor der Biegung schaute sie noch einmal in den Rückspiegel und schluchzte laut auf. Dawson stand unbewegt da und wurde immer kleiner.

Amanda konnte nicht aufhören zu weinen. Von allen Seiten wurde sie von den Bäumen bedrängt. Sie wollte umdrehen, zu ihm zurückkehren, ihm sagen, dass sie den Mut hatte, der Mensch zu sein, der sie sein wollte. Sie flüsterte seinen Namen, und obwohl er sie unmöglich hören konnte, hob er den Arm und winkte ihr ein letztes Mal.

Ihre Mutter saß auf der vorderen Veranda und trank Eistee. Aus dem Haus drang leise Radiomusik. Ohne ein Wort ging Amanda an Evelyn vorbei und nach oben. Sie drehte die Dusche auf und zog sich aus. Nackt stellte sie sich vor den Spiegel. Ach, sie fühlte sich so ausgehöhlt und leer …

Den heißen Strahl der Dusche empfand sie fast als eine Art Strafe. Später zog sie Jeans und eine schlichte Baumwollbluse an. Müde packte sie ihre Sachen in den Koffer. Das gepresste Kleeblatt legte sie vorsichtig in den Teil ihrer Handtasche, den sie mit einem Reißverschluss zumachen konnte. Wie immer zog sie das Bett ab, trug die Laken ins Wäschezimmer und stopfte sie in die Waschmaschine. Alles funktionierte mechanisch. Sie hatte auf Autopilot geschaltet.

Es gab zu Hause viel zu tun. Sie dachte daran, dass in ihrem Kühlschrank der Eiswürfelbereiter repariert werden musste. Eigentlich hatte sie vorgehabt, das vor ihrer Abreise zu erledigen, aber dann war es in Vergessenheit geraten. Außerdem musste sie anfangen, die Spendenaktion zu planen. Das schob sie schon eine Weile vor sich her, aber der September kam schneller, als man dachte. Sie brauchte einen Caterer, und vermutlich wäre es gut, schon einmal Gaben für die Geschenkkörbe zu sammeln. Lynn musste sich zu den Vorbereitungskursen für den College-Zulassungstest anmelden. Und hatten sie eigentlich schon die Kaution für Jareds Wohnheimzimmer hinterlegt? Ende der Woche kam Annette wieder nach Hause, und bestimmt wünschte sie sich etwas Besonderes zum Abendessen.

Pläne machen. Über das Wochenende hinausblicken. Wieder ins reale Leben eintreten. Wie das Wasser, das Dawsons Geruch von ihr abgewaschen hatte, so fühlte sich auch dieser Prozess wie eine Strafe an.

Doch selbst als ihre Gedanken aufhörten zu rasen, war sie noch nicht bereit, nach unten zu gehen. Sie setzte sich aufs Bett. Das Sonnenlicht strömte ins Zimmer, und plötzlich sah sie Dawson vor sich, wie er in der Auffahrt gestanden hatte. Das Bild war so klar und deutlich, als wäre sie noch dort, und obwohl es ihrem Entschluss widersprach, begriff sie, dass sie, trotz allem, das Falsche tat. Noch hatte sie Zeit, zu Dawson zurückzugehen – gemeinsam würden sie einen Weg finden, gleichgültig, wie schwierig es war. Nach und nach würden ihr die Kinder verzeihen. Und dann konnte sie bestimmt auch sich selbst verzeihen.

Doch sie war wie gelähmt, unfähig, sich zu bewegen.

»Ich liebe dich«, flüsterte sie ins stille Zimmer. Es war, als würde ihre Zukunft vom Wind fortgeweht wie Sandkörner – eine Zukunft, die sich schon jetzt anfühlte wie ein Traum.

KAPITEL 16

Marilyn stand in der Küche des Farmhauses und schaute zu, wie die Handwerker das Bewässerungssystem unter ihr in der Obstplantage reparierten und die erforderlichen Verbesserungen vornahmen. Obwohl es gestern so heftig geregnet hatte, mussten die Bäume gewässert werden. Die Männer würden damit den größten Teil des Tages beschäftigt sein, Wochenende hin oder her. Die Plantage war wie ein verwöhntes Kind, fand Marilyn, sie brauchte immer noch ein bisschen mehr Fürsorge, immer noch ein bisschen mehr Zuwendung und war nie ganz zufrieden.

Das eigentliche Herz ihres Unternehmens lag allerdings jenseits der Plantage, in dem kleinen Betrieb, in dem die verschiedenen Gelees und Marmeladen abgefüllt wurden. Während der Woche waren dort ein Dutzend Mitarbeiter anzutreffen, aber jetzt war niemand da. Als Marilyn die Fabrik baute, wurde in der Stadt viel getuschelt, und die Leute glaubten, ihr Unternehmen könne die Kosten unmöglich tragen. Und vielleicht war es ja tatsächlich ein bisschen riskant gewesen, aber bald verstummten auch die hartnäckigsten Zweifler. Sicher, mit Gelee und Marmelade würde Marilyn nie steinreich werden, aber ihr Unternehmen lief so gut, dass ihre Kinder später, nach der Übernahme, ein angenehmes Leben führen konnten. Und das war letztlich ihr höchstes Ziel.

Sie trug noch das Kleid, das sie für den Gottesdienst

und den Besuch auf dem Friedhof ausgewählt hatte. Normalerweise zog sie sich immer gleich um, wenn sie nach Hause kam, aber heute fehlte ihr dazu die nötige Energie. Appetit hatte sie auch keinen, und das war wirklich ungewöhnlich. Man hätte denken können, dass eine Grippe im Anflug war, doch Marilyn wusste genau, was sie in Wahrheit beunruhigte.

Sie wandte sich vom Fenster ab und schaute sich in der Küche um. Vor ein paar Jahren hatte sie den Raum renoviert, zusammen mit dem Bad und den Zimmern im Erdgeschoss. Allmählich war sie im Farmhaus angekommen – es fühlte sich für sie jetzt an wie das Zuhause, das sie sich immer gewünscht hatte. Bis zu den Renovierungsarbeiten war es das Wohnhaus ihrer Eltern gewesen, und das hatte sie zunehmend gestört, je älter sie wurde. Vieles hatte ihr nicht gepasst, als sie jung war, aber obwohl die vergangenen Jahre oft ziemlich hart gewesen waren, hatte sie aus der Erfahrung auch einiges gelernt. Sie bedauerte viel weniger, als man hätte annehmen sollen.

Aber das, was sie heute Morgen gesehen hatte, irritierte sie doch ziemlich. Was konnte sie tun? Sollte sie überhaupt etwas tun? Vielleicht war es besser, wenn sie sich ahnungslos stellte und darauf wartete, dass die Zeit ihre Wunder vollbrachte.

Andererseits war es nicht immer von Vorteil, wenn man eine Situation ignorierte. Sie griff nach ihrer Handtasche. Auf einmal wusste sie, was sie tun musste.

Nachdem sie die letzten Kartons auf den Beifahrersitz gepackt hatte, ging Candy noch einmal ins Haus, um die goldene Buddha-Statue zu holen, die im Wohnzimmer auf dem Fensterbrett stand. Eigentlich war dieser Buddha ziemlich hässlich, aber Candy mochte ihn, weil sie fand, dass er ihr Glück gebracht hatte. Außerdem war er eine Art Versicherungsvertrag. Ob Glücksbringer oder nicht – sie hatte vor, ihn zu versetzen, sobald sie nur konnte, weil sie dringend Geld für einen Neustart brauchte.

Sie wickelte den Buddha in Zeitungspapier und schob ihn ins Handschuhfach. Dann begutachtete sie das Ergebnis ihrer Packerei. Verblüffend, dass sie es geschafft hatte, alles in dem Mustang unterzubringen! Der Kofferraum ging allerdings nur mit Mühe und Not zu, der Beifahrersitz war so voll, dass man nicht mehr aus dem Seitenfenster sehen konnte, und auch sonst hatte sie in jeden Winkel irgendetwas gestopft. Sie sollte endlich aufhören mit dem Internet-Shopping. Und sie brauchte ein größeres Auto, sonst würde sie es künftig nicht mehr schaffen, bei Bedarf schnell abzuhauen. Klar, sie hätte auch ein paar Sachen dalassen können. Die Cappuccino-Maschine von Williams-Sonoma zum Beispiel. Aber in Oriental hatte sie das Ding dringend gebraucht, schon um das Gefühl zu haben, dass sie nicht völlig in der Provinz festsaß. Sozusagen ein Hauch von Großstadt.

Auf jeden Fall war dieses Kaff jetzt erst mal abgehakt. Sie würde noch ihre Schicht im Tidewater arbeiten und anschließend losdüsen und gleich an der I-95 nach Süden abbiegen. Florida war ihr Ziel. Vor allem über South Beach hatte sie tolle Dinge gehört. Hörte sich an, als könnte man es dort eine Weile aushalten. Vielleicht würde sie sich auch für immer da niederlassen. Das hatte sie zwar schon öfter gedacht, und geklappt hatte es bisher noch nie, aber ein Mädchen brauchte einen Traum, oder?

In puncto Trinkgeld war der Samstagabend eine Goldgrube gewesen, aber der Freitag hatte sie enttäuscht. Deshalb wollte sie noch eine letzte Schicht machen. Eigentlich hatte auch der Freitagabend gut angefangen – sie hatte ein Neckholder-Top und superkurze, enge Pants angezogen, und die Typen hatten quasi ihre Geldbeutel ausgeschüttet, um ihre Aufmerksamkeit zu bekommen. Aber dann tauchte Abee auf und machte alles kaputt. Er setzte sich an einen Tisch, sah hundeelend aus und schwitzte, als käme er direkt aus der Sauna, und dann glotzte er sie eine halbe Stunde lang nur an wie ein Bekloppter.

Diesen Gesichtsausdruck kannte sie bei ihm – es war eine Art paranoide Besitzgier –, aber am Freitag war es schlimmer gewesen als sonst. Das Wochenende konnte für Candy folglich nicht schnell genug zu Ende sein. Sie hatte das Gefühl, dass Abee kurz davor war, etwas Dummes anzustellen. Vielleicht sogar etwas Gefährliches. Am Freitagabend war sie davon überzeugt gewesen, dass er gleich loslegen würde, aber zum Glück hatte dann sein Handy geklingelt, und er war blitzartig verschwunden. Halb hatte sie erwartet, dass er am Samstagmorgen bei ihr klopfen oder am Abend wieder in der Bar stehen würde, aber seltsamerweise hatte er sich nicht blicken lassen. Heute bisher auch nicht. Zum Glück, denn an ihrem vollgepackten Auto konnte jeder Vollidiot sofort ablesen, was sie vorhatte. Und Abee war mit ihren Plänen sicher nicht einverstanden. Sie mochte es sich selbst nicht eingestehen, aber er jagte ihr Angst ein. Fast alle in der Bar hatten sich am Freitagabend vor ihm gefürchtet. Kaum war er aufgetaucht, da verabschiedete sich auch schon die Hälfte der Gäste, und deshalb sah's dann nachher mit dem Trinkgeld so mies aus. Denn selbst als Abee fort war, kam keiner zurück.

Aber bald hatte sie das Ganze hinter sich. Noch eine Schicht – und dann nichts wie weg.

Alan Bonner fand den Sonntag immer ein bisschen deprimierend, weil er wusste, dass das Wochenende bald vorüber war. Ein regelmäßiger Job war echt nicht das Richtige für ihn.

Dabei hatte er keine andere Wahl. Seine Mom beharrte darauf, dass er *auf eigenen Füßen stand* oder wie sie sich ausdrückte, aber das empfand er als Zumutung. Es wäre praktisch gewesen, wenn sie ihn in der Fabrik als Manager eingestellt hätte. Dann könnte er in einem klimatisierten Büro hocken und die Leute rumkommandieren und alles beaufsichtigen, statt Snacks an Tankstellenshops zu liefern. Aber was sollte er machen? Mom war der Boss, und sie wollte diese Position in der Fabrik mit seiner Schwester Emily besetzen. Im Gegensatz zu ihm hatte Emily nämlich einen College-Abschluss.

Na ja, aber insgesamt war seine Lage gar nicht so übel. Er hatte eine eigene Wohnung, die er seiner Mom verdankte, und die Nebenkosten wurden über die Plantage verrechnet. Das bedeutete, dass alles, was er verdiente, mehr oder weniger in seine eigene Tasche wanderte. Und noch besser, er konnte in seiner Freizeit kommen und gehen, wie es ihm passte. Das war eindeutig ein Fortschritt im Vergleich zu der Zeit, als er noch bei seiner

Mutter im Haus wohnte. Außerdem wäre es garantiert nicht unkompliziert, für Mom zu arbeiten, selbst in einem klimatisierten Büro. Erstens würden sie sich dauernd über den Weg laufen, und das fänden sie bestimmt beide nicht prickelnd. Zweitens war seine Mom sehr pingelig, und dieser blöde Papierkram war noch nie sein Ding gewesen. Im Grunde war es besser so, wie es war.

Der Freitagabend war besonders gut gewesen, weil es im Tidewater nicht annähernd so voll war wie normalerweise. Jedenfalls nachdem Abee aufgekreuzt war. Viele Leute konnten nicht schnell genug verduften! Er selbst blieb allerdings an der Theke, und eine Weile lang war es richtig … klasse. Er konnte sich ungestört mit Candy unterhalten, und sie schien sich sogar für das, was er sagte, zu interessieren. Klar, sie flirtete mit allen Typen dort, aber es kam ihm so vor, als würde er ihr besonders gut gefallen. Am Samstag war dann in der Bar wieder die Hölle los gewesen. Alle Tische besetzt, und die Männer drängten sich in Dreierreihen an der Theke. Man konnte gar nicht richtig denken bei dem Krach, und mit Candy zu reden war unmöglich.

Aber jedes Mal, wenn er ihr eine Bestellung zurief, lächelte sie ihn an, über die Köpfe der anderen Kerle weg, und deswegen machte er sich Hoffnungen für heute Abend. Sonntags war nie viel los, und seit dem Vormittag nahm er sich vor, sie endlich zu fragen, ob sie mal mit ihm ausgehen wolle. Er wusste nicht, ob sie Ja sagen würde, aber was hatte er zu verlieren? Schließlich war sie nicht verheiratet, oder?

Drei Autostunden weiter westlich stand Frank auf dem Übungsgrün des Golfplatzes am dreizehnten Loch und trank sein Bier, während sich Roger zum Einlochen bereit machte. Roger spielte ausgezeichnet, viel besser als Frank – er brachte heute einfach nichts zustande, beim besten Willen nicht. Seine Drives gingen daneben, seine Chips waren zu kurz, und ans Einlochen wollte er gar nicht denken.

Aber er ermahnte sich, dass er nicht hier draußen war, um sich über sein Handicap Gedanken zu machen. Nein, es war eine Chance, dem Alltag zu entfliehen und sich mit seinem besten Freund zu treffen – er wollte an der frischen Luft sein und sich entspannen. Aber leider nutzten die stummen Ermahnungen nichts. Jeder wusste, dass Golf in Wahrheit deswegen so viel Spaß machte, weil man diese wunderbaren Schläge machen konnte, einen langen, schwungvollen Drive, direkt den Fairway entlang, oder den Chip, der ein paar Handbreit vor dem Loch landete. Bisher hatte er keinen einzigen Schlag hinbekommen, der sich gelohnt hätte, und am achten Loch musste er fünf Mal Anlauf nehmen. Fünf Mal! Er hätte genauso gut auf dem Minigolf-Platz versuchen können, den Ball durch die Windmühle zu schießen und in den Mund des Clowns, so wie er heute spielte. Auch die Tatsache, dass Amanda bald nach Hause kam, verbesserte seine Laune nicht. So wie das alles zurzeit lief, war er sich noch nicht einmal sicher, ob er nachher das Baseball-Spiel sehen wollte. Eigentlich hatte er zu gar nichts Lust.

Mit einem kräftigen Schluck leerte er seine Bierdose. Nur gut, dass er die Kühlbox mitgenommen hatte. Bestimmt wurde es ein langer Tag.

Jared fand es klasse, dass seine Mutter nicht da war. Dadurch konnte er abends so lange fortbleiben, wie er wollte. Dass er immer zu einer bestimmten Zeit nach Hause kommen musste, war sowieso lächerlich. Er ging aufs College, und College-Studenten brauchten solche Regeln nicht mehr. Aber bis zu seiner Mutter war das offensichtlich noch nicht durchgedrungen. Sobald sie aus Oriental zurückkam, musste er sie endlich darauf aufmerksam machen.

Dieses Wochenende hatte ihm keiner dazwischengefunkt. Wenn sein Vater mal schlief, merkte er nichts mehr von der Welt, also konnte Jared heimkommen, wann es ihm passte. Am Freitagabend war es zwei Uhr gewesen und gestern sogar nach drei. Sein Dad hatte nichts gehört. Oder vielleicht doch, aber das konnte Jared nicht wissen. Als er heute Morgen aufstand, war sein Vater nämlich schon mit seinem Freund Roger zum Golfplatz gefahren.

Die Folgen der langen Abende machten sich allerdings bemerkbar. Nachdem er sich im Kühlschrank etwas zu essen gesucht hatte, beschloss er, sich noch einmal hinzulegen. Manchmal gab es nichts Besseres als einen Mittagsschlaf. Seine kleine Schwester war im Ferienlager, Lynn am Lake Norman, und auch beide Eltern waren ausgeflogen. Mit anderen Worten: Es herrschte Ruhe im Haus – so still war es hier sonst nie, jedenfalls nicht im Sommer.

Jared legte sich aufs Bett und überlegte, ob er sein Handy ausmachen sollte. Einerseits wollte er nicht gestört werden, andererseits konnte es natürlich sein, dass Melody anrief. Er und Melody waren am Freitagabend miteinander unterwegs gewesen und am Abend zuvor auf einer großen Party. Besonders lange kannten sie sich noch nicht, aber Jared mochte Melody. Sehr sogar.

Er ließ das Handy an, schloss die Augen, und nach ein paar Minuten war er eingeschlafen.

Als Ted aufwachte, spürte er sofort, wie ihm der Kopf brummte. Seine Erinnerungen waren nur bruchstückhaft, aber allmählich wurden sie deutlicher. Dawson. Seine gebrochene Nase. Das Krankenhaus. Sein Arm im Gips. Gestern Abend, die ewige Warterei im Regen, kein Dawson weit und breit, Dawson, der sein Spielchen mit ihm trieb …

Dawson. Spielte. Mit ihm.

Vorsichtig richtete er sich auf. Sein Kopf hämmerte, sein Magen verkrampfte sich. Er zuckte zusammen. Selbst das tat weh. Und als er sich ans Gesicht fasste, wurden die Schmerzen unerträglich. Seine Nase war so unförmig wie eine Kartoffel, und die Übelkeit kam in Wellen. Würde er es überhaupt bis zum Klo schaffen, um zu pinkeln?

Der Montierhebel, der sein Gesicht zerschmetterte. Die fürchterliche Nacht im Regen. Er brauchte nur an diese Dinge zu denken, schon wurde er maßlos wütend. In der Küche hörte er das Baby schreien. Dieses elende Gejaule übertönte sogar den Fernseher. Ted kniff die Augen zusammen, als könnte er so die Geräuschkulisse ausblenden, aber es half nichts. Schließlich erhob er sich mühsam vom Bett.

Sein Gesichtsfeld verdunkelte sich an den Rändern. Er musste sich an der Wand abstützen. Dann holte er tief Luft und biss die Zähne zusammen. Warum brachte Ella dieses verdammte Baby nicht dazu, endlich die Klappe zu halten? Und warum dröhnte der beschissene Fernseher so laut?

Er torkelte zum Bad. Als er wieder im Schlafzimmer war und den eingegipsten Arm etwas zu schnell anhob, kam es ihm vor, als wäre er an einen elektrischen Draht angeschlossen. Er schrie laut auf vor Schmerzen. Hinter ihm öffnete sich die Tür, das Baby brüllte, das Geschrei traf seine Ohren wie Messerstiche, und als er sich umdrehte, sah er zwei Ellas und zwei Babys.

»Sorg dafür, dass das Kind endlich still ist, sonst mach ich's!«, zischte er. »Und stell die Scheißglotze aus!«

Ella verschwand wieder. Ted schloss ein Auge und suchte nach seiner Glock. Ganz allmählich hörte das Doppeltsehen auf, und er entdeckte seine Pistole auf dem Nachttisch. Daneben lag der Schlüssel für den Laster. Er musste zwei Mal Anlauf nehmen, bis er ihn zu fassen bekam. Dawson hatte ihn das ganze Wochenende über ausgetrickst, aber damit war jetzt endgültig Schluss.

Als er aus dem Schlafzimmer kam, starrte Ella ihn nur an, ihre Augen so groß wie Untertassen. Das Baby schrie nicht mehr, aber den Fernseher hatte sie vergessen. In Teds Kopf hämmerte es. Er schleppte sich ins Wohnzimmer, versetzte dem Apparat einen Tritt, sodass er krachend auf dem Boden landete. Die Dreijährige begann zu plärren, Ella und das Baby wimmerten jämmerlich. Als Ted endlich hinaus ins Freie trat, war ihm kotzübel.

Er beugte sich vor und erbrach sich über das Verandageländer, wischte sich den Mund ab und schob die Pistole in die Tasche. Dann hielt er sich krampfhaft am Geländer fest und ging langsam die Stufen hinunter. Den Laster konnte er nur verschwommen erkennen, aber er machte sich auf den Weg.

Dawson würde nicht ungestraft davonkommen. Diesmal nicht.

Abee stand am Fenster seines Hauses und sah, wie Ted zum Laster taumelte. Er wusste genau, wohin sein Bruder wollte, auch wenn er nicht sehr gradlinig auf sein Ziel zusteuerte – er schwankte nach links und nach rechts und war offenbar unfähig, geradeaus zu gehen.

Gestern Abend war es Abee noch ziemlich schlecht gegangen, aber heute Morgen fühlte er sich besser als seit Tagen. Vielleicht wirkten die Tabletten aus der Tierarztpraxis ja doch – das Fieber war fort, und die Wunde war zwar immer noch sehr empfindlich, aber längst nicht mehr so rot geschwollen.

Trotzdem war er noch nicht wieder hundertprozentig bei Kräften. Weit entfernt. Aber immerhin wesentlich besser in Form als Ted, so viel stand fest, und er wollte auf jeden Fall verhindern, dass der Rest der Familie mitbekam, wie mies es um Ted stand. Er hatte schon gehört, wie darüber geredet wurde, dass Dawson es wieder einmal geschafft hatte, Ted fertigzumachen. Das war nicht gut. Vielleicht kamen die anderen womöglich auf die Idee, sie könnten ihn ebenfalls fertigmachen, und das war das Letzte, was Abee jetzt brauchte.

Jemand musste das Problem schon im Keim ersticken. Er ging nach draußen, zu seinem Bruder.

KAPITEL 17

Nachdem er den Stingray von Staub und Schmutz befreit hatte, räumte Dawson den Schlauch fort und ging hinunter zum Fluss hinter Tucks Haus. Jetzt am Nachmittag war es ziemlich heiß, und bei Hitze sprangen die Fische nicht. Das Wasser wirkte glatt und leblos wie Glas. Nichts rührte sich. Und wieder musste er an die letzten Augenblicke mit Amanda denken.

Als sie losfuhr, wäre er am liebsten hinter ihr hergerannt, um sie anzuflehen, es sich doch bitte anders zu überlegen. Er wollte ihr erneut sagen, wie sehr er sie liebte. Aber er hatte sich nicht vom Fleck gerührt, und tief in seinem Inneren war ihm klar gewesen, dass er sie nie wiedersehen würde. Und trotzdem – durfte er sie wirklich gehen lassen?

Es war ein Fehler gewesen, nach Oriental zu kommen. Er gehörte nicht hierher, hatte noch nie hierhergehört, und es war höchste Zeit, dass er wieder verschwand. Was seine Cousins betraf, hatte er sowieso ziemlich viel riskiert. Langsam ging er seitlich am Haus vorbei und zu seinem Auto. Er musste noch etwas in der Stadt erledigen, und danach wollte er nie wieder nach Oriental zurückkehren.

Amanda wusste nicht, wie lange sie schon in ihrem Zimmer saß. Eine Stunde, zwei Stunden? Vielleicht auch länger. Wenn sie aus dem Fenster blickte, konnte sie ihre

Mutter unten auf der Veranda sitzen sehen, ein aufgeschlagenes Buch im Schoß. Das Essen hatte sie zugedeckt, damit keine Fliegen darangingen. Sie war noch kein einziges Mal aufgestanden, um nach ihrer Tochter zu schauen. Aber das hatte Amanda auch gar nicht erwartet. Die beiden Frauen kannten einander gut genug, um zu wissen, dass Amanda erst nach unten kommen würde, wenn sie selbst so weit war.

Frank hatte vorhin angerufen. Vom Golfplatz aus. Selbst bei dem kurzen Gespräch war nicht zu überhören gewesen, dass er getrunken hatte. Amanda hatte im Laufe der letzten zehn Jahre gelernt, die Zeichen schnell zu deuten. Er merkte auch nicht, dass sie keine Lust hatte, sich zu unterhalten. Nicht nur, weil er betrunken war, sondern weil er das Spiel nach einem katastrophalen Anfang schließlich doch noch mit vier guten Schlägen abgeschlossen hatte. In der momentanen Situation war Amanda, vielleicht zum ersten Mal, fast dankbar dafür, dass er trank. Wenn sie nach Hause kam, würde er so müde sein, dass er einschlief, bevor sie ins Bett ging. Sonst würde er womöglich an Sex denken. Und damit konnte sie jetzt wirklich nicht umgehen.

Sie tappte in ihr Badezimmer, wo sie ein Fläschchen mit Augentropfen fand. Die konnte sie jetzt gut gebrauchen, weil ihre Lider von den Tränen dick verquollen waren. Dann kämmte sie sich die Haare. Zwar half es nicht viel, doch Frank würde sowieso nichts merken.

Dawson dagegen wäre es sofort aufgefallen! Bei Dawson wäre es ihr wichtig gewesen, wie sie aussah.

Sie konnte nicht aufhören, an ihn zu denken. Aber irgendwie musste sie ihre Gefühle unter Kontrolle halten. Als sie zu ihrem Gepäck schaute, sah sie einen Umschlag aus ihrer Handtasche herausragen – ihr Name stand darauf, in Tucks Handschrift. Sie holte den Brief, und mit einem tiefen Seufzer setzte sie sich wieder aufs Bett, um ihn zu lesen. Bestimmt hielt Tuck die Antwort auf ihre Fragen bereit. War das wohl möglich?

Liebe Amanda,
wenn Du diesen Brief liest, stehst Du vor der vermutlich schwierigsten Entscheidung Deines Lebens. Vielleicht hast Du das Gefühl, dass Deine ganze Welt zerbricht.

Wenn Du Dich fragst, weshalb ich das weiß, dann will ich dazu nur sagen, dass ich Dich in den letzten Jahren ziemlich gut kennengelernt habe. Ich mache mir schon lange Sorgen um Dich, Amanda. Aber darum geht es in diesem Brief nicht. Ich kann Dir nicht sagen, was Du tun sollst, und ich fürchte, ich kann auch nichts sagen, was Dir hilft, Dich besser zu fühlen. Stattdessen will ich Dir eine Geschichte erzählen. Eine Geschichte von mir und Clara. Du kennst sie noch nicht, weil ich nie den richtigen Moment gefunden habe, sie zu erzählen. Ich habe mich geschämt, und ich hatte Angst, Du würdest mich vielleicht nicht mehr besuchen kommen, weil Du denken könntest, dass ich Dich die ganze Zeit angelogen habe.

Clara war kein Geist. Ich habe sie gesehen, das stimmt, und ich habe sie auch gehört. Alles, was ich Dir und Dawson in dem anderen Brief geschrieben habe, ist wahr. Ich sah sie an jenem Tag, als ich vom Cottage zurückgekommen bin, und je intensiver ich mich um die Blumen gekümmert habe, desto deutlicher konnte ich sie sehen. Die Liebe bewirkt vieles, aber tief in meinem Inneren wusste ich immer, dass sie nicht wirklich bei mir ist. Ich habe sie gesehen, weil ich es mir gewünscht habe, ich

habe sie gehört, weil sie mir so fehlte. Das heißt – eigentlich exis-
tierte sie nur in meiner Einbildung. Auch wenn ich mir eingere-
det habe, es wäre anders.

Wahrscheinlich fragst Du Dich, warum ich Dir das schreibe.
Ich werde es Dir sagen. Ich habe Clara mit siebzehn geheiratet,
wir haben zweiundvierzig Jahre gemeinsam verbracht, unsere
Leben sind miteinander verschmolzen, und wir sind ein Ganzes
geworden, das man nicht mehr trennen kann. So habe ich es im-
mer empfunden. Nach Claras Tod habe ich furchtbar gelitten,
achtundzwanzig Jahre lang. Ich habe so gelitten, dass die meis-
ten Leute dachten, ich hätte den Verstand verloren. Sogar ich
selbst habe das gedacht.

Amanda, Du bist noch jung. Du fühlst Dich vielleicht nicht
so, aber für mich bist Du noch ein Kind und hast das ganze Le-
ben noch vor Dir. Hör zu: Ich habe mit der realen Clara gelebt,
und ich habe mit Claras Geist gelebt, und die eine Clara hat
mich mit großer Freude erfüllt, während die andere nur ein mat-
ter Abglanz war. Wenn Du Dich jetzt von Dawson abwendest,
wirst Du immer mit dem geisterhaften Schatten eines Lebens le-
ben müssen, das Deines hätte sein können. Ich weiß, dass wir
durch unsere Entscheidungen manchmal unschuldigen Men-
schen wehtun, auch wenn wir es nicht wollen. Nenne mich
einen egoistischen alten Mann, aber ich wollte nie, dass Du zu
den Menschen gehörst, die mit Geistern leben müssen.

Tuck

Amanda steckte den Brief wieder in ihre Handtasche.
Tuck hatte recht, das fühlte sie in ihrem Herzen. Sie bekam fast keine Luft.

Angetrieben von einer Dringlichkeit, die sie selbst
nicht verstand, trug sie ihre Taschen nach unten, warf sie

in den Kofferraum und ging um ihren Wagen herum. Erst da fiel ihr Blick auf ihre Mutter, die auf der Veranda stand und ihr zuschaute.

Amanda sagte kein Wort. Auch ihre Mutter schwieg. Die beiden Frauen starrten einander wortlos an. Es war geradezu unheimlich, aber Amanda hatte das Gefühl, dass ihre Mutter genau wusste, was sie vorhatte. Doch Tucks Worte standen ihr noch vor Augen. Alles andere interessierte sie nicht mehr. Sie musste Dawson finden.

Vielleicht war er noch in Tucks Werkstatt, aber eigentlich bezweifelte sie das. Er hatte den Wagen waschen wollen, aber das war schnell erledigt. Außerdem wusste er ja, dass seine Cousins hinter ihm her waren. Schon aus Sicherheitsgründen konnte er nicht mehr lange dort bleiben.

Aber er wollte vielleicht noch etwas erledigen, hatte er gesagt …

Ohne richtig darüber nachzudenken, wusste sie, als sie sich ans Steuer setzte, plötzlich ganz genau, wo er war.

Am Friedhof stieg Dawson aus und ging die kurze Strecke zu David Bonners Grab.

Früher war er immer zu ungewöhnlichen Zeiten hierhergekommen, weil er auf jeden Fall vermeiden wollte, dass jemand ihn sah und ihn womöglich erkannte.

Heute blieb ihm keine andere Wahl. Am Wochenende war auf einem Friedhof viel Betrieb. Die Leute drängten sich regelrecht zwischen den Grabsteinen. Niemand schien ihn zu beachten, aber vorsichtshalber senkte er den Kopf.

Die Blumen, die er am Freitagmorgen hergebracht

hatte, lagen noch da, aber jemand hatte sie zur Seite geschoben. Vermutlich der Friedhofsgärtner, als er das Gras schnitt. Dawson ging in die Hocke und zupfte ein paar längere Halme heraus, die übersehen worden waren.

In dem Moment überkam ihn eine tiefe Einsamkeit. Sein Leben hatte von Anfang an unter keinem guten Stern gestanden. Mit geschlossenen Augen sprach er ein letztes Gebet für David Bonner. Er merkte nicht, dass sich zu seinem Schatten ein zweiter gesellte und jemand direkt hinter ihm stand.

Als sie die Hauptstraße erreichte, die durch Oriental führte, hielt Amanda an der Kreuzung. Wenn man nach links abbog, kam man zum Jachthafen und dann zu Tuck. Nach rechts führte die Straße aus der Stadt hinaus und schließlich zu dem ländlichen Highway, den sie nehmen musste, wenn sie nach Hause fuhr. Geradeaus ging es zu dem Friedhof mit dem gusseisernen Zaun, dem größten Friedhof von Oriental. Dort lag David Bonner. Dawson hatte gesagt, er würde eventuell kurz dort vorbeifahren, bevor er sich für immer von Oriental verabschiedete.

Das Friedhofstor stand offen. Auf dem Platz davor parkten mehrere Autos und Pick-up-Trucks. War auch ein Leihwagen dabei? Ihr Atem stockte. Ja, da drüben. Vor drei Tagen hatte dieser Leihwagen neben ihrem Auto geparkt, als Dawson zu Tucks Haus kam. Und heute Morgen, als er sie das letzte Mal küsste, hatte sie ganz nahe bei diesem Wagen gestanden. Dawson war hier.

Wir sind noch jung, hatte er zu ihr gesagt. *Wir haben genug Zeit, um es richtig zu machen.*

Ihr Fuß war auf der Bremse. Auf der Hauptstraße bretterte ein Minivan in Richtung Stadtzentrum vorbei und versperrte ihr kurz die Sicht. Sonst war niemand unterwegs.

Wenn sie drüben auf der anderen Seite parkte, würde sie ihn finden. Sie dachte an Tucks Brief, an seinen Schmerz nach Claras Tod. Sie hatte die falsche Entscheidung getroffen. Ein Leben ohne Dawson war für sie unvorstellbar.

Vor ihrem inneren Auge sah sie alles vor sich: Sie überraschte ihn an Dr. Bonners Grab und sagte ihm, dass sie sich geirrt hatte. Er schloss sie in die Arme – diesmal für immer, weil sie füreinander bestimmt waren.

Wenn sie jetzt zu ihm ging, dann wollte sie ihm überallhin folgen. Oder er ihr. Doch ihre Pflichten würden weiterhin auf ihr lasten. Langsam nahm sie den Fuß von der Bremse. Sie fuhr nicht geradeaus, sondern bog laut schluchzend nach links ab, in Richtung Familie.

Sie beschleunigte das Tempo und versuchte, sich einzureden, dass sie das Richtige tat und dass es die einzig vernünftige Alternative war. Der Friedhof verschwand in der Ferne.

»Verzeih mir, Dawson«, flüsterte sie. Ach, wenn er sie doch hören könnte! Wenn sie doch diese Worte nie hätte sagen müssen.

Ein Rascheln holte Dawson aus seinen Grübeleien. Er richtete sich auf und sah sie vor sich stehen. Und obwohl er sie gleich erkannte, war er sprachlos.

»Sie sind hier«, sagte Marilyn Bonner. »Am Grab meines Mannes.«

»Entschuldigen Sie.« Dawson senkte den Blick. »Ich hätte nicht kommen dürfen.«

»Aber Sie sind gekommen«, entgegnete Marilyn. »Und vor Kurzem waren Sie schon einmal hier.« Als Dawson schwieg, deutete sie mit einer Kopfbewegung auf sein Blumengesteck und fuhr fort: »Ich besuche das Grab immer sonntags nach dem Gottesdienst. Letztes Wochenende waren die Blumen noch nicht hier, und sie sind frisch, also können sie nicht Anfang der Woche gebracht worden sein. Ich nehme an … Freitag?«

Dawson schluckte. »Ja. Frühmorgens.«

Ihr Blick war unnachgiebig. »Vor einer Weile haben Sie das öfter getan. Als Sie aus dem Gefängnis entlassen wurden. Das waren Sie, nicht wahr?«

Er schwieg.

»Hab ich mir's doch gedacht.« Sie seufzte und trat einen Schritt näher zu dem Grabstein. Dawson wich beiseite, und sie konzentrierte ihren Blick auf die Inschrift. »Nach Davids Tod haben viele Menschen Blumen gebracht. Vielleicht zwei Jahre lang. Danach kam niemand mehr her. Außer mir. Eine Zeit lang war ich die Einzige, die Blumen brachte, aber dann, etwa vier Jahre nach Davids Tod, lagen plötzlich wieder andere Blumen da. Nicht dauernd, aber oft genug, um mich neugierig zu machen. Ich hatte keine Ahnung, wer dahintersteckte. Ich habe meine Eltern gefragt und meine Freundinnen, aber niemand war's. Zwischendurch hatte ich sogar den Verdacht, David hätte vielleicht eine Affäre gehabt. Können Sie sich das vorstellen?« Sie schüttelte den Kopf und seufzte wieder. »Erst als es keine Blumen mehr gab, habe ich begriffen, dass Sie es gewesen sein müssen. Ich wusste ja, dass Sie wieder in Freiheit waren, auf Bewährung, und ich habe dann auch erfahren, dass Sie ein Jahr später von hier fortgegangen sind. Die Vorstellung, dass Sie das mit den Blumen waren, machte mich wütend.« Sie verschränkte die Arme vor der Brust, als wollte sie sich gegen diese Erinnerung schützen. »Und dann habe ich heute Morgen wieder Blumen gesehen. Mir war sofort klar, dass sie von Ihnen sein müssen. Ich wusste nicht, ob Sie heute noch einmal kommen – und nun sind Sie tatsächlich hier.«

Dawson vergrub die Hände in den Taschen. Er wollte nur noch fort, so schnell wie möglich. »Ich komme nicht mehr vorbei und werde auch keine Blumen mehr schicken«, sagte er. »Darauf gebe ich Ihnen mein Wort.«

Sie schaute ihn an. »Und Sie glauben, dadurch ist alles in Ordnung? Nach dem, was Sie getan haben! Mein Mann liegt hier, statt mit mir zusammen zu sein, und er durfte nicht miterleben, wie seine Kinder aufwachsen!«

»Nein, ich glaube nicht, dass alles dadurch in Ordnung ist.«

»Selbstverständlich nicht. Weil Sie immer noch Schuldgefühle haben. Deshalb haben Sie uns jedes Jahr Geld geschickt, oder?«

Am liebsten hätte er es abgestritten, doch das schaffte er nicht.

»Wie lange wissen Sie das schon?«

»Seit dem ersten Scheck«, antwortete sie. »Ein paar Wochen vorher sind Sie bei uns vorbeigekommen, erinnern Sie sich? Es war nicht allzu schwierig, zwei und zwei zusammenzuzählen.« Sie zögerte kurz, ehe sie fortfuhr: »Sie wollten sich wohl persönlich entschuldigen. Als Sie damals zu uns gekommen sind, meine ich.«

»Ja.«

»Und ich habe es nicht zugelassen. Ich ... ich habe an dem Tag viele Dinge gesagt. Einige hätte ich vielleicht lieber nicht sagen sollen.«

»Sie hatten alles Recht der Welt, Ihre Meinung zum Ausdruck zu bringen.«

Kurz erschien ein Lächeln auf ihren Lippen. »Sie waren zweiundzwanzig. Ich sah zwar einen erwachsenen Mann auf meiner Veranda – aber je älter ich werde, desto mehr bin ich davon überzeugt, dass die Menschen frühestens mit dreißig richtig erwachsen sind. Mein Sohn ist heute älter als Sie damals, und ich betrachte ihn immer noch als Kind.«

»Sie haben getan, was jeder an Ihrer Stelle getan hätte.«

»Mag sein.« Sie zuckte die Achseln und trat einen Schritt näher. »Das Geld, das Sie geschickt haben, war sehr hilfreich. Es hat mir vieles erleichtert, aber jetzt brauche ich es nicht mehr. Deshalb möchte ich Sie bitten, uns nichts mehr zu schicken.«

»Ich wollte nur –«

»Ich weiß, was Sie wollten«, unterbrach sie ihn. »Aber kein Geld der Welt bringt uns David zurück. Und das Geld hilft mir auch nicht, den Schmerz zu überwinden, den ich seit seinem Tod empfinde. Es kann auch meinen Kindern den Vater nicht ersetzen.«

»Ich weiß.«

»Man kann Vergebung nicht erkaufen.«

Dawson ließ erschöpft die Schultern hängen. »Ich sollte jetzt gehen«, murmelte er.

»Ja, sicher. Doch vorher möchte ich Ihnen noch etwas sagen.«

Sie zwang ihn, ihr in die Augen zu blicken. »Ich weiß, dass es ein Unfall war. Das habe ich immer gewusst. Und mir ist auch klar, dass Sie, wenn Sie nur könnten, alles tun würden, um die Vergangenheit ungeschehen zu machen. Alles, was Sie seither unternommen haben, zeigt das ganz deutlich. Ich gebe zu, dass ich wütend und einsam war und dass ich Angst hatte, als Sie damals plötzlich auftauchten – aber ich habe nie geglaubt, dass Sie irgendwelche bösen Absichten hatten. Es war einer dieser entsetzlichen, tragischen Zufälle, die es im Leben immer wieder gibt. Und als Sie vor meiner Tür standen, habe ich meine Verzweiflung an Ihnen ausgelassen.« Sie schwieg für einen Augenblick, um ihre Worte wirken zu lassen. »Es geht mir heute gut, und meinen Kindern geht es auch nicht schlecht. Wir haben überlebt. Alles ist okay.«

Als Dawson sich abwandte, wartete sie so lange, bis er sie schließlich wieder anschaute.

»Sie sollten nicht mehr darauf warten, dass ich Ihnen vergebe«, fuhr sie bedächtig fort. »Es geht jetzt um *Sie*. Sie haben sich viel zu lange von diesem schrecklichen Fehler umklammern lassen, und wenn Sie mein Sohn wären, würde ich zu Ihnen sagen: Es ist Zeit, endlich loszulassen. Lassen Sie los, Dawson«, sagte sie. »Tun Sie es mir zuliebe.«

Sie musterte ihn prüfend, um sicher zu sein, dass er verstanden hatte, was sie ihm sagen wollte, dann drehte sie sich um und ging. Wie erstarrt stand Dawson da und blickte ihr nach, bis sie aus seinem Blickfeld verschwand: eine schmale Gestalt, die mit raschen Schritten zwischen den Grabsteinen hindurcheilte.

KAPITEL 18

Auf dem Highway schaltete Amanda wieder auf Autopilot. Der Wochenendverkehr wälzte sich träge dahin. Familien in Minivans und SUVs, manche mit Bootsanhängern, verstopften die Straße nach erholsamen Stunden am Strand.

Sie konnte sich nicht vorstellen, zu Hause anzukommen und so zu tun, als wäre nichts geschehen. Andererseits durfte sie niemandem von ihren Erlebnissen erzählen, das war klar, aber seltsamerweise hatte sie kein schlechtes Gewissen. Sie bedauerte eher ihre Entscheidung und dachte immer wieder, sie hätte anders handeln sollen. Wenn sie von vornherein gewusst hätte, wie das Wochenende ausgehen würde, wäre sie an dem ersten gemeinsamen Abend länger geblieben, und sie hätte sich nicht fortgedreht, als sie dachte, Dawson wolle sie küssen. Sie hätte sich auch am Freitagabend mit ihm getroffen und ihrer Mutter ohne Skrupel die schönsten Lügen aufgetischt. Ach, nachträglich hätte sie alles darum gegeben, den ganzen Samstag in seinen Armen verbringen zu können! Warum war sie nicht ihrer Sehnsucht gefolgt? Vielleicht wäre der Samstagabend dann anders verlaufen, und sie hätte die Schranken eingerissen, die ihr das Ehegelöbnis auferlegte. Fast wäre es ja dazu gekommen. Als sie und Dawson im Wohnzimmer tanzten, war ihr klar, dass sie miteinander schlafen würden. Und als sie sich dann küssten, wusste sie genau, was passieren würde. Sie begehrte ihn, genau wie früher.

Sie hatte geglaubt, sie könnte es tun. Sie hatte erwartet, dass sie im Schlafzimmer ihr Leben in Durham einfach vergessen würde, und sei es auch nur für eine Nacht. Auch als Dawson sie auszog und zum Bett trug, glaubte sie noch, dass sie nicht an ihre Ehe denken müsste. Wie sehr sie Dawson begehrte! Aber ihr war die ganze Zeit bewusst, dass sie kurz davor war, eine Grenze zu überschreiten, von der es kein Zurück mehr gab. Obwohl seine Berührungen so leidenschaftlich waren und es sich so berauschend anfühlte, seinen Körper an ihrem zu spüren – sie hatte sich ihm am Ende nicht hingeben können.

Dawson wurde nicht ungeduldig oder gar wütend, als er es merkte – nein, er drückte sie an sich und strich ihr sanft über die Haare, küsste sie auf die Wange und flüsterte ihr tröstliche Worte ins Ohr: Es sei nicht so wichtig, und nichts werde je seine Gefühle für sie ändern.

So lagen sie beieinander, bis es draußen hell wurde und die Müdigkeit ihren Tribut forderte. In den frühen Morgenstunden schlief Amanda in Dawsons Armen ein, und als sie später wieder aufwachte, tastete sie als Erstes nach ihm, doch er war ja fort gewesen.

Die Golfrunde war schon lange beendet, und Frank signalisierte dem Barkeeper an der Theke im Countryclub, er wolle noch ein Bier. Dass der Barkeeper seinem Freund Roger einen besorgten Blick zuwarf, registrierte Frank nicht. Roger zuckte nur die Achseln – er selbst war längst zu Cola light übergegangen. Zögernd stellte der Barkeeper noch eine Flasche vor Frank hin, während sich Roger näher zu ihm beugte, um ihm etwas zu sagen. Er musste fast schreien, damit er den Lärm in der gut besuchten Bar übertönen konnte. In der letzten Stunde waren viele Gäste hereingeströmt – das Baseballspiel war im neunten Inning, und es stand unentschieden.

»Du denkst hoffentlich daran, dass ich mit Susan zum Essen verabredet bin und dich nicht nach Hause fahren kann! Und du selbst kannst auch nicht mehr fahren.«

»Ja, klar.«

»Soll ich dir ein Taxi rufen?«

»Erst sehen wir uns das Spiel an, und über den Rest machen wir uns anschließend Gedanken, okay?« Frank trank einen kräftigen Schluck, die glasigen Augen stur auf den Bildschirm gerichtet.

Abee saß auf dem Stuhl neben dem Bett seines Bruders. Wie konnte Ted nur in solch einem Dreckloch wohnen! Die Bude stank, eine widerliche Mischung aus vollgekackten Windeln und Schimmel und anderem. Außerdem heulte das Baby die ganze Zeit, und Ella huschte durchs Haus wie ein eingeschüchterter Geist. Eigentlich ein Wunder, dass sein Bruder nicht noch viel verrückter war als sowieso schon!

Warum saß er, Abee, überhaupt hier herum? Ted war schon den ganzen Nachmittag bewusstlos – seit er auf dem Weg zum Laster zusammengeklappt war. Ella hatte sofort losgeschrien, ihr Mann müsse wieder ins Krankenhaus, doch Abee hob ihn nur hoch und schleppte ihn ins Haus.

Falls sich Teds Zustand verschlechterte, würde er ihn

ja fortbringen, aber die Ärzte konnten auch nicht viel tun. Mit seiner Gehirnerschütterung hätte sich Ted schonen müssen, aber das hatte er ja nicht eingesehen, und jetzt musste er dafür büßen.

Und Abee hatte null Lust, noch einen Abend bei seinem Bruder im Krankenhaus zu hocken. Vor allem, weil es ihm selbst inzwischen besser ging. Verdammt, eigentlich wollte er sich gar nicht um Ted kümmern, aber die Familiengeschäfte liefen nur gut, wenn er die anderen in Schach hielt, und dabei war Ted ein entscheidender Faktor. Zum Glück hatte sonst keiner aus der Familie mitbekommen, was gerade los war.

Herrgott noch mal, es stank hier echt bestialisch – wie in einem Abwasserkanal! Jetzt am Spätnachmittag verstärkte die Hitze den Gestank noch. Abee holte sein Handy aus der Tasche, scrollte durch die Kontakte, bis er zu Candy kam, und drückte »Anrufen«. Vor einer Weile hatte er es schon einmal probiert, aber sie hatte nicht abgenommen und auch nicht zurückgerufen. Er wurde sauer, wenn ihn jemand ignorierte. Extrem sauer sogar.

Auch jetzt klingelte Candys Telefon wieder endlos, und niemand meldete sich.

»Was geht hier ab, verdammt noch mal?«, krächzte Ted plötzlich los. Seine Stimme war heiser, und sein Kopf fühlte sich an, als wäre er mit einem Presslufthammer in Berührung gekommen.

»Du liegst im Bett«, sagte Abee.

»Warum denn?«

»Du hast es nicht bis zu deinem Truck geschafft, sondern bist schon vorher mit der Schnauze im Dreck gelandet. Ich musste dich nach Hause schleifen.«

Mühsam richtete sich Ted auf. Er wartete ab, ob ihm schwindelig wurde, und kurz drehte sich auch alles, aber längst nicht so schlimm wie am Vormittag. Ungeduldig wischte er sich die Nase ab. »Hast du Dawson geschnappt?«

»Ich hab ihn gar nicht gesucht. Ich musste ja den ganzen Nachmittag auf dich blöden Kerl aufpassen.«

Ted spuckte auf den Boden, neben ein Bündel schmutziger Wäsche. »Kann sein, dass er noch hier ist.«

»Klar kann das sein. Aber ich glaub's nicht. Er hat es bestimmt schon gemerkt, dass du wieder hinter ihm her bist. Wenn er schlau ist, hat er sich aus dem Staub gemacht.«

»Aber vielleicht ist er gar nicht so schlau.« Ted stützte sich mit dem ganzen Gewicht auf den Bettpfosten und stemmte sich hoch. Die Glock steckte er in den Hosenbund. »Du fährst.«

Abee hatte schon damit gerechnet, dass Ted nicht aufgeben würde. Aber vielleicht beeindruckte es die Verwandtschaft. Alle sollten wissen, dass Ted auf den Beinen war und sich um die Geschäfte kümmerte. »Und wenn er nicht mehr da ist?«

»Dann ist er eben nicht nicht mehr da. Aber ich will es wissen.«

Abee starrte ihn an. Er musste die ganze Zeit an Candy denken und daran, dass sie nicht zurückrief. Wo steckte sie? Und was war mit diesem Kerl, der sie im Tidewater angebaggert hatte? »Einverstanden«, sagte er. »Aber anschließend erledigst du was für mich, okay?«

Candy saß auf dem Parkplatz vor dem Tidewater, ihr Handy in der Hand. Zwei Anrufe von Abee. Sie hatte beide nicht angenommen und auch nicht zurückgerufen. Das machte sie ganz nervös, denn ihr war klar, dass sie sich melden müsste, ihm ein bisschen um den Bart gehen und die richtigen Sachen flüstern. Aber dann kam er womöglich auf den Gedanken, sie bei der Arbeit zu besuchen, und das wollte sie auf jeden Fall vermeiden. Dann sah er nämlich ihren gepackten Wagen auf dem Parkplatz stehen – und keiner wusste, was dieser Irre dann anstellte.

Sie hätte das Auto erst später packen sollen, nach der Arbeit, und von zu Hause aus losfahren. Aber sie hatte nicht gründlich genug geplant, und gleich fing ihre Schicht an. Mit ihrem Geld konnte sie sich etwa eine Woche lang in einem Motel über Wasser halten und Lebensmittel kaufen, aber das Trinkgeld von heute brauchte sie fürs Benzin.

Vor der Bar sollte sie also lieber nicht parken – da würde Abee den Wagen sofort entdecken. Sie legte den Rückwärtsgang ein, fuhr vom Parkplatz und zurück ins Zentrum von Oriental. Hinter einem der Antiquitätenläden am Rand der Innenstadt gab es einen kleinen, unbebauten Platz, wo sie ihr Auto abstellte, weil es da sozusagen unsichtbar war. Gut so. Auch wenn es bedeutete, dass sie nach der Schicht ein ganzes Stück zu Fuß gehen musste.

Aber was, wenn Abee kam und ihr Auto nicht sah? Das konnte auch zu Problemen führen. Sie wollte nicht, dass er zu viele Fragen stellte. Falls er noch mal anrief, würde sie abnehmen und beiläufig erwähnen, dass der Wagen nicht richtig funktioniere und sie den ganzen Tag deswegen unterwegs gewesen sei. Ach, war das nervig! Sie versuchte, sich damit zu trösten, dass sie nur noch fünf Stunden durchhalten musste. Dann konnte sie alles hinter sich lassen.

Jared schlief noch, als um Viertel nach fünf sein Handy klingelte. Er sah, dass es die Nummer seines Vaters war. Wieso rief Dad um diese Zeit an?

Aber er war gar nicht selbst dran, sondern sein Golfkumpel Roger, der ihn fragte, ob er bitte in den Countryclub kommen könne, um seinen Vater abzuholen, weil der getrunken habe und sich lieber nicht ans Steuer setzen sollte.

Echt wahr?, dachte Jared. Mein Dad hat getrunken? Na, so was!

Aber das sagte er nicht laut, obwohl er es gern getan hätte. Stattdessen versprach er, in zwanzig Minuten da zu sein, stand auf und zog die Klamotten von vorhin an, Shorts und T-Shirt. Dazu die Flip-Flops. Dann nahm er seine Schlüssel und den Geldbeutel von der Kommode. Gähnend lief er die Treppe hinunter und nahm sich vor, nachher gleich Melody anzurufen.

Abee versuchte erst gar nicht, den Laster irgendwie zu verstecken und dann zwischen den Bäumen durchzugehen, so wie am Abend vorher. Stattdessen bretterte er die holperige Zufahrt entlang und bremste direkt vor dem Haus – so abrupt, dass der Kies spritzte. Als wäre er der Chef eines SWAT-Teams bei einem großen Einsatz. Er stieg vor seinem Bruder aus, die Pistole schussbereit. Ted kletterte verblüffend schnell aus dem Laster, sah aber im mer noch echt beschissen aus. Um seine Augen hatte sich alles dunkelviolett verfärbt, als wäre er ein Waschbär.

Kein Mensch weit und breit. Genau wie Abee es erwartet hatte. Im Haus war niemand, und auch in der Werkstatt keine Spur von Dawson. Sein Cousin war wirklich ein gerissener Hund. Eigentlich schade, dass er damals nicht hiergeblieben war. Abee hätte ihn gut gebrauchen können, selbst wenn Ted ausgerastet wäre.

Auch Ted wunderte sich nicht, dass Dawson fort war, doch das hieß noch lange nicht, dass seine Wut verrauchte. Seine Kiefermuskeln arbeiteten rhythmisch, während er mit dem Finger über den Abzug seiner Glock strich. Nachdem er lange genug vor sich hin gebrodelt hatte, ging er zum Haus und trat die Tür ein.

An den Laster gelehnt, verfolgte Abee die Szene. Sollte Ted doch tun, was er nicht lassen konnte. Er fluchte jetzt und schrie und warf alle möglichen Gegenstände durch die Gegend. Ein Stuhl kam durchs Fenster geflogen, die Scheibe zersprang in tausend Splitter. Dann erschien Ted wieder in der Tür und stapfte wutschnaubend zur Werkstatt.

Dort stand ein alter Stingray. Gestern Abend war der Wagen nicht da gewesen. Noch ein Zeichen dafür, dass Dawson hier gewesen und wieder gegangen war. Durchschaute Ted das auch? Aber vermutlich spielte es gar keine Rolle mehr. Irgendwie musste sein Bruder sich eben austoben. Je schneller er es hinter sich brachte, desto besser, damit man zum Normalzustand zurückkehren konnte und Ted nicht mehr nur an seinen Rachefeldzug dachte, sondern wieder auf das hörte, was Abee ihm vorschrieb.

Ted nahm den Montierhebel von der Werkbank, holte

aus und zertrümmerte mit einem lauten Schrei die Windschutzscheibe des Stingray. Dann trommelte er auf die Kühlerhaube, sodass lauter Dellen entstanden, schlug die Scheinwerfer kaputt, knallte die Seitenspiegel weg, und das war erst der Anfang.

In der nächsten Viertelstunde nahm Ted den Wagen völlig auseinander. Motor, Reifen, Sitze, Armaturenbrett – alles kaputt. Mit einer manischen Gründlichkeit machte Ted seiner Wut auf Dawson Luft.

Eigentlich schade, dachte Abee. Der Wagen war ein edles Stück gewesen, ein echter Oldtimer. Aber er gehörte ja nicht ihm, und sein Bruder fühlte sich nach der Aktion hoffentlich besser, also hatte alles seinen Sinn.

Als Ted endlich fertig war, kam er zum Truck zurück. Er war zwar weniger unsicher auf den Beinen, atmete aber keuchend, und seine Augen flackerten. Abee dachte plötzlich, sein Bruder könnte jetzt auch auf ihn zielen und ihn erschießen, einfach so, aus reiner Wut.

Aber er hatte sich nicht zum Familienoberhaupt hochgearbeitet, indem er immer nachgab. Er wich nie auch nur einen Millimeter zurück, selbst wenn sein Bruder ausrastete. Mit betonter Gleichgültigkeit stocherte er zwischen seinen Zähnen herum, immer noch an den Laster gelehnt. Dann studierte er seine Fingernägel, obwohl er wusste, dass Ted direkt vor ihm stand.

»Bist du fertig?«

Dawson saß an der Anlegestelle hinter dem Hotel. Auf beiden Seiten Boote. Er war direkt vom Friedhof hierhergefahren, und nun hockte er am Wasser, während die Sonne langsam unterging.

Es war in vier Tagen das vierte Zimmer, in dem er übernachtete. Durch die Ereignisse des Wochenendes fühlte er sich körperlich und seelisch vollkommen erschöpft. Sosehr er sich auch bemühte, er sah keine Zukunft vor sich. Morgen und übermorgen und der Tag danach, die endlose Abfolge von Wochen und Jahren – alles erschien ihm sinnlos. Er hatte aus ganz bestimmten Gründen eine ganz bestimmte Art von Leben geführt, und nun waren diese Gründe hinfällig. Amanda und auch Marilyn Bonner hatten ihn für immer entlassen. Tuck war tot. Was sollte er tun? Umziehen? Dort bleiben, wo er war? Seinen Job behalten? Etwas Neues ausprobieren? Was war für ihn der Sinn des Lebens, nachdem die zentralen Orientierungspunkte verschwunden waren?

Hier würde er keine Antworten finden, so viel war sicher. Mit müden Schritten begab er sich in die Lobby. Am nächsten Tag ging sein Flug, ganz früh am Morgen, und er wusste, dass er schon vor Sonnenaufgang unterwegs sein musste, um den Mietwagen abzugeben und um einzuchecken. Laut Plan landete er vor zwölf Uhr mittags in New Orleans, und von da war es nicht mehr weit nach Hause.

Er legte sich angekleidet aufs Bett. So einsam und ohne festen Anker war er noch nie in seinem Leben gewesen. Er dachte daran, wie sich Amandas Lippen auf seinen angefühlt hatten. *Sie braucht vielleicht mehr Zeit*, hatte Tuck geschrieben, und an diese Hoffnung klammerte sich Dawson, ehe er in unruhigen Schlaf fiel.

Jared hielt an einer roten Ampel und warf einen Blick in den Rückspiegel. Sein Vater hockte hinten – er hatte sich offenbar systematisch volllaufen lassen. Als Jared vorhin auf den Parkplatz des Countryclubs eingebogen war, stand er an eine Säule gelehnt, mit glasigem Blick und mit einer Alkoholfahne, die gereicht hätte, um den Grill im Garten zu befeuern. Wahrscheinlich war er so stumm, weil er kaschieren wollte, wie besoffen er war.

Jared war solche Situationen gewohnt. Das Problem seines Vaters machte ihn jedoch eher traurig als wütend. Aber Mom würde wieder extrem reagieren – sie tat dann immer so, als wäre alles normal, war aber völlig verkrampft, während ihr Mann sturzbetrunken durchs Haus taumelte. Jared wusste, dass seine Mutter dann unter der Oberfläche vor Wut kochte. Sie gab sich Mühe, höflich zu bleiben, aber wo auch immer ihr Mann sich hinsetzte – sie entschied sich sofort für ein anderes Zimmer.

Es wurde also bestimmt kein besonders angenehmer Abend, aber damit sollte sich Lynn herumschlagen. Vorausgesetzt, sie kam nach Hause, bevor Dad endgültig versackte. Er selbst hatte sich schon mit Melody verabredet, sie wollten bei einem Freund schwimmen gehen.

Endlich sprang die Ampel auf Grün, und Jared, der in Gedanken schon seine Freundin im Bikini vor sich sah, trat aufs Gaspedal – und bemerkte das andere Auto nicht, das noch von links in die Kreuzung raste.

Mit einem ohrenbetäubenden Knall traf es seinen Wagen. Überall Glassplitter und Metall. Ein Teil des Türrahmens wölbte sich nach innen, gegen seinen Brustkasten, während sich gerade der Airbag aufblies. Jared wurde ruckartig gegen den Sicherheitsgurt gepresst, sein Kopf herumgeschleudert. Der Wagen drehte sich ein paarmal auf der Kreuzung. *Ich sterbe*, dachte Jared. Er vermochte keinen Laut von sich zu geben.

Als das Auto endlich zum Stillstand kam, dauerte es eine Weile, bis Jared begriff, dass er noch atmete. Seine Brust tat weh, er konnte den Kopf nicht drehen und hatte das Gefühl, gleich an dem stechenden Geruch der Airbags ersticken zu müssen.

Er wollte nach hinten sehen, aber sofort überfiel ihn ein scharfer Schmerz in der Brust. Der Türrahmen und das Lenkrad erdrückten ihn schier. Irgendwie musste er sich befreien. Er krümmte sich mit großer Anstrengung nach rechts, und die schwere Last wich plötzlich von ihm.

Auf der Kreuzung hatten inzwischen mehrere Autos angehalten, Leute stiegen aus, manche telefonierten, sicher riefen sie schon den Krankenwagen. Durch das Spinnennetz der Windschutzscheibe sah Jared, dass die Kühlerhaube seines Wagens aufgestellt war wie ein kleines Zelt.

Wie aus weiter Ferne hörte er, dass Leute ihm zuriefen, er solle sich nicht bewegen. Er wandte trotzdem den Kopf, weil er nach seinem Dad sehen wollte. Eine Maske aus Blut bedeckte das Gesicht seines Vaters. Erst in dem Moment fing er laut an zu schreien.

Amanda war noch eine Stunde von zu Hause entfernt, als ihr Handy klingelte. Sie griff hinüber zum Beifahrersitz und wühlte in ihrer Handtasche. Nach dem dritten Klingeln meldete sie sich.

Während sie Jareds atemlosem Bericht zuhörte, befiel sie eine eisige Lähmung. Völlig hysterisch rief ihr Sohn, der Krankenwagen sei gekommen und Frank sei voller Blut. Ihm selbst gehe es gut, aber die Sanitäter wollten, dass er Frank begleitete, sie würden ins Duke University Hospital gebracht.

Amanda krallte die Hand um ihr Handy. Zum ersten Mal seit Beas Krankheit überfiel sie wieder diese herzzerreißende Angst. Es war eine Angst, die für kein anderes Gefühl, für keinen anderen Gedanken Raum ließ.

»Bin schon unterwegs«, sagte sie. »Ich bin gleich bei euch – so schnell ich kann …«

Doch dann war aus irgendeinem Grund der Kontakt unterbrochen. Sie wählte Jareds Nummer. Niemand meldete sich.

Sie wechselte in die andere Fahrspur, trat aufs Gaspedal und überholte den Wagen vor ihr mit Lichthupe. Sie musste doch ins Krankenhaus! Aber der Wochenendverkehr ließ immer noch nicht nach.

Nach dem Ausflug zu Tucks Haus merkte Abee, dass er wahnsinnigen Hunger bekam. Seit der Infektion war er selten hungrig gewesen, aber jetzt meldete sich der Appetit zurück. Noch ein Zeichen dafür, dass das Antibiotikum wirkte.

Im Irvin's bestellte er sich einen Cheeseburger, dazu frittierte Zwiebelringe und Bratkartoffeln mit Käse und Chili. Und wahrscheinlich war hinterher noch Platz für ein Stück Kuchen und eine Kugel Eis.

Ted ging es weniger gut. Er hatte ebenfalls einen Cheeseburger bestellt, biss aber gar nicht richtig rein und kaute furchtbar langsam. So wie's aussah, war all seine Kraft beim Zertrümmern des Autos verpufft.

Während sie auf ihre Bestellung warteten, hatte Abee endlich Candy erreicht. Sie nahm nach dem ersten Klingeln ab und redete ziemlich lange mit ihm. Sie sei schon bei der Arbeit, erzählte sie und entschuldigte sich dafür, dass sie ihn noch nicht zurückgerufen hatte. Nebenbei erwähnte sie, dass sie Probleme mit ihrem Auto habe. Es klang so, als würde sie sich über seinen Anruf freuen, und sie flirtete ganz normal mit ihm.

Nach dem Gespräch war Abee wesentlich optimistischer als vorher. Vielleicht hatte er das, was neulich in der Kneipe passiert war, ja wirklich ein bisschen überinterpretiert.

Und dennoch – irgendetwas störte ihn im Nachhinein an der Unterhaltung mit Candy. Aber was? Dass Candy gesagt hatte, sie habe Probleme mit dem Auto, aber nicht etwa mit dem Telefon? Egal, wie beschäftigt sie war, sie hätte ihn doch auf jeden Fall zurückrufen können, wenn ihr Handy in Ordnung war! Aber war da nicht noch etwas, was ihn irritierte?

Ted hatte seinen Burger gerade erst zur Hälfte aufgegessen, da verschwand er auf dem Klo. Als er zurückkam, fand Abee, er könnte in einem billigen Horrorfilm auftreten, so wie er aussah. Die anderen Gäste im Restaurant taten so, als würde ihnen nichts auffallen, und starrten auf ihre Teller. Abee grinste. Gar nicht übel, ein Cole zu sein.

Aber gleich fiel ihm wieder Candy ein. Er leckte sich die Finger ab und begann zu grübeln.

Frank und Jared hatten einen Unfall.

Ständig drehte sich dieser Satz in Amandas Kopf. Eine Endlosschleife. Sie wurde immer hektischer und umklammerte das Lenkrad so fest, dass sich ihre Fingerknöchel weiß verfärbten. Außerdem bediente sie andauernd die

Lichthupe. Der Wagen vor ihr sollte sie gefälligst vorbei-
lassen!

*Der Krankenwagen. Jared und Frank wurden in die Klinik
gebracht. Ihr Mann und ihr Sohn ...*

Endlich wechselte der Wagen vor ihr die Spur. Amanda raste an ihm vorbei und befand sich sofort dicht hinter den Autos, die ein ganzes Stück vor ihr gefahren
waren.

Sicher, sie hatte gehört, dass Jared unter Schock stand,
aber sonst?

Das Blut ...

Mit Panik in der Stimme hatte Jared gesagt, Franks
Gesicht sei voller Blut. Amanda versuchte noch einmal,
ihren Sohn anzurufen. Vor ein paar Minuten hatte er
nicht abgenommen, aber das lag vielleicht daran, dass sie
noch im Krankenwagen waren, und da durfte man garantiert nicht mit dem Handy telefonieren. Die Sanitäter
und die Ärzte kümmerten sich um Frank und Jared, sagte
sich Amanda, und wenn sie Jared gleich erreichte, würde
sie sich bestimmt schämen, dass sie dermaßen durchge-
dreht war.

Später würde daraus eine Anekdote werden, die man
am Esstisch erzählen konnte: Mom, die über den Highway raste, wie von der Tarantel gestochen, obwohl doch
alles ganz harmlos war.

Aber Jared meldete sich wieder nicht. Frank genauso wenig. Bei beiden Handys nur die Mailbox. Amanda
hatte das Gefühl, als würde sich ihr Magen in einen rie-
sigen, bodenlosen Abgrund verwandeln. Sie war sich
plötzlich sicher, dass es ein schwerer Unfall gewesen sein
musste, viel schlimmer, als Jared angedeutet hatte. An-

dererseits – woher wollte sie das wissen? Sie hatte doch keine Ahnung, was passiert war!

Sie warf ihr Handy auf den Beifahrersitz und fuhr wieder viel zu dicht auf den Wagen vor ihr auf. Endlich machte der Fahrer Platz, und sie raste weiter, mit einem kurzen Nicken in seine Richtung.

KAPITEL 19

Im Traum war Dawson wieder auf der Bohrinsel, genau in dem Moment, als die Explosion die Plattform erschütter-te, aber dieses Mal geschah es ohne jedes Geräusch – und in Zeitlupe. Plötzlich ging der Speichertank in die Luft, und die Flammen schlugen himmelhoch. Sein Blick folg-te dem schwarzen Rauch, der eine gigantische Pilzwolke bildete. Riesige Wellen schwappten über das Deck und warfen alles um, was ihnen in den Weg kam, rissen Pfos-ten und Maschinen los, im Schneckentempo. Männer wurden über Bord geschleudert, und man konnte deutlich sehen, wie ihre Arme zuckten. Gemächlich verzehrte das Feuer die Plattform, und alles rings um Dawson wurde langsam, aber sicher zerstört.

Aber er stand da, unberührt von den Wellen und den fliegenden Trümmern, die wie von Zauberhand um ihn herum gelenkt wurden. Direkt vor ihm, neben dem Kran, sah er einen Mann aus einer öligen Rauchwolke heraus-treten, und wie Dawson schien er immun gegen die Kata-strophe zu sein. Eine Sekunde lang haftete der Rauch an ihm, dann wurde er wie ein Vorhang fortgezogen. Dawson rang nach Luft: Vor ihm stand der dunkelhaarige Mann mit der blauen Windjacke.

Der Fremde bewegte sich nicht mehr, sein Gesicht war aus der Entfernung nicht zu erkennen. Dawson wollte ihm etwas zurufen, doch kein Ton kam über seine Lippen.

Er wollte näher zu ihm gehen, aber seine Füße waren wie angewurzelt. Sie starrten sich nur an, er und der Mann, über die Plattform hinweg, und Dawson hatte den Eindruck, dass sie einander trotz der Distanz zwischen sich erkannten.

In dem Moment wachte er auf. Er blinzelte, um sich zurechtzufinden. Das Adrenalin pumpte noch durch seinen Körper. Er lag in dem Hotelzimmer in New Bern, direkt am Fluss, und obwohl er ja wusste, dass es nur ein Traum war, lief es ihm kalt über den Rücken. Er setzte sich auf.

Über eine Stunde hatte er geschlafen. Die Sonne war schon fast untergegangen, die Farben in seinem Zimmer verblassten.

Wie im Traum …

Er stand auf und blickte sich um. Sein Geldbeutel und seine Schlüssel lagen neben dem Fernseher. Plötzlich fiel ihm etwas ein. Er durchsuchte die Taschen des Anzugs, den er getragen hatte. Um sicher zu sein, dass er sich nicht geirrt hatte, wiederholte er die Suchaktion. Dann kam seine Reisetasche an die Reihe. Schließlich nahm er seinen Geldbeutel und die Schlüssel und eilte hinunter zum Parkplatz.

Systematisch überprüfte er jeden Zentimeter des Mietwagens, Handschuhfach, Kofferraum, zwischen den Sitzen, auf dem Boden. Dann vollzog er in Gedanken noch einmal nach, wie der Vormittag verlaufen war.

Er hatte Tucks Brief, nachdem er ihn gelesen hatte, auf die Werkbank gelegt. Amandas Mutter war gegangen. Seine ganze Aufmerksamkeit hatte von da an Amanda gegolten, die noch auf der Veranda saß. *Und danach hatte er vergessen, den Brief wieder einzustecken.*

Der Brief musste also noch auf der Werkbank liegen. Natürlich könnte er ihn dortlassen ... aber nein, das ging nicht. Es war der letzte Brief, den Tuck ihm geschrieben hatte, sein Abschiedsgeschenk, und Dawson wollte ihn mit nach Hause nehmen.

Gleichzeitig war so gut wie sicher, dass Ted und Abee ihn überall suchten. Trotzdem fuhr er zurück nach Oriental. Für die Strecke zu Tucks Haus brauchte er vierzig Minuten.

Alan Bonner atmete tief durch, bevor er das Tidewater betrat. Es waren sogar noch weniger Gäste da, als er erwartet hatte. Ein paar Typen standen am Tresen, andere spielten im hinteren Teil der Bar Billard. Nur ein Tisch war besetzt, von einem Pärchen, das gerade Bargeld abzählte und offenbar gehen wollte. Kein Vergleich zu Samstagabend. Oder Freitagabend. Im Hintergrund dudelte die Jukebox, der Fernseher bei der Kasse plapperte, und überhaupt wirkte die Bar insgesamt fast gemütlich.

Candy war gerade dabei, die Theke abzuwischen. Sie lächelte und winkte ihm mit dem Lappen. Heute trug sie Jeans und ein T-Shirt, die Haare hatte sie zu einem Pferdeschwanz frisiert. Sie war also nicht ganz so aufgebrezelt wie sonst, trotzdem fand Alan sie hübscher als alle anderen Mädchen in der Stadt. Die Schmetterlinge in seinem Bauch begannen zu flattern. Durfte er es wirklich wagen, sie zu fragen, ob sie mit ihm essen gehen wollte?

Er straffte sich. Und jetzt – keine faulen Ausreden! Er wollte sich an den Tresen setzen, ganz cool, und dann das Gespräch so steuern, dass die Frage passte. Candy hatte immerhin ziemlich heftig mit ihm geflirtet, oder? Wahrscheinlich machte sie das oft, aber Alan fand, dass es bei ihm was anderes war. Das hatte er genau gemerkt. Er *wusste* es einfach. Also holte er tief Luft und ging zum Tresen.

Amanda stürmte durch die Eingangstür der Notaufnahme des Duke University Hospitals und starrte auf die versammelten Patienten und Familien. Die ganze Zeit hatte sie versucht, Jared und Frank telefonisch zu erreichen – ohne Erfolg. In ihrer Verzweiflung hatte sie es schließlich bei Lynn probiert. Aber Lynn war noch am Lake Norman, mehrere Stunden von Durham entfernt. Sie brach fast zusammen, als sie hörte, was passiert war, und versprach, sofort nach Hause zu fahren.

Amandas Blick suchte hektisch den ganzen Raum ab, in der Hoffnung, Jared irgendwo zu entdecken. Vielleicht hatte sie sich umsonst Sorgen gemacht. Doch zu ihrer Verwunderung sah sie Frank am anderen Ende des Wartezimmers sitzen. Er erhob sich und kam auf sie zu, offensichtlich weniger schwer verwundet, als sie gedacht hatte. Sie schaute über seine Schulter. Jared musste doch auch da sein!

»Wo ist Jared?«, wollte sie wissen, als Frank vor ihr stand. »Geht's dir besser? Was ist passiert? Nun sag schon!«

Noch während sie ihn mit Fragen bombardierte, fasste Frank sie am Arm und führte sie nach draußen.

»Jared wurde stationär aufgenommen«, sagte er. Obwohl es schon eine Weile her war, seit sein Sohn ihn im Club abgeholt hatte, sprach er immer noch sehr undeutlich. Amanda merkte genau, dass er sich bemühte, nüchtern zu wirken, aber sein Atem und sein Schweiß rochen säuerlich nach Alkohol. »Ich habe auch keine Ahnung, was los ist. Kein Mensch scheint richtig Bescheid zu wissen. Die Krankenschwester hat nur irgendetwas von einem Kardiologen gesagt.«

Seine Worte steigerten Amandas Angst ins Unermessliche. »Warum? Was fehlt ihm?«

»Ich weiß es nicht.«

»Ist er verletzt?«

»Als wir hergekommen sind, schien alles in Ordnung zu sein.«

»Warum muss er dann zum Kardiologen?«

»Ich weiß es nicht!«

»Er hat gesagt, dein Gesicht sei blutüberströmt.«

Frank fasste sich an die geschwollene Nase. Ein schwarzblauer Halbmond umgab eine kleine Schnittwunde. »Ich habe mir die Nase gestoßen, eine Platzwunde, aber sie konnten die Blutung stoppen. Keine große Sache. Das wird schon wieder.«

»Warum bist du nicht ans Telefon gegangen? Ich habe dich hundertmal angerufen.«

»Mein Handy ist noch im Auto ...«

Amanda hörte ihm nicht mehr zu, weil jetzt richtig zu ihr durchsickerte, was Frank vorhin gesagt hatte. Jared war stationär aufgenommen worden! Ihr Sohn war verletzt, nicht ihr Mann. Jared. Ihr Erstgeborener ...

Sie hatte das Gefühl, als hätte ihr jemand einen Tritt in die Magengegend verpasst. Auf einmal vermochte sie Franks Anblick nicht mehr zu ertragen und ging an ihm vorbei zu der Schwester an der Anmeldung. Mit aller Kraft versuchte sie, die aufsteigende Hysterie zu unterdrücken, und fragte ruhig, was mit ihrem Sohn los sei.

Die Krankenschwester konnte ihre Frage nicht beantworten, sie wiederholte nur, was Frank ihr bereits gesagt hatte. Der besoffene Frank, dachte Amanda. Ihre Wut ließ sich nur noch schwer bremsen. Mit beiden Händen schlug sie auf den Tisch, hinter dem die Schwester saß, sodass alle Leute im Warteraum aufschreckten.

»Ich will wissen, was mit meinem Sohn los ist!«, schrie sie. »Und zwar *sofort*!«

Probleme mit dem Auto, dachte Abee. Das hatte ihn an dem Gespräch mit Candy gestört. Wenn sie Probleme mit dem Auto hatte, wie war sie dann zur Arbeit gekommen? Und wieso hatte sie ihn nicht gefragt, ob er sie hinbringen könne?

Hatte jemand anderes sie mitgenommen? Zum Beispiel der Kerl von neulich?

So dumm konnte sie doch nicht sein. Sollte er sie anrufen und fragen? Aber es gab eine bessere Methode, der Sache auf den Grund zu gehen. Das Irvin's war nicht besonders weit von dem kleinen Haus entfernt, in dem Candy wohnte. Also würde er einfach mal kurz dort vorbeifahren und nachsehen, ob das Auto da war. Wenn es da war, hieße das, jemand hatte sie ins Tidewater gefahren, und dann bestand dringender Gesprächsbedarf.

Er warf ein paar Geldscheine auf den Tisch und gab Ted zu verstehen, dass er gehen wolle. Während des Essens hatte Ted mehr oder weniger geschwiegen, aber Abee hatte trotzdem den Eindruck, dass es ihm ein bisschen besser ging, auch wenn er keinen Appetit hatte.

»Wohin?«, fragte Ted.

»Ich muss was überprüfen«, antwortete Abee.

Candys kleines Haus stand am Ende einer Straße, in der kaum Leute wohnten. Es war ein ziemlich heruntergekommener Bungalow, mit Aluminium verkleidet und von wild wuchernden Büschen umgeben. Nichts Besonderes, aber das schien Candy nicht zu stören. Sie hatte jedenfalls nichts unternommen, um das Haus ein bisschen wohnlicher herzurichten.

Als Abee in die Einfahrt bog, sah er ihren Wagen nirgends. Hatte sie es doch noch geschafft, ihn zum Laufen zu bringen? Aber während er von seinem Laster aus auf den Bungalow starrte, merkte er, dass irgendwas nicht stimmte. Da fehlte doch etwas! Es dauerte eine Zeit lang, bis er dahinterkam, was.

Die Buddha-Statue fehlte! Der Buddha stand sonst in dem vorderen Fenster, das man durch eine Lücke zwischen den Büschen sehen konnte. Ihr Glücksbringer. Jedenfalls sagte sie das immer, und Abee sah keinen Grund, weshalb sie das Ding wegtun sollte. Es sei denn …

Er stieg aus. Als Ted ihn fragend anschaute, schüttelte er den Kopf. »Bin gleich wieder da.«

Er ging durch die Büsche zur Veranda und spähte durchs Fenster. Die Statue war fort. Eindeutig. Sonst sah alles aus wie immer. Was nicht viel hieß, denn Candy hatte das Haus möbliert gemietet. Aber dass der Buddha verschwunden war, gefiel ihm gar nicht. Abee ging ums Haus herum, doch bei den meisten Fenstern waren die Vorhänge zugezogen, und er konnte nichts sehen.

Das nervte ihn maßlos, und schließlich trat er einfach die Hintertür ein. So wie Ted bei Tucks Haus.

Er ging hinein. Was hatte Candy vor?

Seit sie in der Notaufnahme war, lief Amanda jede Viertelstunde zu der Krankenschwester. Auch jetzt wieder. Gab es neue Informationen? Die Schwester antwortete jedes Mal geduldig, sie habe ihr schon alles gesagt: Jared sei eingewiesen worden, er werde von einem Kardiologen untersucht, und der Arzt wisse, dass die Eltern warteten. Sobald sie etwas höre, werde sie Amanda informieren. Sie zeigte Anteilnahme, und Amanda nickte jedes Mal dankbar, bevor sie an ihren Platz zurückging.

Irgendwie konnte sie immer noch nicht begreifen, was sie hier tat. Sie wollte nur eins: mit Jared reden. Sie musste ihn sehen, seine Stimme hören, um endlich zu wissen, dass alles in Ordnung war. Und als Frank ihr tröstend die Hand auf den Rücken legte, zuckte sie zusammen, als hätte sie sich verbrannt.

Dass Jared hier war, daran war doch nur Frank schuld! Wenn er nicht getrunken hätte, wäre Jared zu Hause geblieben oder er hätte Freunde besucht. Er wäre nie auch nur in die Nähe dieser Kreuzung gekommen und folglich nie ins Krankenhaus gebracht worden! Er war nur dort unterwegs gewesen, weil er seinem Vater helfen wollte. Jared war verantwortungsbewusst.

Aber Frank …

Sie konnte ihn nicht mehr sehen. Nur mit größter Anstrengung schaffte sie es, ihn nicht anzuschreien.

Die Uhr an der Wand bewegte sich wie in Zeitlupe.

Schließlich, nach einer halben Ewigkeit, hörte Amanda, dass die Tür zu den Behandlungszimmern aufging. Ein Arzt in OP-Kittel trat heraus und ging zu der diensthabenden Krankenschwester. Diese nickte und deutete in Amandas Richtung. Amanda war wie gelähmt vor Angst, als der Arzt auf sie zukam. Was würde er sagen? Sie versuchte, es von seinem Gesicht abzulesen, aber seine Miene war verschlossen.

Amanda erhob sich von ihrem Platz. Frank ebenfalls. »Ich bin Doktor Mills«, stellte sich der Arzt vor und bat sie, ihm zu folgen. Er ging durch eine Doppeltür, die in einen anderen Korridor führte. Als sich die Tür hinter ihnen schloss, drehte sich Dr. Mills zu ihnen um. Jetzt erst sah Amanda, dass er trotz seiner grauen Haare vermutlich jünger war als sie.

Bis sie endlich verstand, wovon er sprach, musste er ein paarmal von vorn beginnen. Für den Augenblick begriff sie nur so viel: Durch die eingedrückte Autotür hatte er innere Verletzungen erlitten. Der behandelnde Arzt hatte ein durch dieses Trauma hervorgerufenes Herzgeräusch gehört und deshalb weitere Untersuchungen angeordnet, bei denen sich Jareds Zustand schnell und dramatisch verschlechterte. Dr. Mills verwendete Wörter wie Zyanose und teilte den Eltern mit, man habe einen transvenösen Schrittmacher implantiert, doch die Leistungsfähigkeit des Herzens lasse immer weiter nach. Es bestehe der Verdacht, dass die trikuspidale Klappe gerissen sei und operativ ersetzt werden müsse. Es sei bereits ein Bypass gelegt worden, erklärte er, aber um am offenen Herzen zu operieren, brauche er eine offizielle Erlaubnis. Ohne Operation werde Jared sterben, fügte er unverblümt hinzu.

Jared wird sterben.

Amanda musste sich an der Wand abstützen, sonst wäre sie umgesunken. Der Arzt schaute von ihr zu Frank und wieder zurück.

»Ich brauche Ihre Unterschrift«, sagte Dr. Mills zu ihr. Da wusste Amanda, dass er Franks Alkoholfahne gerochen hatte, und sie begann ihren Ehemann zu hassen, wirklich zu *hassen*. Mit langsamen Bewegungen, als würde sie träumen, unterzeichnete sie das Formular. Die Hand, die schrieb, schien ihr nicht zu gehören.

Dr. Mills führte sie und Frank in einen leeren Warteraum in einem anderen Flügel des Krankenhauses. Amanda war wie betäubt.

Jared muss operiert werden, sonst stirbt er.

Er durfte nicht sterben! Jared war doch erst neunzehn. Das ganze Leben lag noch vor ihm.

Amanda schloss die Augen. Die Welt um sie herum brach zusammen.

Das passte Candy gar nicht in den Kram. Nicht heute Abend.

Der junge Kerl da, am Ende des Tresens, Alan oder Alvin oder wie er hieß, sabberte regelrecht, weil er unbedingt mit ihr ausgehen wollte. Noch schlimmer: Es war so wenig los, dass sie voraussichtlich nicht einmal genug verdienen würde, um ihren Tank aufzufüllen. Toll. Einfach toll.

»Hey, Candy?« Wieder dieser bekloppte Junge. Er beugte sich über den Tresen, treuherzig wie ein kleines Hündchen. »Kann ich bitte noch ein Bier haben?«

Sie zwang sich zu einem Lächeln, während sie eine Flasche öffnete und ihm brachte. Als sie sich seinem Ende des Tresens näherte, fragte er sie etwas. Aber sie wurde abgelenkt, weil plötzlich Scheinwerferlichter über das Fenster in der Tür huschten. Entweder von einem vorbeifahrenden Wagen – oder es parkte jemand. Sie starrte zum Eingang. Und wartete.

Als niemand hereinkam, seufzte sie erleichtert.

»Candy?«

Seine Stimme holte sie zurück in die Wirklichkeit. Das Jüngelchen strich sich die glänzenden schwarzen Haare aus der Stirn.

»Entschuldige. Was gibt's?«

»Ich habe gefragt, wie der Tag bisher war.«

»Super«, antwortete sie mit einem Seufzer. »Einfach super.«

Frank saß auf einem Stuhl Amanda gegenüber. Immer noch ein bisschen wackelig. Der Blick benebelt. Amanda tat ihr Bestes, um ihn auszublenden.

Es gab nur ihre Angst und den Gedanken an Jared. In der Stille des Raums sah sie die Stationen seines bisherigen Lebens vor sich, magisch verdichtet. Wie klein er war, als sie ihn in den ersten Tagen in den Armen hielt! Dann der erste Kindergartentag – sie kämmte ihm die Haare und packte ein Sandwich in seine Jurassic-Park-Dose. Und bei seinem ersten Schulball war sie maßlos nervös gewesen. Dann sah sie Jared vor sich, wie er die Milch aus der Verpackung trank, obwohl sie ihn schon tausendmal gebeten hatte, es nicht zu tun … Zwischendurch rissen die Krankenhausgeräusche sie immer wieder aus ihren Erinnerungen, und ihr wurde bewusst, wo sie war – und warum. Und schon kehrte die Panik zurück.

Ehe er ging, hatte der Arzt ihr mitgeteilt, dass die Operation viele Stunden dauern konnte, vielleicht bis Mitternacht. Würde jemand zwischendurch vorbeikommen und sie informieren?, hatte sie gefragt. Sie musste doch wissen, was los war. Jemand musste ihr die Situation so erklärte, dass sie folgen konnte! Vor allem aber sehnte sie sich danach, dass jemand sie in die Arme nahm und ihr versprach, dass ihr kleiner Junge – auch wenn er schon fast ein Mann war – wieder gesund werden würde.

Abee stand in Candys Schlafzimmer, den Mund zu einem schmalen Strich zusammengekniffen. Das konnte doch nicht wahr sein.

Ihr Schrank war leer. Die Kommode war leer. Der verdammte Toilettentisch im Bad war leer.

Kein Wunder, dass sie nicht ans Telefon gegangen war! Candy hatte ihre Sachen gepackt. Und als sie dann schließlich doch abnahm, tja, da hatte sie leider vergessen, eine Kleinigkeit zu erwähnen, nämlich ihren Plan, von Oriental wegzugehen.

Aber niemand ließ Abee Cole einfach sitzen. Niemand.

Hatte das Ganze etwas mit ihrem neuen Freund zu tun? Wollten die beiden womöglich gemeinsam durchbrennen?

Der Gedanke trieb ihn durch die eingetretene Tür wieder hinaus ins Freie und zu seinem Laster. Er musste ins Tidewater, und zwar sofort.

Candy und ihr kleiner Freund bekamen heute Abend eine Lektion verpasst. Alle beide. Eine Lektion, die sie nie wieder vergessen würden.

KAPITEL 20

Die Nacht war extrem dunkel. Dawson konnte sich nicht erinnern, je eine so pechschwarze Nacht erlebt zu haben. Kein Mond, nur ein endloser schwarzer Himmel, an dem blass ein paar Sterne flackerten.

Er war schon fast in Oriental. Das Gefühl, dass es ein Fehler war, noch einmal zurückzufahren, vermochte er nicht abzuschütteln. Um zu Tucks Haus zu gelangen, musste er durch die Innenstadt. Und seine Cousins konnten überall lauern.

Hinter der Biegung, an der sich sein Leben für immer verändert hatte, sah er jenseits der Bäume die Lichter der kleinen Stadt. Wenn er es sich noch anders überlegen wollte, war jetzt die letzte Gelegenheit dazu.

Instinktiv nahm er den Fuß vom Gaspedal, und sobald der Wagen langsamer wurde, spürte er, dass er beobachtet wurde.

Abee umklammerte das Lenkrad und raste mit quietschenden Reifen durch die Stadt, bog links auf den Parkplatz des Tidewater ein und schoss direkt auf den Behindertenparkplatz zu. Dort trat er so abrupt auf die Bremse, dass der Wagen zur Seite wegrutschte. Zum ersten Mal seit seiner Stingray-Attacke gab Ted so etwas wie ein Lebenszeichen von sich, weil er spürte, dass gleich etwas passieren würde.

Kaum war der Laster zum Stillstand gekommen, sprang Abee hinaus. Ted hinterher. Abee dachte immer wieder: *Candy hat mich angelogen.* Sie musste ihre Flucht schon länger geplant haben. Hatte sie echt geglaubt, er würde nichts merken? Es war höchste Zeit, ihr beizubringen, wer hier die Vorschriften machte. Und das bist garantiert nicht du, Candy, darauf kannst du Gift nehmen!

Er rannte zum Eingang. Candys Mustang Cabrio stand nicht auf dem Parkplatz. Bestimmt hatte sie ihn irgendwo anders geparkt. Vor dem Haus von irgendeinem Kerl, und die beiden lachten sich hinter Abees Rücken kaputt. Er konnte geradezu hören, wie Candy kicherte, weil er so ein Vollidiot war. Am liebsten wäre er in die Bar gestürmt und hätte einfach losgeballert.

Aber den Gefallen würde er ihr nicht tun. O nein. Denn zuerst musste Candy kapieren, was Sache war. Musste verstehen, dass er derjenige war, der die Regeln aufstellte.

Ted war verblüffend sicher auf den Beinen. Aus dem Haus drang leise Jukebox-Musik, und die Neonschrift mit dem Namen der Bar ließ ihre Gesichter rötlich aufleuchten.

Abee nickte, und mit einem Fußtritt öffnete Ted die Tür.

Dawson reduzierte das Tempo noch mehr, alle Sinne in höchster Alarmbereitschaft. In der Ferne sah er die Lichter von Oriental. Auf einmal hatte er ein Déjà-vu, als wüsste er schon genau, was auf ihn zukam, wäre aber unfähig, das Geschehen aufzuhalten.

Er beugte sich über das Steuer. Wenn er die Augen zusammenkniff, erkannte er ein paar Orientierungspunkte, zum Beispiel den Turm der Baptistenkirche, angestrahlt von Scheinwerfern, er schien über dem Geschäftsviertel zu schweben. Auch die Straße, die hinaus zu Tucks Haus führte, war grell erleuchtet, als wollte sie ihn höhnisch darauf hinweisen, dass er es vielleicht gar nicht bis dorthin schaffen würde. Die bleichen Sterne, die er vorhin noch gesehen hatte, waren verschwunden, der Himmel über der Stadt schien unnatürlich tintenschwarz. Rechts, auf der kleinen Anhöhe, fast genau in der Mitte der großen Biegung, stand das flache, klobige Gebäude, das man nach Rodung der Bäume gebaut hatte.

Dawson schaute sich aufmerksam um. Er wartete auf ... etwas. Und schon wurde er belohnt, denn durch das Seitenfenster auf der Fahrerseite sah er eine Bewegung.

Da stand er, am Rand des Scheinwerferlichts, auf der Wiese neben dem Highway. Der dunkelhaarige Mann.

Der *Geist*.

Es ging alles so schnell, dass Alan gar nicht mitkam.

Er war gerade dabei, Candy anzubaggern – oder es jedenfalls zu versuchen –, und sie brachte ihm ein frisches Bier, als plötzlich jemand die Eingangstür der Bar so brutal auftrat, dass der obere Teil halb aus den Angeln gehoben wurde.

Ehe er irgendetwas tun konnte, hatte Candy längst reagiert. Offenbar erkannte sie den neuen Gast. Ihre Hand mit der Bierflasche erstarrte. Ihre Lippen formten die Worte *Oh, shit!* Dann ließ sie die Flasche fallen.

Das Glas zersprang auf dem Zementboden in tausend Splitter, und Candy rannte laut kreischend davon.

Die Wand hinter ihm warf das Echo zurück.

»Für wen hältst du dich eigentlich, du verdammte Nutte?«

Alan sackte in sich zusammen, während Candy schon fast das Büro des Managers erreicht hatte, am anderen Ende der Bar. Alan kam oft genug ins Tidewater, um zu wissen, dass dieses Büro mit einer Stahltür und einem Bolzenschloss gesichert war, weil sich dort der Safe befand.

Abee rannte an ihm vorbei und hinter Candys blondem Pferdeschwanz her. Er wusste natürlich auch, wo sie hinwollte.

»Bleib stehen, du Schlampe!«

Candy warf einen verängstigten Blick über die Schulter, dann verschwand sie mit einem weiteren schrillen Aufschrei in dem Büro und knallte die Tür zu.

Abee wuchtete sich über den Tresen. Flaschen und Gläser flogen durch die Luft, die Kasse krachte auf den Boden, aber er landete auf den Füßen.

Jedenfalls fast.

Er taumelte und stieß dabei jede Menge Schnapsflaschen von dem Regal unter dem Spiegel, als wären sie Bowlingkegel.

Doch er ließ sich nicht aufhalten, sondern rappelte sich schnell wieder hoch und war auch schon an der Bürotür. Alan erschien das Ganze wie eine Abfolge unwirklicher Szenen, die mit einer gnadenlosen Präzision abgespult wurden. Aber als er erfasste, was los war, packte ihn kalte Panik.

Das ist kein Film.

Abee hämmerte an die Tür, warf sich mit seinem ganzen Gewicht dagegen und schrie: »MACH SOFORT AUF, VERDAMMT NOCH MAL!«

Das ist die Wirklichkeit.

Alan hörte Candy in dem verschlossenen Büro hysterisch schreien.

Mein Gott …

Die Typen, die hinten in der Bar Billard gespielt hatten, warfen ihre Queues weg und rannten zum Notausgang. Während die Billardstöcke klappernd auf dem Boden landeten, fing Alans Herz an zu stolpern, wodurch in ihm ein primitiver Überlebensinstinkt erwachte.

Er musste hier weg.

Er musste hier weg, und zwar *sofort*!

Wie von der Tarantel gestochen sprang er von seinem Barhocker, der polternd nach hinten kippte. Sein Ziel war klar: die schiefe Eingangstür, der Parkplatz, die Hauptstraße. Er rannte los.

Nur vage registrierte er, dass Abee gegen die Bürotür wummerte und immer wieder schrie, er werde Candy totschlagen, wenn sie nicht gleich aufmache. Für Alan gab es nur noch eines: raus aus dem Tidewater, so schnell er nur konnte.

Er hörte die Schritte seiner Turnschuhe auf dem Boden, aber irgendwie kam die Tür nicht näher. So wie die Türen in einem Gruselkabinett auf dem Jahrmarkt …

Aus weiter Ferne hörte er Candy schreien: »Hau ab! Lass mich in Ruhe!«

Aber er sah Ted nicht, genauso wenig wie den Stuhl, den Ted in seine Richtung schleuderte. Bis der Stuhl ihn am Bein traf und er der Länge nach hinfiel. Mit der Stirn knallte er auf den Boden. Was für ein Donnerschlag, dachte er verdutzt. Er sah tausend Lichtfunken, dann wurde alles schwarz.

Nur allmählich wurde dann die Welt wieder sichtbar.

Er schmeckte Blut im Mund, während er versuchte, sich umzudrehen. In dem Moment trat eine Stiefelspitze gegen seine Schläfe. Ein Absatz traf ihn am Kinn. Sein Kopf wurde auf den Boden gepresst.

Über ihm stand Crazy Ted Cole, zielte mit einer Pistole auf ihn und schien das Ganze irgendwie lustig zu finden.

»Wo willst du hin, du kleiner Wichser?«

Dawson fuhr an den Straßenrand. Eigentlich erwartete er, dass die Gestalt in den Schatten eintauchen würde, sobald er ausstieg, doch der dunkelhaarige Mann blieb reglos im kniehohen Gras stehen, etwa fünfzig Meter von ihm entfernt. Seine Windjacke flatterte leicht in der nächtlichen Brise. Wenn Dawson loslaufen würde, wäre er in weniger als zehn Sekunden bei ihm.

Er wusste, dass er sich den Fremden nicht einbildete. Er spürte seine Gegenwart so deutlich wie seinen Herzschlag. Ohne den Blick von ihm zu nehmen, griff er in den Wagen und stellte den Motor ab, sodass die Scheinwerfer erloschen. Auch im Dunkeln konnte er das weiße Hemd des Mannes sehen, eingerahmt von der offenen Jacke. Sein Gesicht war allerdings zu verschwommen, als dass er es hätte erkennen können. Wie immer.

Dawson verließ die Straße und trat auf den schmalen Schotterstreifen neben dem Highway.

Der Fremde rührte sich nicht.

Nun ging Dawson auf die Wiese. Keine Bewegung.

Schritt für Schritt näherte er sich dem Mann. Fünf Schritte, zehn, fünfzehn. Wenn es hell gewesen wäre, hätte er den Mann jetzt genau sehen und endlich seine Gesichtszüge identifizieren können, aber in der Dunkelheit war das nicht möglich.

Noch näher. Ganz vorsichtig. So nahe war er der geisterhaften Gestalt noch nie gewesen. Ein kurzer Spurt, und er konnte ihn berühren.

Wie gebannt starrte er auf den Unbekannten. Sollte er losrennen? Aber der Fremde schien seine Gedanken lesen zu können und wich ein Stück zurück.

Dawson blieb stehen. Der Dunkelhaarige ebenfalls.

Ein Schritt vorwärts. Der Mann machte einen Schritt rückwärts. Zwei schnelle Schritte – sein Gegenüber spiegelte die Bewegung.

Da schlug Dawson alle Bedenken in den Wind und rannte los. Der Fremde drehte sich um und begann ebenfalls zu rennen. Dawson beschleunigte sein Tempo, aber seltsamerweise blieb die Entfernung zwischen ihm und dem Mann immer gleich. Die blaue Jacke wehte im Wind, als wollte sie ihn verspotten.

Als Dawson noch schneller wurde, scherte der Fremde aus und wechselte die Richtung, er lief nicht mehr von der Straße fort, sondern parallel zu ihr. Dawson folgte ihm. Sie rannten in Richtung Oriental, zu dem Gebäude oberhalb der Biegung.

Die Biegung ...

Dawson konnte keinen Boden gewinnen, aber der dunkelhaarige Mann entfernte sich nicht weiter von ihm, änderte auch die Richtung nicht mehr, und zum ersten Mal hatte Dawson das Gefühl, dass er ein bestimmtes Ziel im Sinn hatte. Eigentlich hätte ihn das irritieren müssen, aber er war so von der Verfolgungsjagd beansprucht, dass er keine Zeit hatte, darüber nachzudenken.

Teds Stiefel drückte erbarmungslos auf Alans Wange, seine Ohren wurden von beiden Seiten gequetscht, der Absatz grub sich in den Kieferknochen, was wahnsinnig wehtat. Die Waffe, die auf ihn zielte, erschien ihm riesengroß, er sah nichts anderes mehr, und er hatte das Gefühl, dass sich sein Darm wässrig entleeren wollte. *Gleich sterbe ich*, dachte er verzweifelt.

»Du hast das hier gesehen«, sagte Ted und fuchtelte mit der Pistole. »Wenn ich dich aufstehen lasse, läufst du nicht weg, okay?«

Alan versuchte zu schlucken, aber seine Kehle funktionierte nicht. »Okay«, krächzte er.

Ted verlagerte noch mehr Gewicht auf seinen Fuß. Der Schmerz wurde so entsetzlich, dass Alan laut aufschrie. Seine Ohren brannten. Stammelnd flehte er um Gnade. Als er hochblickte, sah er, dass Teds Arm eingegipst war und sein Gesicht schwarz und blau verquollen. Was war mit ihm los?

Ted trat einen Schritt beiseite. »Steh auf«, kläffte er.

Alan befreite sein Bein von dem Stuhl und erhob sich mühsam. Fast wäre er umgeknickt, weil ihm ein scharfer Schmerz durchs Knie schoss. Die offene Tür war nur ein paar Schritte entfernt.

»Schlag dir das gleich aus dem Kopf«, knurrte Ted, als er Alans Blick bemerkte, und deutete zum Tresen. »Auf geht's.«

Alan humpelte los. Abee kämpfte immer noch mit der

Bürotür, aber ohne Erfolg. Als er Alan entdeckte, legte er den Kopf schief und musterte ihn mit irrem Blick.

»Ich hab hier deinen kleinen Freund!«, brüllte er in Richtung Büro.

»Er ist nicht mein Freund!«, schrie Candy zurück. »Ich rufe die Polizei!«

Inzwischen bewegte sich Abee schon in Alans Richtung, und Ted zielte immer noch auf ihn.

»Hast du gedacht, ihr zwei könnt einfach abhauen?«, fragte Abee.

Alan wollte etwas erwidern, brachte aber vor lauter Angst keinen Ton heraus.

Da bückte sich Abee, um einen der Billardstöcke aufzuheben. Er hielt ihn, wie ein Batter seinen Baseballschläger hält, und wirkte völlig außer Kontrolle.

Lieber Gott, bitte nicht …

»Du denkst, ich merk so etwas nicht? Mich kann keiner reinlegen. Ich hab euch zwei am Freitagabend gesehen.«

Alan vermochte sich nicht zu rühren, er war wie gelähmt. Als Abee mit dem Stock ausholte, wich Ted einen halben Schritt zurück.

O Gott …

»Ich weiß nicht, wovon Sie reden«, stieß Alan hervor.

»Hat sie ihr Auto bei dir geparkt?«, schrie Abee. »Raus mit der Sprache!«

»Was … ich –«

Aber Abee ließ ihn nicht ausreden, sondern schlug zu. Der Stock landete krachend auf Alans Kopf, grelle Sterne explodierten, dann wurde wieder alles schwarz, und er stürzte erneut zu Boden.

Abee holte abermals aus und prügelte brutal weiter. Alan, der nur halb bei Bewusstsein war, versuchte, sich irgendwie zu schützen, aber es funktionierte nicht. Er hörte selbst, wie seine Unterarmknochen splitterten, und als der Billardstock in zwei Teile zerbrach, trat Abee ihm mit seinem Stahlkappenstiefel ins Gesicht. Ted kickte ihn in die Nierengegend. Glühend heiße Stiche schossen durch seinen Körper.

Als Alan zu schreien begann, ging es erst richtig los.

Sie rannten durch das hohe Gras, immer näher zu dem hässlichen Gebäude. Dawson sah, dass dort mehrere Autos und Pick-up-Trucks parkten, und zum ersten Mal bemerkte er die blassrote Neonschrift über dem Eingang. War das ihr Ziel?

Dawson bekam immer stärker das Gefühl, dass er den dunkelhaarigen Fremden irgendwoher kannte. Die entspannten Schultern, der gleichmäßige Rhythmus seiner Arme, die athletische Bewegung der Beine ... Dawson kannte diesen Gang. Und nicht erst seit der Begegnung zwischen den Bäumen hinter Tucks Haus. Er wusste noch nicht, woher, doch er spürte, dass das Wissen langsam in ihm aufstieg, wie Bläschen, wenn Wasser anfängt zu kochen. Der Mann blickte über die Schulter, als würde er Dawsons Gedanken hören, und zum ersten Mal sah Dawson sein Gesicht. Ja, er hatte den Mann schon einmal gesehen.

Vor der Explosion.

Dawson stolperte, fing sich aber schnell wieder. Ein Schauder lief ihm über den Rücken.

Das konnte nicht wahr sein.

Es war vierundzwanzig Jahre her. In der Zwischenzeit war er im Gefängnis gewesen und wieder entlassen worden, er hatte auf verschiedenen Bohrinseln im Golf von Mexiko gearbeitet. Er hatte geliebt und verloren, dann hatte er wieder geliebt und abermals verloren, und der Mann, der ihn bei sich aufgenommen hatte, war hochbetagt gestorben. Aber der Fremde – denn das war er und würde er immer bleiben: ein Fremder – war keinen Tag gealtert. Er sah noch genauso aus wie an jenem Abend, als er nach der Arbeit zum Joggen ging, am Ende eines verregneten Tages. Er war es, und jetzt konnte Dawson es genau sehen: das erstaunte Gesicht, als er damals mit seinem Laster seitlich ausscherte. Er hatte für Tuck die Reifen geholt und war auf dem Weg nach Oriental –

Genau hier war es passiert. Hier, an dieser Stelle, war Dr. David Bonner, Ehemann und Vater zweier Kinder, ums Leben gekommen.

Dawson holte tief Luft und stolperte erneut, aber der Mann schien auch jetzt genau zu wissen, was er dachte: Er nickte kurz, ohne zu lächeln, und als er die Schotterzufahrt zum Parkplatz erreichte, blickte er wieder nach vorn und rannte schneller, an der Vorderseite des Gebäudes entlang. Dawson schwitzte, als er hinter ihm zum Parkplatz kam. Der Fremde – Dr. Bonner – blieb neben dem Eingang stehen, angestrahlt vom gespenstischen Licht der roten Neonschrift.

Dawson kam näher und ließ ihn nicht aus den Augen. Der Geist betrat das Gebäude.

In Windeseile folgte Dawson ihm in die spärlich erleuchtete Bar. Dr. Bonner war verschwunden.

Es dauerte keine Sekunde, bis er erfasste, was los war:

die umgestürzten Tische und Stühle, das schrille Kreischen einer Frau von irgendwoher, der dröhnende Fernseher. Seine Cousins Ted und Abee prügelten hemmungslos auf einen jungen Mann ein, der auf dem Boden lag. Plötzlich hielten sie inne und schauten zu ihm. Dawson warf einen Blick auf den blutüberströmten Jungen auf dem Boden und erkannte ihn sofort.

Alan …

Auf unzähligen Fotos hatte Dawson im Laufe der Jahre sein Gesicht studiert, aber jetzt erst fiel ihm auf, wie verblüffend er seinem Vater ähnelte – dem Mann, den Dawson seit Monaten immer wieder gesehen hatte und von dem er nun hierhergeführt worden war.

Alle waren wie erstarrt. Ted und Abee konnten es offenbar nicht fassen, dass er plötzlich vor ihnen stand. Keuchend und außer Atem glotzten sie Dawson an, wie Wölfe, die beim Fressen gestört wurden.

Dr. Bonner hatte ihn aus einem ganz bestimmten Grund gerettet.

Der Gedanke schoss Dawson durch den Kopf. Zur selben Zeit begriff Ted, wer er war, doch bevor er noch schießen konnte, hatte Dawson schon hinter einem Tisch Deckung gesucht. Ja, nun wusste er, warum er hier war – und vielleicht war das die ganze Zeit schon seine Bestimmung gewesen.

Gurgelnd holte Alan Luft. Bei jedem Atemzug hatte er das Gefühl, jemand würde ihm ein Messer zwischen die Rippen rammen.

Er konnte nicht aufstehen, sah alles nur verschwommen, aber er bekam doch irgendwie mit, was los war.

Seit der Fremde die Bar betreten hatte und sich suchend umblickte, als würde er jemanden verfolgen, schlugen Ted und Abee nicht mehr auf ihn ein, sondern konzentrierten sich aus irgendeinem Grund ausschließlich auf den Neuankömmling. Alan kapierte zwar nicht, warum, aber als er Schüsse hörte, rollte er sich zusammen und begann zu beten. Der Fremde hatte sich hinter einen Tisch geworfen und war nicht mehr zu sehen, doch dann sausten plötzlich lauter Schnapsflaschen über Alans Kopf hinweg und auf Ted und Abee zu. Gleichzeitig hallten immer wieder Schüsse durch die Bar. Alan hörte, wie Abee aufschrie. Holz splitterte, und gleich darauf flogen Bruchstücke eines Stuhls durch die Luft. Ted war aus seinem Blickfeld verschwunden, schoss aber immer noch wild um sich.

Zwei von Alans Zähnen lagen auf dem Fußboden, sein Mund war voller Blut. Er hatte gemerkt, wie seine Rippen brachen, als Abee auf ihn eintrat. Seine Hose war vorn ganz nass – entweder hatte er sich vollgepinkelt, oder er blutete, von den Tritten in die Nierengegend.

Undeutlich hörte er Sirenen heulen. Doch weil er fest davon überzeugt war, dass er sterben musste, brachte er nicht die Energie auf, auf die Polizei zu hoffen. Wieder krachten Stühle, Flaschen zerbrachen. Aus der Ferne hörte er Abee grunzen, als eine Schnapsflasche auf etwas Festes traf.

Die Füße des Fremden rannten an ihm vorbei zum Tresen. Lautes Geschrei. Dann ein Schuss, der den Spiegel hinter der Bar zertrümmerte. Alan spürte, wie die Splitter auf ihn herunterregneten und in seine Haut eindrangen. Wieder ein Schrei. Rasche Schritte, Schläge. Abee fing an zu jaulen, hörte aber abrupt wieder damit auf, und gleichzeitig erklang ein Geräusch, als würde etwas auf den Boden geknallt.

Abees Kopf?

Wieder heftiges Gerangel. Aus seiner Perspektive konnte Alan sehen, wie Ted rückwärtstaumelte. Fast wäre er Alan auf den Fuß getreten. Er schrie etwas, während er das Gleichgewicht wiederfand, und Alan glaubte, Angst in seiner Stimme zu hören. Erneut donnerte ein Schuss durch die kleine Bar.

Alan kniff die Augen zusammen, und als er sie wieder öffnete, flog gerade ein Stuhl an ihm vorbei. Ted ballerte in die Decke. Der Fremde stürzte sich auf ihn, mit dem Kopf voran, und drängte ihn gegen die Wand. Eine Pistole landete scheppernd auf dem Boden, während Ted beiseitegestoßen wurde.

Der Mann ließ Ted nicht los, aber dieser versuchte, davonzukriechen, und verschwand aus Alans Blickfeld. Alan konnte sich immer noch nicht rühren, doch hinter sich hörte er Faustschläge, in rascher Abfolge … Ted brüllte. Der nächste Treffer. Und noch einer.

Dann nichts mehr. Nur der schwere Atem eines Mannes.

Das Heulen der Sirenen war inzwischen ganz nahe, aber Alan fürchtete, dass für ihn jede Rettung zu spät kam.

Sie haben mich umgebracht, hörte er eine Stimme in seinem Kopf. Sein Gesichtskreis verengte sich immer mehr. Plötzlich fasste ihn jemand um die Taille und zog ihn hoch.

Die Schmerzen waren unerträglich. Er schrie ohrenbetäubend, während er auf die Füße gestellt wurde. Doch er-

staunlicherweise bemerkte er, dass sich seine Beine selbstständig bewegten, während der Mann ihn zum Ausgang
schleifte. Durch das Fenster vorn sah man den nacht-
schwarzen Himmel. Mühsam ging es der schiefen Tür
entgegen.

Obwohl es eigentlich keinen Anlass gab, hatte er auf
einmal den Wunsch, sich vorzustellen. »Ich bin Alan«,
krächzte er heiser und kippte gegen den Mann. »Alan
Bonner.«

»Ich weiß«, erwiderte der Mann. »Ich soll Sie hier
rausbringen.«

Ich soll Sie hier rausbringen.

Ted war nicht ganz bei Bewusstsein und verstand den
Sinn der Wörter nicht richtig, aber er kapierte instinktiv,
was los war. *Dawson kam wieder einmal davon.*

Die Wut explodierte in ihm wie ein Vulkan, stärker als
der Tod.

Er zwang sich, eins seiner blutverklebten Augen zu öffnen. Dawson stolperte zum Ausgang und schleppte Candys Freund mit. Weil er ihm den Rücken zuwandte, konnte Ted den Boden nach seiner Glock absuchen. *Da.* Gar
nicht weit von ihm, unter einem kaputten Tisch.

Die Sirenen wurden lauter.

Mit letzter Kraft schob sich Ted zu der Pistole hin. Als
er sie in der Hand hielt, merkte er wieder einmal, was für
ein tolles Gefühl das für ihn war. Er versuchte, die Tür und
Dawson ins Visier zu nehmen. Er hatte keine Ahnung, ob
er überhaupt noch Munition hatte, aber es war seine letzte Chance.

Er konzentrierte sich, zielte und drückte ab.

KAPITEL 21

Mitternacht. Amanda war wie betäubt. Mental, körperlich und seelisch ausgelaugt. Sie saß immer noch im Wartezimmer. Alle Zeitschriften hatte sie schon längst durchgeblättert, aber ohne etwas zu lesen. Sie starrte nur zwanghaft auf die Seiten, um die panische Angst wegzudrücken, die sie überfiel, sobald sie an ihren Sohn dachte. Gegen zwölf Uhr nachts wich die Panik von ihr, und sie fühlte sich nur noch leer.

Vor einer Stunde war Lynn gekommen, völlig aufgelöst. Sie klammerte sich an ihre Mutter und überfiel sie mit tausend Fragen, auf die Amanda keine Antwort wusste. Danach wandte sie sich an Frank und wollte von ihm Einzelheiten über den Unfall erfahren. Ein Wagen sei viel zu schnell in die Kreuzung gefahren, sagte Frank mit einem hilflosen Achselzucken. Inzwischen war er wenigstens wieder nüchtern, und man merkte ihm an, dass er sich große Sorgen um seinen Sohn machte. Doch warum Jared überhaupt mit dem Auto unterwegs gewesen war und wieso er seinen Vater vom Club abholen musste, erwähnte er nicht.

In den vielen Stunden, die sie jetzt schon hier warteten, hatte Amanda kein Wort mit Frank gewechselt. Ihr war klar, dass Lynn das Schweigen zwischen ihren Eltern bemerkte, aber sie sagte nichts dazu. Nach einer Weile fragte sie ihre Mutter, ob sie Annette vom Ferienlager holen solle. Amanda fand es sinnvoller, lieber abzuwarten, bis sie mehr wussten. Annette war noch zu klein, um alles zu begreifen, und außerdem hatte Amanda im Moment einfach nicht die Kraft, sich um Annette zu kümmern. Es gelang ihr ja nur mit Mühe und Not, sich einigermaßen zusammenzureißen.

Zwanzig Minuten nach Mitternacht kam endlich Dr. Mills ins Wartezimmer. Für Amanda war es der längste Tag ihres Lebens gewesen, aber auch dem Arzt sah man die Erschöpfung an. Er hatte einen frischen Arztkittel angezogen. Amanda erhob sich. Lynn und Frank ebenfalls.

»Die Operation ist gut gelaufen«, sagte er ohne Einleitung. »Wir sind überzeugt, dass Jared alles problemlos überstehen wird.«

Jared lag einige Stunden im Aufwachraum, aber Amanda durfte ihn erst sehen, als er auf die Intensivstation gebracht wurde. Normalerweise waren dort nachts keine Besucher zugelassen, aber für Amanda machte Dr. Mills eine Ausnahme.

Inzwischen hatte Lynn ihren Vater nach Hause gebracht. Frank behauptete, er habe Kopfschmerzen von dem Schlag gegen die Nase, hatte aber versprochen, am Morgen zurückzukommen. Lynn bot sich an, gemeinsam mit ihrer Mutter im Krankenhaus zu bleiben, doch Amanda war dagegen. Sie selbst wollte aber bei Jared sein.

Sie saß an seinem Bett, horchte auf das Piepen des Herzmonitors und auf das unnatürliche Zischen des Beatmungsgerätes, das Luft in seine Lungen pumpte. Seine Haut hatte eine Farbe wie alter Kunststoff, die Wangen wirkten eingefallen. Er sah gar nicht aus wie ihr Sohn. In dieser fremden Umgebung war auch er ein Fremder für sie, weit fort von ihrem normalen Alltag.

Nur seine Hände schienen unverändert. Amanda nahm eine Hand in ihre, um aus ihrer Wärme Kraft zu schöpfen. Als die Krankenschwester den Verband wechselte, sah Amanda kurz die grauenvolle Wunde in seinem Oberkörper. Sie musste sich abwenden, weil sie den Anblick nicht ertragen konnte.

Der Arzt hatte gesagt, Jared werde voraussichtlich im Laufe des Tages aufwachen. Ob er sich dann wohl an den Unfall und an die Einlieferung ins Krankenhaus erinnern würde? Hatte er Angst gehabt, als sich sein Zustand plötzlich verschlechterte? Hatte er sich gewünscht, sie wäre bei ihm? Dieser Gedanke traf sie wie ein Faustschlag, und sie schwor sich, von jetzt an bei ihm zu bleiben, solange er sie brauchte.

Seit sie ins Krankenhaus gekommen war, hatte sie kein Auge zugetan. Die Stunden vergingen. Jared war immer noch bewusstlos. Langsam wurde sie schläfrig, eingelullt von den regelmäßigen Geräuschen der Geräte. Sie beugte sich vor und lehnte den Kopf an das Seitenteil des Bettes. Etwa zwanzig Minuten später wurde sie von einer Schwester geweckt, die ihr riet, doch für eine Weile nach Hause zu gehen.

Amanda schüttelte den Kopf. Mit ihren Blicken versuchte sie, ihre Energie heilend auf Jareds Körper zu übertragen. Um sich zu trösten, rief sie sich ins Gedächtnis, dass Dr. Mills ihr gesagt hatte, Jared werde nach einer gewissen Rekonvaleszenzphase ein größtenteils normales Leben führen. Es hätte schlimmer kommen können. Diesen Satz wiederholte sie in ihrem Kopf immer wieder, wie

eine Zauberformel, die helfen sollte, größeres Unheil ab-
zuwehren.

Als das Tageslicht durch die Fenster der Intensivstation
schimmerte, erwachte der normale Krankenhausbetrieb
allmählich. Schichtwechsel bei den Krankenschwestern.
Die Wagen für die Frühstückstabletts wurden beladen,
Ärzte begannen ihre Visite. Der Geräuschpegel stieg – ein
ständiges Summen und Brummen. Eine Schwester sagte,
dass sie den Katheter überprüfen müsse, und Amanda verließ die Intensivstation, wenn auch nur zögernd. Sie ging
in die Cafeteria. Vielleicht bekam sie ja von Koffein den
kleinen Fitnessschub, den sie dringend brauchte.

Obwohl es noch sehr früh war, standen in der Cafeteria schon viele Leute Schlange. Sie waren alle, genau
wie Amanda, die ganze Nacht über wach gewesen. Ein
junger Mann Ende zwanzig stellte sich hinter ihr an.

»Meine Frau reißt mir den Kopf ab«, murmelte er, als
sie ihre Tabletts nahmen.

Amanda musterte ihn verdutzt. »Und warum?«

»Sie hat gestern ein Kind bekommen, und jetzt soll ich
ihr einen Kaffee bringen. Sie hat gesagt, ich muss mich
beeilen, weil sie sonst Kaffeekopfschmerzen kriegt, aber
ich musste gerade unbedingt noch einen kleinen Umweg
zum Säuglingszimmer machen – ich konnte einfach nicht
anders.«

Trotz aller Müdigkeit musste Amanda lächeln.

»Mädchen oder Junge?«

»Junge«, sagte der junge Mann. »Gabriel. Gabe. Unser
erstes Kind.«

Amanda dachte an Jared. Sie dachte an Lynn und Annette, und sie dachte an Bea. Das Krankenhaus war der

Ort der glücklichsten und der traurigsten Tage ihres Lebens. »Herzlichen Glückwunsch«, murmelte sie.

Die Schlange bewegte sich sehr langsam vorwärts. Die Kunden nahmen sich Zeit bei der Auswahl und bestellten sich komplizierte Kombinationen zum Frühstück. Nachdem Amanda endlich für den Kaffee bezahlt hatte, schaute sie auf ihre Uhr. Sie war schon eine Viertelstunde fort von Jared. Bestimmt durfte sie die Tasse nicht auf die Station mitnehmen, also setzte sie sich an einen Tisch am Fenster und schaute hinaus auf den Parkplatz, der sich nach und nach füllte.

Nachdem sie ihren Kaffee ausgetrunken hatte, ging sie zur Toilette. Das Gesicht, das ihr aus dem Spiegel entgegenschaute, war verhärmt und übernächtigt. Sie erkannte sich kaum wieder. Um sich ein bisschen vorzeigbarer zu machen, spritzte sie sich kaltes Wasser auf Wangen und Nacken und schminkte sich dezent. Dann fuhr sie mit dem Fahrstuhl nach oben und ging zurück zur Intensivstation. Als sie sich der Tür näherte, wurde sie von einer Schwester abgefangen.

»Es tut mir leid, aber Sie können den Raum im Moment nicht betreten«, sagte sie.

Amanda blieb stehen. »Warum nicht?«

Auf diese Frage antwortete die Schwester nicht, ihr Gesichtsausdruck blieb starr und undurchdringlich. Erneut spürte Amanda, wie eisige Angst nach ihrem Herzen griff.

Fast eine Stunde lang wartete sie vor der Tür, bis schließlich Dr. Mills erschien.

»Es tut mir sehr leid«, sagte auch er. »Aber es hat eine ernste Veränderung gegeben.«

»Aber ich – ich war doch gerade noch bei ihm!«, stammelte Amanda. Etwas anderes fiel ihr nicht ein.

»Eine Infarzierung ist eingetreten«, fuhr er fort. »Eine Ischämie in der rechten Herzkammer.«

Amanda runzelte ratlos die Stirn. »Ich verstehe nicht, was Sie mir mitteilen wollen. Bitte drücken Sie sich doch so aus, dass ich verstehe, was Sie sagen!«

Seine Miene war voller Anteilnahme, seine Stimme sanft. »Ihr Sohn ...«, begann er dann, »nun, Jared hatte einen massiven Herzinfarkt.«

Amanda blinzelte. Sie hatte das Gefühl, als würden die Wände des Korridors sie erdrücken. »Das kann nicht wahr sein. Er hat geschlafen ... es ging ihm schon besser, als ich weggegangen bin.«

Dr. Mills schwieg. In Amandas Kopf drehte sich alles, und sie kam sich vor, als würde sie schweben. »Sie haben doch gesagt, er wird sich erholen. Sie haben gesagt, die Operation ist gut verlaufen. Sie haben gesagt, er wacht im Laufe des Tages wieder auf!«

»Es tut mir leid –«

»Wie kann er einen Herzinfarkt haben?«, rief sie fassungslos. »Er ist doch erst neunzehn!«

»Ich vermag es nicht mit Sicherheit zu sagen. Vermutlich war es eine Art Blutpfropf. Entweder hängt es mit dem ursprünglichen Trauma zusammen oder mit dem Trauma der Operation«, erklärte Dr. Mills. »Die Entwicklung ist ungewöhnlich, aber wenn ein Herz eine ernsthafte Verletzung erlitten hat, kann alles passieren.« Er legte die Hand auf Amandas Arm. »Wenn es irgendwo anders als auf der Intensivstation geschehen wäre, hätte er es höchstwahrscheinlich nicht überstanden.«

»Aber er hat es überlebt, nicht wahr?« Ihre Stimme zitterte. »Er wird wieder gesund, oder?«

»Ich weiß es nicht.« Die Miene des Arztes verschloss sich wieder.

»Was soll das heißen – Sie wissen es nicht?«

»Wir haben Probleme, den Sinusrhythmus herzustellen.«

»Hören Sie bitte mit diesen Fachwörtern auf!«, rief sie. »Sagen Sie mir, was ich wissen will. Wird alles wieder gut?«

Zum ersten Mal wandte sich Dr. Mills ab. »Das Herz Ihres Sohnes versagt. Ich weiß nicht, wie lange er ohne ... ohne Intervention noch durchhalten kann.«

Amanda taumelte, als wären seine Worte Fausthiebe. Sie stützte sich an der Wand ab. Hatte sie den Arzt richtig verstanden?

»Sie wollen doch nicht sagen, dass er sterben muss, oder?«, flüsterte sie. »Er darf nicht sterben. Er ist jung und gesund und stark. Sie müssen etwas tun!«

»Wir tun, was wir können«, erwiderte der Arzt. Er klang jetzt sehr matt.

Nicht noch einmal – etwas anderes konnte Amanda nicht denken. *Nicht wie Bea. Nicht auch noch Jared.*

»Dann müssen Sie eben noch mehr tun!«, bedrängte sie den Arzt, halb flehend, halb schreiend. »Operieren Sie ihn noch einmal, tun Sie etwas!«

»Eine Operation ist im Moment keine Option.«

»Dann tun Sie etwas anderes, um ihn zu retten!« Ihre Stimme wurde immer lauter und überschlug sich.

»So einfach ist das nicht –«

»Warum nicht?« Man sah ihr an, dass sie nichts mehr begriff.

»Ich muss eine Notfallbesprechung mit dem Trans-plantations-Komitee einberufen.«

In dem Moment merkte Amanda, wie ihr letztes biss-chen Haltung verloren ging. »Transplantation?«

»Ja.« Der Arzt schaute erst zur Tür der Intensivstation, dann wieder zu Amanda. Er seufzte. »Ihr Sohn braucht ein neues Herz.«

Amanda wurde in dasselbe Wartezimmer geführt, in dem sie schon während Jareds erster Operation gesessen hatte.

Diesmal war sie nicht allein. Noch drei weitere Leute befanden sich im Raum, alle wie sie mit angespannten, hilflosen Gesichtern. Sie ließ sich auf einen Stuhl fallen und versuchte, das schreckliche Déjà-vu-Gefühl zu unter-drücken. Was ihr aber nicht gelang.

Ich weiß nicht, wie lange er noch durchhält.

O Gott …

Plötzlich hielt sie die Enge des Raums nicht mehr aus. Die antiseptischen Gerüche, diese grauenhafte Neonbe-leuchtung, die gequälten, ängstlichen Mienen der ande-ren … Es war eine grausame Wiederholung der Wochen und Monate, die sie in identischen Räumen verbracht hatten, während Beas Krankheit. Die Hoffnungslosigkeit, die Beklemmungen, die Angst – sie musste hier raus.

Sie erhob sich, nahm ihre Tasche und floh den geka-chelten Flur hinunter, bis sie zu einem Ausgang kam, trat hinaus auf eine kleine Terrasse und setzte sich auf eine Steinbank. Tief atmete sie die frische Morgenluft ein. Dann holte sie ihr Handy heraus. Sie erreichte Lynn zu Hause, sie wollte gerade mit Frank zum Krankenhaus los-fahren. Amanda berichtete, was passiert war. Frank hörte über den anderen Anschluss mit. Lynn stellte wieder unzählige Fragen, die Amanda nicht beantworten konnte. Amanda unterbrach sie schließlich und bat, Annettes Betreuer im Ferienlager anzurufen und zu sagen, dass sie ihre Schwester heute noch abholen werde. Lynn protestierte – sie wolle Jared sehen, sagte sie, aber Amanda gab ihr sehr deutlich zu verstehen, dass sie sich zuerst um ihre Schwester kümmern müsse. Frank sagte gar nichts.

Anschließend rief Amanda ihre Mutter an. Evelyn hatte ein Recht zu erfahren, was sich in den letzten vierundzwanzig Stunden abgespielt hatte. Aber durch das Erzählen wurde der Albtraum noch viel realer. Ehe Amanda am Ende ihres Berichts angekommen war, brach sie zusammen und konnte nicht weitersprechen.

»Ich komme«, erklärte ihre Mutter schlicht. »Ich bin so schnell ich kann bei euch.«

Sobald Frank eingetroffen war, gingen sie in das Büro von Dr. Mills im dritten Stock, um mit ihm die Chancen einer Herztransplantation zu besprechen.

Amanda hörte und verstand zwar alles, was Dr. Mills über den Vorgang sagte, aber später erinnerte sie sich nur an zwei Details.

Erstens, dass Jared eventuell von dem Komitee nicht akzeptiert wurde – trotz seines bedenklichen Zustands. Es gab keinen Präzedenzfall, dass ein Patient nach einem Autounfall auf die Warteliste gesetzt wurde. Deshalb konnte der Arzt nicht garantieren, ob Jared überhaupt für eine Transplantation infrage kam.

Zweitens, selbst wenn Jared akzeptiert wurde, standen

die Chancen schlecht – es war reine Glückssache, ob rechtzeitig ein passendes Spenderherz gefunden wurde.

Mit anderen Worten: Die Aussichten waren in beiden Punkten negativ.

Ich weiß nicht, wie lange er noch durchhält.

Auf dem Weg ins Wartezimmer sah Frank so benommen aus, wie Amanda sich fühlte. Ihre Wut und seine Schuldgefühle bildeten eine undurchdringliche Wand zwischen ihnen. Eine Stunde später kam eine Schwester herein, um sie auf den neuesten Stand zu bringen. Jareds Zustand sei stabil, im Moment jedenfalls, und sie könnten beide auf die Intensivstation kommen.

Stabil. Im Moment jedenfalls.

Amanda und Frank standen am Bett ihres Sohnes. Amanda sah vor ihrem inneren Auge das Kind, das Jared einmal gewesen war, und den jungen Mann, der er jetzt war, aber sie konnte diese Bilder nicht in Einklang bringen mit der bewusstlosen Person, die vor ihr im Bett lag. Frank bat Jared flüsternd um Verzeihung und flehte ihn an, bitte, bitte durchzuhalten. Seine Worte lösten bei Amanda eine Lawine des Zorns und zugleich Fassungslosigkeit aus, die sie nur mühsam kontrollieren konnte.

Frank schien seit dem Abend zuvor zehn Jahre gealtert zu sein. Er war ungepflegt und niedergeschlagen, ein Bild des Elends, aber sie vermochte kein Mitleid für ihn aufzubringen, obwohl sie wusste, dass er ein furchtbar schlechtes Gewissen hatte.

Mit den Fingern fuhr sie Jared durch die Haare, während sie auf das Piepsen der Geräte horchte. Krankenschwestern kümmerten sich um die anderen Patienten auf der Station, überprüften die Infusionsbeutel, korrigierten die Einstellungen an den Geräten und verhielten sich so, als wäre es ein völlig normaler Tag – ein normaler Tag in einem voll belegten Krankenhaus. Aber diese Welt hier war alles andere als normal! Für Amanda und ihre Familie war das Leben, so wie sie es bisher gekannt hatten, vorüber.

Das Transplantations-Komitee würde in Kürze zusammentreten. Dass ein Patient wie Jared auf die Warteliste gesetzt wurde, hatte es bisher noch nie gegeben. Wenn die Mitglieder des Ausschusses Nein sagten, musste ihr Sohn sterben.

Lynn kam mit Annette ins Krankenhaus. Das kleine Mädchen umklammerte ihr liebstes Kuscheltier, einen Affen. Ausnahmsweise erlaubte das Personal den beiden Schwestern, die Intensivstation zu betreten, um ihren Bruder zu besuchen. Lynn wurde kreidebleich und küsste Jared auf die Wange. Annette legte schüchtern ihren kleinen Stoffaffen zu ihm ins Bett.

In einem Konferenzraum über der Intensivstation traf sich das Transplantations-Komitee zu einer Notsitzung, um über die anstehenden Probleme zu befinden. Dr. Mills stellte Jareds Fall und die Dringlichkeit der Situation vor.

»Hier steht, der Patient leidet an Herzinsuffizienz«, sagte eines der Komiteemitglieder mit einem kritischen Blick auf die Unterlagen.

Dr. Mills nickte. »Wie ich in meinem Bericht näher ausführe, hat die Infarzierung die rechte Herzkammer massiv beschädigt.«

»Eine Infarzierung, die höchstwahrscheinlich von der

Verletzung stammt, die sich der junge Mann bei einem Autounfall zugezogen hat«, erwiderte der andere Arzt. »Es gehört zu unseren Grundsätzen, dass wir Unfallopfern kein Herz geben.«

»Nur weil sie in der Regel nicht lange genug leben, um überhaupt infrage zu kommen«, sagte Dr. Mills. »Der Patient, um den es hier geht, hat jedoch überlebt. Er ist jung und gesund, und die Prognose ist insgesamt ausgezeichnet. Der aktuelle Auslöser der Infarzierung ist noch unbekannt, und wie wir wissen, entspricht eine Herzinsuffizienz den Kriterien für eine Transplantation.« Er legte seine Unterlagen beiseite, beugte sich vor und schaute seinen Kollegen in die Augen. Einem nach dem anderen. »Ohne Transplantation wird dieser Mann voraussichtlich die nächsten vierundzwanzig Stunden nicht überleben. Wir müssen ihn dringend auf die Liste setzen.« Fast flehentlich fügte er hinzu: »Er ist noch jung. Wir müssen ihm die Chance geben, weiterzuleben.«

Einige der Komiteemitglieder tauschten skeptische Blicke. Dr. Mills wusste, was ihnen durch den Kopf ging: Erstens gab es keinen Präzedenzfall, und zweitens war der Zeitrahmen viel zu eng. Dass innerhalb der nächsten vierundzwanzig Stunden ein Spenderherz gefunden würde, war höchst unwahrscheinlich. Der Patient würde also aller Voraussicht nach sterben, unabhängig davon, welche Entscheidung sie trafen. Was nicht zur Sprache kam, war eine sehr viel kühlere Kalkulation, bei der es ums Geld ging. Wenn Jared auf die Liste gesetzt wurde, zählte er als Patient des Transplantationsprogramms und tauchte dann in der Statistik entweder als Erfolg oder als Fehlschlag auf. Eine höhere Erfolgsrate bedeutete höheres

Ansehen für das Krankenhaus, was wiederum eine groß-zügigere Finanzierung von Forschung und Operationen mit sich brachte. Und zusätzliche Mittel für zukünftige Transplantationen. Auf lange Sicht konnten also mehr Leben gerettet werden, selbst wenn jetzt ein Leben geopfert werden musste.

Doch Dr. Mills kannte seine Kollegen gut, und tief in seinem Herzens wusste er, dass auch für sie jeder Patient etwas Besonderes war. Ihnen war klar, dass die statistischen Zahlen nie die ganze Geschichte erzählten. Seine Kollegen waren bereit, gelegentlich ein Risiko einzugehen, um einem Patienten hier und jetzt zu helfen. Für die meisten war genau das der Grund gewesen, weshalb sie sich für den Arztberuf entschieden hatten. So wie er. Sie wollten Menschenleben retten. Und dafür entschieden sie sich auch an diesem Tag.

Die Empfehlung des Komitees fiel einstimmig aus. Innerhalb einer Stunde erhielt der Patient den Status 1A, also oberste Priorität – falls ein Wunder geschah und ein Spenderherz gefunden wurde.

Als Dr. Mills die Nachricht überbrachte, sprang Amanda auf und fiel ihm um den Hals.

»Danke«, flüsterte sie. »Danke.« Tausendmal wiederholte sie das Wort, sagte nichts anderes. Sie hatte Angst, die Hoffnung auf ein Spenderherz laut auszusprechen.

Als Evelyn ins Wartezimmer kam, genügte ihr ein Blick auf die unglückliche Familie, um zu wissen, dass sie sich kümmern musste. Diese vier brauchten jemanden, der sie unterstützte.

Sie umarmte einen nach dem anderen. Am längsten drückte sie Amanda. Dann trat sie einen Schritt zurück und fragte: »Also gut, wer möchte etwas essen?«

Evelyn nahm Lynn und Annette mit in die Cafeteria. Amanda konnte sich nicht vorstellen, auch nur einen Bissen hinunterzubringen. Was mit Frank war, interessierte sie nicht. Sie dachte nur an Jared.

Und wartete.

Und betete.

Als eine der Intensiv-Schwestern am Wartezimmer vorbeikam, rannte Amanda durch den Gang hinter ihr her. Mit bebender Stimme stellte sie die Frage, die ihr auf der Seele brannte.

»Nein«, antwortete die Schwester. »Es tut mir leid, aber wir haben noch nichts von einem möglichen Spender gehört.«

Amanda blieb im Gang stehen und schlug die Hände vors Gesicht, während die Schwester weitereilte.

Sie merkte nicht, dass Frank aus dem Warteraum gekommen war.

Vorsichtig legte er ihr eine Hand auf die Schulter. »Sie werden ein Herz finden«, murmelte er.

Blitzschnell drehte sie sich um.

»Sie werden ein Herz finden«, wiederholte er.

Ihre Augen funkelten. »Du bist nun wirklich der Letzte, der mir das versprechen kann!«

»Ja, natürlich – aber …«

»Dann sag lieber gar nichts«, zischte sie ihn an. »Es hat sowieso keine Bedeutung.«

Frank fasste sich an den geschwollenen Nasenrücken. »Ich wollte nur –«

»Was wolltest du? Dafür sorgen, dass es mir besser geht? Mein Sohn liegt im Sterben!« Ihre Stimme hallte durch den gekachelten Flur, und mehrere Leute drehten sich nach ihr um.

»Jared ist auch mein Sohn«, entgegnete Frank leise.

Amandas Wut, so lange unterdrückt, schoss plötzlich an die Oberfläche. »Warum musste er dich dann abholen?«, schrie sie ihn an. »Warum warst du zu betrunken, um selbst zu fahren?«

»Amanda …«

»Du bist schuld!« Aus verschiedenen Zimmern steckten jetzt Patienten die Köpfe heraus, und zwei Krankenschwestern blieben abrupt stehen. »Er hätte nicht über diese Kreuzung fahren müssen. Aber du warst so besoffen, dass du nichts mehr selbst machen konntest! Wieder einmal! So wie immer!«

»Es war ein Unfall«, warf er leise ein.

»Nein, war es nicht! Kapierst du das denn immer noch nicht? *Du* hast das Bier bestellt, *du* hast es getrunken – du hast den ganzen Prozess in Bewegung gesetzt! Deinetwegen ist Jared auf der Kreuzung mit diesem Auto zusammengestoßen!«

Amanda keuchte jetzt vor Wut. Es war ihr völlig gleichgültig, wer zuhörte. »Ich habe dich gebeten, mit dem Trinken aufzuhören«, fauchte sie. »Angefleht habe ich dich! Aber du konntest es nicht lassen. Es war dir egal, was ich wollte oder was für die Kinder das Beste wäre. Du hast immer nur an dich selbst gedacht und daran, wie sehr du nach Beas Tod gelitten hast.« Sie holte tief Luft. »Soll ich dir etwas sagen? Ich war auch am Ende. Ich habe Bea geboren. Ich habe sie im Arm gehalten, sie gestillt und gewickelt. Ich war immer bei ihr, als sie krank wurde. Ich – nicht du.« Sie deutete mit dem Finger auf sich. »Aber dann warst *du* derjenige, der mit ihrem Tod nicht umgehen konnte. Und soll ich dir sagen, was dadurch passiert ist? Ich habe den Mann verloren, den ich geheiratet hatte. Ich habe nicht nur mein Kind verloren, sondern auch meinen Mann! Trotzdem habe ich weitergekämpft und das Beste aus der Situation gemacht.« Mit verbitterter Miene wandte sich Amanda ab. Aber sie konnte immer noch nicht aufhören. »Mein Sohn hängt an der Herz-Lungen-Maschine, und die Zeit läuft ihm davon, weil ich nie den Mut hatte, dich zu verlassen. Aber das hätte ich längst tun sollen.«

Frank starrte stumm zu Boden.

Erschöpft ging Amanda den Korridor hinunter – fort von ihm. Doch dann blieb sie noch einmal stehen und fügte hinzu: »Ich weiß, es war ein Unfall. Ich weiß, dass es dir leidtut. Aber das genügt nicht. Wenn du nicht wärst, dann wären wir jetzt nicht hier.«

Ihre letzten Worte waren eine Provokation, und eigentlich erwartete Amanda, dass Frank etwas erwidern würde. Aber er sagte kein Wort. Amanda ließ ihn stehen.

Als die Familienmitglieder wieder auf die Intensivstation durften, wechselten sich Amanda und die Mädchen ab. Sobald Frank hereinkam, stand sie auf und ging. Dann kam Evelyn, blieb aber nur ein paar Minuten und überredete schließlich die anderen, mit ihr die Station zu verlassen – außer Amanda. Sie blieb allein zurück.

Immer noch war kein Spender in Sicht.

Es war Essenszeit. Evelyn erschien wieder auf der Station und schleppte schließlich auch Amanda hinunter in die Cafeteria. Obwohl ihr schon bei dem Gedanken an Essen übel wurde, aß sie unter den wachsamen Augen ihrer Mutter wenigstens ein Sandwich. Sie kaute mechanisch, und nachdem sie lustlos den letzten Bissen hinuntergeschluckt hatte, knüllte sie die Plastikverpackung zusammen.

Danach ging sie zurück auf die Intensivstation.

Um acht Uhr am Abend war die Besuchszeit auf der Intensivstation offiziell zu Ende. Evelyn befand, dass die Mädchen nach Hause gehen sollten, und Frank sagte, er werde sie begleiten. Für Amanda machte Dr. Mills allerdings wieder eine Ausnahme. Sie durfte bleiben.

Die hektische Krankenhausaktivität verebbte allmählich. Amanda saß reglos an Jareds Bett. Sie registrierte apathisch die Ablösung der Schwestern, konnte sich aber nicht mehr an ihre Namen erinnern, sobald sie zur Tür hinaus waren. Immer wieder betete sie inständig, Gott möge ihrem Sohn das Leben retten. So wie sie Gott bei Bea angefleht hatte.

Sie konnte nur hoffen, dass er sie dieses Mal erhörte.

Nach Mitternacht kam Dr. Mills zu ihr.

»Sie sollten nach Hause gehen und sich ein wenig ausruhen«, sagte er. »Ich rufe Sie an, sobald ich etwas höre. Das verspreche ich Ihnen.«

»Ich bleibe bei ihm.«

Es war fast drei Uhr morgens, als Dr. Mills abermals auf der Intensivstation erschien. Amanda war inzwischen so kaputt, dass sie nicht aufstehen konnte.

»Ich habe Neuigkeiten für Sie.«

Sie drehte sich zu ihm um. Bestimmt würde er sagen, dass sie alle Hoffnung begraben müsse. *Das war's*, dachte sie dumpf. *Es ist vorbei.*

Doch dann entdeckte sie in seinem Gesicht so etwas wie freudige Erregung.

»Wir haben etwas Passendes gefunden«, sagte er. »Es stand eins zu einer Million. Aber irgendwie hat es geklappt.«

Amanda spürte, wie das Adrenalin durch ihre Adern schoss und jede Nervenzelle aufweckte. Hatte sie den Arzt richtig verstanden? »Etwas *Passendes*?«

»Ja. Ein Spenderherz. Es wird gerade ins Krankenhaus transportiert, die Operation ist bereits angesetzt. Im Moment tritt schon das OP-Team zusammen.«

»Heißt das, Jared kann weiterleben?«, flüsterte Amanda tonlos.

»Wir arbeiten darauf hin«, antwortete der Arzt, und zum ersten Mal, seit sie ins Krankenhaus gekommen war, brach Amanda in Tränen aus.

KAPITEL 22

Weil Dr. Mills darauf beharrte, ging Amanda nach Hause. Man hatte ihr mitgeteilt, Jared werde jetzt in den Vorbereitungsraum gebracht. Dort durfte sie sowieso nicht bei ihm sein. Die Operation selbst konnte vier bis sechs Stunden dauern, je nachdem, ob es Komplikationen gab.

»Nein«, antwortete Dr. Mills, noch bevor Amanda ihn fragte. »Es gibt keinen konkreten Grund, mit Komplikationen zu rechnen.«

Obwohl die Wut immer noch in ihr kochte, rief sie Frank an, bevor sie das Krankenhaus verließ. Er hatte genauso wenig geschlafen wie sie. Eigentlich erwartete sie, dass er so undeutlich nuscheln würde wie immer, aber er klang absolut nüchtern. Man hörte ihm an, wie erleichtert er war, und er bedankte sich fast überschwänglich für den Anruf.

Zu Hause angekommen, sah sie ihn nirgends. Bestimmt hatte er sich im Fernsehzimmer auf die Couch gelegt, weil ja ihre Mutter im Gästezimmer schlief. Obwohl Amanda todmüde war, beschloss sie, erst einmal zu duschen. Lange stand sie unter dem wohltuend warmen Wasserstrahl, dann erst schlüpfte sie unter die Bettdecke.

Bis Sonnenaufgang waren es noch ein, zwei Stunden. Als Amanda die Augen schloss, nahm sie sich vor, nicht lange zu schlafen. Sie wollte nur ein ganz kleines

Nickerchen machen und dann wieder ins Krankenhaus fahren.

Sie schlief sechs Stunden – tief und fest und ohne zu träumen.

Ihre Mutter hatte eine Tasse Kaffee in der Hand, als Amanda nach unten kam. Sie wollte gleich zur Klinik aufbrechen und geriet in Hektik, weil sie sich nicht erinnern konnte, wo sie ihre Schlüssel hingelegt hatte.

»Ich habe vor ein paar Minuten im Krankenhaus angerufen«, sagte Evelyn. »Lynn und die anderen sind dort, sie sagt, sie hat noch nichts gehört – nur dass Jared noch im OP ist.«

»Ich muss trotzdem hin«, brummelte Amanda.

»Ja, natürlich. Aber vorher trinkst du einen Schluck Kaffee.« Evelyn hielt ihr die Tasse hin. »Habe ich extra für dich gemacht.«

Auf der Suche nach ihrem Schlüssel ging Amanda den Stapel mit Werbung und die andere Post auf der Ablage durch. »Dafür hab ich leider keine Zeit ...«

»Man braucht fünf Minuten, um eine Tasse Kaffee zu trinken – oder höchstens zehn«, protestierte ihre Mutter in einem Tonfall, der keinen Widerspruch duldete. Sie drückte ihr die Tasse in die Hand. »Wir wissen beide, dass du im Krankenhaus nur herumsitzen und warten wirst. Für Jared ist es erst wichtig, dass du da bist, wenn er aufwacht, und bis es so weit ist, vergehen noch ein paar Stunden. Also entspann dich.« Ihre Mutter setzte sich auf einen der Küchenstühle und deutete auf den Platz neben sich. »Komm, trink einen Kaffee und iss eine Scheibe Brot. Oder irgendetwas anderes.«

»Ich kann doch nicht frühstücken, während mein Sohn operiert wird!«, protestierte Amanda.

»Ich weiß, dass du dir große Sorgen machst«, sagte Evelyn erstaunlich sanft. »Ich mache mir auch Sorgen. Aber als deine Mutter denke ich vor allem auch an dich – weil der Rest der Familie auf dich angewiesen ist. Und wir wissen beide, dass du viel besser funktionierst, wenn du etwas zu dir nimmst.«

Amanda zögerte einen Moment lang, dann führte sie die Tasse an die Lippen. Der Kaffee schmeckte tatsächlich sehr gut. Sie umklammerte die warme Tasse. »Ich habe Angst«, flüsterte sie.

Zu ihrer großen Überraschung legte Evelyn die Hände auf ihre. »Ich auch.«

Amanda starrte auf die feinen, makellos gepflegten Finger ihrer Mutter, die ihre eigenen Hände tröstend umschlossen, während sie immer noch die Kaffeetasse hielt. »Danke, dass du gekommen bist, Mom.«

Evelyn gestattete sich ein kleines Lächeln. »Ich hatte keine andere Wahl«, sagte sie. »Du bist meine Tochter, und du brauchst mich.«

Die beiden fuhren gemeinsam ins Krankenhaus, wo sie sich mit den restlichen Familienmitgliedern im Wartezimmer trafen. Annette und Lynn kamen sofort angerannt, umarmten Amanda und vergruben ihre Gesichter an ihrem Hals. Frank nickte nur und murmelte einen Gruß. Evelyn spürte die Spannungen zwischen den Ehepartnern und schlug deshalb den Mädchen vor, mit ihr in die Cafeteria zu gehen.

Als Amanda und Frank allein waren, begann Frank zu sprechen.

»Es tut mir so leid, Amanda. Alles tut mir leid.«

Sie schaute ihn lange an. »Das kann ich mir denken«, sagte sie nach einer Pause.

»Eigentlich müsste ich da drin liegen und nicht Jared.« Amanda schwieg.

»Wenn du willst, lasse ich dich allein«, fuhr er fort. »Ich kann mich woanders hinsetzen und warten.«

Amanda seufzte tief. Dann schüttelte sie den Kopf. »Ist schon gut. Er ist dein Sohn. Du gehörst hierher.«

Frank schluckte. »Ich höre auf zu trinken – falls das für dich jetzt noch irgendetwas bedeutet. Wirklich. Endgültig –«

Mit einer abwehrenden Handbewegung unterbrach ihn Amanda. »Bitte ... bitte nicht. Wir sollten jetzt nicht darüber sprechen. Das ist weder der geeignete Zeitpunkt noch der richtige Ort dafür, und mich würde es nur noch wütender machen, als ich sowieso schon bin. Ich habe solche Sätze tausendmal von dir gehört, und im Moment kann ich einfach nicht damit umgehen.«

Frank nickte und setzte sich wieder hin. Amanda entschied sich für einen Stuhl an der Wand gegenüber. Sie wechselten kein Wort mehr miteinander, bis Evelyn und die Mädchen zurückkamen.

Kurz nach zwölf Uhr mittags kam Dr. Mills ins Wartezimmer. Alle standen auf. Amanda studierte sein Gesicht. Sie rechnete mit dem Schlimmsten, doch ihre Angst verflog sofort, als sie seine erschöpfte, aber gleichzeitig zufriedene Miene sah. »Die Operation ist gut verlaufen«, begann er und beschrieb dann die Einzelheiten.

Als er geendet hatte, zupfte ihn Annette am Ärmel. »Wird Jared wieder gesund?«

»Ja«, antwortete der Arzt mit einem Lächeln und strich dem Mädchen über den Kopf. »Dein Bruder wird wieder gesund.«

»Können wir zu ihm?«, fragte Amanda.

»Im Augenblick ist er noch im Aufwachzimmer, aber in ein paar Stunden geht es sicher.«

Als ihnen später mitgeteilt wurde, sie könnten Jared jetzt sehen, schüttelte Frank den Kopf und sagte zu Amanda: »Geh du schon mal vor. Wir warten hier und besuchen ihn erst, wenn du wieder herauskommst.«

Amanda folgte der Schwester zum Aufwachzimmer. Unterwegs stieß Dr. Mills zu ihnen und begleitete Amanda bis zur Tür.

»Ihr Sohn ist bei Bewusstsein«, sagte er. »Aber ich möchte Sie warnen – er hatte sehr viele Fragen, und überhaupt hat er die Nachricht nicht besonders gut aufgenommen. Versuchen Sie bitte, dafür zu sorgen, dass er sich nicht aufregt.«

»Was soll ich ihm sagen?«

»Sie werden schon spüren, was Sie sagen können. Sie sind seine Mutter.«

Vor dem Aufwachraum atmete Amanda tief durch. Dr. Mills hielt ihr die Tür auf. Sie betrat den hellerleuchteten Raum und sah ihren Sohn in einem Bett liegen, dessen Vorhänge zurückgezogen waren.

Jared war leichenblass. Seine Wangen wirkten immer noch eingefallen. Er drehte den Kopf zu ihr, und ein Lächeln huschte über sein Gesicht.

»Hi, Mom«, flüsterte er. Seine Aussprache war etwas undeutlich, eine Folge der Anästhesie.

Amanda berührte seinen Arm, ganz vorsichtig, wegen der unzähligen Schläuche, durch die er mit den Geräten verbunden war. »Hallo, mein Schatz. Wie geht es dir?«

»Müde«, murmelte er. »Alles tut weh.«

»Ich weiß«, sagte sie und strich ihm die Haare aus der Stirn. Dann setzte sie sich auf den harten Plastikstuhl neben dem Bett. »Und wahrscheinlich wird es noch eine ganze Weile wehtun. Aber du brauchst nicht sehr lange hier im Krankenhaus zu bleiben. Nur noch ungefähr eine Woche.«

Er blinzelte, aber seine Augenlider bewegten sich sehr träge. Wie früher, als er noch klein war. Kurz bevor sie das Licht ausmachte.

»Ich habe ein neues Herz«, sagte er. »Der Arzt hat gesagt, es gab keine Alternative.«

»Stimmt.«

»Was heißt das?« Sein Arm zuckte unruhig. »Kann ich wieder normal leben?«

»Ja, natürlich«, tröstete sie ihn.

»Sie haben mein Herz rausgenommen, Mom!« Er krallte die Finger in die Bettdecke. »Und anscheinend muss ich irgendwelche Mittel nehmen – lebenslänglich!«

Verwirrung und Angst erschienen auf seinem jungen Gesicht. Ihm war klar, dass sich sein Leben unwiderruflich verändert hatte. Wie sehr wünschte sich Amanda, ihn vor dieser neuen Wirklichkeit bewahren zu können! Aber sie wusste, dass das nicht möglich war.

»Ja«, sagte sie mit festem Blick. »Dir wurde ein neues Herz eingesetzt. Und du musst bis ans Ende deines Lebens Tabletten schlucken. Aber das heißt auch: Du lebst.«

»Aber wie lange? Nicht einmal die Ärzte können mir das sagen.«

»Ist das im Moment so wichtig?«

»Natürlich ist das wichtig«, murmelte Jared. »Sie haben mir erklärt, nach einer Transplantation liegt die Lebenserwartung bei fünfzehn bis zwanzig Jahren. Und danach brauche ich wahrscheinlich wieder ein neues Herz.«

»Dann bekommst du ein neues. Und in der Zwischenzeit lebst du, und anschießend lebst du noch eine Weile. So wie alle anderen auch.«

»Du verstehst nicht, was ich meine.« Er drehte den Kopf zur Wand.

Amanda suchte nach den richtigen Worten, um ihn zu erreichen, um ihm zu helfen, die neue Welt, in der er aufgewacht war, zu akzeptieren. »Soll ich dir sagen, was ich dachte, als ich die letzten beiden Tage hier gewartet habe?«, begann sie. »Ich dachte an die vielen Dinge, die du noch nicht getan hast. Die du noch nicht erlebt hast. Du weißt noch nicht, wie toll es sich anfühlt, wenn man das College abschließt oder ein Haus kauft oder den idealen Job findet. Oder wenn man das Mädchen seiner Träume kennenlernt und sich verliebt.«

Jared ließ sich nicht anmerken, ob er sie gehört hatte oder nicht, aber aus seiner angespannten Reglosigkeit schloss sie, dass er ihr zuhörte. »Das kannst du jetzt alles erleben«, fuhr sie fort. »Du wirst Fehler machen und dich abmühen, wie alle anderen auch. Und wenn du mit dem richtigen Menschen zusammen bist, wirst du eine fast perfekte Freude empfinden und dich fühlen wie der glücklichste Mensch, der je gelebt hat.« Sie tätschelte seinen Arm. »Im Grunde hat die Herztransplantation mit all diesen Dingen nichts zu tun. Weil du noch lebst. Und das bedeutet, dass du lieben wirst und dass du geliebt werden wirst – und das ist letztlich das Einzige, was zählt.«

Jared rührte sich nicht. Nach einer Weile dachte Amanda, er sei eingeschlafen, doch dann drehte er langsam den Kopf.

»Glaubst du das alles, was du gerade gesagt hast?«, fragte er unsicher.

Zum ersten Mal, seit sie von dem Unfall erfahren hatte, dachte Amanda an Dawson Cole. Sie beugte sich näher zu ihrem Sohn.

»Jedes Wort.«

KAPITEL 23

Morgan Tanner stand in Tucks Werkstatt und betrachtete mit gefalteten Händen das Autowrack, das vor Kurzem noch der Stingray gewesen war. Er zog eine Grimasse. Der Besitzer des Wagens würde garantiert nicht jubeln, so viel war sicher.

Es konnte noch nicht lange her sein, dass der Wagen demoliert worden war. Ein Montierhebel ragte aus einer Seitenwand, die teilweise aus dem Rahmen gerissen war. In diesem Zustand hätten Dawson und Amanda das Auto nicht zurückgelassen. Sie waren garantiert auch nicht dafür verantwortlich, dass ein Stuhl durchs Fenster auf die Veranda geflogen war. Diese Dinge gingen auf das Konto von Ted und Abee Cole.

Tanner stammte zwar nicht aus Oriental, aber inzwischen verstand er, wie diese Stadt tickte. Wenn man im Irvin's gut zuhörte, erfuhr man einiges über diesen Winkel der Welt. Und über die Menschen, die hier lebten. Natürlich musste man die Informationen, die man im Irvin's aufschnappte, mit Vorsicht genießen. Gerüchte, Tratsch und Unterstellungen waren sehr verbreitet – doch oft hörte man auch die Wahrheit. Jedenfalls wusste Tanner mehr über die Familie Cole, als die meisten Leute vermutet hätten. Und auch einiges über Dawson.

Nachdem Tuck mit ihm über seine Pläne für Dawson und Amanda gesprochen hatte, schien es Tanner sehr wichtig, schon zu seiner eigenen Sicherheit, möglichst viel über die Coles herauszufinden. Tuck hatte sich zwar für Dawson verbürgt, aber Tanner war trotzdem zu dem Sheriff gegangen, der ihn damals verhaftet hatte. Auch den Staatsanwalt und den Pflichtverteidiger hatte er aufgesucht. Es gab nicht viele Juristen in Pamlico County, und er hatte keine Probleme, mit seinen Kollegen über eins der spektakulärsten Verbrechen in Oriental zu sprechen.

Sowohl der Staatsanwalt als auch der Pflichtverteidiger glaubten, dass an dem Abend noch ein zweiter Wagen auf der Straße war, dem Dawson ausweichen musste. Aber da der Richter und der Sheriff mit Marilyn Bonners Familie befreundet waren, konnten Anwalt und Verteidiger nicht viel ausrichten. Tanner runzelte skeptisch die Stirn – sah so die Rechtsprechung in einer Kleinstadt aus? Danach sprach er mit dem Gefängniswärter der Vollzugsanstalt in Halifax. Der Mann war inzwischen schon im Ruhestand, konnte sich aber bestens daran erinnern, dass Dawson ein vorbildlicher Gefangener gewesen war. Tanner meldete sich auch bei einigen von Dawsons ehemaligen Arbeitgebern in Louisiana, um sich von ihnen ebenfalls bestätigen zu lassen, dass er ein anständiger und zuverlässiger Mensch sei. Erst dann nahm er Tucks Bitte um Beistand an.

Bis auf die Regelung restlicher Details in Tucks Nachlass – und die Sache mit dem Stingray – war seine Rolle in dieser Angelegenheit jetzt abgeschlossen. Wenn man sich überlegte, was alles passiert war, einschließlich der Verhaftung von Ted und Abee Cole, konnte er sich glücklich schätzen, dass bei den Gesprächen, die er im Irvin's mithörte, sein Name nicht fiel. Und als guter Rechtsanwalt gab er von sich aus keine Informationen preis.

Trotzdem beunruhigte ihn die ganze Situation stärker, als er sich eingestand. Er hatte sogar in den letzten Tagen ein paar Anrufe getätigt, die ihm alles andere als angenehm gewesen waren.

Er suchte nun auf der Werkbank den Arbeitsauftrag für den Stingray, in der Hoffnung, dort die Telefonnummer des Besitzers zu finden. Und tatsächlich entdeckte er das Klemmbrett mit dem entsprechenden Zettel, überflog die Informationen und legte es dann wieder zurück. In dem Moment fiel sein Blick auf etwas, das ihm bekannt vorkam.

Ja – er sah seine Vermutung bestätigt. Kurz überlegte er, welche Konsequenzen sein Handeln haben könnte, dann holte er das Handy aus der Tasche, scrollte durch seine Kontakte, fand den Namen, den er suchte, und drückte auf *Anrufen*.

Am anderen Ende begann es zu klingeln.

Amanda hatte die letzten beiden Tage fast ausschließlich bei Jared im Krankenhaus verbracht und freute sich jetzt sehr darauf, endlich wieder in ihrem eigenen Bett schlafen zu können. Erstens wurde der Stuhl neben Jared mit der Zeit sehr unbequem, und zweitens hatte ihr Sohn darauf bestanden, dass sie ging.

»Ich brauche ein bisschen Zeit für mich allein«, hatte er gesagt.

Während sie nun noch in dem kleinen Terrassengarten saß, um frische Luft zu schnappen, traf Jared oben zum ersten Mal die Psychologin, was Amanda sehr erleichterte. Körperlich ging es ihm von Stunde zu Stunde besser, aber seelisch war es nicht leicht für ihn. Womöglich hatte ihr Gespräch vorhin die Tür zu einer neuen Denkweise einen Spaltbreit geöffnet. Das hoffte sie jedenfalls. Aber Jared hatte das Gefühl, dass ihm etwas gestohlen worden war. Er wollte sein altes Leben zurück, einen gesunden Körper und eine einigermaßen unkomplizierte Zukunft. Aber das war nicht möglich. Er musste Mittel nehmen, damit sein Immunsystem das neue Herz nicht abstieß, und weil dadurch die Infektionsgefahr stieg, schluckte er ein hochdosiertes Antibiotikum und zudem ein Diureti-kum, ein harntreibendes Mittel, um Wassereinlagerungen im Körper zu verhindern. Zwar wurde er voraussichtlich schon nächste Woche entlassen, doch es würde regelmä-ßige Nachuntersuchungen geben, denn mindestens ein Jahr lang musste seine Entwicklung engmaschig über-wacht werden. Außerdem bekam er Physiotherapie und wurde auf eine strenge Diät gesetzt. Dazu noch der wö-chentliche Termin bei der Psychologin.

Die nächsten Monate würden für die ganze Familie strapaziös werden, aber Amanda war nicht mehr ver-zweifelt, sondern voller Hoffnung. Jared war stärker, als er dachte. Es dauerte sicher eine Weile, aber dann wür-de er die innere Kraft finden, mit allem fertigzuwerden. Und die Therapeutin, das wusste Amanda, würde ihm beistehen.

Frank und ihre Mutter hatten Annette immer wieder ins Krankenhaus gebracht. Lynn fuhr selbst hin. Amanda wusste, dass sie ihren Töchtern in den letzten Tagen nicht genug Zuwendung geschenkt hatte. Auch die Mädchen waren ja traumatisiert. Aber was hätte sie tun sollen?

Auf dem Heimweg würde sie eine Pizza holen. Und dann konnten sie sich vielleicht gemeinsam einen Film ansehen. Zu mehr war sie im Moment nicht fähig. Sobald Jared aus der Klinik entlassen wurde, konnte der normale Alltag wieder beginnen. Aber jetzt sollte sie ihre Mutter anrufen und ihr sagen, was sie plante ...

Sie kramte ihr Handy aus der Tasche und entdeckte auf dem Display eine Nummer, die sie nicht kannte. Ihr Icon für die Mailbox blinkte ebenfalls.

Neugierig hörte sie die Nachricht ab. Es war Morgan Tanners Stimme, der sie mit seinem Südstaatenakzent bat, doch bitte zurückzurufen.

Sie wählte die Nummer. Tanner nahm sofort ab.

»Danke, dass Sie zurückrufen«, sagte er mit der gleichen herzlichen Förmlichkeit, mit der er sie und Dawson vor ein paar Tagen in seinem Büro begrüßt hatte. »Bevor ich mein Anliegen vorbringe, möchte ich noch sagen, wie leid es mir tut, dass ich Sie in einer so schwierigen Zeit anrufen muss.«

Amanda blinzelte verwirrt. Woher wusste er Bescheid? »Vielen Dank ... aber Jared geht es schon viel besser. Wir sind alle unglaublich erleichtert.«

Tanner schwieg für einen Moment, als müsste er das Gesagte erst interpretieren. »Sehr gut ... also, ich habe Sie angerufen, weil ich heute Vormittag ins Tucks Haus war, und als ich den Wagen sah, da –«

»Ach ja, stimmt«, unterbrach Amanda ihn. »Ich wollte Ihnen deswegen noch Bescheid geben. Dawson hatte die Restaurierungsarbeiten abgeschlossen, bevor er weggefahren ist. Der Wagen müsste jetzt fahrbereit sein.«

Wieder zögerte Tanner kurz, bevor er erwiderte: »Nun,

ich habe dort den Brief gefunden, den Tuck an Dawson geschrieben hat. Er hat ihn offenbar vergessen, und ich war mir nicht sicher, ob Sie möchten, dass ich Ihnen den Brief zuschicke.«

Amanda wechselte das Telefon ans andere Ohr. Wieso meldete sich Tanner deswegen bei ihr? »Er ist doch für Dawson«, sagte sie. »Da wäre es doch passender, wenn Sie ihm den Brief schicken, oder?«

Sie hörte, dass Tanner am anderen Ende tief Luft holte. »Oh, Sie haben also doch noch gar nicht gehört, was passiert ist«, sagte er langsam. »Am Sonntagabend. Im Tidewater.«

»Was – was ist passiert?« Jetzt war Amanda völlig durcheinander.

»Ich möchte nicht gern am Telefon darüber sprechen. Können Sie vielleicht heute Abend kurz in mein Büro kommen? Oder morgen früh?«

»Nein«, erwiderte sie. »Ich bin schon wieder in Durham. Aber – was ist denn los? Was ist geschehen?«

»Ich finde wirklich, ich sollte es Ihnen persönlich sagen.«

»Das geht aber leider nicht.« Allmählich wurde Amanda ungeduldig. »Sagen Sie es mir doch einfach. Was ist im Tidewater passiert? Und wieso können Sie Dawson den Brief nicht schicken?«

Nach einer kurzen Pause räusperte sich Tanner und begann zu erzählen. »In der Bar gab es eine ... eine Auseinandersetzung. Das Mobiliar wurde verwüstet, und es kam zu einem Schusswechsel. Ted und Abee Cole wurden verhaftet, und ein junger Mann namens Alan Bonner erlitt schwere Verletzungen. Der junge Mann liegt noch im Krankenhaus, aber soweit ich weiß, wird er wieder gesund.«

Als Amanda die Namen hörte, begann das Blut in ihren Schläfen zu pochen. Sie konnte nur noch flüstern: »War Dawson auch dort?«

»Ja«, antwortete Morgan Tanner.

»Und?«

»Nach meinen Informationen sind Ted und Abee Cole in der Bar über Alan Bonner hergefallen. Dann tauchte Dawson auf, und sofort haben sich Ted und Abee Cole auf ihn gestürzt.« Tanner schwieg für einen Moment. »Der offizielle Polizeibericht wurde noch nicht veröffentlicht –«

»Geht es Dawson gut?«, fragte Amanda. »Das ist das Einzige, was mich interessiert.«

Tanner seufzte schwer. »Dawson wollte Alan Bonner gerade aus der Bar schleppen, als Ted noch einmal geschossen hat. Dawson wurde getroffen.«

Amanda spürte, wie sich jeder Muskel in ihrem Körper verkrampfte. Ihr war klar, was kommen würde, und sie musste sich wappnen. Aber als sie es hörte, konnte sie es doch nicht verstehen. Wie so vieles in den letzten Tagen.

»Es ... es war ein Kopfschuss. Dawson hatte keine Chance, Amanda. Als er ins Krankenhaus kam, war er bereits hirntot.«

Noch während Tanner sprach, spürte Amanda, wie ihr das Handy entglitt und klappernd auf dem Boden landete. Sie starrte darauf. Dann hob sie es auf und drückte die AUS-Taste.

Nicht Dawson! Er konnte unmöglich tot sein.

Aber sie erinnerte sich wieder daran, was Tanner gesagt hatte. Dawson war ins Tidewater gegangen. Ted und Abee waren dort. Er hatte Alan Bonner das Leben gerettet, und jetzt war er tot.

So sollst du geben Leben um Leben, dachte sie. Gottes grausame Launen.

Plötzlich sah sie ein Bild vor sich: sie und Dawson, wie sie Hand in Hand durch eine Blumenwiese gingen. Und als endlich die Tränen kamen, weinte sie um Dawson und um die vielen, vielen Tage, die sie nie gemeinsam erleben würden. Bis vielleicht irgendwann, wie bei Tuck und Clara, ihre Asche auf einer sonnigen Wiese vereint sein würde, weit weg von den Pfaden des Alltags.

Zwei Jahre später

Amanda schob zwei Formen mit Lasagne in den Kühlschrank und schaute dann in den Backofen, um den Kuchen zu überprüfen. Zwar wurde Jared erst in zwei Monaten einundzwanzig, aber sie fand, der 23. Juni war für ihn eine Art zweiter Geburtstag. Vor genau zwei Jahren hatte er ein neues Herz bekommen, ihm war eine zweite Lebenschance geschenkt worden. Wenn das kein Grund zu feiern war, was dann?

Sie war allein im Haus. Frank arbeitete, Annette hatte bei einer Freundin übernachtet und war noch nicht wieder zurück, und Lynn jobbte den Sommer über bei GAP. Jared wollte seine letzten Tage in Freiheit auskosten, bevor er das Berufspraktikum bei einem Management-Unternehmen antrat, und spielte mit ein paar Freunden Softball. Amanda hatte ihn darauf hingewiesen, dass es sehr heiß sei, und er musste ihr versprechen, auf jeden Fall genug Wasser zu trinken.

»Ich pass schon auf«, hatte er ihr versichert, bevor er losging. In letzter Zeit schien Jared zu akzeptieren, dass Mütter sich Sorgen machten, weil das sozusagen zu ihren Aufgaben gehörte. Vielleicht wurde er reifer – oder vielleicht hing es auch mit seinen Erfahrungen zusammen.

Er war nicht immer so tolerant gewesen. Nach dem

Unfall schien ihn alles zu nerven. Wenn sie ihn besorgt musterte, behauptete er, sie würde ihn erdrücken. Wenn sie ein Gespräch anfing, reagierte er häufig sehr abweisend. Sie konnte sich sein Verhalten gut erklären: Der Gesundungsprozess war schmerzhaft, und von den Tabletten wurde ihm oft übel. Muskeln, die früher kräftig gewesen waren, bildeten sich trotz der Physiotherapie zurück, was sein Gefühl der Hilflosigkeit noch steigerte. Die emotionale Genesung wurde dadurch erschwert, dass er – anders als viele Transplantations-Patienten, die lange auf ihre Chance gewartet hatten, noch ein paar Jahre leben zu dürfen – den Gedanken nicht abschütteln konnte, ihm sei etwas gestohlen worden. Manchmal ging er verbal auf seine Freunde los, wenn sie ihn besuchen kamen. Und Melody, in die er so glühend verliebt gewesen war, teilte ihm ein paar Wochen nach dem Unfall mit, dass sie einen neuen Freund hatte. Deprimiert beschloss Jared, nicht weiterzustudieren.

Es war ein langer und manchmal entmutigender Weg, aber mithilfe seiner Therapeutin kam er allmählich wieder auf die Füße. Sie schlug vor, dass auch Frank und Amanda regelmäßig zu ihr kommen sollten, um über Jareds Probleme zu sprechen und darüber, wie sie am besten mit ihnen umgehen konnten. Schließlich wollten sie ihren Sohn sinnvoll unterstützen. Wegen ihrer Eheprobleme fiel es ihnen schwer, Jared die nötige Sicherheit und Geborgenheit zu geben, weil sie dazu ihre eigenen Konflikte beiseiteschieben mussten. Letzten Endes war aber für sie beide die Liebe zu ihrem Sohn wichtiger als alles andere. Sie taten, was sie konnten, um Jared beizustehen, während er verschiedene Phasen durchmachte: Schmerz,

Trauer, Wut – bis er es schließlich schaffte, seine neuen Lebensbedingungen zu akzeptieren.

Zu Beginn des vergangenen Sommers hatte er sich am Community College für einen Kurs in Wirtschaftswissenschaften eingeschrieben, und zum großen Stolz seiner Eltern – und zu ihrer Erleichterung – verkündete er bald danach, er habe sich entschlossen, sich im Herbst wieder als Vollzeitstudent am Davidson College zu immatrikulieren. In derselben Woche erwähnte er fast beiläufig beim Abendessen, er habe einen Artikel über einen Mann gelesen, der einunddreißig Jahre mit einem Spenderherz lebte. Da die Medizin jedes Jahr Fortschritte machte, rechnete er sich aus, dass er sogar noch länger damit leben konnte.

Als er dann wieder auf dem College war, wurde er immer zuversichtlicher. Nach ausführlichen Beratungsgesprächen mit seinen Ärzten begann er zu joggen. Es dauerte nicht lange, bis er sechs Meilen am Tag schaffte. Er ging auch drei bis vier Mal in der Woche ins Fitnesscenter und war körperlich schon fast wieder so gut in Form wie früher. Weil er den Sommerkurs am Community College sehr spannend gefunden hatte, studierte er auch am Davidson College Volkswirtschaft, und nach ein paar Wochen lernte er eine junge Wirtschaftsstudentin kennen, ein Mädchen namens Lauren. Die beiden verliebten sich ineinander und sprachen bald davon, dass sie nach dem College-Abschluss heiraten würden. Während der letzten beiden Wochen waren sie auf einer Missionsreise in Haiti gewesen, die von Laurens Kirche gefördert wurde.

Abgesehen davon, dass er seine Medikamente gewissenhaft einnehmen musste und keinen Alkohol trinken durfte, lebte Jared wie ein normaler Einundzwanzigjähriger. Er nahm es aber seiner Mutter nicht übel, dass sie unbedingt einen Kuchen backen wollte, um den Jahrestag der Transplantation zu feiern. Nach zwei Jahren war auch ihm klar geworden, dass er Glück im Unglück gehabt hatte.

Ihn schien aber seit Neuestem noch etwas anderes zu beschäftigen, was Amanda nicht richtig einordnen konnte. Vor ein paar Tagen war er am Abend zu ihr in die Küche gekommen, als sie gerade dabei war, das Geschirr in die Spülmaschine zu räumen. An die Arbeitsplatte gelehnt begann er zu reden.

»Mom – organisierst du eigentlich dieses Jahr wieder dieses Wohltätigkeitszeug für das Duke University Hospital?«

Schon früher hatte er diese Veranstaltung immer als *Zeug* bezeichnet. Und aus verständlichen Gründen war Amanda nach dem Unfall nicht gleich wieder aktiv gewesen und hatte auch nicht mehr ehrenamtlich im Krankenhaus gearbeitet.

»Ja. Man hat mich gebeten, die Leitung wieder zu übernehmen.«

»Weil sie's in den letzten beiden Jahren ohne dich vermasselt haben, stimmt's? Das behauptet jedenfalls Laurens Mom.«

»Sie haben es nicht vermasselt. Es hat nur nicht so geklappt wie geplant.«

»Ich finde es gut, dass du das wieder machst. Wegen Bea, meine ich.«

Amanda lächelte. »Ich finde es auch gut.«

»Die vom Krankenhaus sind bestimmt froh, oder? Weil du ja auch Geld sammelst.«

Sie trocknete sich mit einem Küchenhandtuch die Hände ab und musterte ihn fragend. »Warum interessiert dich das plötzlich?«

Gedankenverloren kratzte Jared durch das T-Shirt seine Narbe. »Ich hoffe, du kannst durch deinen guten Kontakt zur Krankenhausleitung etwas für mich herausfinden«, sagte er. »Es gibt nämlich eine Frage, die ich mir immer wieder stelle.«

Während der Kuchen zum Abkühlen auf dem Gitter stand, trat Amanda hinaus auf die hintere Veranda und begutachtete den Rasen. Trotz der automatischen Berieselungsanlage, die Frank letztes Jahr installiert hatte, verdorrte das Gras an manchen Stellen schon, weil die Wurzeln verkümmerten. Ehe er heute Morgen zur Arbeit gegangen war, hatte sie gesehen, wie er mit grimmiger Miene einen der braunen Flecken inspizierte. In den vergangenen beiden Jahren hatte sich Frank zu einem regelrechten Rasenfanatiker entwickelt. Anders als die meisten Nachbarn bestand er darauf, ihn selbst zu mähen, und wenn jemand ihn fragte, warum, antwortete er immer, dabei könne er sich am besten entspannen, nachdem er sich den ganzen Tag in seiner Praxis mit Plomben und Kronen abgegeben habe. Das stimmte sicher, aber trotzdem hatte sein Enthusiasmus etwas Zwanghaftes, fand Amanda. Ohne Rücksicht auf das Wetter mähte er den Rasen jeden zweiten Tag, immer schön in einem Schachbrettmuster.

Sie war zwar am Anfang sehr skeptisch gewesen, aber Frank hatte seit dem Unfall tatsächlich kein einziges Bier und nicht mal einen Schluck Wein getrunken. Im Krankenhaus hatte er geschworen, endgültig mit dem Alkohol aufzuhören, und an dieses Gelöbnis hielt er sich. Jetzt, nach zwei Jahren, fürchtete Amanda nicht mehr, er könnte jeden Moment wieder in seine alten Gewohnheiten verfallen, und das war einer der Gründe, weshalb sich das Verhältnis zwischen ihnen gebessert hatte. Es war zwar alles andere als perfekt, aber längst nicht mehr so schrecklich wie vorher. In den Tagen und Wochen nach dem Unfall hatten sie sich fast jeden Abend gestritten. Der Schmerz, die Wut und die Schuldgefühle machten ihre Worte scharf wie Messerklingen. Frank schlief monatelang im Gästezimmer, und morgens würdigten sie sich kaum eines Blickes.

Auch wenn es eine schwierige Zeit war, konnte sich Amanda nicht dazu durchringen, die Scheidung einzureichen. Jareds emotionale Verfassung war noch sehr instabil. Da wollte sie ihm auf keinen Fall noch mehr Kummer zumuten. Ihr war allerdings nicht klar, dass ihr fester Wille, die Familie zusammenzuhalten, gar nicht die gewünschte Wirkung erzielte. Ein paar Monate, nachdem Jared aus dem Krankenhaus entlassen worden war, unterhielt er sich mit seinem Vater im Wohnzimmer. Als Amanda hereinkam, stand Frank sofort auf und verließ den Raum. So hatte es sich inzwischen eingespielt. Jared blickte ihm nach, ehe er sich an seine Mutter wandte.

»Es war nicht seine Schuld«, sagte er. »*Ich* habe am Steuer gesessen.«

»Ich weiß.«

»Dann hör endlich auf, ihm Vorwürfe zu machen.«

Es war Jareds Psychotherapeutin, die Amanda und

Frank schließlich dazu brachte, wegen ihrer Schwierigkeiten zu einer Eheberatungsstelle zu gehen. Die Spannungen zwischen ihnen beeinträchtigten Jareds Genesungsprozess, sagte sie, deshalb sollten sie sich überlegen, ob es nicht sinnvoll wäre, eine Paartherapie zu machen. Ohne eine stabile familiäre Situation werde es Jared schwerfallen, seine veränderten Lebensumstände zu bejahen.

Amanda und Frank fuhren in getrennten Autos zu ihrem ersten Termin bei dem Eheberater, den die Psychologin ihnen empfohlen hatte. Die Sitzung artete sofort in einen Streit aus, so wie sie ihn seit Jahren führten. Beim zweiten Termin konnten sie aber schon miteinander sprechen, ohne gleich laut zu werden. Und auf das sanfte, aber beharrliche Drängen des Therapeuten hin beschloss Frank, zu den Treffen der Anonymen Alkoholiker zu gehen, was Amanda sehr entlastete. Am Anfang waren es fünf Abende in der Woche, aber inzwischen reichte ihm ein Abend, und vor einem Vierteljahr war er »Sponsor« geworden, was bedeutete, dass er sich regelmäßig mit einem vierunddreißigjährigen Banker zum Frühstück traf, der seit Kurzem geschieden war und der es im Gegensatz zu Frank nicht schaffte, nüchtern zu bleiben. Bis zu diesem Zeitpunkt hatte Amanda nicht zu hoffen gewagt, dass Frank wirklich auf Dauer durchhalten würde.

Dass Jared und die Mädchen von der besseren Stimmung im Haus profitierten, daran gab es keinen Zweifel. In letzter Zeit dachte Amanda sogar manchmal, es könnte für sie und Frank einen Neuanfang geben. Wenn sie sich unterhielten, drehte sich nicht mehr alles um die Vergangenheit, und manchmal lachten sie sogar mitein-

ander. Jeden Freitag gingen sie aus – ebenfalls eine Empfehlung des Eheberaters. Dabei kamen sie sich zwar immer ein bisschen komisch vor, aber sie wussten beide, dass
es wichtig war. In vieler Hinsicht lernten sie einander neu
kennen.

Das alles war sehr angenehm, aber Amanda wusste,
dass es nie eine wirklich leidenschaftliche Beziehung
werden würde. Dafür war Frank einfach nicht der Typ,
war es noch nie gewesen. Aber es störte sie nicht weiter.
Immerhin hatte sie ja einmal in ihrem Leben die große
Liebe erfahren, die Liebe, für die es sich lohnte, alles aufs
Spiel zu setzen, und die so selten war wie ein Blick ins
Paradies.

Zwei Jahre. Zwei Jahre waren seit ihrem Wochenende mit
Dawson Cole vergangen, zwei lange Jahre seit dem Tag,
an dem Morgan Tanner sie anrief, um ihr zu sagen, dass
Dawson nicht mehr lebte.

Tucks Briefe und das Foto von Tuck und Clara bewahr-
te sie, zusammen mit dem vierblättrigen Kleeblatt, ganz
hinten in ihrer Schublade mit der Nachtwäsche auf. Dort
würde Frank nie nachsehen. Von Zeit zu Zeit – wenn der
Schmerz sie überwältigte – holte sie die Sachen hervor.
Sie las dann die Briefe noch einmal und drehte das Kleeblatt zwischen den Fingern. Was hatte dieses Wochenende wirklich für sie und Dawson bedeutet? Sie hatten sich
Liebe geschworen, aber nicht miteinander geschlafen, sie
waren Freunde und doch Fremde gewesen, nach so vielen
Jahren. Aber ihre Leidenschaft war echt gewesen, genauso elementar wie die Erde, auf der sie stand.

Letztes Jahr, nicht lange nach dem Jahrestag von Dawsons Tod, war sie nach Oriental gefahren. Sie parkte beim Friedhof und ging auf die kleine Anhöhe, von der aus man auf ein Wäldchen mit Nadelbäumen blickte. Hier lagen Dawsons sterbliche Überreste, weit entfernt von den Coles und sogar noch weiter fort von den Bennetts und den Colliers. Ein schlichter Grabstein. Jemand hatte einen Strauß mit frischen Lilien abgelegt. Amanda stellte sich vor, dass sich ihre Seelen irgendwann finden würden, falls man sie später hier auf dem Friedhof im Familiengrab der Colliers beisetzte. So wie sie sich im Leben gefunden hatten – nicht nur ein Mal, sondern zwei Mal.

Auf dem Weg zurück zum Auto ging sie auch am Grab von Dr. Bonner vorbei, sozusagen in Dawsons Namen. Und dort sah sie vor dem Grabstein einen identischen Lilienstrauß. Marilyn Bonner hatte sie gebracht, vermutete sie – in beiden Fällen. Weil Dawson ihren Sohn gerettet hatte. Beim Gedanken daran traten ihr Tränen in die Augen, die sie schnell trocknete, als sie zum Parkplatz eilte.

Die Zeit hatte ihre Erinnerungen an Dawson nicht verblassen lassen. Im Gegenteil. Ihre Gefühle für ihn waren noch tiefer geworden. Auf seltsame Weise hatte seine Liebe ihr die Kraft gegeben, die sie brauchte, um die Mühen der letzten beiden Jahre zu ertragen.

Und während sie nun auf der Terrasse saß und die Nachmittagssonne ihre schrägen Strahlen durch die Bäume schickte, schloss sie die Augen und sandte Dawson stumm eine Nachricht. Sie erinnerte sich an sein Lächeln und daran, wie sich seine Hand in ihrer angefühlt hatte. Sie dachte an das gemeinsame Wochenende. Und morgen würde sie wieder daran denken. Wenn sie ihn oder das Wochenende vergäße, käme ihr das vor wie ein

Verrat. Dawson verdiente ihre Loyalität. Es war dieselbe Art von Loyalität, die er ihr in den langen Jahren, die sie getrennt gewesen waren, entgegengebracht hatte. Sie hatte ihn als junges Mädchen geliebt, und sie hatte ihn später erneut geliebt. Nichts würde ihre Gefühle für ihn je ändern.

Amanda schob die Lasagne in den Backofen, und als Annette nach Hause kam, war sie gerade dabei, den Salat zu mischen. Ein paar Minuten später kam Frank in die Küche, gab seiner Frau einen flüchtigen Kuss und tauschte kurz die wichtigsten Neuigkeiten mit ihr aus, bevor er ins Schlafzimmer ging, um sich umzuziehen. Annette plapperte ohne Punkt und Komma, erzählte begeistert von ihrer Pyjamaparty und strich währenddessen den Zuckerguss auf den Kuchen.

Als Nächster kam Jared heim, mit drei Freunden im Schlepptau. Er kippte ein Glas Wasser hinunter und ging dann unter die Dusche, während sich seine Freunde auf die Couch im Fernsehzimmer zurückzogen und Videospiele spielten.

Eine halbe Stunde später erschien Lynn. Zu Amandas Überraschung brachte sie zwei Freundinnen mit. Instinktiv trafen sich nun die jungen Menschen alle in der Küche, und Jareds Freunde begannen mit Lynns Freundinnen zu flirten. Sie wollten wissen, was sie später noch vorhatten, und deuteten an, dass sie gern mitgehen würden. Annette umarmte Frank, als er wieder in die Küche kam, und bettelte ihn an, mit ihr in einen romantischen Teenie-Film zu gehen. Frank trank sein Diet Snapple in einem Zug aus und schlug Annette zum Spaß vor, sie könnten sich doch auch einen Film mit Maschinengewehren und Explosionen anschauen, was bei Annette quiekenden Protest auslöste.

Amanda beobachtete das alles mit einem nachdenklichen Lächeln auf den Lippen. Dass sich die ganze Familie zum Abendessen versammelte, geschah in letzter Zeit gar nicht so selten, aber andererseits war es auch nicht der Normalzustand. Die Tatsache, dass noch andere mit dabei waren, störte sie nicht im Geringsten, und durch die Anwesenheit der vielen jungen Menschen wurde die Mahlzeit für alle sehr unterhaltsam.

Sie goss sich ein Glas Wein ein und trat leise wieder hinaus auf die hintere Veranda. Ein Kardinalvogelpärchen hüpfte von Zweig zu Zweig.

»Kommst du?«, rief Frank von der Tür aus. »Die jungen Wilden scharren schon mit den Hufen.«

»Sie können sich ja schon mal bedienen«, sagte sie. »Ich bin gleich bei euch.«

»Soll ich dir auch etwas auf den Teller tun?«

Sie nickte. »Ja, das wäre nett, vielen Dank.«

Frank ging wieder ins Haus, und durchs Fenster beobachtete Amanda, wie er zwischen den Jugendlichen hindurch ins Esszimmer ging.

Kurz darauf öffnete sich die Tür erneut.

»Hallo, Mom. Alles in Ordnung?«

Jareds Stimme holte sie in die Gegenwart zurück. Sie drehte sich um.

»Ja. Alles in Ordnung.«

Nach einer kleinen Pause schloss er leise die Tür hinter sich und trat zu ihr. »Ehrlich?«, fragte er. »Du siehst aus, als hättest du irgendetwas.«

»Ich bin nur müde.« Es gelang ihr, ihm ein beruhigendes Lächeln zu schenken. »Wo ist Lauren?«

»Sie kommt ein bisschen später, weil sie erst noch nach Hause und unter die Dusche wollte.«

»Hat ihr das Softballspiel Spaß gemacht?«

»Ich glaube schon. Sie hat immerhin ein paarmal den Ball getroffen – da war sie ganz glücklich.«

Amanda schaute ihn an, seine Schultern, die Nackenlinie, seine Wangen. Sie konnte immer noch den kleinen Jungen in ihm sehen.

»Auf jeden Fall ...« Er druckste ein bisschen herum. »Also, ich wollte dich noch einmal fragen, ob du mir helfen kannst. Du hast mir neulich keine richtige Antwort gegeben.« Mit der Schuhspitze rieb er einen winzigen Schmutzfleck auf dem Verandaboden fort. »Ich möchte der Familie gern schreiben. Mich bedanken. Verstehst du das? Ohne den Spender wäre ich jetzt nicht hier.«

Amanda senkte den Blick. Sie hatte Jareds Frage neulich tatsächlich nicht beantwortet.

»Es ist ganz natürlich, dass du herausfinden willst, wer der Spender war«, sagte sie schließlich und wählte ihre Worte sehr sorgfältig. »Aber es gibt gute Gründe, weshalb der Prozess anonym bleiben soll.«

Was sie sagte, stimmte. Aber es war nicht die ganze Wahrheit.

»Ach so.« Er ließ die Schultern sinken. »Ich hab schon so etwas befürchtet. In der Klinik haben sie mir nur gesagt, dass er zweiundvierzig war, als er gestorben ist. Ich wollte ... ich wollte einfach ein bisschen mehr über ihn wissen, was für ein Mensch er war und so.«

Da könnte ich dir einiges sagen, dachte Amanda. Sie

hatte seit Morgan Tanners Anruf einen Verdacht gehegt, der dann durch ein paar Anrufe bestätigt wurde. Bei Dawson waren spät in der Nacht zum Montag alle lebenserhaltenden Maßnahmen eingestellt worden. Obwohl die Ärzte längst wussten, dass er nicht mehr leben konnte, blieb er noch an die Geräte angeschlossen. Weil er als Organspender registriert war.

Dawson hatte Alan das Leben gerettet, das stand fest – aber letztlich hatte er auch Jareds Leben gerettet. Und das bedeutete für sie ... alles. *Ich habe dir das Beste gegeben, was ich habe*, hatte er zu ihr gesagt. Und jedes Mal, wenn Jareds Herz schlug, war das ein Beweis dafür.

»Komm, lass dich noch mal drücken, bevor wir wieder reingehen«, sagte sie.

Jared verdrehte die Augen, breitete aber trotzdem die Arme aus. »Ich hab dich lieb, Mom«, murmelte er und hielt sie fest.

Amanda schloss die Augen und horchte auf den regelmäßigen Rhythmus in seiner Brust. »Ich dich auch.«

DANK

Manche Romane sind für den Autor schwieriger als andere, und *Mein Weg zu dir* gehört in diese Kategorie. Es war gar nicht leicht, dieses Buch zu schreiben – aber ich möchte Sie nicht mit einer Aufzählung der Gründe langweilen. Ohne die Hilfe der Menschen, die ich jetzt nenne, wäre ich wahrscheinlich heute noch nicht fertig! Also will ich gleich anfangen, mich bei ihnen zu bedanken. Hier sind sie:

Cathy, meine Frau: Als wir uns kennengelernt haben, war es Liebe auf den ersten Blick, und in den vielen Jahren, die wir jetzt schon zusammen sind, hat sich daran nichts geändert.

Miles, Ryan, Landon, Lexie und Savannah: Ihr seid die Freude meines Leben, und ich bin stolz auf euch alle. Als meine Kinder seid ihr das Beste, was mir je gelungen ist, und werdet es immer bleiben.

Theresa Park, meine Agentin: Du verdienst meinen Dank nicht nur dafür, dass du dich für diesen Roman eingesetzt und ihn verbessert hast, sondern auch für deine unendliche Geduld. Ich kann mich glücklich preisen, dass du meine Agentin bist. Vielen Dank!

Jamie Raab, meine Lektorin: Die Unterstützung, die du mir bei diesem Roman hast zuteilwerden lassen, war wie immer fantastisch, und deine Vorschläge waren goldrichtig. Du bist nicht nur eine fabelhafte Lektorin, sondern auch ein wunderbarer Mensch. Vielen Dank!

Howie Sanders und Keya Khayatian, meinen Film-Agenten: Ehrgefühl, Intelligenz und Leidenschaft sind die Grundlage jeder guten Arbeitsbeziehung. Ihr beide repräsentiert für mich genau diese Eigenschaften – schon immer –, und ich bin euch sehr dankbar für alles, was ihr für mich getan habt. Ich kann mich glücklich schätzen, dass ich mit euch arbeiten darf.

Denise DiNovi: die Produzentin von *Message in a Bottle – Weit wie das Meer,* und natürlich auch von anderen Verfilmungen meiner Romane. Du bist für mich viel mehr als nur jemand, mit dem ich gern zusammenarbeite. Du bist für mich eine Freundin, und mein Leben hat dadurch an Qualität gewonnen. Vielen, vielen Dank für alles.

Marty Bowen: Als Produzent von *Das Leuchten der Stille* hast du hervorragende Arbeit geleistet, und ich weiß nicht nur deinen beruflichen Einsatz, sondern auch deine Freundschaft sehr zu schätzen. Danke für alles, was du getan hast, und ich freue mich sehr, dass wir wieder zusammenarbeiten.

David Young, CEO bei Hachette Book Group: Ich schätze mich glücklich, mit dir arbeiten zu dürfen, und ich finde alles, was du tust, großartig. Vielen Dank!

Abby Koons und Emily Sweet von der Park Literary Group: mein tiefster Dank für all die Arbeit, die ihr für mich tut. Ihr steht mir viel mehr bei, als ich erwarten könnte, und ich bin euch sehr dankbar dafür, dankbarer, als ihr glaubt.

Jennifer Romanello, meine Pressefrau bei GCP, die Schutzherrin meiner Lesereise ... Grazie für alles, wie immer. Du bist die Beste.

Stephanie Yeager, meine Assistentin: Seit du bei *Das Lächeln der Sterne* am Set gearbeitet hast, trägst du dazu bei, dass mein Leben reibungslos funktioniert. Ich finde das toll – und ich danke dir für alles, was du tust.

Courtenay Valenti und Greg Silverman von Warner Bros.: Danke, dass ihr mich und diesen Roman angenommen habt, ohne den Text vorher zu lesen. Das war keine einfache Entscheidung, und ich weiß euren Mut zu schätzen. Vor allem aber freue ich mich, dass ich wieder mit euch arbeiten darf.

Ryan Kavanaugh und Tucker Tooley von Relativity Media und Wyck Godfrey: Ich bin absolut begeistert von der Verfilmung von *Wie ein Licht in der Nacht*, und ich möchte euch allen dafür danken, dass ihr mir die Möglichkeit gebt, wieder mit euch zu arbeiten. Es ist mir eine Ehre, und ich werde es nie vergessen. Außerdem weiß ich, dass ihr erstklassige Arbeit leistet.

Adam Shankman und Jennifer Gibgot: Danke für eure großartige Leistung bei der Verfilmung von *Mit dir an meiner Seite*. Ich habe euch vertraut, und ihr habt dieses Vertrauen belohnt ... auch das werde ich nie vergessen.

Lynn Harris und Mark Johnson: Mit euch beiden zu arbeiten, war eine der besten Entscheidungen in meinem Berufsleben. Und nun kooperieren wir schon so lange! Ihr habt beide seither viele, viele Filme gemacht, aber ihr sollt wissen, dass ich euch immer und ewig dankbar sein werde für die Verfilmung von *Wie ein einziger Tag*.

Lorenzo DiBonaventura: Danke für die Adaption von *Zeit im Wind*. Es kann noch so viel Zeit vergehen – dieser Film wird für mich immer etwas Besonderes sein.

David Park, Sharon Krassney, Flag und die anderen von Grand Central Publishing und United Talent Agency: Mit euch bin ich jetzt schon seit fünfzehn Jahren verbunden. Danke für alles!

© Brad Styron

Bonusmaterial

HEYNE

1. Biografie

Nicholas Sparks, in der Silvesternacht des Jahres 1965 in Nebraska geboren, lebt in North Carolina. Er hatte eine glückliche Kindheit, auch wenn die Familie bis zu seinem neunten Lebensjahr weit unterhalb der Armutsgrenze lebte. Das fiel ihm damals gar nicht auf, meint er. Er war ein guter Schüler und ein guter Leichtathlet, der über ein Sportstipendium studieren konnte.

Das Schreiben war schon immer seine Leidenschaft, doch ehe es auch zu seinem Beruf wurde, versuchte er sich unter anderem als Immobilienmakler, Hausrestaurator und Kellner. Sein Debütroman *Wie ein einziger Tag* wurde zum sensationellen Bestseller. Heute gilt Nicholas Sparks als einer der meistgelesenen Autoren der Welt. Seine Romane eroberten ausnahmslos die internationalen Bestsellerlisten und erscheinen in über 50 Sprachen. Viele seiner Bestseller wurden erfolgreich verfilmt.

Wenn Nicholas Sparks nicht gerade für seinen neuesten Roman recherchiert, widmet er sich vor allem seinen fünf Kindern. Auch Sport ist ihm sehr wichtig. Er besitzt den Schwarzen Gürtel in Taekwondo, läuft und trainiert jeden Tag und leitete mit großem Erfolg ein Jugend-Laufteam. Zudem fördert er Jugendliche durch großzügige Ausbildungsstipendien und hat sogar eine eigene Privatschule gegründet. Die wenige Zeit, die ihm daneben noch bleibt, nutzt er – zum Lesen: Rund 125 Bücher verschlingt der Erfolgsautor im Jahr.

2. Leser*innen fragen – Nicholas Sparks antwortet

Immer wieder ereilen die Helden Ihrer Romane tragische Schicksalsschläge. Halten Sie ein ungetrübtes Glück für unmöglich? Und wie ist es am ehesten möglich, einen derartigen Schlag zu überwinden?

Es gibt Momente puren Glücks, aber niemand geht unversehrt durchs Leben. Es gibt keinen »richtigen« Weg, mit Schicksals-

schlägen umzugehen. Ich würde nur sagen, dass jede Gefühlsregung normal ist und man sie als solche versuchen sollte zu
akzeptieren. Man kann seine Gefühle nicht beherrschen, letztlich kann man nur sein Verhalten beherrschen.

**Ihr Leben mit fünf Kindern muss oft anstrengend sein.
Wie schaffen Sie es, daneben noch Bestseller zu schreiben?**
Mein täglicher Zeitplan ist ziemlich voll, aber ich versuche trotzdem, jeden Tag die Dinge unterzubringen, auf die es wirklich
ankommt. Ich verbringe Zeit mit meinen Kindern, lese, schreibe,
treibe Sport und entspanne. Richtige Faulenzertage ohne Arbeit
sind nicht drin, aber das macht mir nichts aus.

Woher haben Sie die Ideen zu Ihren Romanen?
Schwer zu sagen. Ganz von selber kommen die Ideen nie. Üb-
licherweise arbeite ich mich durch Hunderte von Ideen und
Figuren – ein Prozess, der Monate dauern kann –, bevor ich
mich endlich entscheide und mit dem Schreiben beginne.

**Was ist der erste Schritt, wenn Sie einen Roman in An-
griff nehmen?**
Als Allererstes muss ich ein großes neues Thema finden, das
dann alles Weitere prägt: den Schreibstil, die Erzählperspektive,
die Figuren, das Setting und die Länge des Buches.

**Wie weit kennen Sie eine Geschichte, wenn Sie mit dem
Schreiben beginnen? Wissen Sie das Ende im Voraus?**
Wenn ich mich einmal für ein Thema entschieden habe, arbeite ich die Geschichte in Gedanken aus und spiele alle
möglichen Ideen durch. Noch vor dem Schreiben kenne ich
den Anfang und das Ende der Story ebenso wie die fünf oder
sechs wichtigen Ereignisse. Die Handlung zwischen diesen
Höhepunkten entwickle ich dann beim Schreiben.

Arbeiten Sie mit einem Exposé?
Manchmal ja, manchmal nein. *Wie ein einziger Tag* habe ich bei-
spielsweise ohne jede schriftliche Gliederung geschrieben.
Für *Weit wie das Meer* hatte ich keinerlei Exposé für die ersten

120 Seiten – aber dafür ein sehr detailliertes für die letzten 120.
Kurz: Ich handhabe es von Roman zu Roman unterschiedlich.

Verfassen Sie Ihre Romane handschriftlich oder am Computer?
Am Computer.

Stimmt es, dass Ihre Romane auf Ihrem Leben basieren?
Sie basieren nicht direkt auf meinem Leben, aber sie sind inspiriert von wahren Begebenheiten – allerdings nicht alle. *Das Lächeln der Sterne* beispielsweise ist komplett erfunden.

Was lesen Sie selbst?
Ich lese durchschnittlich 125 Bücher im Jahr. Darunter kommerzielle Romane, moderne Literatur, die »Penguin Classics« – allerdings die unbekannteren, die großen Namen und Bücher habe ich alle schon gelesen –, historische Sachbücher und Biografien.

Wer ist Ihr Lieblingsautor?
Ich lese so viele Bücher, dass es unmöglich ist, mich auf einen Lieblingsautor festzulegen. Aber es gibt nur einen, dessen Werk meiner Meinung nach noch in hundert Jahren gelesen wird: Stephen King.

Warum spielen alle Ihre Romane in North Carolina?
Zum einen lebe ich mit meiner Familie in der Gegend, zum anderen sind dort nur wenige andere Romane angesiedelt.

Was würden Sie sich wünschen, dass Leser aus Ihren Romanen mitnehmen?
Mein Ziel ist, eine gut lesbare, unterhaltsame und originelle Liebesgeschichte zu schreiben, die ein mitreißendes Ende hat – ein Ende, das richtig große Gefühle hervorruft. Stilistisch versuche ich effizient, auf den Punkt und originell zu schreiben, in klarer, unverschwurbelter Sprache.

Das Werk

Wie ein einziger Tag

The Notebook

Nach vierzehn Jahren kehrt Allie an den Ort zurück, an dem sie die schönsten Ferien ihres Lebens verbracht hat: Sie war erst siebzehn, als sie dort Noah begegnete. Die beiden verliebten sich ineinander und waren den Rest des Sommers unzertrennlich. Danach sah Allie ihn nie wieder. Doch kurz vor ihrer Hochzeit beschließt Allie, Noah zu besuchen. Das Wiedersehen ändert ihr Leben auf immer … Gleichnamig verfilmt mit Ryan Gosling, Rachel McAdams und James Garner.

Weit wie das Meer

Message in a Bottle

Seit der Scheidung von ihrem Mann hat die Journalistin Theresa Osborne nicht wieder richtig in den Alltag zurückgefunden. Bis sie eines Tages bei einem Strandspaziergang auf eine Flaschenpost stößt: Der Absender des Briefs, ein gewisser Garrett, beschreibt darin in so anrührenden Worten den Verlust seiner großen Liebe, dass Theresa sofort ergriffen ist. Sie fasst den folgenschweren Entschluss, Garrett aufzuspüren. Verfilmt mit Kevin Costner und Robin Wright unter dem Titel »Message in a Bottle«.

Zeit im Wind

A Walk to Remember

Die beiden Teenager Landon Carter und Jamie Sullivan scheinen keine Gemeinsamkeiten zu haben: Landon gehört zu den beliebtesten Schülern der Highschool, Jamie dagegen gilt als Außenseiterin. Doch das Schicksal führt die beiden beim Schulball zusammen. Beide sind überrascht, wie gut sie sich verstehen. Gemeinsame Proben für das Weihnachtsstück der Schule bringen sie einander noch näher. Aber erst als ein Schicksalsschlag sie für immer zu trennen droht, erkennt Landon, wie viel Jamie ihm wirklich bedeutet. Er kämpft um sie – und um seine zart erwachende Liebe zu ihr.
Verfilmt mit Mandy Moore und Shane West unter dem Titel »Nur mit Dir«.

Das Schweigen des Glücks

The Rescue

Denises Leben dreht sich einzig und allein um ihren vierjährigen Sohn Kyle, der unter einer unbekannten Form des Autismus leidet. Als Kyle nach einem Autounfall in einer dramatischen Aktion vom Feuerwehrmann Taylor gerettet wird, scheint zum ersten Mal ein Fremder Zugang zur Welt der beiden zu bekommen. Doch bevor Denise ihr Glück richtig fassen kann, ziehen neue Wolken am Himmel auf: Irgendetwas hält Taylor davon ab, sich ganz auf Denise und ihre Liebe einzulassen.

Die Suche nach dem verborgenen Glück (zusammen mit Billy Mills)

Wokini: A Lakota Journey to Happiness and Self-Understanding

Die Suche nach dem verborgenen Glück erzählt die Geschichte des Lakota-Jungen David. Zutiefst unglücklich über den Tod seiner älteren Schwester, begibt er sich auf eine Reise, um einen Weisen zu finden, der ihm erklären kann, wie das verlorene Glück zurückzugewinnen ist. David taucht in die Welt der Indianer ein und findet auf ihren uralten Wegen der Meditation und der Träume zu seiner inneren Ruhe.

Weg der Träume

A Bend in the Road

Abgesehen von seinem kleinen Sohn Jonah gibt es wenig Licht im Leben von Miles Ryan, Deputy-Sheriff in einem kleinen Ort in North Carolina. Seine geliebte Frau Missy kam bei einem Verkehrsunfall ums Leben, seit zwei Jahren ist er auf der Suche nach dem flüchtigen Fahrer. Als eine neue Lehrerin in die Schule kommt und Jonahs Klasse übernimmt, stellt sie fest, dass der Junge kaum lesen und schreiben kann. Kurz entschlossen nimmt sie Kontakt mit Jonahs Vater auf. Was dann passiert, hätten sich weder Miles noch Sarah, die selbst eine schwere Enttäuschung hinter sich hat, je träumen lassen: Auf den ersten Blick verlieben sie sich ineinander.

Das Lächeln der Sterne

Nights in Rodanthe

Adrienne ist 42, als ihre Welt aus den Fugen gerät: Ihr Mann verlässt sie wegen einer jüngeren Geliebten. Da bittet eine Freundin sie, für ein paar Tage ihre kleine Pension zu hüten. Nur ein einziger Gast, Paul Flanner, hat sich für das Wochenende angemeldet. Kurz nach seiner Ankunft zieht ein fürchterlicher Sturm auf. Mehrere Tage lang wird das Unwetter Paul und Adrienne in der Pension einsperren, und diese Tage werden ihr Leben für immer verändern ...

Gleichnamig verfilmt mit Richard Gere und Diane Lane.

Du bist nie allein

The Guardian

Noch vier Jahre nach dem Tod ihres Mannes trägt Julie schwer an ihrer Trauer. Doch als der attraktive, weltgewandte Richard sie zu umwerben beginnt, zeigt Julie erstmals wieder so etwas wie Interesse am anderen Geschlecht. Richard liest ihr jeden Wunsch von den Lippen ab. Julie ist wie verzaubert – und merkt lange nicht, dass ihr bester Freund Mike ebenfalls in sie verliebt ist. Sie muss sich zwischen den beiden Männern entscheiden. Doch als sie ihre Wahl getroffen hat, schlägt die Leidenschaft eines ihrer Verehrer in Besessenheit um, und Julie gerät in größte Gefahr.

Ein Tag wie ein Leben

The Wedding

Seit fast dreißig Jahren sind Wilson und Jane verheiratet. Nach außen hin scheint alles perfekt. Doch als Wilson ihren 29. Hochzeitstag vergisst, ist Janes Enttäuschung so maßlos, dass Wilson beginnt, an ihrer Ehe zu zweifeln. Empfindet Jane für ihn, den unromantisch veranlagten Anwalt, überhaupt noch etwas? Wilson sucht Rat bei Janes Vater Noah, dessen einzigartige, fünfzig Jahre währende Liebe zu seiner Frau Allie jedem in der Familie als Vorbild gilt. Dank seiner Hilfe versteht Wilson, dass er alles tun muss, um Janes Herz zurückzugewinnen.

Nah und fern (zusammen mit Micah Sparks)

Three Weeks with my Brother

Als Nicholas Sparks und sein Bruder Micah im Januar 2003 eine Weltreise antreten, sind sie voll der Erwartung. Ihre Reise zu den Wundern der Welt gerät gleichzeitig zu einer Reise in die Erinnerung, und ihr Bericht spiegelt auch die bewegende Geschichte ihrer Familie wider, die eine tragische Serie von Schicksalsschlägen verkraften musste. Ein Buch, so dramatisch und anrührend wie Nicholas Sparks' beste Romane.

Die Nähe des Himmels

True Believer

Jeremy Marsh ist ein Wissenschafts-journalist, der sich auf die Ent-larvung angeblich übernatürlicher Phänomene spezialisiert hat. Nun lockt ihn ein neuer Fall nach North Carolina. Entgegen all seiner wohl-geordneten Pläne verliebt er sich gleich Hals über Kopf in Lexie – die Enkelin einer Hellseherin. Lexies Verhalten verstärkt seinen Gefühls-tumult nur noch. Sie scheint durchaus etwas für Jeremy zu empfinden, doch dann begegnet sie ihm wieder schroff und abweisend.

Das Wunder eines Augenblicks

At First Sight

Für seine große Liebe ist der New Yorker Journalist Jeremy ins Ört-chen Boone Creek gezogen. Alles scheint perfekt – wären da nur nicht die Zweifel, die an Jeremy nagen: Für ihn war es Liebe auf den ersten Blick, aber kennt er Lexie wirklich? Kann er sich ihrer Gefühle auch im grauen Alltag sicher sein? Als er eine anonyme Nachricht erhält, ist ihm, als würde ihm der Boden unter den Füßen weggezogen. Sein ganzes Glück steht mit einem Mal auf dem Spiel.

Das Leuchten der Stille

Dear John

Als John Tyree Savannah begegnet, weiß er, dass er die Frau seines Lebens gefunden hat. Zum ersten Mal hat er ein klares Ziel vor Augen: so schnell wie möglich seinen Militärdienst beenden und dann mit Savannah eine Familie gründen. Aber alles läuft anders als geplant, und immer wieder verzögert sich seine Rückkehr. Dann erhält er einen Brief von Savannah: Sie will nicht mehr länger auf ihn warten – denn sie hat sich in einen anderen verliebt. Doch John kann sie nicht vergessen.

Gleichnamig verfilmt mit Channing Tatum und Amanda Seyfried.

Bis zum letzten Tag

The Choice

Travis Parker lebt in einem Haus mit wunderbarer Aussicht, verbringt traumhafte Wochenenden mit seinen Freunden beim Wassersport oder Grillen und liebt seine Arbeit als Tierarzt. Für eine Frau ist in seinem Leben kein Platz mehr, meint er und scheut jede feste Bindung. Doch dann tritt Gabby Holland in sein Leben, seine neue Nachbarin, zu der er sich sofort hingezogen fühlt. Gegen viele Widerstände gelingt es ihm, sie für sich zu gewinnen. Travis ahnt nicht, dass seine größte Prüfung noch bevorsteht.

Verfilmt mit Benjamin Walker und Teresa Palmer.

Für immer der Deine

The Lucky One

Kann es wirklich so etwas wie einen Glücksbringer geben? Logan Thibault würde so einen Gedanken weit von sich weisen – bis er selbst in höchster Gefahr das Foto einer schönen Frau findet. Er nimmt es an sich und fühlt sich ab diesem Moment auf wunderbare Weise beschützt. Quer durch ganz Amerika sucht er die Frau. Und als er sie schließlich findet, nimmt sein Leben eine ebenso wunderbare wie dramatische Wendung.

Verfilmt unter dem Originaltitel »The Lucky One« mit Zac Efron und Taylor Schilling.

Mit dir an meiner Seite

The Last Song

Ronnie ist entsetzt: Sie soll die gesamten Sommerferien bei ihrem Vater verbringen, der von der Familie getrennt im langweiligen North Carolina lebt. Die 17-Jährige ist wild entschlossen, ihrem Vater das Leben zur Hölle zu machen. Bis der junge Will in ihr Leben tritt, der alles verändert: Zum ersten Mal verliebt Ronnie sich wirklich und wahrhaftig. Die beiden verleben eine wunderbare Zeit. Gleichzeitig nähert Ronnie sich auch wieder ihrem Vater an. Doch dann droht ein schreckliches Geheimnis alles zu zerstören.

Verfilmt mit Miley Cyrus (»Hannah Montana«) und Greg Kinnear.

Wie ein Licht in der Nacht

Safe Haven

Niemand im Küstenort Southport weiß, wer die neue Einwohnerin Katie ist und woher sie kommt. Sie lebt völlig zurückgezogen und vermeidet jeden Kontakt mit anderen. Erst dem jungen Witwer Alex, der zwei kleine Kinder hat, gelingt es langsam, ihr näherzukommen. Doch Katie hütet ein dunkles Geheimnis. Wird sie für die Liebe alles aufs Spiel setzen?

Verfilmt von Lasse Hallström unter dem Originaltitel »Safe Haven« mit Josh Duhamel und Julianne Hough.

Mein Weg zu dir

The Best of Me

Amanda und Dawson sind erst siebzehn, als sie sich unsterblich ineinander verlieben. Doch ihre Familien bekämpfen die Beziehung, und widrige Umstände trennen sie schließlich endgültig. Fünfundzwanzig Jahre später kehren die beiden in ihr Heimatstädtchen zurück. Sie empfinden noch genauso tief füreinander wie damals. Aber beide sind von Schicksalsschlägen gezeichnet, und die Kluft zwischen ihnen scheint größer denn je zu sein ...

Verfilmt von Michael Hoffman unter dem Originaltitel »The Best of Me« mit James Marsden und Michelle Monaghan.

Kein Ort ohne dich

The Longest Ride

Der 91-jährige Ira steht nach einem schweren Unfall an der Schwelle des Todes. Nur die Erinnerungen an seine verstorbene Frau Ruth halten ihn am Leben. Währenddessen kämpfen Luke und Sophia, ein junges Paar, um ihre Liebe: Sie sind so verschieden, dass eine gemeinsame Zukunft kaum vorstellbar ist. Können sich die beiden Generationen gegenseitig retten?
Verfilmt mit Britt Robertson, Scott Eastwood und Alan Alda.

Wenn du mich siehst

See Me

Mitten auf einer einsamen nächtlichen Landstraße bleibt Marias Auto liegen. Ein Wagen hält, ein bedrohlich aussehender, muskelbepackter Mann steigt aus – und wechselt ihr freundlich den Reifen. Der vorbestrafte Colin und die zielstrebige Maria scheinen überhaupt nicht zusammenzupassen. Dennoch verlieben sie sich rettungslos ineinander. Aber ihnen droht größte Gefahr, denn ein finsteres Kapitel aus Marias Vergangenheit holt sie ein. Kann ihre Liebe Colin und Maria in der dunkelsten Stunde retten?

Seit du bei mir bist

Two By Two

Mit 34 glaubt Russell auf der absoluten Glücksseite des Lebens zu stehen: Er hat eine umwerfende Frau, eine süße kleine Tochter und beruflichen Erfolg. Aber dann zerbricht sein Traum binnen kürzester Zeit: Er verliert seinen Job, und in seiner Ehe zeigen sich gefährliche Risse. Plötzlich steht er als beinahe alleinerziehender Vater da und fühlt sich vollkommen überfordert. Doch noch größere Herausforderungen warten auf ihn – und mit ihnen die Chance auf ein neues Glück.

Wo wir uns finden

Every Breath

Die 36-jährige Hope steckt in einer tiefen persönlichen Krise. Im idyllischen Strandhaus der Familie hofft sie, ihr Leben wieder in den Griff zu bekommen. Doch dann trifft sie den sympathischen Abenteurer Tru, der alles durcheinanderwirbelt. Für beide ist es Liebe auf den ersten Blick, sie verbringen herrliche romantische Tage miteinander. Aber beide spüren auch den Druck familiärer Verpflichtungen, die ihrer Beziehung entgegenstehen. Und so drohen Hope und Tru sich zu verlieren, bevor sie sich überhaupt richtig gefunden haben ...

Wenn du zurückkehrst
The Return

Ein heruntergekommenes Cottage mit wildwucherndem Garten und zwanzig Bienenstöcken in North Carolina: All das erbt der 32-jährige Trevor von seinem Großvater. Während er sich um das Anwesen kümmert, lernt er zwei geheimnisvolle Frauen kennen. Die Polizistin Natalie zieht ihn sofort in ihren Bann, und auch sie scheint seine Gefühle zu erwidern – aber wieso kann sie sich nicht an ihn binden? Und dann ist da noch die Jugendliche Callie, die sich ganz allein durchs Leben schlägt und offensichtlich mit schwerwiegenden Problemen kämpft. Kann Trevor Callie retten und Natalie für sich gewinnen?

Mein letzter Wunsch
The Wish

Maggie ist noch nicht einmal 16, als sie ungewollt schwanger wird. Ihre entsetzten Eltern schicken sie zu einer alleinstehenden Tante nach Ocracoke Island in North Carolina. Die Insel erscheint Maggie so trostlos wie ihr ganzes Leben – bis sie den jungen Bryce kennenlernt. Zwischen den beiden entspinnt sich ein ganz besonderes Band. Aber ihre Liebe steht unter keinem guten Stern …